50 GREAT
CHINESE SHORT STORIES
伟大的中国短篇小说

考点手册

第一部分
中学阶段需掌握的短篇小说文化常识

一、小说的定义

一种以刻画人物形象为中心、通过完整的故事情节和环境描写来反映社会生活的文学体裁。

小说与诗歌、散文、戏剧,并称"四大文学体裁"。

二、小说的分类

按照篇幅及容量可分为长篇小说、中篇小说、短篇小说和微型小说。

按照体制可分为章回体小说、日记体小说、书信体小说、自传体小说。

按照语言形式可分为文言小说和白话小说。

三、短篇小说

平均篇幅在一万字左右的小说,往往被划归为短篇小说。

其特点是篇幅短小、情节精简、结构精巧。短篇小说往往选取和描绘富有典型意义的生活片段,着力刻画主要人物的性格特征,反映生活的某一侧面。

莫泊桑、欧·亨利、契诃夫是短篇小说的代表人物,他们的作品对世界文学产生了深远的影响,其作品内容多是揭露19世纪末资本主义的黑暗与腐朽,有很强的个人风格。鲁迅是中国短篇小说的代表人物,《狂人日记》就是鲁迅创作的第一篇短篇白话文日记体小说,也是中国第一部现代白话小说。

四、重要作者简介

鲁迅(1881年9月25日—1936年10月19日)

原名周樟寿,后改名周树人,字豫山,后改字豫才,浙江绍兴人。著名文学家、思想家、革命家、教育家、民主战士,新文化运动的重要参与者,中国现代文学的奠基人之一。

早年与厉绥之和钱均夫同赴日本公费留学,于日本仙台医科专门学校肄业。"鲁迅"是他1918年发表《狂人日记》时所用的笔名,也是最为广泛的笔名。

鲁迅一生在文学创作、文学批评、思想研究、文学史研究、翻译、美术理论引进、基础科学介绍和古籍校勘与研究等多个领域具有重大贡献。他对于五四运动以后的中国社会思想文化发展具有重大影响,蜚声世界文坛，尤其在韩国、日本思想文化领域有极其重要的地位和影响，被誉为"二十世纪东亚文化地图上占最大领土的作家"。

郁达夫（1896年12月7日－1945年9月17日）

原名郁文，字达夫，幼名阿凤，浙江富阳人，中国现代作家、革命烈士。

曾留学日本，毕业于名古屋第八高等学校（现名古屋大学）和东京帝国大学（现东京大学）。

郁达夫是新文学团体"创造社"的发起人之一，一位为抗日救国而殉难的爱国主义作家。在文学创作的同时，还积极参加各种反帝抗日组织，先后在上海、武汉、福州等地从事抗日救国宣传活动，其文学代表作有《沉沦》《故都的秋》《春风沉醉的晚上》《过去》《迟桂花》《怀鲁迅》等。

冰心（1900年10月5日－1999年2月28日）

原名谢婉莹，福建省福州市长乐区人，中国民主促进会（民进）成员。中国诗人，现代作家、翻译家、儿童文学作家、社会活动家、散文家。笔名冰心取自"一片冰心在玉壶"。

1919年8月的《晨报》上，冰心发表了第一篇散文《二十一日听审的感想》和第一篇小说《两个家庭》。1923年出国留学前后，开始陆续发表总名为《寄小读者》的通讯散文，成为中国儿童文学的奠基之作。在日本被东京大学聘为第一位外籍女讲师，讲授"中国新文学"课程，于1951年返回中国。

1999年2月28日21时12分,冰心在北京医院逝世,享年99岁,被称为"世纪老人"。

沈从文(1902年12月28日—1988年5月10日)

原名沈岳焕,乳名茂林,字崇文,笔名休芸芸、甲辰、上官碧、璇若等,湖南凤凰县人,中国著名作家、历史文物研究者。

14岁时,他投身行伍,浪迹湘川黔交界地区。1924年开始进行文学创作,撰写出版了《长河》《边城》等小说。1931年—1933年在国立青岛大学任教,抗战爆发后到西南联大任教,1946年回到北京大学任教,建国后在中国历史博物馆和中国社会科学院历史研究所工作,主要从事中国古代历史与文物的研究,著有《中国古代服饰研究》。1988年5月10日病逝于北京,享年86岁。

茅盾(1896年7月4日—1981年3月27日)

原名沈德鸿,笔名茅盾、郎损、玄珠、方璧、止敬、蒲牢、微明、沈仲方、沈明甫等,字雁冰,浙江省嘉兴市桐乡市人。中国现代作家、文学评论家、文化活动家以及社会活动家。

茅盾出生在一个思想观念颇为新颖的家庭里,从小接受新式的教育。后考入北京大学预科,毕业后入商务印书馆工作,从此走上了改革中国文艺的道路,他是新文化运动的先驱者、中国革命文艺的奠基人之一。

他的代表作有小说《子夜》《春蚕》和文学评论《夜读偶记》。

巴金（1904年11月25日—2005年10月17日）

本名李尧棠，字芾甘，笔名除巴金外，还有王文慧、欧阳镜蓉、黄树辉、余一等，1904年11月25日出生于四川省成都市，祖籍浙江省嘉兴市。中国现代作家。

1921年4月1日，第一篇文章《怎样建设真正自由平等的社会》发表在《半月》刊第17号刊载上。1922年冬，在成都外国语专门学校预科和本科班（英文）肄业。1929年，第一次以"巴金"的笔名在《小说月报》发表中篇小说《灭亡》，引起文坛的关注。1932年5月23日，长篇小说《雾》出版。1933年1月，长篇小说《雨》出版；5月，长篇小说《家》出版。1935年3月，中篇小说《电》出版。1936年4月，《爱情三部曲》（《雾·雨·电》）出版。1938年3月，长篇小说《春》出版。1949年10月1日，在天安门参加开国大典[4]。1954年9月15日—29日，参加第一届全国人民代表大会。1960年4月，散文集《赞歌集》出版；同年，当选为全国文联副主席。"文化大革命"期间，受到冲击。1979年12月，杂文集《随想录》（第一集）出版。1981年，任中国作家协会主席。1982年10月，《随想录》（第三集）出版。1983年起，任全国政协副主席。1990年，获得苏联人民友谊勋章；同年获第一届福冈亚洲文化奖特别奖。1998年3月，当选为第九届全国政协副主席。2003年11月，被国务院授予"人民作家"荣誉称号。

2005年10月17日，因病在上海逝世。

老舍（1899年2月3日—1966年8月24日）

原名舒庆春，字舍予，另有笔名絜青、鸿来、非我等。北京满族正红旗舒穆禄氏，祖籍辽宁辽阳[1][27]。中国现代小说家、作家、语言大师、人民艺术家、北京人艺编剧，新中国第一位获得"人民艺术家"称号的作家。代表作有小说《骆驼祥子》《四世同堂》，话剧《茶馆》《龙须沟》。

老舍的一生，总是忘我地工作，他是文艺界当之无愧的"劳动模范"。1966年8月24日，由于受到文化大革命运动中恶毒的攻击和迫害，老舍被逼无奈之下含冤自沉于北京太平湖。1978年，老舍得到平反，恢复"人民艺术家"的称号。2017年9月，中国现代文学长篇小说经典《四世同堂》由东方出版中心出版上市。这是该作发表以来第一次以完整版形式出版。墓碑上刻写着老舍的一句话："文艺界尽责的小卒，睡在这里。"

汪曾祺（1920年3月5日—1997年5月16日）

江苏高邮人，中国当代小说家、散文家、戏剧家。被誉为京派作家的代表人物。代表作品有《受戒》《晚饭花集》《逝水》《晚翠文谈》《端午的鸭蛋》等。

1920年3月5日，出生于江苏高邮城镇的一个旧式地主家庭。1935年秋，初中毕业考入江阴县南菁中学读高中。1939年夏，考入西南联大中国文学系。1940年，开始创作小说，受沈从文指导。1950年调入北京，历任《北京文艺》《说说唱唱》《民间文学》编辑。1958年，被错划为"右派"。1964年，参与现代京剧《芦荡火种》的改编（后易名为《沙家浜》）。1979年重新开始创作，以短篇小说成就最高。1985年，当选中国作家协会理事。1996年12月，推选为中国作家协会顾问。1997年5月16日，因病医治无效去世，享年77岁。

第二部分
小说阅读题型与答题技巧

考点一：写作技巧

常见题型一：分析小说标题的含义和作用

一、标题的作用

①表明写作对象；②体现主要内容；③贯穿全文线索；④揭示情感主旨；⑤引起读者兴趣。

二、答题思路

①标题表面意思解释：字面含义、体现主要内容、交代写作主体或对象。②标题深层含义分析：对应正文某个线索，暗含作者的某种深层情感。③分析标题的表达效果：引起读者阅读兴趣。

三、例题

鲁迅短篇小说《祝福》（见书 P101），作者以"祝福"作为小说题目的用意是什么？请谈谈你的理解。

答案解析：

第一，全文所讲述的故事是发生在新年祈福之时，所以"祝福"点出了故事发生的背景；

第二，鲁迅用"祝福"一词是有其特定用意的，当时社会是极其黑暗、腐朽、残酷的，但是广大老百姓从来没有放弃过对美好事物的追求与向往，包括祥林嫂在内，这"祝福"正是写出了祥林嫂对美好未来的向往；

第三，"祝福"中也饱含辛辣与讽刺，体现了鲁迅一贯的文风。在祝福声中，劳动人民却在默默地忍受着苦难，而统治阶级却在醉生梦死，这是当时的社会现状，鲁迅一下子就捅破了那层纸，让事实真正显露出来，达到唤醒民众的目的；

第四，这个"祝福"也是鲁迅本人对中国未来的祝福，在鲁迅思想当中，他对中国的未来没有失去希望，他认为中国还是有希望的，他的这种乐观主义对当时的"亡国论"者也是一个沉重的打击，对号召全国人民起来反抗是有积极作用的。

常见题型二：表现手法的作用

一、表现手法相关知识

（一）**表达方式**：记叙、描写、说明、议论、抒情。

（二）**结构方式**：前后照应、制造悬念、埋下伏笔、总结全文、点题等。

（三）**表现手法**：

伏笔	特点	①伏笔是"隐性"的，埋下的伏笔通常比较隐蔽，一般是"细节"，巧妙的伏笔在没有看到"应笔"之前，貌似"闲笔"；②伏笔通常只是一两笔，点到即止。
	作用	交代含蓄，使文章内容前后照应，情节严丝合缝。
铺垫	特点	铺垫是"显性"的。铺垫对起陪衬作用的部分往往大肆渲染，以引起读者注意。
	作用	制造悬念，使情节具有合理性。
前后照应	特点	开头和结尾在内容上有着极其密切的关系，对同一情况做出解释、说明、交代。
	作用	使文章浑然一体，情节完整、结构严谨、中心突出。
象征	特点	把抽象的思想感情用某一特定的具体事物来表现。
	作用	把特定的意义寄托在所描写的事物上，增强了文章的表现力。
衬托	特点	为了突出主要事物，用类似的或相反、有差别的事物作陪衬。这种"烘云托月"的表现手法就是衬托。用类似的事物作陪衬叫正衬，用相反的、有差别的事物作陪衬叫反衬。
	作用	突出表现主要人物或事物的性格或特点等，增强文章的表现力。
烘托/渲染	特点	用衬托或夸张的艺术手法使事物形象鲜明。
	作用	浓墨重彩，营造氛围；情景相生，深化主题。

对比	特点	对比分为横向对比和纵向对比两种形式。横向对比,就是将同一时间点的几个不同的人、事、物进行对比。纵向对比,就是将一个(类)人、事、物在不同时间点所呈现出来的物象、特征、行为等进行对比。
	作用	运用对比,把……和……巧妙地呈现在读者眼前,让读者很自然地从对比中感受到……的变化(或说优劣好坏),从而鲜明地表现或突出事物的特点,更好地表现文章的主题。
欲扬先抑	特点	先贬抑,再大力颂扬所描写的对象,使上下文形成对比。
	作用	突出重点,行文跌宕,曲折含蓄,达到出人意料的效果。
欲抑先扬	特点	指对本要批评指责的对象,却在开头以赞美颂扬的语气来写。
	作用	使情节多变、波澜起伏,形成鲜明的对比,使读者在阅读过程中产生恍然大悟的感觉,给读者留下深刻的印象。
以小见大	特点	用贴近生活的人物或故事和翔实生动的语言描写使文章意义深刻,更加打动人心。
	作用	由平凡细微的事情反映重大的主题,突出表现中心思想,更有震撼力。

(四)叙事顺序:

叙述顺序	特点	作用
倒叙	①先写眼前,再回想以往; ②把当前情况与过去情况相比较; ③先写结局,再记缘由。	①开篇点题; ②制造悬念,激发读者阅读兴趣,使读者对故事情节和人物形象留下深刻的印象; ③引出下文; ④使结构更加紧凑。

插叙	叙事时,插入相关的另一件事。	①交代了……内容; ②解释了……原因; ③推动情节发展,为下文作铺垫或埋伏笔; ④对主要情节起补充、衬托作用; ⑤突出人物性格(形象); ⑥突显文章主题; ⑦丰富文章内容,使文章情节完整; ⑧使文章结构富于变化,避免平铺直叙。
顺叙	按事情发展的先后顺序叙写。	①叙事有头有尾,调理情绪; ②使文章层次井然有序,脉络分明。

二、答题思路

文章中_____(具体语句或段落),运用了_____的表现手法,表达了_____,达到了_____的效果或作用。

常见题型三:小说开头的作用

一、常见的开头形式及作用

(一)**设疑法**:①引起读者的思考;②引出下文情节;③突出人物形象;④揭示小说主题。

(二)**写景法**:①暗示人物心情;②奠定某种氛围,为下文作铺垫;③揭示小说主题。

二、答题思路

开头内容分析（设置悬念／描写何景物）+ 结合内容分析有何作用 + 达到了什么效果

三、例题

请分析《伤逝》（见书 P126）开头段落的作用。

如果我能够，我要写下我的悔恨和悲哀，为子君，为自己。

答案解析：这段开头采用倒叙的手法，设置了悬念，引发读者的阅读兴趣；在结构上，统领全文，引出下文的情节。

常见题型四：小说结尾的作用

一、结尾的类型与分析思路

出人意料型	①从结构安排上看：使得平淡的故事情节生出波澜，撞击读者的心灵，震撼人心； ②从表现手法上看：与前文伏笔相照应，使人觉得在情理之中。
伤感悲剧型	①深化主题；②塑造人物性格；③令人感动回味，引发思考。
喜悦团圆型	①表达效果看：留下想象空间，耐人寻味； ②从阅读体验看：给读者希望、喜悦之感； ③从主题看：反应人们追求幸福和美好生活的愿望。
戛然而止型	①留白：留下想象空间，艺术再创造； ②引发思考／回味：言有尽而意无穷，令人深思回味。

二、例题

请分析《萧萧》（见书P190—191）故事结尾的作用。

答案解析：《萧萧》结尾看似圆满，似乎主人公有了一个不错的安稳结局。只是淳朴善良的人情温暖，那宁静幽美的湘西山水，也难以粉饰悲凉的底色，萧萧的人生无法选择，她的天真纯粹也是无知愚昧，她被动地接受了一生，没有选择的机会。萧萧如此，无数个如萧萧一般的女孩，也是如此，永远无法冲破封建规矩的枷锁。这个结局给人留下了无尽的思考，令人不断回味深思。

常见题型五：某个特定段落的作用

一、各段落的作用

（一）开头段落：①统领全文；②引起下文；③渲染氛围。

（二）中间段落：①承上启下；②对比反衬；③伏笔铺垫。

（三）结尾段落：①首尾呼应；②总结全文；③深化主题。

二、答题思路

段落结构分析 + 表现手法 + 内容解释 + 表达了何种感情 + 达到何种作用/效果

考点二：情节

常见题型一：概括主要情节

一、小说的结构方式及效果

（一）**基本模式**：开端—发展—高潮—结局

开端：是小说所反映的矛盾冲突的开始，往往能够看出作者的褒贬倾向。

发展：是小说主要矛盾冲突从发生到激化的演变过程。

高潮：是决定矛盾各方面的命运或者主要矛盾即将解决的关键时刻，是矛盾冲突发展到顶点，人物思想斗争最紧张、最激烈、最尖锐的阶段，也是最能表现人物思想品格的部分。

结局：矛盾得到解决，人物的发展已经完成，故事有了最后的结果，主题思想得到充分展示，是情节发展的必然结果，往往是议论抒情句段。

（二）**摇摆式**：通常所说的"一波三折"。情节的摇摆往往赋予小说更为摄人心魂的魅力。

（三）**出乎意料又在情理之中式**：俗称欧·亨利式笔法。在结尾处出其不意地揭示真相，而这个真相通常都出人意料，回扣前面的情节，一切又都在情理之中，从而增加小说情节的生动性。

二、答题思路

什么人 + 在什么时候 + 什么地点 + 做了什么事

三、例题

（一）概括小说《荷花淀》的主要情节。

答案解析：七个农村青年参军，因为走得匆促，除了水生以外，都来不及同家里人告别。他们的妻子很惦念，想去看看，但是没有找到。在回家的路上，她们的小船，碰上侵略军的运输船，敌人追赶着她们。幸亏她们丈夫的队伍埋伏在这里，给了敌人一个迎头痛击。这些妇女也在无意中遇到了丈夫，并立下了引诱敌人进入包围圈的功劳。

（二）概括《春蚕》的主要情节。

答案解析：蚕农老通宝一家通过紧张、艰辛的劳作，赢得了春蚕的空前丰收，却反而负债、卖地，落得个"白赔上十五担叶的桑地和三十块钱的债"的结局。

常见题型二：分析情节的作用

一、情节的作用

（一）交代人物活动的环境；

（二）设置悬念，引起读者阅读兴趣；

（三）侧面烘托，为后面的情节发展作铺垫或埋下伏笔；

（四）照应前文；

（五）线索或推动情节发展；

（六）刻画人物性格；

（七）表现主旨或深化主题。

二、答题思路

情节的内容 + 有何作用

常见题型三：赏析情节的手法

一、情节赏析相关知识

（一）叙事人称及作用：

1. 第一人称"我"：

（1）使文章更具有真实性；（2）叙述亲切自然；（3）便于作者直接表达自己的思想感情。

2. 第二人称"你"：

（1）增加亲切感，拉近与读者的距离；（2）有利于交流思想情感，便于抒情。

3. 第三人称"他"：

（1）直接、客观地展现生活；（2）不受时间和空间的限制，形式比较灵活自由。

（二）叙事方式：顺序、倒叙、插叙等（详见考点一）。

（三）修辞手法：比喻、夸张、拟人、对偶、排比、反复、借代、设问、反问等。

（四）描写方式：

依据	方法类别		特点	作用
描写对象	人物描写	外貌描写	描述人的身材、容貌、衣着、打扮以及仪态等。	以形传神，突出人物性格，揭示人物身份、社会地位等。
		心理描写	对处在一定环境下的人物内心活动的意向、愿望、思想斗争等的描绘。	揭示人物的内心世界，表现人物丰富而复杂的感情。
		语言描写	对人物的独白、对话或几个人物谈话内容的具体描写。	言为心声，表现人物性格特点，使人物形象变得丰满、鲜活，推动情节发展。
		动作描写	又称行为描写，是指通过肢体语言表现人物自身的行为。	展示人物的性格特征和精神面貌。
	场面描写		在场面描写中，人物可以是一个，也可以是多个，也可以是一件事物，但是要以人物描写为主，场面描写为辅，场面描写要为表现人物服务，为突出中心服务。	①塑造人物，表现主题；②渲染气氛，烘托事物；③明示，暗点主题。
描写角度	正面描写（或直接描写）		直接描写人或物本身呈现的特征。	个人直接、真实、具体的感觉。

侧面描写 （或间接 描写）	是在对其他人物、事物的描绘、渲染中，烘托主要描写的对象，从而获得独特艺术效果的方法。	①使人物或事件更加突出； ②使主题更加深刻、含蓄。

二、答题思路

该情节运用的技巧 + 描写的内容 + 对主题 / 人物塑造 / 情感抒发 / 结构布局等方面的作用或效果

三、例题

《华威先生》（见书P397）这篇小说中，写到华威先生参加的第一个会议中的众多神态动作描写有什么作用？

答案解析：小说着重写了华威先生参加的三个工作会议。三个会议级别不同，主人公的态度明显不同。第一个会议，他到会场时，别人都在等他，他"点点头"，"眼睛并不对着谁，只看着天花板"，旁若无人，态度傲慢；"他不大肯当主席"，"拿着雪茄烟打手势"，指定"刘同志当主席"，限定"主席能够在两分钟之内报告完"，他在主席报告时"猛地站了起来"，"摆摆手"打断主席报告，然后抢先发言，发言后"挺着肚子走了出去"，又"把当主席的同志拽开"，"伸出个食指顶着主席的胸脯"，居高临下，颐指气使，勾画出华威先生骄妄、虚伪、庸俗的国民党忠实走狗的奴才嘴脸。

考点三：环境

小说环境描写的基本知识

分类	定义	作用
自然环境	故事情节发生发展的具体场所，如时间、地点、气候、景色、场面等。	①点明故事发生的时间、节令和地点； ②交代人物活动背景，烘托人物性格、心理； ③渲染气氛，奠定基调； ④为刻画人物作铺垫； ⑤推动故事情节发展； ⑥暗示或象征社会环境，深化主题。
社会环境	包括社会政治制度、经济生活、民情风俗、地域文化、人际关系等，往往对人物性格和命运轨迹起决定作用。	①交代故事发生的时代背景，揭示各种复杂的社会关系； ②渲染故事气氛，增加故事的真实性； ③烘托人物形象，表现人物的身份、地位、性格等； ④暗示人物的前途命运； ⑤推动情节发展； ⑥深化作品主题。

常见题型一：自然环境的表达特色

一、答题思路

1. 分析自然环境的画面：观察角度变化（远近、高低、俯仰）、内心感受、动静、虚实、典型意向或场景；

2. 分析画面的氛围：描绘/渲染了……的画面/氛围；

3. 表达效果：用了何种修辞手法、表现手法等；

4. 作者情感：表达了作者何种思想感情。

二、例题

赏析《荷花淀》（见书P436）中环境描写的表达特色。

月亮升起来，院子里凉爽得很，干净得很，白天破好的苇眉子潮润润的，正好编席。女人坐在小院当中，手指上缠绞着柔滑修长的苇眉子。苇眉子又薄又细，在她怀里跳跃着。

答案解析：对白洋淀夜景的描绘，营造了一种清新、宁静的氛围，展现在读者面前的是一片银白的世界，给宁静的夜色涂抹上了一层明丽的色彩。这段不仅绘出了荷花淀浓郁的生活气息、明丽的地方色彩，而且还弥漫着荷花淀特有的清香。这里没有一丁点的战争味道，没有一点的尘世纷扰，一切平和而温馨，渲染了如诗如画的意境，与后面的战争场景形成了反差。

常见题型二：自然环境／社会环境的作用

一、答题思路

概括环境描写的内容 + 明确环境描写的作用

二、例题

分析《祝福》（见书 P101）这段环境描写的作用。

旧历的年底毕竟最像年底，村镇上不必说，就在天空中也显出将到新年的气象来。灰白色的沉重的晚云中间时时发出闪光，接着一声钝响，是送灶的爆竹；近处燃放的可就更强烈了，震耳的大音还没有息，空气里已经散满了幽微的火药香。我是正在这一夜回到我的故乡鲁镇的。虽说故乡，然而已没有家，所以只得暂寓在鲁四老爷的宅子里。

答案解析："灰白色的沉重的晚云""钝响""震耳的大声""幽微的火药香"等从视觉、听觉、嗅觉等多种感觉的角度，烘托出完整的新年气氛。祝福是"鲁镇年终的大典"，人们要在这一天"迎接福神，拜求来年一年的好运气"，忙碌制作"福礼"的是女人们，但"拜的却只限于男人"这句社会环境描写，为祥林嫂悲惨命运埋下了伏笔。同时，通过"年年如此，家家如此"，"今年自然也如此"的描写，也显示了辛亥革命以后中国农村的状况：阶级关系依旧，风俗习惯依旧，人们的思想意识依旧。一句话，封建势力和封建迷信思想对农村的统治依旧。这样，通过环境描写，就揭示出祥林嫂悲剧的社会根源，预示了祥林嫂悲剧的必然性。从整体上看，年底"祝福"的忙碌情景与祥林嫂的境遇形成鲜明对比，也暗示她最终悲惨的结局。

考点四：人物

常见题型一：概括人物形象

答题思路

明确身份（是一位……）+ 概括性格特点（朴实、善良……）+ 概括人物品格（幽默、坚毅、正直……）+ 分析具体表现和效果

常见题型二：次要人物在小说中的作用

一、次要人物的作用

衬托主要人物（对比、反衬等）；推动情节发展；作为贯穿全文的线索；承担着深化主旨的作用。

二、答题思路

概括次要人物形象 + 对主要人物的作用 + 对情节、结构和主旨的作用

常见题型三：事物和动物形象分析

答题思路

筛选、概括事物相关情节 + 分析事物情节与人物性格、环境、主题的作用

人物考点相关例题：

《华威先生》（见书P397）中，华威先生这样的人是真的存在吗？试结合人物性格进行简要分析。

答案解析：小说的主人公华威先生是一个不学无术、庸俗浅薄而又自命不凡、刚愎自用，有着极强的权力欲和统治欲的人。他每天乘着黄包车东奔西跑，忙于出席各种会议，插足各种抗日活动。他不是真正地为了抗日，其实质是要人们"认定一个领导中心"，是一个狭隘自私、将个人私利凌驾于抗日工作之上的人。

华威先生是张天翼贡献给中国现代人物画廊的一个独特典型，这一人物形象不仅在当时是对一种社会现象和人物类型有力的揭露和概括，更具有极大的认识价值和时代内涵，而且在客观上也表现出巨大的历史预见性。

考点五：主题

常见题型一：概括文章主题

一、概括主题的方法

（一）**从作者背景看**：作者所处的时代背景会给文章主题提供引导；

（二）**从人物特征看**：小说中人物的特殊身份、职业、社会背景或是生理特征等对展现主题有作用；

（三）**从情节发展看**：情节发展的波澜、正反起伏等；

（四）**从语言情感色彩看**：作者进行某些叙述或评价时体现不同的感情色彩；

（五）**从整体倾向看**：是赞扬还是否定,同情还是痛恨,钦佩还是鄙视等。

二、答题思路

小说通过描绘 ＿＿＿＿＿＿（概括情节），暗示了 ＿＿＿＿＿＿，刻画了 ＿＿＿＿＿＿，抒发/表达/呼吁了 ＿＿＿＿＿＿（观点/感情）

常见题型二：谈谈对某句话的理解或看法

一、谈理解或看法题常用的切入角度

（一）以小说主要人物的性格特点、道德风貌、品格等揭示人性真善美或假丑恶；

（二）用故事的形式针砭时弊；

（三）通过寓言，寄寓人生哲理；

（四）虚构生活经历，反映人物生存状态和心理状态。

二、答题思路

结合人物形象、人物身份、前后照应、文章主题等，抓住一个切入角度展开论述。

常见题型三：文章让你明白了什么道理/有什么启迪/体会

答题角度：

（一）关于人性：展现人物与人为善、无私奉献、知恩图报、质朴真诚等精神品质，比较少会出现对人性的批判，比如讽刺了人性的自私、虚伪、贪婪等；

（二）关于人生哲理：通过人物和故事情节，反映出作者对生活的某种观点或思考；

（三）关于情感、文化、社会问题等的讨论。

主题考点相关例题：

请概括小说《祝福》（见书 P101）的中心思想。

答案解析：《祝福》从不同角度表达出了封建社会对人们思想的约束和制约，揭示祥林嫂悲惨命运的原因。祥林嫂和富人们完全不同的生活形成了鲜明的对比，用富人生活的热闹忙碌来烘托祥林嫂的悲惨和痛苦，突出了反封建的主题和思想。文章通过祥林嫂一生悲惨遭遇的描写，反映了辛亥革命以后的社会矛盾以及中国农村的真实面貌，深刻地揭示了地主阶级对劳动人民特别是劳动妇女的摧残和迫害，揭示了封建礼教吃人的本质，指出了彻底反封建的必要性。

考点六：语言

常见题型一：某一句/词语在文中如何理解

答题角度：

（一）抓关键词：找到句子中的核心词或句子主干，结合主题进行分析；

（二）抓语句位置：结合上下语境进行理解，特别注意总领、总结、过渡性语句；

（三）抓表达手法：分析修辞手法、表达方式、描写角度等。

常见题型二：语言特色赏析

一、语言赏析基本知识

（一）语言特点

1. 用词之美

（1）炼字：①准确、简练、深刻；②含蓄、直白、突出；③生动、形象、传神；④充满动感、充满想象等。

（2）叠词：①增强语言的生动性、形象性，使语言具有绘画美；②韵律铿锵悦耳，使语言富有音乐美；③叠字可以组成整齐的句式，使语言具有建筑美；④叠字能使意思强化，起到强调作用；⑤叠字能使上下文联系紧密，使文章有一气呵成之感。

（3）反复：突出某种思想，强调某种情感，具有强烈的抒情性和感染力。

2. 句式之美

（1）长句短句结合：行文错落有致，生动活泼，富于变化。

（2）整散句式结合：句式参差，错落有致，节奏顿挫，音韵和谐。

3. 修辞之美

如比喻句、排比句、拟人句、对偶句、反问句等。修辞方式是指修饰文字词句，运用各种方法，使语言表达得准确、鲜明而生动有力，情感真挚、强烈而又引人入胜。

4. 描写之美

如白描，细描，动静结合(以动衬静)，视、嗅、听结合(有色有声)，对比衬托，铺陈渲染，等等，使描写细致生动，形象鲜明。

（二）语言风格的类型

幽默风趣、典雅庄重、含蓄凝练、豪放、婉约、华丽、庄重典雅、简洁细腻等。

（三）语言特点达到的效果

1. 描写得如见其人、如听其言、令读者仿佛亲临其境；

2. 人物语言个性化，性格特点鲜明；

3. 叙述语言十分简洁、传神。

二、答题思路

语言特点 + 语言风格 + 效果

语言风格考点相关例题：

请分析《伤逝》（见书 P101）中的这段文字语言有何特色？

如果我能够，我要写下我的悔恨和悲哀，为子君，为自己。

会馆里的被遗忘在偏僻里的破屋是这样的寂静和空虚。时光过得真快，我爱子君，仗着她逃出这寂静和空虚，已经满一年了。事情又这么不凑巧，我重来时，偏偏空着的又只有这一间屋。依然是这样的破窗，这样的窗外的半枯的槐树和老紫藤，这样的窗前的方桌，这样的败壁，这样的靠壁的板床。深夜中独自躺在床上，就如我未曾和子君同居以前一般，过去一年中的时光全被消灭，全未有过，我并没有曾经从这破屋子搬出，在吉兆胡同创立了满怀希望的小小的家庭。

答案解析：采用了手记的形式和诗意的语言。通过涓生的内心独白，淋漓尽致地抒写热恋中的深情、新婚后的喜悦、失业后的惶恐、感情濒于破裂时的痛苦、分手后的绝望以及子君死后涓生的悔恨和悲愤的心境，字里行间充溢着浓郁的感情色彩。

50 GREAT
CHINESE SHORT STORIES
伟大的中国短篇小说

果麦 —— 编

（上）

花城出版社
中国·广州

果麦文化 出品

目录

1918	狂人日记　鲁迅	001
1918	牧羊哀话　郭沫若	012
1920	银灰色的死　郁达夫	022
1921	超人　冰心	036
1921	商人妇　许地山	043
1923	春风沉醉的晚上　郁达夫	058
1923	笑的历史　朱自清	072
1924	潘先生在难中　叶圣陶	083
1924	祝福　鲁迅	101
1925	竹林的故事　废名	116

1925	一个可怜的女子 冯铿	123
1925	伤逝 鲁迅	126
1925	离婚 鲁迅	144
1926	柚子 王鲁彦	153
1927	菱荡 废名	161
1929	牧场上 胡也频	166
1929	萧萧 沈从文	178
1930	为奴隶的母亲 柔石	192
1932	春蚕 茅盾	215
1932	迟桂花 郁达夫	238

| 1933 | 山峡中 | 269 |
| 艾芜 | | |

| 1933 | 月夜 | 286 |
| 巴金 | | |

| 1933 | 两个青蛙 | 294 |
| 萧红 | | |

| 1934 | 春桃 | 298 |
| 许地山 | | |

| 1934 | 九十九度中 | 318 |
| 林徽因 | | |

| 1934 | 热包子 | 337 |
| 老舍 | | |

| 1935 | 断魂枪 | 341 |
| 老舍 | | |

| 1935 | 上任 | 349 |
| 老舍 | | |

| 1936 | 大鼻子的故事 | 365 |
| 茅盾 | | |

| 1936 | 桥 | 385 |
| 萧红 | | |

1938	华威先生	397
	张天翼	

1942	月黑夜	405
	杨朔	

1943	小二黑结婚	420
	赵树理	

1945	荷花淀	436
	孙犁	

1948	邂逅	444
	汪曾祺	

1950	我们夫妇之间	455
	萧也牧	

1960	兰姨娘	475
	林海音	

1980	受戒	495
	汪曾祺	

1980	风筝飘带	515
	王蒙	

1984	桑园留念	536
	苏童	

1985	山上的小屋 残雪	544
1985	命若琴弦 史铁生	549
1988	鱼骨 迟子建	571
1995	狩猎 阿来	582
2000	出租车司机 薛忆沩	593
2001	猎人 贾平凹	602
2005	谜鸦 葛亮	618
2009	放生羊 次仁罗布	643
2012	如果大雪封门 徐则臣	660
2018	逍遥游 班宇	676

狂人日记

鲁迅

1918

　　某君昆仲,今隐其名,皆余昔日在中学时良友;分隔多年,消息渐阙。日前偶闻其一大病;适归故乡,迂道往访,则仅晤一人,言病者其弟也。劳君远道来视,然已早愈,赴某地候补[1]矣。因大笑,出示日记二册,谓可见当日病状,不妨献诸旧友。持归阅一过,知所患盖"迫害狂"之类。语颇错杂无伦次,又多荒唐之言;亦不著月日,惟墨色字体不一,知非一时所书。间亦有略具联络者,今撮录一篇,以供医家研究。记中语误,一字不易;惟人名虽皆村人,不为世间所知,无关大体,然亦悉易去。至于书名,则本人愈后所题,不复改也。七年四月二日识。

一

　　今天晚上,很好的月光。

1　候补:指没有补授实缺的官员在吏部候选后,吏部再汇例呈请分发的官员名单,根据职位、资格、班次,每月抽签一次,分发到某一部或某一省,听候委用。

我不见他，已是三十多年；今天见了，精神分外爽快。才知道以前的三十多年，全是发昏；然而须十分小心。不然，那赵家的狗，何以看我两眼呢？

我怕得有理。

二

今天全没月光，我知道不妙。早上小心出门，赵贵翁的眼色便怪：似乎怕我，似乎想害我。还有七八个人，交头接耳地议论我，张着嘴，对我笑了一笑；我便从头直冷到脚跟，晓得他们布置，都已妥当了。

我可不怕，仍旧走我的路。前面一伙小孩子，也在那里议论我；眼色也同赵贵翁一样，脸色也铁青。我想我同小孩子有什么仇，他也这样。忍不住大声说，"你告诉我！"他们可就跑了。

我想：我同赵贵翁有什么仇，同路上的人又有什么仇；只有廿年以前，把古久先生的陈年流水簿子[1]，踹了一脚，古久先生很不高兴。赵贵翁虽然不认识他，一定也听到风声，代抱不平；约定路上的人，同我作冤对。但是小孩子呢？那时候，他们还没有出世，何以今天也睁着怪眼睛，似乎怕我，似乎想害我。这真教我怕，教我纳罕而且伤心。

我明白了。这是他们娘老子教的！

1　陈年流水簿子：指我国封建主义统治的长久历史。

三

晚上总是睡不着。凡事须得研究，才会明白。

他们——也有给知县打枷过的，也有给绅士掌过嘴的，也有衙役占了他妻子的，也有老子娘被债主逼死的；他们那时候的脸色，全没有昨天这么怕，也没有这么凶。

最奇怪的是昨天街上的那个女人，打他儿子，嘴里说道，"老子呀！我要咬你几口才出气"！他眼睛却看着我。我出了一惊，遮掩不住；那青面獠牙的一伙人，便都哄笑起来。陈老五赶上前，硬把我拖回家中了。

拖我回家，家里的人都装作不认识我；他们的脸色，也全同别人一样。进了书房，便反扣上门，宛然是关了一只鸡鸭。这一件事，越教我猜不出底细。

前几天，狼子村的佃户来告荒，对我大哥说，他们村里的一个大恶人，给大家打死了；几个人便挖出他的心肝来，用油煎炒了吃，可以壮壮胆子。我插了一句嘴，佃户和大哥便都看我几眼。今天才晓得他们的眼光，全同外面的那伙人一模一样。

想起来，我从顶上直冷到脚跟。

他们会吃人，就未必不会吃我。

你看那女人"咬你几口"的话，和一伙青面獠牙人的笑，和前天佃户的话，明明是暗号。我看出他话中全是毒，笑中全是刀。他们的牙齿，全是白厉厉地排着，这就是吃人的家伙。

照我自己想，虽然不是恶人，自从踹了古家的簿子，可就难说了。他们似乎别有心思，我全猜不出。况且他们一翻脸，便说人是恶人。我还记得大哥教我做论，无论怎样好人，翻他几句，他便打上几个圈；原谅坏人几句，他便说"翻天妙手，与众不同"。我哪里猜得到他们的心思,究竟怎样;况且是要吃的时候。

凡事总须研究,才会明白。古来时常吃人,我也还记得,可是不甚清楚。我翻开历史一查,这历史没有年代,歪歪斜斜的每页上都写着"仁义道德"几个字。我横竖睡不着,仔细看了半夜,才从字缝里看出字来,满本都写着两个字是"吃人"!

书上写着这许多字,佃户说了这许多话,却都笑吟吟地睁着怪眼看我。

我也是人,他们想要吃我了!

四

早上,我静坐了一会。陈老五送进饭来,一碗菜,一碗蒸鱼;这鱼的眼睛,白而且硬,张着嘴,同那一伙想吃人的人一样。吃了几筷,滑溜溜的不知是鱼是人,便把他兜肚连肠地吐出。

我说:"老五,对大哥说,我闷得慌,想到园里走走。"老五不答应,走了;停一会,可就来开了门。

我也不动,研究他们如何摆布我;知道他们一定不肯放松。果然!我大哥引了一个老头子,慢慢走来;他满眼凶光,怕我看出,只是低头向着地,从眼镜横边暗暗看我。大哥说,"今天你仿佛很好。"我说"是的。"大哥说,"今天请何先生来,给你诊一诊。"我说"可以!"其实我岂不知道这老头子是刽子手扮的!无非借了看脉这名目,揣一揣肥瘠:因这功劳,也分一片肉吃。我也不怕;虽然不吃人,胆子却比他们还壮。伸出两个拳头,看他如何下手。老头子坐着,闭了眼睛,摸了好一会,呆了好一会;便张开他鬼眼睛说,"不要乱想。静静的养几天,就好了。"

不要乱想,静静的养!养肥了,他们是自然可以多吃;我有什么好处，怎么会"好了"？他们这群人，又想吃人，又是鬼鬼祟祟，想法子遮掩，不敢直接下手，真要令我笑死。我忍不住，便放声大笑起来，十分快活。自己晓得这笑声里面，有的是义勇和正气。老头子和大哥，都失了色，被我这勇气正气镇压住了。

但是我有勇气，他们便越想吃我，沾光一点这勇气。老头子跨出门，走不多远，便低声对大哥说道，"赶紧吃吧！"大哥点点头。原来也有你！这一件大发现，虽似意外，也在意中：合伙吃我的人，便是我的哥哥！

吃人的是我哥哥！

我是吃人的人的兄弟！

我自己被人吃了，可仍然是吃人的人的兄弟！

五

这几天是退一步想：假使那老头子不是刽子手扮的，真是医生，也仍然是吃人的人。他们的祖师李时珍做的"本草什么"上，明明写着人肉可以煎吃；他还能说自己不吃人么？

至于我家大哥，也毫不冤枉他。他对我讲书的时候，亲口说过可以"易子而食"；又一回偶然议论起一个不好的人，他便说不但该杀，还当"食肉寝皮"。我那时年纪还小，心跳了好半天。前天狼子村佃户来说吃心肝的事，他也毫不奇怪，不住地点头。可见心思是同从前一样狠。既然可以"易子而食"，便什么都易得，什么人都吃得。我从前单听他讲道理，也糊涂过去；现在晓得他讲道理的时候，不但唇边还抹着人油，而且心里满装着吃人的意思。

六

黑漆漆的,不知是日是夜。赵家的狗又叫起来了。

狮子似的凶心,兔子的怯弱,狐狸的狡猾,……

七

我晓得他们的方法,直接杀了,是不肯的,而且也不敢,怕有祸祟。所以他们大家联络,布满了罗网,逼我自戕。试看前几天街上男女的样子,和这几天我大哥的作为,便足可悟出八九分了。最好是解下腰带,挂在梁上,自己紧紧勒死;他们没有杀人的罪名,又偿了心愿,自然都欢天喜地地发出一种呜呜咽咽的笑声。否则惊吓忧愁死了,虽则略瘦,也还可以首肯几下。

他们是只会吃死肉的!——记得什么书上说,有一种东西,叫"海乙那[1]"的,眼光和样子都很难看;时常吃死肉,连极大的骨头,都细细嚼烂,咽下肚子去,想起来也教人害怕。"海乙那"是狼的亲眷,狼是狗的本家。前天赵家的狗,看我几眼,可见他也同谋,早已接洽。老头子眼看着地,岂能瞒得过我。

最可怜的是我的大哥,他也是人,何以毫不害怕;而且合伙吃我呢?还是历来惯了,不以为非呢?还是丧了良心,明知故犯呢?

我诅咒吃人的人,先从他起头;要劝转吃人的人,也先从他下手。

---

1 即 Hyena,鬣狗。

八

其实这种道理,到了现在,他们也该早已懂得,……

忽然来了一个人;年纪不过二十左右,相貌是不很看得清楚,满面笑容,对了我点头,他的笑也不像真笑。我便问他,"吃人的事,对么?"他仍然笑着说,"不是荒年,怎么会吃人。"我立刻就晓得,他也是一伙,喜欢吃人的;便自勇气百倍,偏要问他。

"对么?"

"这等事问他什么。你真会……说笑话。……今天天气很好。"

天气是好,月色也很亮了。可是我要问你,"对么?"

他不以为然了。含含糊糊地答道,"不……"

"不对?他们何以竟吃?!"

"没有的事……"

"没有的事?狼子村现吃;还有书上都写着,通红斩新!"

他便变了脸,铁一般青。睁着眼说,"有许有的,这是从来如此……"

"从来如此,便对么?"

"我不同你讲这些道理;总之你不该说,你说便是你错!"

我直跳起来,张开眼,这人便不见了。全身出了一大片汗。他的年纪,比我大哥小得远,居然也是一伙;这一定是他娘老子先教的。还怕已经教给他儿子了;所以连小孩子,也都恶狠狠地看我。

九

自己想吃人,又怕被别人吃了,都用着疑心极深的眼光,面面相觑。……

去了这心思，放心做事走路吃饭睡觉，何等舒服。这只是一条门槛，一个关头。他们可是父子兄弟夫妇朋友师生仇敌和各不相识的人，都结成一伙，互相劝勉，互相牵掣，死也不肯跨过这一步。

十

大清早，去寻我大哥；他立在堂门外看天，我便走到他背后，拦住门，格外沉静，格外和气地对他说，"大哥，我有话告诉你。"

"你说就是，"他赶紧回过脸来，点点头。

"我只有几句话，可是说不出来。大哥，大约当初野蛮的人，都吃过一点人。后来因为心思不同，有的不吃人了，一味要好，便变了人，变了真的人。有的却还吃，——也同虫子一样，有的变了鱼鸟猴子，一直变到人。有的不要好，至今还是虫子。这吃人的人比不吃人的人，何等惭愧。怕比虫子的惭愧猴子，还差得很远很远。

"易牙蒸了他儿子，给桀纣吃，还是一直从前的事。谁晓得从盘古开辟天地以后，一直吃到易牙的儿子；从易牙的儿子，一直吃到徐锡林；从徐锡林，又一直吃到狼子村捉住的人。去年城里杀了犯人，还有一个生痨病的人，用馒头蘸血舐。

"他们要吃我，你一个人，原也无法可想；然而又何必去入伙。吃人的人，什么事做不出；他们会吃我，也会吃你，一伙里面，也会自吃。但只要转一步，只要立刻改了，也就人人太平。虽然从来如此，我们今天也可以格外要好，说是不能！大哥，我相信你能说,前天佃户要减租,你说过不能。"

当初,他还只是冷笑,随后眼光便凶狠起来,一到说破他们的隐情,那就满脸都变成青色了。大门外立着一伙人,赵贵翁和他的狗,也在里面,都探头探脑地挨进来。有的是看不出面貌,似乎用布蒙着;有的是仍旧青面獠牙,抿着嘴笑。我认识他们是一伙,都是吃人的人。可是也晓得他们心思很不一样,一种是以为从来如此,应该吃的;一种是知道不该吃,可是仍然要吃,又怕别人说破他,所以听了我的话,越发气愤不过,可是抿着嘴冷笑。

这时候,大哥也忽然显出凶相,高声喝道,

"都出去!疯子有什么好看!"

这时候,我又懂得一件他们的巧妙了。他们岂但不肯改,而且早已布置;预备下一个疯子的名目罩上我。将来吃了,不但太平无事,怕还会有人见情。佃户说的大家吃了一个恶人,正是这方法。这是他们的老谱!

陈老五也气愤愤地直走进来。如何按得住我的口,我偏要对这伙人说,

"你们可以改了,从真心改起!要晓得将来容不得吃人的人,活在世上。

"你们要不改,自己也会吃尽。即使生得多,也会给真的人除灭了,同猎人打完狼子一样!——同虫子一样!"

那一伙人,都被陈老五赶走了。大哥也不知哪里去了。陈老五劝我回屋子里去。屋里面全是黑沉沉的。横梁和椽子都在头上发抖;抖了一会,就大起来,堆在我身上。

万分沉重,动弹不得;他的意思是要我死。我晓得他的沉重是假的,便挣扎出来,出了一身汗。可是偏要说,

"你们立刻改了,从真心改起!你们要晓得将来是容不得吃人的人,……"

十一

太阳也不出,门也不开,日日是两顿饭。

我捏起筷子,便想起我大哥;晓得妹子死掉的缘故,也全在他。那时我妹子才五岁,可爱可怜的样子,还在眼前。母亲哭个不住,他却劝母亲不要哭;大约因为自己吃了,哭起来不免有点过意不去。如果还能过意不去,……

妹子是被大哥吃了,母亲知道没有,我可不得而知。

母亲想也知道;不过哭的时候,却并没有说明,大约也以为应当的了。记得我四五岁时,坐在堂前乘凉,大哥说爷娘生病,做儿子的须割下一片肉来,煮熟了请他吃,才算好人;母亲也没有说不行。一片吃得,整个的自然也吃得。但是那天的哭法,现在想起来,实在还教人伤心,这真是奇极的事!

十二

不能想了。

四千年来时时吃人的地方,今天才明白,我也在其中混了多年;大哥正管着家务,妹子恰恰死了,他未必不和在饭菜里,暗暗给我们吃。

我未必无意之中,不吃了我妹子的几片肉,现在也轮到我自己,……

有了四千年吃人履历的我,当初虽然不知道,现在明白,难见真的人!

十三

没有吃过人的孩子,或者还有?

救救孩子……

牧羊哀话

郭沫若

1918

一

　　金刚山万二千峰的山灵，早把我的魂魄，从海天万里之外，接引到朝鲜来了。我到了朝鲜之后，住在这金刚山下，日本海上，一个小小的村落里面，村名叫着仙苍里。村上只有十来户人家，都是面海背山，半新不旧的茅屋。家家前面，有的是蒺藜墙围；更有花木桑松，时从墙头露见。村南村北，沿海一带，都是松林，只这村之近旁，有数亩农田，几园桑柘。菜花麦莠，把那农田数亩，早铺成金碧迷离。那东南边松树林中，有道小川，名叫赤壁江，汇集万二千峰的溪流，暮暮朝朝，带着哀怨的声音，被那狂暴的日本海潮吞吸而去。

　　我初到村里的时候，村里人疑我是假冒的中国人，家家都不肯留我寄宿。幸亏这村南尽头，有位姓尹的妈妈，年纪已在五十以上。一人孤居，长斋礼佛。她听明了我的来意，怜我万里远来，无亲无眷，才把我留在她家中住下了。尹妈门首，贴副白色门联，——朝鲜风俗尚白，门上春联，也用白纸，俨然如同国内丧事人家一般。联上写的现成语句："近水楼台先得月,向阳花木早逢春。"进得门去,小小一个中庭,薄有一些花木。正面家屋,是一列三间;中间正堂,两边住房,堂屋里有层隔壁,隔成前后两间,有户相通。前堂上首,有座神桌,当中供尊玉磁观音,左手有尊牌位,从户口望去,屋后似有菜圃一方,直接金刚山麓。尹妈叫我在这右手房中住下了。房里别无他物,只有一张短檠,两面推窗。像是久无人居,早变就灰尘世界。

住在尹妈家里,一个多星期的时间不知不觉地瞬已过我而去。我每日里,无论落雨天晴,从早起来,便去游山探胜,抵暮始归。一个多星期之中,除了村后的九仙峰外,这偌大个金刚,快要被我踏遍了。毗庐、弥勒、白马、永郎,凡这万二千峰的朝容晚态,雨趣晴姿,已深深印入我脑海之中;我只一闭眼,一凝眸,便一一如同活动电影一般,呈来我网膜之上。只可惜我不是文人,又不会画画:不能把它完完全全地写了出来,画了出来,送给我兄弟朋友们去看看呢。

二

独坐九仙峰顶,仙人井畔,西望那夕阳里的金刚,色相庄严,云烟浮动。我的灵魂,早已陶然沉醉,脱壳优游。忽然阵阵清风,从前山脚下,吹来一片歌声。哀婉凄凉,分明是女儿声息。侧耳听时,只听道:

> 太阳迎我上山来,
> 太阳送我下山去;
> 太阳下山有上时,

牧羊郎去无归时。
羊儿啼,
声甚悲。
羊儿望郎,郎可知?

歌声中断。随闻羝羊悲鸣声。铃声幽微,几不可辨。

羊儿颈上之铃儿,
一一是郎亲手系;
系铃人去无时归,
铃绦欲断铃儿危。
羊儿啼,
声甚悲。
羊儿望郎,郎可知?

歌声渐行渐远,荡漾在清和晚气之中,一声声彻入心脾,催人眼泪。

非我无剪刀,
不剪羊儿衣。
上有英郎金剪痕,
消时令我魂消去。
非我无青丝,
不把铃儿系。
我待铃绦一断时,
要到英郎身边去。

听到此处，我已忍不住涔着了泪水。我忙立起身来，站在山顶西北角上一棵松树脚下。往下看时，只见那往高城的路上，有群绵羊，可三十余头，带着薄暮的斜晖，围绕着一位女郎，徐徐而进。女郎头上顶着一件湖色帔衫，下面露出的是绛灰裙子，船鞋天足，随步随歌。歌声渐远，渐渐要不能辨悉了。

　　羊儿！羊儿！
　　你莫悲哀；
　　有我还在，
　　虎豹不敢来。
　　虎豹它纵来；
　　我们拼了命，
　　凭他衔去哉！
　　羊儿！羊儿！
　　你莫悲哀！

女郎的歌声，早随落日西沉。女郎的影儿，也被前山拖去了。我的灵魂，在清冷的山气中，受着洗礼。我立在松树脚下，不知过了几多时辰，早已万山入眠，群星闪目，远从那东海天边，更飞上了半规明镜。

三

——"大国的客人，那是我们闵家佩蕙小姐呢！"

我同尹妈二人，坐在堂檐边上，谈说日间所见。尹妈把那牧羊女郎的姓名告了我。

——"既是位名门小姐,为什么在这里亲自牧羊呢?"

我这一问,似乎打动了她无限的心事。她紧紧地望着空中皓月,半晌不曾回答我。我从月光之下,偷看得她的眼儿,早已成了两个泪湖。我失悔我不应该盘根究底,这样地苦了她。我正屏息悬心,搔摩不着,尹妈渐渐拭了眼泪,重新转向于我。

——"伤心的往事,本来想绝口不提。客人既是殷勤下问,我不能够辜负你。但这万绪千头,我不知道该从何处说起呢!"

停了一会,她又才往下说道:

——"佩苋小姐本不是这里的人,十年以前,她家住京城大汉门外。小姐的父亲闵崇华,本是李朝[1]的子爵。只因当时朝里,出了一派奸臣,勾引外人定下了什么合邦条约。闵子爵一连奏了几本,请朝廷除佞安邦,本本都不见批发。子爵见大势已去,不可挽回,便弃了官职,携带一门上下,才从京城里迁徙而来。

"子爵前配夫人金氏,十六年前早已过世。继配夫人李氏别无生育。金氏夫人死时,佩苋小姐年才五岁,子爵怜爱异常,命我一人贴身侍奉小姐。我们尹氏门中,先祖代代,都是闵府家人。我的丈夫尹石虎,也是闵府中司事。我从前本有个小儿,……"

说着说着,尹妈的声音便哽咽了起来。

——"我的儿子名叫尹子英,是闵子爵替他取的名字。子爵十分爱他,常叫他作'英儿英儿'。英儿比佩苋小姐长得一岁,小姐常叫他作英哥,英儿也僭分着叫小姐是苋妹。他们两人儿你怜我爱的,倒真正地如同同胞骨肉一样。

"李氏夫人也是名门小姐,从小时便到日本留学,毕业之后,又曾经游历过纽约、伦敦、巴黎、维也纳。算来是在国内的时候

---

[1] 李朝:朝鲜李氏封建王朝。

少,在国外的时候多呢。归国的时候,年才二十二岁,恰好金氏夫人下世后,已经满了三年。李府请人说合,不久便做了子爵的继室。子爵未弃官以前,李夫人在京城里社交场中要算是数一数二的社交家。客人,你请想想,这样个聪明伶俐、有学问、有才干的新夫人,怎么能自甘淡泊,久受这山村生活的辛苦呢?

"闵子爵迁到这儿来以后,便住在那高城静安寺中;摒去一切浮华,不干世务。只因寺里住不下多人,小姐已渐渐长大,便叫我们夫妇二人,来此仙苍里安身;只把英儿留在寺中,买了几十匹羊儿,叫他看管。那时候我那英儿已经长到十二岁上了。白日里每逢天晴,他便赶着羊儿在山前山后去放。有时佩荑小姐也同他一路牧羊。他们两人倒不知迷了多少回数路途,惹得我们受了多少回数的虚惊呢!

"我记得他们有一次到了半夜里还不见回寺。子爵以为是在我们家里耍着了,叫了几个寺僧来接。他们是并不在我们家里的。我们大家惊惶起来,忙分头去四处寻找。找到海金刚,远见得一群羊儿睡在海岸上。英儿靠着一个岩壁,佩荑小姐靠着英儿的肩头,他们俩早都睡熟了。那天晚上,也是有这样的月光。月光照耀着,海潮摇荡着,他们就好像睡在一个大摇篮里面一样。他们那时候儿的光景,我是再也不会忘记的呢!

"每逢落雨不能放羊的时候,英儿便在寺中随着住持僧众们操拳学武,晚来便同小姐两人在子爵面前读书写字。无风无浪地过了四年,我那英儿已经长到了十六岁,佩荑小姐也长到了十五岁上了。子爵常说,不久要带他们到你们大国去,使他们长长见识。唉!谁知天不从人愿,我那英儿,他就在那一年,……"

尹妈很伤心地哭了起来,恰巧那天上的月儿,也被一朵鹊黑的乌云遮了去,愈觉得令人凄楚不堪。我又不敢往下问,只得等

尹妈哭住了,才听她含泪说道:

——"他——他就在那年,被他的父——父亲——杀了!"

说着又哭了起来。我想找句话来安慰她,但连半句也找不出。我只得起去倒了杯茶来请她呷。她接在手中呷了数口,说道:

——"以下的话还长,等我去把英儿的遗书取了来再往下说吧。"

四

夜分已深,外边天气甚凉;尹妈叫我到房中去坐。我同她进了我的居室,同坐在地板上面——朝鲜人席地而坐,席地而寝,还存着我们古代的遗风。尹妈取了封书信来,我接在灯下看是:

母亲:

儿今放羊回家,在这羊栏旁边,拾得一封书信,明明是父亲遗失的。因为是已经开了封的,儿便把那内容取来一看——呀!母亲!儿不看犹可,看了之后,早令儿魂飞魄散!

母亲!儿今已决意救我子爵、蒉妹、父亲。儿不忍我父亲犯出这样大不义的罪行。儿想父亲定已来在寺中,儿却四处寻之不得。母亲!儿想此事声张出来,不仅父亲一人的攸关。儿今夜里要在寺中巡逻,能私下把父亲吓退,最为上策。

母亲!倘若儿万一是死了的时候,母亲!请你切莫悲哀!儿想生为亡国之民,倒不如早死为快。

母亲!时间已迫,不能多写。密书阅后,请火化之!抽屉中有日记二册请交蒉妹惠存。

儿子英跪禀

另外还有一封是：

石虎鉴：

　　十日不得见矣。君可于今夜来寺，我在房中内应，能一网打尽最好。诗笺一张，明明是首反诗。成功之后，快拿到长安寺中宪兵队去自首。有此一诗，便是赎身的符箓。

　　急切勿误！

闵李氏 六月十一日

炎阳何杲杲，晒我山头苗。土崩苗已死，炎阳心正骄。
安得后羿弓，射汝落海涛？安得鲁阳戈，挥汝下山椒？
羿弓鲁戈不可求，泪流成血洒山丘。
长昼漫漫何时夜，长恨漫漫何时休。

《怨日行》大韩遗民闵崇华挥汗书

　　尹妈等我一一看完，带着一种很沉抑的声音向我说道：

　　——"这其中的情节，客人，你可明白了？——我那英儿，他便在那年六月十一[1]的晚上死的。那天午饭过后，来了一位静安寺的沙弥，面交石虎书信一封。石虎随即出门去了，我只以为是子爵有事叫他，等到半夜过后，他才跟跟跄跄跑了回来。不多一刻，又听得有人叫门。我出去开门看时，两个寺僧向我问道：

　　——'尹妈妈！不好了！你的令郎被人杀了！'

　　"我听了这最后一声，便如晴天里一个霹雳，石虎他也像听见了：从房里跳了出来，叫着：'杀错了！杀错了！'飞也似的跑出

---

[1] 作者原注：当时朝鲜人都用阴历。

了门去。我也一直跑到静安寺去了。我先到英儿的住房里去，看见桌上有一封信，上写着'母亲亲启——子英'六个字，我把来抄入怀中；忙朝人声嘈杂处跑去。待我找到英儿的时候，只见他满脸都是血；他的心窝儿早已冰冷。我立即昏倒了去，不省人事。

"我醒来的时候，已是晴天白日。我疑我做了一个恶梦。待我定睛一看，我才睡在佩荑小姐的房里。小姐坐在我的旁边，已哭得两眼通红。我才伤心痛哭起来。我待要起身时，我的四肢手足就同瘫了的一般，再也不能动颤。小姐见我苏醒了转来，忙俯身来安慰我。我越发伤起心来，小姐也哭倒在我的身旁。

"不多一刻，子爵夫妇进得房来。子爵说道：

——'英儿不能不就殓了。石虎总不见个影儿。'

"我听了，才知道他并不曾来寺。我忽然才记起英儿的遗书来：请小姐从我怀中取出，递给子爵。子爵拆开看时，另外还有一封落出——便是那李氏夫人的密书了。李氏夫人随即走了出去。等子爵把英儿的遗书读完了之后，佩荑小姐也走了出去。我想来她定是去取日记的了，后来倒果也猜着。李氏夫人的密书，我不曾火化得，辗转请子爵看了。子爵气上加气，是不消说的。子爵闷了好半天，叫了几声'英儿'哭道：'我只望你早早成人，好替国家出力，谁知你才替我父女而死。唉！我还有什么心肠，再……？'

"子爵话犹未了，佩荑小姐从外跑了进来，报说李氏夫人在英儿房中自杀了！"

五

灯心将尽，惨淡不明。尹妈抽簪挑灯，息了一会，再往下说道：

——"李氏夫人同英儿的坟墓，都在静安寺的后山里。我在寺里足足睡了七日，到头也慢慢地好了起来。我那石虎他自从那晚去后，便永无消息，不知他到底是疯了，还是死了。我好了起来，本想留在寺中服侍子爵和小姐，是子爵万分不肯。子爵已经落发为僧。倒亏得佩羹小姐立意留在寺中，一面侍奉晨昏，一面又把英儿生前所看管的羊群，一手领承看管。客人！这便是我那佩羹小姐亲自牧羊的缘故了。

"小姐常对我说，自从英儿死后，大小羊儿，总是不肯十分进食。几年之内，早已死了一多半了。羊儿每死一匹，小姐总要伤心一场，还要在英儿的墓旁，替它作座羊冢。我想我那英儿，他在九泉之下，定会不十分寂寞的呢。"

六

听了尹妈一夕话，翻来覆去的，再也不能睡熟。好容易才一合眼，恍惚我的身子已在静安寺中。寺中果有尹子英的坟墓。墓前有道碑，上题"慈悲院童男尹子英之墓"十字。恍惚墓前的周围，果有无数的羊冢。又恍惚我日间所见的那佩羹小姐正跪在墓前哀祷。——

坟台全景，突然变成一个舞蹈场！场之中央，恍惚有对妙龄男女裸身歌舞。两人的周围恍惚有许多羊儿也人立而舞。又恍惚还有许多狮儿、豹儿、虎儿……也在里面。——

恍惚之间，突然来了位矮小的凶汉，向着我的脑袋，飒的一刀便斫了下来！我"啊"的一声，惊醒转来，出了一身冷汗；摩摩看时，算好，倒不是血液。

灯亮已息了，只可恨天尚未明。我盼不得早到天明，好拜辞了尹妈而去。像这样断肠的地方，伤心国土，谁有那铁石心肠，再能够多住片时半刻呢？

银灰色的死

郁达夫　1920

上

　　雪后的东京，比平时更添了几分生气。从富士山顶上吹下来的微风，总凉不了满都男女的火热的心肠。一千九百二十年前，在伯利恒的天空游动的那颗明星出现的日期又快到了。街街巷巷的店铺，都装饰得同新郎新妇一样，竭力地想多吸收几个顾客，好添这些年终的利泽，这正是贫儿富主，一样多忙的时候。这也是逐客离人，无穷伤感的时候。

　　在上野不忍池的近边，在一群乱杂的住屋的中间，有一间楼房，立在澄明的冬天的空气里。这一家人家，在这年终忙碌的时候，好像也没有什么生气似的，楼上的门窗，还紧紧地闭在那里。金黄的日球，离开了上野的丛林，已经高挂在海青色的天体中间，悠悠地在那里笑人间的多事了。

　　太阳的光线，从那紧闭的门缝中间，斜射到他的枕上的时候，他那一双同胡桃似的眼睛，就睁开了，他大约已经有二十四五岁的年纪。在黑漆漆的房内的光线里，他的脸色更加觉得灰白，从他面上左右高出的颧骨，同眼下的深深的眼窝看来，他却是一个清瘦的人。

他开了半只眼睛，看看桌上的钟，长短针正重叠在 X 字的上面。开了口，打了一个呵欠，他并不知道他自家是一个大悲剧的主人公，又仍旧嘶嘶地睡着了，半醒半觉地睡了一会，听着间壁的挂钟打了十一点之后，他才跳出被来。胡乱地穿好了衣服，跑下了楼，洗了手面，他就套上了一双破皮鞋，跑出外面去了。

他近来的生活状态，比从前大有不同的地方，自从十月底到如今，两个月的中间，他总每是昼夜颠倒的要到各处酒馆里去喝酒。东京的酒馆，当炉的大约都是十七八岁的少妇。他虽然知道她们是想骗他的金钱，所以肯同他闹，同他玩的，然而一到了太阳西下的时候，他总不能在家里好好地住着。有时候他想改过这恶习惯来，故意到图书馆里去取他平时所爱读的书来看，然而到了上灯的时候，他的耳朵里，忽然会有各种悲凉的小曲儿的歌声听见起来。他的鼻孔里，也会脂粉、香油、油沸鱼肉、香烟醇酒的混合的香味到来。他的书的字里行间，忽然会跳出一个红白的脸色来。一双迷人的眼睛，一点一点的扩大起来。同蔷薇花苞似的嘴唇，渐渐儿的开放起来，两颗笑靥，也看得出来了。洋磁似的一排牙齿，也看得出来了。他把眼睛一闭，他的面前，就有许多妙年的妇女坐在红灯的影里，微微的在那里笑着。也有斜视他的，也有点头的，也有把上下的衣服脱下来的，也有把雪样嫩的纤手伸给他的。到了那个时候，他总会不知不觉地跟了那只纤手跑去，同做梦的一样，走了出来。等到他的怀里有温软的肉体坐着的时候，他才知道他是已经不在图书馆内了。

昨天晚上，他也在这样的一家酒馆里坐到半夜过后一点钟的时候，才走出来，那时候他的神志已经不清了。在路上跌来跌去地走了一会,看看四周并不能看见一个人影,万户千门,都寂寂地闭在那里,只有一行参差不齐的门灯,黄黄的在街上投射出了几处朦胧的黑影。街心的两条电车的路线,在那里放磷火似的青光。他立住了足,靠着了大学的铁栏杆,仰起头来就看见了那十三夜的明月,同银盆似的浮在淡青色的空中。他再定睛向四面一看,才知道清静的电车线路上,电柱上,电线上,歪歪斜斜的人家的屋顶上,都洒满了同霜也似的月光。他觉得自家一个人孤冷得很,好像同遇着了风浪后的船夫,一个人在北极的雪世界里漂泊着的样子。背靠着了铁栏杆,他尽在那里看月亮。看了一会,他那一双衰弱得同老犬似的眼睛里,忽然滚下了两颗眼泪来。去年夏天,他结婚的时候的景象,同走马灯一样,旋转到他的眼前来了。

三面都是高低的山岭,一面宽广的空中,好像有江水的气味蒸发过来的样子。立在山中的平原里,向这空空荡荡的方面一望,谁都能生出一种灵异的感觉来,知道这天空的底下,就是江水了。在山坡的煞尾的地方,在平原的起头的区中,有几点人家,沿了一条同曲线似的清溪,散在疏林蔓草的中间。在一个多情多梦的夏天的深更里,因为天气热得很,他同他新婚的夫人,睡了一会,又从床上爬了起来,到朝溪的窗口去纳凉去。灯火已经吹灭了,月光从窗里射了进来。在藤椅上坐下之后,他看见月光射在他夫人的脸上。定睛一看,他觉得她的脸色,同大理白石的雕刻没有半点分别。看了一会儿,他心里害怕起来,就不知不觉地伸出了右手,摸上她的面去。

"怎么你的面上会这样凉的?"

"轻些儿吧,快三更了,人家已经睡着在那里,别惊醒了他们。"

"我问你,唉,怎么你的面上会一点儿血色都没有的呢?"

"所以我总是要早死的呀!"

听了她这一句话,他觉得眼睛里一霎时的热了起来。不知是什么缘故,他就忽然伸了两手,把她紧紧地抱住了。他的嘴唇贴上她的面上的时候,他觉得她的眼睛里,也有两条同泉似的眼泪在流下来。他们两人肉贴肉地泣了许久,他觉得胸中渐渐儿地舒爽起来了,望望窗外看,远近都洒满了皎洁的月光。抬头看看天,苍苍的天空里,有一条薄薄的云影,浮漾在那里。

"你看那天河。……"

"大约河边的那颗小小的星儿,就是我的星宿了。"

"什么星呀?"

"织女星。"

说到这里,他们就停着不说下去了。俩人默默地坐了一会儿,他尽眼看着那一颗小小的星,低声地对她说:

"我明年未必能回来,恐怕你要比那织女星更苦咧。"

他靠住了大学的铁栏杆,呆呆的尽在那里对了月光追想这些过去的情节。一想到最后的那一句话,他的眼泪便连连续续地流了下来,他的眼睛里,忽然看得见一条溪水来了。那一口朝溪的小窗,也映到了他的眼睛里来,沿窗摆着的一张漆的桌子,也映到了他的眼睛里来。桌上的一张半明不灭的洋灯,灯下坐着的一个二十岁前后的女子,那女子的苍白的脸色,一双迷人的大眼,小小的嘴唇的曲线,灰白的嘴唇,都映到了他的眼睛里来。他再也支持不住了,摇了一摇头,便自言自语地说:

"她死了,她是死了,十月二十八日那一个电报,总是真的。十一月初四的那一封信,总也是真的。可怜她吐血吐到气绝的时候,还在那里叫我的名字。"

一边流泪，一边他就站起来走，他的酒已经醒了，所以他觉得冷起来。到了这深更半夜，他也不愿意再回到他那同地狱似的家里去。他原来是寄寓在他的朋友的家里的，他住的楼上，也没有火钵，也没有生气，只有几本旧书，横摊在黄灰色的电灯光里等他，他愈想愈不愿意回去了，所以他就慢慢地走上上野的火车站去。原来日本火车站上的人是通宵不睡的，待车室里，有火炉生在那里，他上火车站去，就是想去烤火去的。

一直走到了火车站，清冷的路上并没有一个人同他遇见，进了车站，他在空空寂寂的长廊上，只看见两排电灯，在那里黄黄的放光。卖票房里，坐着二三个女事务员，在那里打呵欠。进了二等待车室，半醒半睡地坐了两个钟头，他看看火炉里的火也快完了。远远的有机关车的车轮声传来。车站里也来了几个穿制服的人在那里跑来跑去地跑，等了一会，从东北来的火车到了。车站上忽然热闹了起来，下车的旅客的脚步声同种种的呼唤声，混作了一处，传到他的耳膜上来，跟了一群旅客，他也走出火车站来了。出了车站，他仰起头来一看，只见苍色圆形的天空里，有无数星辰，在那里微动，从北方忽然来了一阵凉风，他觉得有点冷得难耐的样子。月亮已经下山了。街上有几个早起的工人，拉了车慢慢地在那里行走，各店家的门灯，都像倦了似的还在那里放光。走到上野公园的西边的时候，他忽然长叹了一声。朦胧的灯影里，息息索索地飞了几张黄叶下来，四边的枯树都好像活了起来的样子，他不觉打了一个冷噤，就默默地站住了。静静儿地听了一会，他觉得四边并没有动静，只有那辘辘的车轮声，同在梦里似的很远很远，断断续续的仍在传到他的耳朵里来，他才知道刚才的不过是几张落叶的声音。他走过观月桥的时候，只见池的彼岸一排不夜的楼台都沉在酣睡的中间。两行灯火，好像在那里嘲笑他的样子,他到家睡下的时候,东方早已灰白了。

中

这一天又是一天初冬好天气,午前十一点钟的时候,他急急忙忙地洗了手面,套上了一双破皮鞋,就跑出到外面来。

在蓝苍的天盖下,在和软的阳光里,无头无脑地走了一个钟头的样子,他才觉得饥饿了起来。身边摸摸看,他的皮包里,还有五元余钱剩在那里。半月前头,他看看身边的物件,都已卖完了,所以不得不把他亡妻的一个金刚石的戒指,当入当铺里去。他的亡妻的最后的这纪念物,只质了一百六十元钱,用不上半个月,如今也只有五元钱存在了。

"亡妻呀亡妻,你饶了我吧!"

他凄凉了一阵,羞愧了一阵,终究还不得不想到他目下的紧急的事情上去。他的肚里尽管在那里叽里咕噜地响。他算算看这五元余钱,断不能在上等的酒馆里去吃得醉饱,所以他就决意想到他无钱的时候常去的那一家酒馆里去。

那一家酒家,开设在植物园的近边,主人是一个五十光景的寡妇,当炉的就是这老寡妇的女儿,名叫静儿。静儿今年已经是二十岁了。容貌也只平常,但是她那一双同秋水似的眼睛,同白色人种似的高鼻,不知是什么理由,使得见过她一面的人,总忘她不了。并且静儿的性质和善得非常,对什么人总是一视同仁,装着笑脸的。她们那里,因为客人不多,所以并没有厨子。静儿的母亲,从前也在西洋菜馆里当过炉的,因此她颇晓得些调味的妙诀。他从前身边没有钱的时候,大抵总跑上静儿家里去的,一则因为静儿待他周到得很,二则因为他去惯了,静儿的母亲也信用他,无论多少,总肯替他挂账的。他酒醉的时候,每对静儿说他的亡妻是怎么好,怎么好,怎么被他母亲虐待,怎么的染了肺病,死的时候,怎么的盼望他。说到伤心的地方,他每流下泪来,静儿有时候也肯陪他哭的。他在静儿家里进出,虽然还不上两个月,然而静儿待他,竟好像同待几年前的老友一样了,静儿有时候有不快活的事情,也都告诉他的。据静儿说,无论男人女人,有秘密的事情,或者有伤心的事情的时候,总要有一个朋友,互相劝慰的能够讲讲才好。他同静儿,大约就是一对能互相劝慰的朋友了。

半月前头,他也不知道从什么地方听来的,只听说静儿"要嫁人去了"。他因为不愿意直接把这话来问静儿,所以他只是默默的在那里观察静儿的行状。心里既有了这一条疑心,所以他觉得静儿待他的态度,比从前总有些不同的地方。有一天将夜的时候,他正在静儿家坐着喝酒,忽然来了一个三十来岁的男人。静儿见了这男人,就丢下了他,马上去招呼这新来的男子;按理这原也是很平常的事情。静儿走开了,他只能同静儿的母亲去说些无关紧要的而且是无味的闲话。然而他一边说话,一边却在那里注意静儿和那男人的举动。等了半点多钟,静儿还尽在那里同那男人说笑,他等得不耐烦起来,就同伤弓的野兽一般,匆匆地走了。自从那一天起,到如今却有半个月的光景,他还没有上静儿家里去过。同静儿绝交之后,他喝酒更加厉害,想他亡妻的心思,也比从前更加沉痛了。

"能互相劝慰的知心好友,我现在上哪里去找得出这样的一个朋友呢!"

近来他于追悼亡妻之后,总要想到这一段结论上去。有时候他的亡妻的面貌,竟会同静儿的混到一处来。同静儿绝交之后,他觉得更加哀伤更加孤寂了。

他身边摸摸看,皮包里的钱只有五元余了。他就想把这事作了口实,跑上静儿的家里去。一边这样想,一边他又想起《坦好直》(Tannhäuser)里边的"盍县罢哈"(Wolfram von Eschenbach)来。

"千古的诗人盍县罢哈呀!我佩服你的大量。我佩服你真能用高洁的心情来爱'爱利查脱'(ELisabeth)。"

想到这里,他就唱了两句《坦好直》里边的唱句:

Dort ist sie; -nahe dich ihr ungestört !
So flieht für dieses Leben
Mir jeder Hoffnung Schein !
(Wagner's Tannhäuser)
(你且去她的裙边,去算清了你们的相思旧债!)
(可怜我一生孤冷!你看那镜里的名花,又成了泡影!)

念了几遍,他就自言自语地说:

"我可以去的,可以上她家里去的,古人能够这样的爱她的情人,我难道不能这样的爱静儿么?"

看他的样子,好像是对了人家在那里辩护他目下的行为似的,其实除了他自家的良心以外,却并没有人在那里责备他。

迟迟走到静儿家里的时候,她们母女两个,还刚才起来。静儿见了他,对他微微地笑了一脸,就问他说:

"你怎么这许久不上我们家里来?"

他心里想说:

"你且问问你自家看吧!"

但是见了静儿的那一副柔和的笑容,他什么也说不出来了,所以他只回答说:"我因为近来忙得非常。"

静儿的母亲听了他这一句话之后,就佯嗔佯怒地问他说:

"忙得非常?静儿的男人说近来你倒还时常上他家里去喝酒去的呢。"

静儿听了她母亲的话,好像有些难以为情的样子,所以对她母亲说:

"妈妈!"

他看了这些情节,就追问静儿的母亲说:

"静儿的男人是谁呀?"

"大学前面的那一家酒馆的主人,你还不知道么?"

他就回转头来对静儿说:

"你们的婚期是什么时候?恭喜你:希望你早早生一个又白又胖的好儿子,我们还要来吃喜酒哩。"

静儿对他呆看了一会儿,好像要哭出来的样子。停了一会儿,静儿问他说,"你喝酒么?"

他听她的声音,好像是在那里颤动似的。他也忽然觉得凄凉起来,一味悲酸,仿佛像晕船的人的呕吐,从肚里挤上了心来。他觉得一句话也说不出口了,只能把头点了几点,表明他是想喝酒的意思。他对静儿看了一眼,静儿也对他看了一眼,两人的视线,同电光似的闪发了一下,静儿就三脚两步地跑出外面去替他买下酒的菜去了。

静儿回来了之后,她的母亲就到厨下去做菜去,菜还没有好,酒已经热了。静儿就照常地坐在他面前,替他斟酒,然而他总不敢抬起头来看静儿一眼,静儿也不敢仰起头来看他。静儿也不言语,他也只默默地在那里喝酒。两人呆呆地坐了一会,静儿的母亲从厨下叫静儿说:

"菜做好了,你拿了去吧!"

静儿听了这话,却兀的不动身体,老是坐在那里。他不知不觉地偷看了一眼,静儿好像是在那里落眼泪了。

他胡乱地喝了几杯酒,吃了几盘菜,就歪歪斜斜地走了出来。外边街上,人声嘈杂得很。穿过了一条街,他就走到了一条清净的路上,走了几步,走上一处朝西的长坡的时候,看着太阳已经打斜了。远远地回转头来一看,植物园内的树林的梢头,都染成了一片绛黄的颜色,他也不知是什么缘故,对了西边地平线上溶在太阳光里的远山,和远近的人家的屋瓦上的残阳,都起了一种惜别的心情。呆呆地看了一会,他就回转了身,背负了夕阳的残照,向东的走上了长坡。

同在梦里一样,昏昏地走进了大学的正门之后,他忽听见有人叫他说:

"Y君,你上哪里去!年底你住在东京么?"

他仰起头来一看,原来是他的一个同学。新剪的头发,穿了一套新做的洋服,手里拿了一只旅行的藤箧,他大约是预备回家去过年的。他对他同学一看,就作了笑容,慌慌忙忙地回答说:

"是的,我什么地方都不去,你预备回家去过年去么?"

"对了,我是预备回家去的。"

"你看见你情人的时候,请你替我问问安吧。"

"可以的,她恐怕也在那里想你咧。"

"别取笑了,愿你平安回去,再会再会。"

"再会再会,哈……"

他的同学走开之后,他一个人冷冷清清地在薄暮的大学园中,呆呆地立了许多时候,好像是疯了似的。呆了一会,他又慢慢地向前走去,一边却在自言自语地说:

"他们都回家去了。他们都是有家庭的人。Oh! Home! Sweet home!"

他无头无脑地走到了家里，上了楼，在电灯底下坐了一会，他那昏乱的脑髓，把刚才在静儿家里听见过的话又重新想了出来：

"不错不错，静儿的婚期，就在新年的正月里了。"

他想了一会，就站了起来，把几本旧书，捆作一包，不慌不忙地把那一包旧书拿到了学校前边的一家旧书铺里。办了一个天大的交涉，把几个大天才的思想，仅仅换了九元余钱，还有一本英文的诗文集，因为旧书铺的主人，还价还得太贱了，所以他仍旧留着，没有卖去。

得了九元余钱，他心里虽然在那里替那些著书的天才抱不平，然而一边却满足得很。因为有了这九元余钱，他就可以谋一晚的醉饱，并且他的最大的目的，也能达得到了——就是用几元钱去买些礼物送给静儿的这一个宏愿——

从旧书铺走出来的时候，街上已经是黄昏的世界了，在一家卖给女子用的装饰品的店里，买了些丽绷（Ribbon）的犀簪同两瓶紫罗兰的香水，他就一直跑回到了静儿的家里。

静儿不在家，她的母亲只有一个人在那里烤火，见他又进来了，静儿的母亲好像有些嫌恶他的样子，所以就问他说：

"怎么你又来了？"

"静儿上哪里去了？"

"洗澡去了。"

听了这话，他就走近她的身边去，把怀里藏着的那些丽绷香水拿了出来，并且对她说：

"这一些微物，请你替我送给静儿，就算作了我送给她的嫁礼吧。"

静儿的母亲见了那些礼物，就满脸装起笑容来说：

"多谢多谢，静儿回来的时候，我再叫她来道谢吧。"

他看看天色已经晚了，就叫静儿的母亲再去替他烫一瓶酒，做几盘菜来，他喝酒正喝到第二瓶的时候，静儿回来了。静儿见他又坐在那里喝酒，不觉呆了一呆，就向他说：

"啊，你又……"

静儿到厨下去转了一转，同她的母亲说了几句话，就回到他这里来。他以为她是来道谢的，然而关于刚才的礼物的话，她却一句也不说，呆呆地坐在他的面前，尽一杯一杯的只在那里替他斟酒。到后来他拼命地叫她取酒的时候，静儿就红了两眼，对他说：

"你不喝了吧，喝了这许多酒，难道还不够么？"

他听了这话，更加痛饮起来了。他心里的悲哀的情调，正不知从哪里说起才好，他一边好像是对了静儿已经复了仇，一边好像也是在那里哀悼自家的样子。

在静儿的床上醉卧了许久，到了半夜后二点钟的时候，他才跟跟跄跄地跑出静儿的家来。街上岑寂得很，远近都洒满了银灰色的月光，四边并无半点动静，除了一声两声的幽幽犬吠声之外，这广大的世界，好像是已经死绝了的样子。跌来跌去地走了一会，他又忽然遇着了一个卖酒食的夜店。他摸摸身边看，袋里还有四五张五角钱的钞票剩在那里。在夜店里他又重新饮了一个尽量。他觉得大地高天，和四周的房屋，都在那里旋转的样子。倒前冲后地走了两个钟头，他只见他的面前现出了一块大大的空地来。月光的凉影，同各种物体的黑影，混作了一团，映到他的眼睛里来。

"此地大约已经是女子医学专门学校了吧。"

这样的想了一想，神志清了一清，他的脑里，又起了痉挛，他又不是现在的他了。几天前的一场情景，便同电影似的，飞到了他的眼前。

天上飞满暗灰色的寒云，北风紧得很，在落叶萧萧的树影里，他站在上野公园的精养轩的门口，在那里接客。这一天是他们同乡开会欢迎W氏的日期，在人来人往之中，他忽然看见一个十七八岁的女子，穿了女子医学专门学校的制服，不忙不迫地走来赴会。他起初见她面的时候，不觉呆了一呆。等那女子走近他身边的时候，他才同梦里醒转来的人一样，慌慌忙忙走上前去，对她说：

"你把帽子外套脱下来交给我吧。"

两个钟头之后，欢迎会散了。那时候差不多已经有五点钟的光景。出口的地方，取帽子外套的人，挤得厉害。他走下楼来的时候，见那女子还没穿外套，呆呆地立在门口，所以他就走上去同她说：

"你的外套去取了没有？"

"还没有。"

"你把那铜牌交给我，我替你去取吧。"

"谢谢。"

在苍茫的夜色中，他见了她那一副细白的牙齿，觉得心里爽快得非常。把她的外套帽子取来了之后，他就跑过后面去，替她把外套穿上了。她回转头来看了他一眼，就急急地从门口走了出去。他追上了一步，放大了眼睛看了一忽，她那细长的影子，就在黑暗的中间消失了。

想到这里，他觉得她那纤软的身体似乎刚在他面前擦过的样子。

"请你等一等吧!"

这样的叫了一声,上前冲了几步,他那又瘦又长的身体,就横倒在地上了。

月亮打斜了。女子医学校前空地上,又增了一个黑影,四边静寂得很。银灰色的月光,洒满了那一块空地,把世界的物体都净化了。

下

十二月二十六日的早晨,太阳依旧由东方升了起来,太阳的光线,射到牛込区役所前的揭示场的时候,有一个区役所老仆,拿了一张告示,正在贴上揭示场的板去。那一张告示说:

> 行路病者,年龄约可二十四五之男子一名,身长五尺五寸,貌瘦,色枯黄,颧骨颇高,发长数寸,乱披额上,此外更无特征。
>
> 衣黑色哔叽洋服一袭。衣袋中有 *Ernest Dowson's Poems and Prose* 一册,五角钞票一张,白绫手帕一方,女人物也,上有 S.S. 等略字。身边遗留有黑色软帽一顶,穿黄色浅皮鞋,左右各已破损。
>
> 病为脑溢血。本月二十六日午前九时,在牛込若松町女子医学专门学校前之空地上发见,距死时约四小时。因不知死者姓名住址,故为代付火葬。
>
> 牛込区役所示

超人

冰心

1921

何彬是一个冷心肠的青年。从来没有人看见他和人有什么来往。他住的那一座大楼上,同居的人很多,他却都不理人家,也不和人家在一间食堂里吃饭,偶然出入遇见了,轻易也不招呼。邮差来的时候,许多青年欢喜跳跃着去接他们的信;何彬却永远得不着一封信。他除了每天在局里办事,和同事们说几句公事上的话;以及房东程姥姥替他端饭的时候,也说几句照例的应酬话,此外就不开口了。

他不但是和人没有交际,凡带一点生气的东西,他都不爱;屋里连一朵花,一根草,都没有,冷阴阴的如同山洞一般。书架上却堆满了书。他从局里低头独步的回来,关上门,摘下帽子,便坐在书桌旁边,随手拿起一本书来,无意识地看着,偶然觉得疲倦了,也站起来在屋里走了几转;或是拉开帘幕望一望,但不多一会儿,便又闭上了。

程姥姥总算是他另眼看待的一个人:她端进饭去,有时便站在一边,絮絮叨叨地和他说话,也问他为何这样孤零。她问上几十句,何彬偶然答应几句说:"世界是虚空的,人生是无意识的。

人和人,和宇宙,和万物的聚合,都不过如同演剧一般:上了台是父子母女,亲密的了不得;下了台,摘了假面具,便各自散了。哭一场也是这么一回事,笑一场也是这么一回事,与其互相牵连,不如互相遗弃;而且尼采说得好,爱和怜悯都是恶……"

程姥姥听着虽然不很明白,却也懂得一半,便笑道:"要这样,活在世上有什么意思?死了,灭了,岂不更好,何必穿衣吃饭?"他微笑道:"这样,岂不又太把自己和世界都看重了。不如行云流水似的,随它去就完了。"程姥姥还要往下说话,看见何彬面色冷然,低着头只管吃饭,也便不敢言语。

这一夜他忽然醒了。听得对面楼下凄惨地呻吟着,这痛苦的声音,断断续续的,在这沉寂的黑夜里只管颤动。他虽然毫不动心,却也搅得他一夜睡不着。月光如水,从窗纱外泻将进来。他想起了许多幼年的事情,——慈爱的母亲,天上的繁星,院子里的花……他的脑子累极了,极力地想摈绝这些思想,无奈这些事只管奔凑了来,直到天明,才微微的合一合眼。

他听了三夜的呻吟,看了三夜的月,想了三夜的往事。——

眠食都失了次序,眼圈儿也黑了,脸色也惨白了。偶然照了照镜子,自己也微微的吃了一惊,他每天还是机械似的做他的事——然而在他空洞洞的脑子里,凭空添了一个深夜的病人。

第七天早起,他忽然问程姥姥对面楼下的病人是谁?程姥姥一面惊讶着,一面说:"那是厨房里跑街的孩子禄儿,那天上街去了,不知道为什么把腿摔坏了,自己买块膏药贴上了,还是不好,每夜呻吟的就是他。这孩子真可怜,今年才十二岁呢,素日他勤勤恳恳极疼人的……"何彬自己只管穿衣戴帽,好像没有听见似的,自己走到门边。程姥姥也住了口,端起碗来,刚要出门。何彬慢慢地从袋里拿出一张钞票来,递给程姥姥说:"给那禄儿罢,叫他请大夫治一治。"说完了，头也不回，径自走了。——程姥姥一看那巨大的数目，不禁愕然，何先生也会动起慈悲念头来，这是破天荒的事情呵！她端着碗，站在门口，只管出神。

呻吟的声音，渐渐的轻了，月儿也渐渐的缺了。何彬还是朦朦胧胧的——慈爱的母亲，天上的繁星，院子里的花……他的脑子累极了，竭力地想摈绝这些思想，无奈这些事只管奔凑了来。

过了几天，呻吟的声音住了，夜色依旧沉寂着，何彬依旧"至人无梦"地睡着。前几夜的思想，不过如同晓月的微光，照在冰山的峰尖上，一会儿就过去了。

程姥姥带着禄儿几次来叩他的门，要跟他道谢；他好像忘记了似的，冷冷地抬起头来看了一看，又摇了摇头，仍去看他的书。禄儿仰着黑胖的脸，在门外张着，几乎要哭了出来。

这一天晚饭的时候，何彬告诉程姥姥说他要调到别的局里去了，后天早晨便要起身，请她将房租饭钱，都清算一下。程姥姥觉得很失意，这样清净的住客，是少有的，然而究竟留他不得，便连忙和他道喜。他略略地点一点头，便回身去收拾他的书籍。

他觉得很疲倦，一会儿便睡下了。——忽然听得自己的门钮动了几下，接着又听见似乎有人用手推的样子。他不言不动，只静静地卧着，一会儿也便杳无声息。

第二天他自己又关着门忙了一天，程姥姥要帮助他，他也不肯，只说有事的时候再烦她。程姥姥下楼之后，他忽然想起一件事来，绳子忘了买了。慢慢地开了门，只见人影儿一闪，再看时，禄儿在对面门后藏着呢。他踌躇着四围看了一看，一个仆人都没有，便唤："禄儿，你替我买几根绳子来。"禄儿赸赸地走过来，欢天喜地的接了钱，如飞走下楼去。

不一会儿，禄儿跑得通红的脸，喘息着走上来，一只手拿着绳子,一只手背在身后,微微露着一两点金黄色的星儿。他递过了绳子,仰着头似乎要说话,那只手也渐渐地回过来。何彬却不理会,拿着绳子自己走进去了。

他忙着都收拾好了,握着手周围看了看,屋子空洞洞的——睡下的时候,他觉得热极了,便又起来,将窗户和门,都开了一缝,凉风来回地吹着。

"依旧热得很。脑筋似乎很杂乱,屋子似乎太空沉。——累了两天了,起居上自然有些反常。但是为何又想起深夜的病人。——慈爱的……,不想了,烦闷得很!"

微微的风,吹扬着他额前的短发,吹干了他头上的汗珠,也渐渐地将他扇进梦里去。四面的白壁,一天的微光,屋角几堆的黑影。时间一分一分地过去了。

慈爱的母亲,满天的繁星,院子里的花。不想了,——烦闷……闷……

黑影漫上屋顶去,什么都看不见了,时间一分一分地过去了。

风大了,那壁厢放起光明。繁星历乱地飞舞进来。星光中间,缓缓地走进一个白衣的妇女,右手撩着裙子,左手按着额前。走近了,清香随将过来;渐渐地俯下身来看看,静穆不动地看着,——目光里充满了爱。

神经一时都麻木了!起来吧,不能,这是摇篮里,呀!母亲,——慈爱的母亲。

母亲呵!我要起来坐在你的怀里,你抱我起来坐在你的怀里。

母亲呵!我们只是互相牵连,永远不互相遗弃。

渐渐地向后退了,目光仍旧充满了爱。模糊了,星落如雨,横飞着都聚到屋角的黑影上。——

"母亲呵,别走,别走!……"

十几年来隐藏起来的爱的神情，又呈露在何彬的脸上；十几年来不见点滴的泪儿，也珍珠般散落了下来。

清香还在，白衣的人儿还在。微微地睁开眼，四面的白壁，一天的微光，屋角的几堆黑影上，送过清香来。——刚动了一动，忽然觉得有一个小人儿，蹑手蹑脚地走了出去，临到门口，还回过小脸儿来，望了一望。他是深夜的病人——是禄儿。

何彬竭力地坐起来。那边捆好了的书籍上面，放着一篮金黄色的花儿。他穿着单衣走了过去，花篮底下还压着一张纸，上面大字纵横，借着微光看时，上面是：

  我也不知道怎样可以报先生的恩德。我在先生门口看了几次，桌子上都没有摆着花儿。——这里有的是卖花的，不知道先生看见过没有？——这篮子里的花，我也不知道是什么名字，是我自己种的，倒是香得很，我最爱它。我想先生也必是爱它。我早就要送给先生了，但是总没有机会。昨天听见先生要走了，所以赶紧送来。

  我想先生一定是不要的。然而我有一个母亲，她因为爱我的缘故，也很感激先生。先生有母亲么？她一定是爱先生的。这样我的母亲和先生的母亲是好朋友了。所以先生必要收母亲的朋友的儿子的东西。

禄儿叩上

何彬看完了，捧着花儿，回到床前，什么定力都尽了，不禁呜呜咽咽地痛哭起来。

清香还在，母亲走了！窗内窗外，互相辉映的，只有月光，星光，泪光。

早晨程姥姥进来的时候，只见何彬都穿着好了，帽儿戴得很低，背着脸站在窗前。程姥姥赔笑着问他用不用点心，他摇了摇头。——车也来了，箱子也都搬下去了，何彬泪痕满面，静默无声地谢了谢程姥姥，提着一篮的花儿，遂从此上车走了。禄儿站在程姥姥的旁边，两个人的脸上，都堆着惊讶的颜色。看着车尘远了，程姥姥才回头对禄儿说："你去把那间空屋子收拾收拾，再锁上门吧，钥匙在门上呢。"

屋里空洞洞的，床上却放着一张纸，写着：

小朋友禄儿：

　　我先要深深地向你谢罪，我的恩德，就是我的罪恶。你说你要报答我，我还不知道我应当怎样的报答你呢！

　　你深夜的呻吟，使我想起了许多的往事。头一件就是我的母亲，她的爱可以使我止水似的感情，重要荡漾起来。我这十几年来，错认了世界是虚空的，人生是无意识的，爱和怜悯都是恶德。我给你那医药费，里面不含着丝毫的爱和怜悯，不过是拒绝你的呻吟，拒绝我的母亲，拒绝了宇宙和人生，拒绝了爱和怜悯。上帝呵！这是什么念头呵！

　　我再深深地感谢你从天真里指示我的那几句话。小朋友呵！不错的，世界上的母亲和母亲都是好朋友，世界上的儿子和儿子也都是好朋友，都是互相牵连，不是互相遗弃的。

　　你送给我那一篮花之先，我母亲已经先来了。她带了你的爱来感动我。我必不忘记你的花和你的爱，也请你不要忘了，你的花和你的爱，是借着你朋友的母亲带了来的！

　　我是冒罪丛过的，我是空无所有的，更没有东西配送给你。——然而这时伴着我的，却有悔罪的泪光，半弦的月光，灿烂的星光。宇宙间只有它们是纯洁无疵的。我要用一缕柔丝，将泪珠儿穿起，系在弦月的两端，摘下满天的星儿来，或盛在弦月的圆凹里，不也是一篮金黄色的花儿么？它的香气，就是悔罪的人呼吁的言辞，请你收了罢。只有这一篮花配送给你！

天已明了，我要走了。没有别的话说了，我只感谢你，小朋友，再见！再见！世界上的儿子和儿子都是好朋友，我们永远是牵连着呵！

何彬草

我写了这一大段，你未必都认得都懂得；然而你也用不着都懂得，因为你懂得的，比我多得多了！又及。

"他送给我的那一篮花儿呢？"禄儿仰着黑胖的脸儿，呆呆地望着天上。

商人妇

许地山

1921

"先生,请用早茶。"这是二等舱的侍者催我起床的声音。我因为昨天上船的时候太过忙碌,身体和精神都十分疲倦,从九点一直睡到早晨七点还没有起床。我一听侍者的招呼,就立刻起来,把早晨应办的事情弄清楚,然后到餐厅去。

那时节餐厅里满坐了旅客。个个在那里喝茶,说闲话:有些预言欧战谁胜谁负的;有些议论袁世凯该不该做皇帝的;有些猜度新加坡印度兵变乱是不是受了印度革命党鼓动的。那种唧唧咕咕的声音,弄得一个餐厅几乎变成菜市。我不惯听这个,一喝完茶就回到自己的舱里,拿了一本《西青散记》跑到右舷找一个地方坐下,预备和书里的双卿谈心。

我把书打开,正要看时,一位印度妇人携着一个七八岁的孩子来到跟前,和我面对面地坐下。这妇人,我前天在极乐寺放生池边曾见过一次;我也瞧着她上船;在船上也是常常遇见她在左右舷乘凉。我一瞧见她,就动了我的好奇心;因为她的装束虽是印度的,然而行动却不像印度妇人。

我把书搁下,偷眼瞧她,等她回眼过来瞧我的时候,我又装作念书。我好几次是这样办,恐怕她疑我有别的意思,此后就低着头,再也不敢把眼光射在她身上。她在那里信口唱些印度歌给小孩听,那孩子也指东指西问她说话。我听她的回答,无意中又把眼睛射在她脸上。她见我抬起头来,就顾不得和孩子周旋,急急地用闽南土话问我说:"这位老叔,你也是要到新加坡去么?"她的口腔很像海澄的乡人,所问的也带着乡人的口气。在说话之间,一字一字慢慢地拼出来,好像初学说话的一样。我被她这一问,心里的疑团结得更大,就回答说:"我要回厦门去。你曾到过我们那里么?为什么能说我们的话?""呀!我想你瞧我的装束像印度妇女,所以猜疑我不是唐山(华侨叫祖国做唐山)人。我实在告诉你,我家就在鸿渐。"

那孩子瞧见我们用土话对谈,心里奇怪得很,他摇着妇人的膝头,用印度话问道:"妈妈,你说的是什么话?他是谁?"也许那孩子从来不曾听过她说这样的话,所以觉得稀奇。我巴不得快点知道她的底蕴,就接着问她:"这孩子是你养的么?"她先回答了孩子,然后向我叹一口气说:"为什么不是呢!这是我在麻德拉斯养的。"

我们越谈越熟,就把从前的畏缩都除掉。自从她知道我的里居、职业以后,她再也不称我做"老叔",更转口称我做"先生"。她又把麻德拉斯大概的情形说给我听。我因为她的境遇很稀奇,就请她详详细细地告诉我。她谈得高兴,也就应许了。那时,我才把书收入口袋里,注神听她诉说自己的历史。

我十六岁就嫁给青礁林荫乔为妻。我的丈夫在角尾开糖铺。他回家的时候虽然少,但我们的感情决不因为这样就生疏。我和他过了三四年的日子,从不曾拌过嘴,或闹过什么意见。有一天,他从角尾回来,脸上现出忧闷的容貌。一进门就握着我的手说:"惜官（闽俗：长辈称下辈或同辈的男女彼此相称，常加'官'字在名字之后），我的生意已经倒闭，以后我就不到角尾去啦。"我听了这话，不由得问他："为什么呢？是买卖不好吗？"他说："不是，不是，是我自己弄坏的。这几天那里赌局，有些朋友招我同玩，我起先赢了许多，但是后来都输得精光，甚至连店里的生财家伙，也输给人了。……我实在后悔，实在对你不住。"我怔了一会，也想不出什么合适的话来安慰他，更不能想出什么话来责备他。

他见我的泪流下来，忙替我擦掉，接着说："哎！你从来不曾在我面前哭过；现在你向我掉泪，简直像熔融的铁珠一滴一滴地滴在我心坎儿上一样。我的难受，实在比你更大。你且不必担忧，我找些资本再做生意就是了。"

当下我们二人面面相觑，在那里静静地坐着。我心里虽有些规劝的话要对他说，但我每将眼光射在他脸上的时候，就觉得他有一种妖魔的能力，不容我说，早就理会了我的意思。我只说："以后可不要再耍钱，要知道赌钱……"

他在家里闲着，差不多有三个月。我所积的钱财倒还够用，所以家计用不着他十分挂虑。他镇日出外借钱做资本，可惜没有人信得过他，以致一文也借不到。他急得无可奈何，就动了过番（闽人说到南洋为过番）的念头。

他要到新加坡去的时候，我为他摒挡一切应用的东西，又拿了一对玉手镯教他到厦门兑来做盘费。他要趁早潮出厦门，所以我们别离的前一夕足足说了一夜的话。第二天早晨，我送他上小船，独自一人走回来，心里非常烦闷，就伏在案上，想着到南洋去的男子多半不想家，不知道他会这样不会。正这样想，蓦然一片急步声达到门前，我认得是他，忙起身开了门，问："是漏了什么东西忘记带去么？"他说："不是，我有一句话忘记告诉你：

我到那边的时候,无论做什么事,总得给你来信。若是五六年后我不能回来,你就到那边找我去。"我说:"好吧。这也值得你回来叮咛,到时候我必知道应当怎样办的。天不早了,你快上船去吧。"他紧握着我的手,长叹了一声,翻身就出去了。我注目直送到榕荫尽处,瞧他下了长堤,才把小门关上。

我与林荫乔别离那一年,正是二十岁。自他离家以后,只来了两封信,一封说他在新加坡丹让巴葛开杂货店,生意很好。一封说他的事情忙,不能回来。我连年望他回来完聚,只是一年一年的盼望都成虚空了。

邻舍的妇人常劝我到南洋找他去。我一想,我们夫妇离别已经十年,过番找他虽是不便,却强过独自一人在家里挨苦。我把所积的钱财检妥,把房子交给乡里的荣家长管理,就到厦门搭船。

我第一次出洋,自然受不惯风浪的颠簸,好容易到了新加坡。那时节,我心里的喜欢,简直在这辈子里头不曾再遇见。我请人带我到丹让巴葛义和诚去。那时我心里的喜欢更不能用言语来形容。我瞧店里的买卖很热闹,我丈夫这十年间的发达,不用我估量,也就罗列在眼前了。

但是店里的伙计都不认识我,故得对他们说明我是谁,和来意。有一位年轻的伙计对我说:"头家(闽人称店主为头家)今天没有出来,我领你到住家去吧。"我才知道我丈夫不在店里住;同时我又猜他定是再娶了,不然,断没有所谓住家的。我在路上就向伙计打听一下,果然不出所料!

人力车转了几个弯,到一所半唐半洋的楼房停住。伙计说:"我先进去通知一声。"他撇我在外头,许久才出来对我说:"头家早晨出去,到现在还没有回来哪。头家娘请你进去里头等他一会儿,也许他快要回来。"他把我两个包袱——那就是我的行李——

拿在手里，我随着他进去。

我瞧见屋里的陈设十分华丽。那所谓头家娘的，是一个马来妇人，她出来，只向我略略点了一个头。她的模样，据我看来很不恭敬，但是南洋的规矩我不懂得，只得陪她一礼。她头上戴的金刚钻和珠子，身上缀的宝石、金、银，衬着那副黑脸孔，越显出丑陋不堪。

她对我说了几句套话，又叫人递一杯咖啡给我，自己在一边吸烟、嚼槟榔，不大和我攀谈。我想是初会生疏的缘故，所以也不敢多问她的话。不一会，得得的马蹄声从大门直到廊前，我早猜着是我丈夫回来了。我瞧他比十年前胖了许多，肚子也大起来了。他口里含着一支雪茄，手里扶着一根象牙杖，下了车，踏进门来，把帽子挂在架上。见我坐在一边，正要发问，那马来妇人上前向他唧唧咕咕地说了几句。她的话我虽不懂得，但瞧她的神气像有点不对。

我丈夫回头问我说："惜官，你要来的时候，为什么不预先通知一声？是谁叫你来的？"我以为他见我以后，必定要对我说些温存的话，哪里想到反把我诘问起来！当时我把不平的情绪压下，赔笑回答他，说："唉，荫哥，你岂不知道我不会写字么？咱们乡下那位写信的旺师常常给人家写别字，甚至把意思弄错了；因为这样，所以不敢央求他替我写。我又是决意要来找你的，不论迟早总得动身，又何必多费这番工夫呢？你不曾说过五六年后若不回去，我就可以来吗？"我丈夫说："吓！你自己倒会出主意。"他说完，就横横地走进屋里。

我听他所说的话，简直和十年前是两个人。我也不明白其中的缘故：是嫌我年长色衰呢，我觉得比那马来妇人还俊得多；是嫌我德行不好呢，我嫁他那么多年，事事承顺他，从不曾做过越出范围的事。荫哥给我这个闷葫芦,到现在我还猜不透。

他把我安顿在楼下,七八天的工夫不到我屋里,也不和我说话。那马来妇人倒是很殷勤,走来对我说:"荫哥这几天因为你的事情很不喜欢。你且宽怀,过几天他就不生气了。晚上有人请咱们去赴席,你且把衣服穿好,我和你一块儿去。"

她这种甘美的语言,叫我把从前猜疑她的心思完全打消。我穿的是湖色布衣,和一条大红绉裙,她一见了,不由得笑起来。我觉得自己满身村气,心里也有一点惭愧。她说:"不要紧,请咱们的不是唐山人,定然不注意你穿的是不是时新的样式。咱们就出门罢。"

马车走了许久,穿过一丛椰林,才到那主人的门口。进门是一个很大的花园,我一面张望,一面随着她到客厅去。那里果然有很奇怪的筵席摆设着。一班女客都是马来人和印度人。她们在那里叽里咕噜地说说笑笑,我丈夫的马来妇人也撇下我去和她们谈话。不一会,她和一位妇人出去,我以为她们逛花园去了,所以不大理会。但过了许久的工夫,她们只是不回来,我心急起来,就向在座的女人说:"和我来的那位妇人往哪里去?"她们虽能会意,然而所回答的话,我一句也懂不得。

我坐在一个软垫上,心头跳动得很厉害。一个仆人拿了一壶水来,向我指着上面的筵席作势。我瞧见别人洗手,知道这是食前的规矩,也就把手洗了。她们让我入席,我也不知道哪里是我应当坐的地方,就顺着她们指定给我的座位坐下。她们祷告以后,才用手向盘里取自己所要的食品。我头一次掬东西吃,一定是很不自然,她们又教我用指头的方法。我在那时,很怀疑我丈夫的马来妇人不在座,所以无心在筵席上张罗。

筵席撤掉以后,一班客人都笑着向我亲了一下吻就散了。当时我也要跟她们出门,但那主妇叫我等一等。我和那主妇在屋里指手画脚做哑谈,正笑得不可开交,一位五十来岁的印度男子从外头进来。那主妇忙起身向他说了几句话,就和他一同坐下。我在一个生地方遇见生面的男子,自然羞缩到了不得。那男子走到我跟前说:"喂,你已是我的人啦。我用钱买你。你住这里好。"他说的虽是唐话,但语格和腔调全是不对的。我听他说把我买过来,不由得恸哭起来。那主妇倒是在身边殷勤地安慰我。那时已是入亥时分,他们叫我进里边睡,我只是和衣在厅边坐了一宿,哪里肯依他们的命令!

先生,你听到这里必定要疑我为什么不死。唉!我当时也有这样的思想,但是他们守着我好像囚犯一样,无论什么时候都有人在我身旁。久而久之,我的激烈的情绪过了,不但不愿死,而且要留着这条命往前瞧瞧我的命运到底是怎样的。

买我的人是印度麻德拉斯的回教徒阿户耶。他是一个氆氇商,因为在新加坡发了财,要多娶一个姬妾回乡享福。偏是我的命运不好,趁着这机会就变成他的外国古董。我在新加坡住不上一个月,他就把我带到麻德拉斯去。

阿户耶给我起名叫利亚。他叫我把脚放了,又在我鼻上穿了一个窟窿,戴上一只钻石鼻环。他说照他们的风俗,凡是已嫁的女子都得带鼻环,因为那是妇人的记号。他又把很好的"克尔塔"(回妇上衣)、"马拉姆"(胸衣)和"埃撒"(裤)教我穿上。从此以后,我就变成一个回回婆子了。

阿户耶有五个妻子,连我就是六个。那五人之中,我和第三妻的感情最好。其余的我很憎恶她们,因为她们欺负我不会说话,又常常戏弄我。我的小脚在她们当中自然是稀罕的,她们虽是不歇地摩挲,我也不怪。最可恨的是她们在阿户耶面前拨弄是非,叫我受委屈。

阿噶利马是阿户耶第三妻的名字，就是我被卖时张罗筵席的那个主妇。她很爱我，常劝我用"撒马"来涂眼眶，用指甲花来涂指甲和手心。回教的妇人每日用这两种东西和我们唐人用脂粉一样。她又教我念孟加里文和亚剌伯文。我想起自己因为不能写信的缘故，致使荫哥有所借口，现在才到这样的地步，所以愿意在这举目无亲的时候用功学习些少文字。她虽然没有什么学问，但当我的教师是绰绰有余的。

我从阿噶利马念了一年，居然会写字了！她告诉我他们教里有一本天书，本不轻易给女人看的，但她以后必要拿那本书来教我。她常对我说："你的命运会那么塞涩，都是阿拉给你注定的。你不必想家太甚，日后或者有大快乐临到你身上，叫你享受不尽。"这种定命的安慰，在那时节很可以教我的精神活泼一点。

我和阿户耶虽无夫妻的情，却免不了有夫妻的事。哎！我这孩子（她说时把手抚着那孩子的顶上）就是到麻德拉斯的第二年养的。我活了三十多岁才怀孕，那种痛苦为我一生所未经过。幸亏阿噶利马能够体贴我，她常用话安慰我，教我把目前的苦痛忘掉。有一次她瞧我过于难受，就对我说："呀！利亚，你且忍耐着罢。咱们没有无花果树的福分（《可兰经》载阿丹浩挖被天魔阿扎贼来引诱，吃了阿拉所禁的果子，当时他们二人的天衣都化没了。他们觉得赤身的羞耻，就向乐园里的树借叶子围身。各种树木因为他们犯了阿拉的戒命，都不敢借，唯有无花果树瞧他们二人怪可怜的，就慷慨借些叶子给他们。阿拉嘉许无花果树的行为，就赐它不必经过开花和受蜂蝶搅扰的苦而能结果），所以不能免掉怀孕的苦。你若是感觉痛苦的时候，可以默默向阿拉求恩，他可怜你，就赐给你平安。"我在临产的前后期，得着她许多的帮助，到现在还是忘不了她的情意。

自我产后,不上四个月,就有一件失意的事教我心里不舒服:那就是和我的好朋友离别。她虽不是死掉,然而她所去的地方,我始终不能知道。阿噶利马为什么离开我呢?说来话长,多半是我害她的。

我们隔壁有一位十八岁的小寡妇名叫哈那,她四岁就守寡了。她母亲苦待她倒罢了,还要说她前生的罪孽深重,非得叫她辛苦,来生就不能超脱。她所吃所穿的都跟不上别人,常常在后园里偷哭。她家的园子和我们的园子只隔一度竹篱,我一听见她哭,或是听见她在那里,就上前和她谈话,有时安慰她,有时给东西她吃,有时送她些少金钱。

阿噶利马起先瞧见我周济那寡妇,很不以为然。我屡次对她说明,在唐山不论什么人都可以受人家的周济,从不分什么教门。她受我的感化,后来对于那寡妇也就发出哀怜的同情。

有一天,阿噶利马拿些银子正从篱间递给哈那,可巧被阿户耶瞥见。他不声不张,蹑步到阿噶利马后头,给她一掌,顺口骂说:"小母畜,贱生的母猪,你在这里干什么?"他回到屋里,气得满身哆嗦,指着阿噶利马说:"谁教你把钱给那婆罗门妇人?岂不把你自己玷污了吗?你不但玷污了自己,更是玷污我和清真圣典。'马赛拉'(是阿拉禁止的意思)!快把你的'布卡'(面幕)放下来罢。"

我在里头听得清楚,以为骂过就没事。谁知不一会的工夫,阿噶利马珠泪承睫地走进来,对我说:"利亚,我们要分离了!"我听这话吓了一跳,忙问道:"你说的是什么意思,我听不明白。"她说:"你不听见他叫我把'布卡'放下来罢?那就是休我的意思。此刻我就要回娘家去。你不必悲哀,过两天他气平了,总得叫我回来。"那时我一阵心酸，不晓得要用什么话来安慰她，我们抱头哭了一场就分散了。唉！"杀人放火金腰带；修桥整路长大癞"，这两句话实在是人间生活的常例呀！

自从阿噶利马去后，我的凄凉的历书又从"贺春王正月"翻起。那四个女人是与我素无交情的。阿户耶呢，他那副黝黑的脸，猬毛似的胡子，我一见了就憎厌，巴不得他快离开我。我每天的生活就是乳育孩子，此外没有别的事情。我因为阿噶利马的事，吓得连花园也不敢去逛。

过几个月，我的苦生涯快挨尽了！因为阿户耶借着病回他的乐园去了。我从前听见阿噶利马说过：妇人于丈夫死后一百三十日后就得自由，可以随便改嫁。我本欲等到那规定的日子才出去，无奈她们四个人因为我有孩子，在财产上恐怕给我占便宜，所以多方窘迫我。她们的手段，我也不忍说了。

哈那劝我先逃到她姊姊那里。她教我送一点钱财给她的姊夫，就可以得到他们的容留。她姊姊我曾见过，性情也很不错。我一想，逃走也是好的，她们四个人的心肠鬼蜮到极，若是中了她们的暗算，可就不好。哈那的姊夫在亚可特住。我和她约定了，教她找机会通知我。

一星期后，哈那对我说她的母亲到别处去，要夜深才可以回来，教我由篱笆逾越过去。这事本不容易，因事后须得使哈那不至于吃亏。而且篱上界着一行釰线，实在教我难办。我抬头瞧见篱下那棵波罗蜜树有一桠横过她那边，那树又是斜着长上去的。我就告诉她，叫她等待人静的时候在树下接应。

原来我的住房有一个小门通到园里。那一晚上，天际只有一点星光，我把自己细软的东西藏在一个口袋里，又多穿了两件衣裳，正要出门，瞧见我的孩子睡在那里。我本不愿意带他同行，只怕他醒时瞧不见我要哭起来,所以暂住一下,把他抱在怀里,让他吸乳。他吸的时节,才实在感觉我是他的母亲,他父亲虽与我没有精神上的关系,他却是我养的。况且我去后,他不免要受别人的折磨。我想到这里,不由得双泪直流。因为多带一个孩子,会教我的事情越发难办。我想来想去,还是把他驼起来,低声对他说:"你是好孩子,就不要哭,还得乖乖地睡。"幸亏他那时好像理会我的意思,不大作声。我留一封信在床上,说明愿意抛弃我应得的产业和逃走的理由,然后从小门出去。

我一手往后托住孩子,一手拿着口袋,蹑步到波罗蜜树下。我用一条绳子拴住口袋,慢慢地爬上树,到分桠的地方少停一会。那时孩子哼了一两声,我用手轻轻地拍着,又摇他几下,再把口袋扯上来,抛过去给哈那接住。我再爬过去,摸着哈那为我预备的绳子,我就紧握着,让身体慢慢坠下来。我的手耐不得摩擦,早已被绳子挫伤了。

我下来之后,谢过哈那,忙忙出门,离哈那的门口不远就是爱德耶河,哈那和我出去雇船,她把话交代清楚就回去了。那舵工是一个老头子,也许听不明白哈那所说的话。他划到塞德必特车站,又替我去买票。我初次搭车,所以不大明白行车的规矩,他叫我上车,我就上去。车开以后,查票人看我的票才知道我搭错了。

车到一个小站,我赶紧下来,意思是要等别辆车搭回去。那时已经夜半,站里的人说上麻德拉斯的车要到早晨才开。不得已就在候车处坐下。我把"马支拉"(回妇外衣)披好,用手支住袋假寐,约有三四点钟的工夫。偶一抬头,瞧见很远一点灯光由栅栏之间射来,我赶快到月台去,指着那灯问站里的人。他们当中有一个人笑说:"这妇人连方向也分不清楚了。她认启明星做车头的探灯哪。"我瞧真了,也不觉得笑起来,说:"可不是!我的眼真是花了。"

我对着启明星,又想起阿噶利马的话。她曾告诉我那星是一个擅于迷惑男子的女人变的。我因此想起荫哥和我的感情本来很好,若不是受了番婆的迷惑,决不忍把他最爱的结发妻卖掉。我又想着自己被卖的不是不能全然归在荫哥身上。若是我情愿在唐山过苦日子,无心到新加坡去依赖他,也不会发生这事。我想来想去,反笑自己逃得太过唐突。我自问既然逃得出来,又何必去依赖哈那的姊姊呢?想到这里,仍把孩子抱回候车处,定神解决这问题。我带出来的东西和现银共值三千多卢比,若是在村庄里住,很可以够一辈子的开销;所以我就把独立生活的主意拿定了。

天上的诸星陆续收了它们的光,唯有启明星仍在东方闪烁着。当我瞧着它的时候,好像有一种声音从它的光传出来,说:"惜官,此后你别再以我为迷惑男子的女人。要知道凡光明的事物都不能迷惑人。在诸星之中,我最先出来,告诉你们黑暗快到了;我最后回去,为的是领你们紧接受着太阳的光亮;我是夜界最光明的星。你可以当我做你心里的殷勤的警醒者。"我朝着它,心花怒开,也形容不出我心里的感谢。此后我一见着它,就有一番特别的感触。

我向人打听客栈所在的地方,都说要到贞葛布德才有。于是我又搭车到那城去。我在客栈住不多的日子,就搬到自己的房子住去。

那房子是我把钻石鼻环兑出去所得的金钱买来的。地方不大,只有二间房和一个小园,四面种些露兜树当作围墙。印度式的房子虽然不好,但我爱它靠近村庄,也就顾不得它的外观和内容了。我雇了一个老婆子帮助料理家务,除养育孩子以外,还可以念些印度书籍。我在寂寞中和这孩子玩弄，才觉得孩子的可爱，比一切的更甚。

每到晚间，就有一种很庄重的歌声送到我耳里。我到园里一望，原来是从对门一个小家庭发出来。起先我也不知道他们唱来干什么，后来我才晓得他们是基督徒。那女主人以利沙伯不久也和我认识，我也常去赴他们的晚祷会。我在贞葛布德最先认识的朋友就算他们那一家。

以利沙伯是一个很可亲的女人，她劝我入学校念书，且应许给我照顾孩子。我想偷闲度日也是没有什么出息，所以在第二年她就介绍我到麻德拉斯一个妇女学校念书。每月回家一次瞧瞧我的孩子，她为我照顾得很好，不必我担忧。

我在校里没有分心的事，所以成绩甚佳。这六七年的工夫，不但学问长进，连从前所有的见地都改变了。我毕业后直到如今就在贞葛布德附近一个村里当教习。这就是我一生经历的大概。若要详细说来，虽用一年的工夫也说不尽。

现在我要到新加坡找我丈夫去，因为我要知道卖我的到底是谁。我很相信荫哥必不忍做这事；纵然是他出的主意，终有一天会悔悟过来。

惜官和我谈了足有两点多钟，她说得很慢，加之孩子时时搅扰她，所以没有把她在学校的生活对我详细地说。我因为她说得工夫太长，恐怕精神过于受累，也就不往下再问，我只对她说："你在那漂流的时节，能够自己找出这条活路，实在可敬。明天到新加坡的时候，若是要我帮助你去找荫哥，我很乐意为你去干。"她说："我哪里有什么聪明，这条路不过是冥冥中的指导者替我开的。我在学校里所念的书，最感动我的是《天路历程》和《鲁滨逊漂流记》，这两部书给我许多安慰和模范。我现时简直是一个女鲁滨逊哪。你要帮我去找荫哥,我实在感激。因为新加坡我不大熟悉,明天总得求你和我……"说到这里,那孩子催着她进舱里去拿玩具给他。她就起来,一面续下去说:"明天总得求你帮忙。"我起立对她行了一个敬礼,就坐下把方才的会话录在怀中日记里头。

　　过了二十四点钟,东南方微微露出几个山峰。满船的人都十分忙碌,惜官也顾着检点她的东西,没有出来。船入港的时候,她才携着孩子出来与我坐在一条长凳上头。她对我说:"先生,想不到我会再和这个地方相见。岸上的椰树还是舞着它们的叶子;海面的白鸥还是飞来飞去向客人表示欢迎;我的愉快也和九年前初会它们那时一样。如箭的时光,转眼就过了那么多年,但我至终瞧不出从前所见的和现在所见的当中有什么分别。……呀!'光阴如箭'的话,不是指着箭飞得快说,乃是指着箭的本体说。光阴无论飞得多么快,在里头的事物还是没有什么改变;好像附在箭上的东西,箭虽是飞行着,它们却是一点不更改。……我今天所见的和从前所见的虽是一样,但愿荫哥的心肠不要像自然界的现象变更得那么慢;但愿他回心转意地接纳我。"我说:"我向你表同情。听说这船要泊在丹让巴葛的码头,我想到时你先在船上候着,我上去打听一下再回来和你同去,这办法好不好呢?"她说:"那么,就教你多多受累了。"

　　我上岸问了好几家都说不认得林荫乔这个人,那义和诚的招牌更是找不着。我非常着急,走了大半天觉得有一点累,就上一家广东茶居歇足,可巧在那里给我查出一点端倪。我问那茶居的掌柜。据他说:林荫乔因为把妻子卖给一个印度人,惹起本埠多数唐人的反对。那时有人说是他出主意卖的,有人说是番婆卖的,究竟不知道是谁做的事。但他的生意因此受莫大的影响,他瞧着在新加坡站不住，就把店门关起来，全家搬到别处去了。

我回来将所查出的情形告诉惜官，且劝她回唐山去。她说："我是永远不能去的，因为我带着这个棕色孩子，一到家，人必要耻笑我，况且我对于唐文一点也不会，回去岂不要饿死吗？我想在新加坡住几天，细细地访查他的下落。若是访不着时，仍旧回印度去。……唉，现在我已成为印度人了！"

我瞧她的情形，实在想不出什么话可以劝她回乡，只叹一声说："呀！你的命运实在苦！"她听了反笑着对我说："先生啊，人间一切的事情本来没有什么苦乐的分别：你造作时是苦，希望时是乐；临事时是苦，回想时是乐。我换一句话说：眼前所遇的都是困苦；过去、未来的回想和希望都是快乐。昨天我对你诉说自己境遇的时候，你听了觉得很苦，因为我把从前的情形陈说出来，罗列在你眼前，叫你感觉那是现在的事；若是我自己想起来，久别、被卖、逃亡等等事情都有快乐在内。所以你不必为我叹息，要把眼前的事情看开才好。……我只求你一样，你到唐山时，若是有便，就请到我村里通知我母亲一声。我母亲算来已有七十多岁，她住在鸿渐，我的唐山亲人只剩着她咧。她的门外有一棵很高的橄榄树。你打听良姆，人家就会告诉你。"

船离码头的时候，她还站在岸上挥着手巾送我。那种诚挚的表情，教我永远不能忘掉。我到家不上一月就上鸿渐去。那橄榄树下的破屋满被古藤封住，从门缝儿一望，隐约瞧见几座朽腐的木主搁在桌上，那里还有一位良姆！

春风沉醉的晚上

郁达夫

1923

一

在沪上闲居了半年,因为失业的结果,我的寓所迁移了三处。最初我住在静安寺路南的一间同鸟笼似的永也没有太阳晒着的自由的监房里。这些自由的监房的住民,除了几个同强盗小窃一样的凶恶裁缝之外,都是些可怜的无名文士,我当时所以送了那地方一个 Yellow Grub Street 的称号。在这 Grub Street 里住了一个月,房租忽涨了价,我就不得不拖了几本破书,搬上跑马厅附近一家相识的栈房里去。后来在这栈房里又受了种种逼迫,不得不搬了,我便在外白渡桥北岸的邓脱路中间,日新里对面的贫民窟里,寻了一间小小的房间,迁移了过去。

邓脱路的这几排房子,从地上量到屋顶,只有一丈几尺高。我住的楼上的那间房间,更是矮小得不堪。若站在楼板上伸一伸懒腰,两只手就要把灰黑的屋顶穿通的。从前面的弄里踱进了那房子的门,便是房主的住房。在破布,洋铁罐,玻璃瓶,旧铁器堆满的中间,侧着身子走进两步,就有一张中间有几根横档跌落的梯子靠墙摆在那里。用了这张梯子往上面的黑黝黝的一个二尺宽的洞里一接，即能走上楼去。黑沉沉的这层楼上，本来只有猫额那样大，房主人却把它隔成了两间小房，外面一间是一个N烟公司的女工住在那里，我所租的是梯子口头的那间小房，因为外间的住者要从我的房里出入，所以我的每月的房租要比外间的便宜几角小洋。

我的房主，是一个五十来岁的弯腰老人。他的脸上的青黄色里，映射着一层暗黑的油光。两只眼睛是一只大一只小，颧骨很高，额上颊上的几条皱纹里满砌着煤灰，好像每天早晨洗也洗不掉的样子。他每日于八九点钟的时候起来，咳嗽一阵，便挑了一双竹篮出去，到午后的三四点钟总仍旧是挑了一双空篮回来的，有时挑了满担回来的时候，他的竹篮里便是那些破布，破铁器，玻璃瓶之类。像这样的晚上，他必要去买些酒来喝喝，一个人坐在床沿上瞎骂出许多不可捉摸的话来。

我与间壁的同寓者的第一次相遇，是在搬来的那天午后。春天的急景已经快晚了的五点钟的时候，我点了一支蜡烛，在那里安放几本刚从栈房里搬过来的破书。先把它们叠成了两方堆，一堆小些，一堆大些，然后把两个二尺长的装画的画架覆在大一点的那堆书上。因为我的器具都卖完了，这一堆书和画架白天要当写字台，晚上可当床睡的。摆好了画架的板，我就朝着了这张由书叠成的桌子，坐在小一点的那堆书上吸烟，我的背系朝着梯子的接口的。我一边吸烟，一边在那里呆看放在桌上的蜡烛火，忽而听见梯子口上起了响动。回头一看，我只见了一个自家的扩大的投射影子，此外什么也辨不出来，但我的听觉分明告诉我说："有人上来了。"我向暗中凝视了几秒钟，一个圆形灰白的面貌，半截纤细的女人的身体，方才映到我的眼帘上来。一见了她的容貌我就知道她是我的间壁的同居者了。因为我来找房子的时候，那房主的老人便告诉我说，这屋里除了他一个人外，楼上只住着一个女工。我一则喜欢房价的便宜，二则喜欢这屋里没有别的女人小孩，所以立刻就租定了的。等她走上了梯子，我才站起来对她点了点头说：

"对不起，我是今朝才搬来的，以后要请你照应。"

她听了我这话，也并不回答，放了一双漆黑的大眼，对我深深地看了一眼，就走上她的门口去开了锁，进房去了。我与她不过这样的见了一面，不晓是什么原因，我只觉得她是一个可怜的女子。她的高高的鼻梁，灰白长圆的面貌，清瘦不高的身体，好像都是表明她是可怜的特征，但是当时正为了生活问题在那里操心的我，也无暇去怜惜这还未曾失业的女工，过了几分钟我又动也不动地坐在那一小堆书上看蜡烛光了。

在这贫民窟里过了一个多礼拜，她每天早晨七点钟去上工和午后六点多钟下工回来，总只见我呆呆地对着蜡烛或油灯坐在那堆书上。大约她的好奇心被我那痴不痴呆不呆的态度挑动了罢。有一天她下了工走上楼来的时候，我依旧和第一天一样站起来让她过去。她走到了我的身边忽而停住了脚。看了我一眼，吞吞吐吐好像怕什么似的问我说：

"你天天在这里看的是什么书？"

（她操的是柔和的苏州音，听了这一种声音以后的感觉，是怎么也写不出来的，所以我只能把她的言语译成普通的白话。）

我听了她的话，反而脸上涨红了。因为我天天呆坐在那里，面前虽则有几本外国书摊着，其实我的脑筋昏乱得很，就是一行一句也看不进去。有时候我只用了想象在书的上一行与下一行中间的空白里，填些奇异的模型进去。有时候我只把书里边的插画翻开来看看，就了那些插画演绎些不近人情的幻想出来。我那时候的身体因为失眠与营养不良的结果，实际上已经成了病的状态了。况且又因为我的唯一的财产的一件棉袍子已经破得不堪，白天不能走出外面去散步和房里全没有光线进来，不论白天晚上，都要点着油灯或蜡烛的缘故，非但我的全部健康不如常人，就是我的眼睛和脚力，也局部的非常萎缩了。在这样状态下的我，听了她这一问，如何能够不红起脸来呢？所以我只是含含糊糊地回答说：

"我并不在看书，不过什么也不做呆坐在这里，样子一定不好看，所以把这几本书摊放着的。"

她听了这话，又深深地看了我一眼，作了一种不解的形容，依旧走到她的房里去了。

那几天里，若说我完全什么事情也不去找什么，事情也不曾干，却是假的。有时候，我的脑筋稍微清新一点下来，也曾译过几首英法的小诗，和几篇不满四千字的德国的短篇小说，于晚上大家睡熟的时候，不声不响地出去投邮，在寄投给各新开的书局。因为当时我的各方面就职的希望，早已经完全断绝了，只有这一方面，还能靠了我的枯燥的脑筋，想想法子看。万一中了他们编辑先生的意，把我译的东西登了出来，也不难得着几块钱的酬报。所以我自迁移到邓脱路以后，当她第一次同我讲话的时候，这样的译稿已经发出了三四次了。

二

在乱昏昏的上海租界里住着，四季的变迁和日子的过去是不容易觉得的。我搬到了邓脱路的贫民窟之后，只觉得身上穿在那里的那件破棉袍子一天一天地重了起来，热了起来，所以我心里想：

"大约春光也已经老透了吧！"

但是囊中很羞涩的我，也不能上什么地方去旅行一次，日夜只是在那暗室的灯光下呆坐。有一天，大约是午后了，我也是这样地坐在那里，间壁的同住者忽而手里拿了两包用纸包好的物件走了上来，我站起来让她走的时候，她把手里的纸包放了一包在我的书桌上说：

"这一包是葡萄浆的面包，请你收藏着，明天好吃的。另外我还有一包香蕉买在这里，请你到我房里来一道吃吧！"

我替她拿住了纸包，她就开了门邀我进她的房里去，共住了这十几天，她好像已经信用我是一个忠厚的人的样子。我见她初见我的时候脸上流露出来的那一种疑惧的形容完全没有了。我进了她的房里，才知道天还未暗，因为她的房里有一扇朝南的窗，太阳反射的光线从这窗里投射进来，照见了小小的一间房，由二条板铺成的一张床，一张黑漆的半桌，一只板箱，和一条圆凳。床上虽则没有帐子，但堆着有两条洁净的青布被褥。半桌上有一只小洋铁箱摆在那里，大约是她的梳头器具，洋铁箱上已经有许多油污的点子了。她一边把堆在圆凳上的几件半旧的洋布棉袄，粗布裤等收在床上，一边就让我坐下。我看了她那殷勤待我的样子，心里倒不好意思起来，所以就对她说：

"我们本来住在一处，何必这样的客气。"

"我并不客气，但是你每天当我回来的时候，总站起来让我，我却觉得对不起得很。"

这样地说着，她就把一包香蕉打开来让我吃。她自家也拿了一只，在床上坐下，一边吃一边问我说：

"你何以只住在家里，不出去找点事情做做？"

"我原是这样想,但是找来找去总找不着事情。"

"你有朋友么?"

"朋友是有的,但是到了这样的时候,他们都不和我来往了。"

"你进过学堂么?"

"我在外国的学堂里曾经念过几年书。"

"你家在什么地方?何以不回家去?"

她问到了这里,我忽而感觉到我自己的现状了。因为自去年以来,我只是一日一日地萎靡下去,差不多把"我是什么人?""我现在所处的是怎么一种境遇?""我的心里还是悲还是喜?"这些观念都忘掉了。经她这一问,我重新把半年来困苦的情形一层一层地想了出来。所以听她的问话以后,我只是呆呆地看她,半晌说不出话来。她看了我这个样子,以为我也是一个无家可归的流浪人。脸上就立时起了一种孤寂的表情,微微地叹着说:

"唉!你也是同我一样的么?"

微微地叹了一声之后,她就不说话了。我看她的眼圈上有些潮红起来,所以就想了一个另外的问题问她说:

"你在工厂里做的是什么工作?"

"是包纸烟的。"

"一天做几个钟头工?"

"早晨七点钟起,晚上六点钟止,中午休息一个钟头,每天一共要做十个钟头的工。少做一点钟就要扣钱的。"

"扣多少钱?"

"每月九块钱,所以是三块钱十天,三分大洋一个钟头。"

"饭钱多少?"

"四块钱一月。"

"这样算起来,每月一个钟点也不休息,除了饭钱,可省下五块钱来。够你付房钱买衣服的么？"

"哪里够呢！并且那管理人要……啊啊！我……我所以非常恨工厂的。你吃烟的么？"

"吃的。"

"我劝你顶好还是不吃。就吃也不要去吃我们工厂的烟。我真恨死它在这里。"

我看看她那一种切齿怨恨的样子，就不愿意再说下去。把手里捏着的半个吃剩的香蕉咬了几口，向四边一看，觉得她的房里也有些灰黑了，我站起来道了谢，就走回到了我自己的房里。她大约做工倦了的缘故，每天回来大概是马上就入睡的，只有这一晚上，她在房里好像是直到半夜还没有就寝。从这一回之后，她每天回来，总和我说几句话。我从她自家的口里听得，知道她姓陈，名叫二妹，是苏州东乡人，从小是在上海乡下长大的，她父亲也是纸烟工厂的工人，但是去年秋天死了。她本来和她父亲同住在那间房里，每天同上工厂去的，现在却只剩了她一个人了。她父亲死后的一个多月，她早晨上工厂去也一路哭了去，晚上回来也一路哭了回来的。她今年十七岁，也无兄弟姊妹，也无近亲的亲戚。她父亲死后的葬殓等事，是他于未死之前把十五块钱交给楼下的老人，托这老人包办的。她说：

"楼下的老人倒是一个好人，对我从来没有起过坏心，所以我得同父亲在日一样地去做工，不过工厂的一个姓李的管理人却坏得很，知道我父亲死了，就天天地想戏弄我。"

她自家和她父亲的身世，我差不多全知道了，但她母亲是如何的一个人，死了呢还是活在哪里，假使还活着，住在什么地方等等，她却从来还没有说及过。

三

　　天气好像变了。几日来我那独有的世界，黑暗的小房里的腐浊的空气，同蒸笼里的蒸气一样，蒸得人头昏欲晕。我每年在春夏之交要发的神经衰弱的重症，遇了这样的气候，就要使我变成半狂。所以我这几天，来到了晚上，等马路上人静之后，也常常想出去散步去。一个人在马路上从狭隘的深蓝天空里看看群星，慢慢地向前行走，一边做些漫无涯涘的空想，倒是于我的身体很有利益。当这样的无可奈何，春风沉醉的晚上，我每要在各处乱走，走到天将明的时候才回家里。我这样的走倦了回去就睡，一睡直可睡到第二天的日中，有几次竟要睡到二妹下工回来的前后方才起来，睡眠一足，我的健康状态也渐渐地恢复起来了。平时只能消化半磅面包的我的胃部，自从我的深夜游行的练习开始之后，进步得几乎能容纳面包一磅了。这事在经济上虽则是一大打击，但我的脑筋，受了这些滋养，似乎比从前稍能统一。我于游行回来之后，就睡之前，却做成了几篇 Allan Poe 式的短篇小说，自家看看，也不很坏。我改了几次，抄了几次，一一投邮寄出之后，心里虽然起了些微细的希望，但是想想前几回的译稿的绝无消息，过了几天，也便把它们忘了。

　　邻住者的二妹，这几天来，当她早晨出去上工的时候，我总在那里酣睡，只有午后下工回来的时候，有几次有见面的机会，但是不晓是什么原因，我觉得她对我的态度，又回到从前初见面的时候的疑惧状态去了。有时候她深深地看我一眼，她的黑晶晶、水汪汪的眼睛里，似乎是满含着责备我规劝我的意思。

　　我搬到这贫民窟里住后，约莫已经有二十多天的样子，一天午后我正点上蜡烛，在那里看一本从旧书铺里买来的小说的时候，二妹却急急忙忙地走上楼来对我说：

"楼下有一个送信的在那里，要你拿了印子去拿信。"她对我讲这话的时候，她的疑惧我的态度更表示得明显，她好像在那里说："呵呵！你的事件是发觉了啊！"我对她这种态度，心里非常痛恨，所以就气急了一点，回答她说：

"我有什么信？不是我的！"

她听了我这气愤愤的回答，更好像是得了胜利似的，脸上忽涌出了一种冷笑说：

"你自家去看罢！你的事情，只有你自家知道的！"

同时我听见楼底下门口果真有一个邮差似的人在催着说：

"挂号信！"

我把信取来一看，心里就突突地跳了几跳，原来我前回寄去的一篇德文短篇的译稿，已经在某杂志上发表了，信中寄来的是五元钱的一张汇票。我囊里正是将空的时候，有了这五元钱，非但月底要预付的来月的房金可以无忧，并且付过房金以后，还可以维持几天食料，当时这五元钱对我的效用的扩大，是谁也不能推想得出来的。

第二天午后，我上邮局去取了钱，在太阳晒着的大街上走了一会，忽而觉得身上就淋出了许多汗来。我向我前后左右的行人一看，复向我自家的身上一看，就不知不觉地把头低俯了下去。我颈上头上的汗珠，更同盛雨似的，一颗一颗地钻出来了。因为当我在深夜游行的时候，天上并没有太阳，并且料峭的春寒，于东方微白的残夜，老在静寂的街巷中留着，所以我穿的那件破棉袍子，还觉得不十分与季节违异。如今到了阳和的春日晒着的这日中，我还不能自觉，依旧穿了这件夜游的敝袍，在大街上阔步，与前后左右的和季节同时进行的我的同类一比，我哪得不自惭形秽呢？我一时竟忘了几日后不得不付的房金，忘了囊中本来将尽的些微的积聚，便慢慢地走上了闸路的估衣铺去。好久不在天日之下行走的我，看看街上来往的汽车人力车，车中坐着的华美的少年男女，和马路两边的绸缎铺金银铺窗里的丰丽的陈设，听听四面的同蜂衙似的嘈杂的人声，脚步声，车铃声，一时倒也觉得是身到了大罗天上的样子。我忘记了我自家的存在，也想和我的同胞一样的欢歌欣舞起来，我的嘴里便不知不觉地唱起几句久忘了的京调来了。这一时的涅槃幻境，当我想横越过马路，转入闸路去的时候，忽而被一阵铃声惊破了。我抬起头来一看，我的面前正冲来了一乘无轨电车，车头上站着的那肥胖的机器手，伏出了半身，怒目地大声骂我说：

"猪头三！侬（你）艾（眼）睛勿散（生）咯！跌杀时，叫旺（黄）够（狗）来抵侬（你）命噢！"

我呆呆地站住了脚，目送那无轨电车尾后卷起了一道灰尘，向北过去之后，不知是从何处发出来的感情，忽而竟禁不住哈哈哈哈笑了几声。等得四面的人注视我的时候，我才红了脸慢慢地走向了闸路里去。

我在几家估衣铺里，问了些夹衫的价钱，还了他们一个我所能出的数目，几个估衣铺的店员，好像是一个师父教出的样子，都摆下了脸面，嘲弄着说：

"侬（你）寻萨咯（什么）凯（开心）！马（买）勿起好勿要马（买）咯！"

一直问到五马路边上的一家小铺子里，我看看夹衫是怎么也买不成了，才买定了一件竹布单衫，马上就把它换上。手里拿了一包换下的棉袍子，默默地走回家来。一边我心里却在打算：

"横竖是不够用了，我索性来痛快地用它一下吧。"同时我又想起了那天二妹送我的面包香蕉等物。不等第二次的回想我就寻着了一家卖糖食的店，进去买了一块钱巧克力香蕉糖鸡蛋糕等杂食。站在那店里，等店员在那里替我包好来的时候，我忽而想起我有一月多不洗澡了，今天不如顺便也去洗一个澡吧。

　　洗好了澡，拿了一包棉袍子和一包糖食，回到邓脱路的时候，马路两旁的店家，已经上电灯了。街上来往的行人也很稀少，一阵从黄浦江上吹来的日暮的凉风，吹得我打了几个冷噤。我回到了我的房里，把蜡烛点上。向二妹的房门一照，知道她还没有回来。那时候我腹中虽则饥饿得很，但我刚买来的那包糖食怎么也不愿意打开来。因为我想等二妹回来同她一道吃。我一边拿出书来看，一边口里尽在咽唾液下去。等了许多时候，二妹终不回来，我的疲倦不知什么时候出来战胜了我，就靠在书堆上睡着了。

四

　　二妹回来的响动把我惊醒的时候，我见我面前的一枝十二盎司一包的洋蜡烛已经点去了二寸的样子，我问她是什么时候了？她说：

　　"十点的汽管刚刚放过。"

　　"你何以今天回来得这样迟？"

　　"厂里因为销路大了，要我们做夜工。工钱是增加的，不过人太累了。"

　　"那你可以不去做的。"

　　"但是工人不够，不做是不行的。"

　　她讲到这里，忽而滚了两粒眼泪出来，我以为她是做工做得倦了，故而动了伤感，一边心里虽在可怜她，但一边看她这同小孩似的脾气，却也感着了些儿快乐。把糖食包打开，请她吃了几颗之后，我就劝她说：

"初做夜工的时候不惯，所以觉得困倦，做惯了以后，也没有什么的。"

她默默地坐在我的半高的由书叠成的桌上，吃了几颗巧克力，对我看了几眼，好像是有话说不出来的样子。我就催她说：

"你有什么话说？"

她又沉默了一会，便断断续续地问我说：

"我……我……早想问你了，这几天晚上，你每晚在外边，可在与坏人作伙友么？"

我听了她这话，倒吃了一惊，她好像在疑我天天晚上在外面与小窃恶棍混在一块。她看我呆了不答，便以为我的行为真的被她看破了，所以就柔柔和和地连续着说：

"你何苦要吃这样好的东西，要穿这样好的衣服。你可知道这事情是靠不住的。万一被人家捉了去，你还有什么面目做人。过去的事情不必去说它，以后我请你改过了吧。……"

我尽是睁大了眼睛张大了嘴呆呆地看她，因为她的思想太奇怪了，使我无从辩解起。她沉默了数秒钟，又接着说：

"就以你吸的烟而论，每天若戒绝了不吸，岂不可省几个铜子。我早就劝你不要吸烟，尤其是不要吸那我所痛恨的Ｎ工厂的烟，你总是不听。"

她讲到了这里，又忽而落了几滴眼泪。我知道这是她为怨恨Ｎ工厂而滴的眼泪，但我的心里，怎么也不许我这样想，我总要把它们当作因规劝我而洒的。我静静地想了一会儿，等她的神经镇静下去之后，就把昨天的那封挂号信的来由说给她听，又把今天的取钱买物的事情说了一遍。最后更将我的神经衰弱症和每晚何以必要出去散步的原因说了。她听了我这一番辩解，就信用了我，等我说完之后，她颊上忽而起了两点红晕，把眼睛低下去看看桌上，好像是怕羞似的说：

"噢，我错怪你了，我错怪你了。请你不要多心，我本来是没有歹意的。因为你的行为太奇怪了，所以我想到了邪路里去。你若能好好儿的用功，岂不是很好么？你刚才说的那——叫什么的——东西，能够卖五块钱，要是每天能做一个，多么好呢？"

我看了她这种单纯的态度，心里忽而起了一种不可思议的感情，我想把两只手伸出去拥抱她一回，但是我的理性却命令我说：

"你莫再作孽了！你可知道你现在处的是什么境遇，你想把这纯洁的处女毒杀了么？恶魔，恶魔，你现在是没有爱人的资格的呀！"

我当那种感情起来的时候，曾把眼睛闭上了几秒钟，等听了理性的命令以后，我的眼睛又开了开来，我觉得我的周围，忽而比前几秒钟更光明了。对她微微地笑了一笑，我就催她说：

"夜也深了，你该去睡了吧！明天你还要上工去的呢！我从今天起，就答应你把纸烟戒下来吧。"

她听了我这话，就站了起来，很欢喜地回到她的房里去睡了。她去之后，我又换上一支洋蜡烛，静静地想了许多事情：

"我的劳动的结果，第一次得来的这五块钱已经用去了三块了。连我原有的一块多钱合起来，付房钱之后，只能省下二三角小洋来，如何是好呢！就把这破棉袍子去当吧！但是当铺里恐怕不要。

"这女孩子真是可怜，但我现在的境遇，可是还赶她不上，她是不想做工而工作要强迫她做，我是想找一点工作，终于找不到。就去做筋肉的劳动吧！啊啊，但是我这一双弱腕，怕吃不下一部黄包车的重力。

"自杀！我有勇气，早就干了。现在还能想到这两个字，足证我的志气还没有完全消磨尽哩！

"哈哈哈哈！今天的那天轨电车的机器手！他骂我什么来？黄狗，黄狗倒是一个好名词。"

"……"

我想了许多零乱断续的思想，终究没有一个好法子，可以救我出目下的穷状来。听见工厂的汽笛，好像在报十二点钟了，我就站了起来，换上了白天那件破棉袍子，仍复吹熄了蜡烛，走出外面去散步去。

贫民窟里的人已经睡眠静了。对面日新里的一排临邓脱路的洋楼里，还有几家点着了红绿的电灯，在那里弹罢拉拉衣加。一声二声清脆的歌音，带着哀调，从静寂的深夜的冷空气里传到我的耳膜上来，这大约是俄国的漂泊的少女，在那里卖钱的歌唱。天上罩满了灰白的薄云，同腐烂的尸体似的沉沉地盖在那里。云层破处也能看得出一点两点星来，但星的近处，黝黝看得出来的天色，好像有无限的哀愁蕴藏着的样子。

笑的历史

朱自清　　　　　　　　　　　　　　　1923

你问我现在为什么不爱笑了,我现在怎样笑得起来呢?

我幼小时候是很会笑的。娘说我很早就会笑了。她说不论有人引逗,无人引逗,我总常要笑的,她只有我一个女儿,很宠爱我,最喜欢看我笑。她说笑像一朵小白花,开在我的脸上;看了真是受用。她甚至只听了我的咯咯的笑声,也就受用了。她生性怕雷电。但只要我笑了,她便不怕了。她有时受了爸爸的委屈,气得哭了。我笑了,她却就罢了。她在担心着缺柴缺米的日子,她真急得要寻死了。但她说看了我的笑,又怎样忍心死呢?那些时我每笑总必前仰后合的,好一会才得止住。娘说我是有福的孩子,便因为我笑得容易而且长久。但是,但是爸爸的意见如何呢?你该要问了。他自然不能和母亲一样。然而无论如何,也有些儿和她同好的。不然,她每回和他拌嘴以后,为什么总叫我去和他说笑,使他消消气呢?还有,小五那日在厨房里花琅琅打碎两只红花碗的时候,她忙忙地叫郭妈妈带我到爸爸面前说笑。她说:"小姐在那里,我就可以不挨骂了。"这又为什么呢?那时我家好像严寒的冬天,我便像一个太阳。所以虽是十分艰窘,大家还能够快快活活地过日子。这样直到十三岁，那年上，娘可怜，死了！郭妈妈却来管家了！我常常想起娘在的时候，暗中难过；便不像往日起劲地笑了。又过了三四年，她们告诉我，姑娘人家要斯文些，笑是没规矩的。小户人家的女儿，才到处哈哈哈哈地笑呢！我晓得了这番道理，不由得又要小心，因此忍了许多笑。可是忍不住的时候，究竟有的；那时我便仍不免前仰后合地大笑一番。他们说这是改不掉的老毛病了！我初到你家，你们不也说我爱笑么？那正是"老毛病"了。

初到你家的时候，满眼都是生人！便是你，也是个生人！我孤鬼似的，只有陪房的小王，老王，是我的人。我时时觉得害怕，怕说错了话，行错了事。他们也再三教我留意。这颗心总是不安的，哪里还会像在家时那样笑呢？便是有时和他们两个微笑着，听见人声，也就得马上放下面孔，做出庄重的样子。——因为这原是偷着笑的。那时真是气闷死了；我一个爱说爱笑的人，怎经得住这样拘束呢？更教我要命的，回门那一天，我原想家里去舒散舒散的；哪知道他们都将我作客人看待，毫不和我玩笑。我自己到了家里，也觉得不好意思似的，没有从前那样自在！——这都因为你的缘故吧？我想你家里既都是些生人，我家里的，也都变了些生人，似乎再没有和我亲热的！——便更觉是孤鬼了！幸而七八天后，你家人渐渐有些熟了，不必仔细提防了——不然，真要闷死呢！在家天天要笑的，倒也不觉怎样快乐。可是这七八天里，不曾大笑一回，再想从前，便觉十分有滋味！这以后，我渐渐地忍不住了，我的老毛病发作了，你们便常常听见我的笑了。不上一个月，你家里，和孙家，张家，都知道我爱笑了；我竟在笑上出了名了。我自己是不觉得，我真比别人会笑些么？我的笑真和别人不同么？可是你家究竟不是我家，满了月之后，我的笑就有人很不高兴了。第一个便是你!那天大家偶然谈起筷子。你问:"在哪里买?"我觉得奇怪,故意反问你:"你说在哪里买?"你想了想,说,"在南货店里。"大家都笑了,我更大笑不止!你那时大概很难为情,只板着脸,咕嘟着嘴不响。好久,才冷冷地向我说,"笑完了吧?"等到了房里,你却又说,"真的,我劝你少笑些好不好?有什么叫你这样好笑呢?而且笑也何必这样惊天动地呢?"——这些话你总该还记得;我不冤枉你吧?——这是我第一回受人的言语;爸爸和娘一口大气也不曾呵过我的。那时我颇不舒服,但却不愿多说什么;只冷笑了一声,低低地说,"你管我呢?"说完,我就走出去了。那句话却不知你听见了没有?但我到底还是孩子气,过了一两日,又常常地笑了。有一回,却又恼了姨娘;也在大家谈话的时候。她大概疑惑我有心笑她,所以狠狠地瞪了我一眼。其实我的笑是随便不过的,那里会用心呢?我只顾笑得快活,那里知道别人的难为情呢?我在她瞪眼的时候,心里真是悔恨不迭;想起前回因笑恼了你,今天怎么又忍不住了呢!我立时便收了笑容,痴痴地坐着。大家都诧异说:"怎么忽然不响了?"我低头微笑,答不出什么。过了一会儿,便讪讪地起来走了。走到房里,听见姨娘说:"少奶奶太爱笑,也不大好;叫人家说太太没规矩似的!我们要劝劝她才好。"这自然是对婆婆说的!我听了,更觉不安了!第二天,婆婆到我房里闲谈,渐渐说起我的笑。她说:"也难怪你,你娘死得早,爸爸又不管事,便让你没规没矩的了。但出了门和在家做姑娘时不同,你得学做人,懂得做人的道理,不能再小孩子似的。你在我家,我将你和自己女儿一般看待;所以我特地指点你。——以后要忍住些笑;就是笑,也要文气些,而且还要看人!你说我的话是么?"婆婆那时说得很和气,一点没有严厉的样子;比你那冷言冷语好得多了。

我自然是很感激的。我说:"婆婆说的都是好话,我也晓得的。只因为在家笑惯了,所以不容易改。以后自然要留意的。"那几日里,用人们也常在厨房里议论我的笑;这真叫我难为情的!我想笑原来不是一件好东西!——不,不,小孩子的笑是好的,大人的笑是不好的。但你在客厅里和你那些朋友常常哈哈哈哈地笑,他们也不曾议论你!——晓得了!男人笑是不妨的,女人笑是没规矩的。我经过两回劝诫,不能不提防着了,我的笑便渐渐的少了。他们都说我才有些成人气了。但我心里老不明白,女人的笑为什么这样不行呢?

满月后二十天,那是阴历正月十二,你动身到北京上学去了。我送你到门口,但并没有什么难过。你也很平常的,头也不回走了。那天我虽觉有些和往日不同,却也颇轻微的。第二天便照常快活了。那时公公正在榷运局差事上,家里钱是不缺的;大家都欢欢喜喜地过着。婆婆们因为我是新娘,待我还算客气的。虽然也有时劝诫我,有时向我发怒,有时向我冷笑,但总不常有的。我呢,究竟还是孩子,也不长久记着这些事。所以虽没有在家里自在,我也算是无忧无虑地过着了。这些日子,我还是常常要笑的,只不大像从前那样前仰后合,那样长久罢了。他们还是说我爱笑。但婆婆劝过我两回,我到底不曾都改了;他们见惯不惊,也就只好由我了。所以我的笑说不自由,却也自由的。到暑假时,你回来了,住了五十天。你又走了,这一回的走可不同了。你还记得吧?——那夜里我哭了一点多钟,你后来也陪我哭。我们哭得眼睛都红了;你不是还怕他们笑么?走的时候,我不敢送你,并且也不敢看你;因为怕忍不住眼泪,更要让他们笑了!但是到底忍不住!你才走,我便溜到房里哭了。四弟、五妹都来偷看我,我也顾不得了。自从娘死后,我不曾哭过,因为我是爱笑不爱哭的。在你家里,这要算第一回了。从那日起,我常觉失掉一件什么东西似的,心里老是不安了。我这才尝着别离的滋味了!你们男人家在外面有三朋四友的说笑,又有许多游散的地方,想家的心自然渐渐的会淡下去。我们终日在家里闷着:碰来碰去,是这些人;转来转去,是这些地方!没得打岔儿的,叫我怎不想呢?越想便越想了,真真有些痴了。这一来我的笑可不容易了。好笑的事情,都觉淡淡的味儿,仿佛酒里掺了水。——我的笑的兴致也是这样。况且做了一年的媳妇,规矩晓得的多了,渐渐的脱了孩子气了;我也自然的不像从前爱笑了。这些时候笑是很文气了。微笑多了,大笑少了。他们都说老毛病居然改掉了。

第二年冬天,公公从差事上交卸了,亏空好几百元——是五百元吧?凑巧祖婆婆又死了;真是祸不单行!公公教婆婆和姨娘将金银首饰都拿出来兑钱去。我看她们委委屈屈地将首饰盒交给公公,心里好凄惨的!首饰兑了回来,又当了一件狐皮袍,才凑足了亏空的数目,寄到省里去了。第二天婆婆便和公公大吵了一回。为何起因,我已忘记——你记得么?——只知道实在是为首饰的缘故罢了。那一次吵得真是厉害!我到你家还是第一次看见呢。我觉得害怕,并且觉得这是一个恶兆;因为家里的光景真是大不同了!那回丧事是借的钱办的。在丧事里,我只哭了两回;要真伤心,我才会哭,我不会像她们那样哼哼儿。我的伤心,一半因为祖婆婆待我好,一半也愁着以后家里怎样过日子!我晓得愁,也是从前没有的;年纪大了,到底不同了。丧事过后,家里日用,分文没有;便只得或当或借地支持着。这也像严寒的冬天了。而且你家的人还要怄气。只说婆婆那样嫌着公公,说他只一味浪用,不知攒几个钱儿!又和姨娘吵闹,说她只晓得巴结公公,讨他的好!这样情形,还能和和气气地过日子么?我也常给他们解劝，但毫没有用的。这样过了一年多。我眼看着这乱糟糟的家，一天天地衰败下去，不由得不时时担心。婆婆发脾气的时候，又喜欢东拉西扯地牵连着别人。我更加要留意。你又在北京，连一个诉说的人也没有！我心里怎不郁郁的呢？我的心本来是最宽的；到你家后，便渐渐的窄了；仿佛有一块石头压着似的。你说北京有甜井，苦井；我从前的心是甜的，后来便是苦的。那些日子，真没有什么叫我笑了，我连微笑也少了。有一天我回到家里，爸爸和娘娘他们说："小招真可怜！从前那样爱笑的，现在脸上简直不大看见笑了！"那时我家里人待我的情形也渐渐不同了，这叫我最难过的！——谁想自家人也会势利呢？我起初还不觉得；等到他们很冷淡了，我才明白。——你看我这个人糊涂不糊涂？——娘娘他们不用说，便是郭妈妈和小五等人，也有些看不起我似的。只除了爸爸一个人！他们都晓得我们家穷了，所以如此。其实我们穷我们的，与他们何干呢？本来还家去和他们说说笑笑，还可以散散心的。这一来，我还家去做什么呢？这样又过了半年。这一年半里，公公虽曾有过两回短差事，但剩不了钱，也是无用的。好差事又图谋不到！家里便一天亏似一天了！起初人家不知就里，还愿意借钱给我们。后来见公公长久无好差事，家里连利钱也不能按期付了，大家便都不肯借了；而且都来讨利钱，讨本钱了。他们来的时候，神气了不得！你得先听他的讨厌的话，再去用好话敷衍他。敷衍得好的，便快快地走了；不好的，便狠狠地发话一场。你那时不在家，我们就成天过这种日子！你想这是人过的日子么？你想我还有一毫快乐的心思么？你想我眼泪直向肚里滚，还有心肠笑么？好容易到了七月里，你毕业了，而且在上海有了事了。那时大家欢喜，我更不用说了——娘娘他们都说我从此可以出头了！我暗中着实快活了好几日，不由得笑了好几回——我本想忍住的,但是忍不住;只好让他们去说吧。这样的光景,谁知道后来的情形却全然相反呢?

自从公公那回交卸以后,家里各人的样子,便大不同了。——我刚才不是和你说过?婆婆已经不像从前客气。她不知听了谁的话,总防着我爬到她头上去。所以常常和我讲究做媳妇的规矩,又一心一意地要向我摆出婆婆的架子。更加家境不好,她成天的没好心思,便要寻是生非地发脾气。碰着谁就是谁。我这下辈人,又是外姓人,自然更倒霉了!她那时常要挑剔我!她虽不明着骂我,但摆着冷脸子给你看,冷言冷语地讥嘲你,又背地里和用人们议论你,就尽够你受了!姨娘呢,虽不曾和我怎样,但暗中挑拨着婆婆,也甚是利害!你想,我怎能不郁郁的!——只有公公还好,算不曾变了样子。我刚才不说过那时简直不大会笑么?你想,愁都愁不过来,又怎样会笑呢?况且到了后来,便是要笑也不敢了,记得有一回,不知谁说了什么,引得我开口大笑。这其实是偶然又偶然的事。但婆婆却发话了。她说:"少奶奶真爱笑!家里到这地步,怎么一点不晓得愁呢!怎么还能这样嘻嘻哈哈呢!"她的神气严厉极了,叫我害怕,更叫我难堪!——当着众人面前,受这样的责备,真是我平生第一回!我还有什么脸面呢?我气得发抖,只有回房去暗哭!你想,从此以后,我还敢笑么?我还去自讨没趣么?况且家里又是这个样子!一直等到你上海有事的时候,我才高兴起来,才又笑了几回。但是后来更不敢笑了!为什么呢?你有了事以后,虽统共只拿了七十块钱一月,他们却指望你很大。他们恨不得你将这七十块钱全给家里!你自然不能够。你虽然曾寄给他们一半的钱。他们哪里会满意!况你的寄钱,又没有定期,家里等着用,又是焦急!婆婆便只向我啰唆,说你怎样不懂事,怎样不顾家,怎样只管自己用。她又说:"'养儿防老,积谷防饥。'他想不问吗,怎能够哩!"她说这些话,虽不曾怪我,但她既不高兴你,自然更不高兴我了!从前她对我虽然也存着心眼儿,但却不恨我,所以还容易相处。现在她似乎渐渐有些恨我了!这全是因为你!她恨我,更要挑剔我了。我就更难了!家里是这样艰窘,你又终年在外面,婆婆又有心和我作对。这真真逼死我了!哪知后来还要不行!前年暑假你回来了,身边只剩两个角子。婆婆第一个不高兴。她不是尽着问你钱到哪里去了么?你在家三天,她便唠叨了三天。你本来不响的,后来大约忍不住了,也说了几句。她却和你大吵!第二天,你赌气走了——我何尝不劝你,但怎么劝得住呢?午饭的时候,他们才问起你。我只好直说。婆婆听了,立刻变脸大骂,又硬说是我挑唆你的!她饭不吃了,跳到厨房里向用人们数说。接着又和左右邻舍说了一回。晚上公公回来,她一五一十告诉他。她说:"这总是少奶奶的鬼!我们家真晦气,媳妇也娶不到一个好的!自从她进门,你就不曾有过好差事,家境是一天坏似一天!现在又给大金出主意,想叫他不寄钱回家;又挑唆他和我吵,使你们一家不和,真真八败命[1]!"——她在对面房里,故意地高声说,叫我听得清楚。——后来公公接着道:"不寄钱?——哼!他敢!让我写信问他去。我不能给他白养活女人、孩子!——现在才晓得,少奶奶真不是东西!"……以后声音渐低,我也再不能听下去了!那天我不曾吃饭。我又是害怕,又是寒心!我和他们仿佛是敌国了,但是我只有一个人!知道他们怎样来呢?我在床上哭了半夜,只恨自己命苦!从第二天起我处处提防着。果然第四天的下午,公公便指着一件不相干的事,向我大发脾气。他骂我:

---

[1] 八败命:旧谓注定事事无成的命。

"不要发昏！"这是四年来不曾有过的！他的骂比婆婆那回更是凶恶。但是我，除了忍受，有什么法子呢？我那晚又哭了半夜。现在是哭比笑多了。世间婆婆骂媳妇是常事；公公骂，却是你家特别的！你看你家的媳妇可是人做的！从那回起，我竟变了罪人！婆婆的明讥暗讽，不用说了。姨娘看见公公不高兴我，本来只是暗中弄松我的，现在却明明地来挑拨我了！四弟、五妹也常说我的坏话了！婆婆和姨娘向我发话的时候，他们也要帮衬几句了！用人们也呼唤不灵了！总之，"墙倒众人推"了。那时候，他们的眼睛都看着我，他们的耳朵都听着我，谁都要在我身上找出些错处，嘲弄一番。你想我怎样当得住呢？我的脸色、话语、举动，几乎都不中他们的意，几乎都要受他们的挑剔——真成了"眼中钉"了！我成日躲在房里，不敢出来。出来时也不敢多说，不敢多动，只如泥塑木雕的一般！这时哪里还想到笑？笑早已到爪哇国里去了。连影子也不见了！本来我到家里住住，也可暂避一时。凑巧那年春天，爸爸过生日，郭妈妈要穿红裙，和他大闹。我帮着爸爸，骂了她一顿。她从此恨我切骨！本就不甚看得起我，这一来，索性不理睬我了！我因此就不能常回去了！到这时候，更不愿回去仰面求她，给她嗤笑了！我真是走投无路。要不是为了你和孩子，我早已死了。那时我差不多每夜要哭，仿佛从前要笑一样。思前想后，十分难过，觉得那样的活着，还是死了的好。等到后来你来信答应照常寄钱，这才稍微好些。但也只是"稍微"好些罢了，和从前总不相同了！直到现在，都是如此。

　　自从大前年生了狗儿，去年又生了玉儿。这两个孩子可也真累坏了我！你看我初到你家时是怎样壮的，现在怎么样了？人也老了，身子瘦得像一只螳螂——尽是皮包着骨头！多劳碌了，就会头晕眼花；哪里还像二十几岁的人？这一半也因为心境不好，一半也实在是给孩子们磨折的！我从前身体虽然不好，哪里像现在呢？我自己很晓得，我是一日不如一日了，将来一定活不长的！——你不信么？以后总会看见的。说起来我的命只怕真不好！不然，公公在榷运局老不交卸，家里总可以雇两个奶娘。我又何至吃这样的辛苦呢？呀！领孩子的辛苦，真是你们想不到的！我又比别人格外辛苦，所以更伤人！记得狗儿生的时候，我没有满月，就起来帮他们做事，一面还要领孩子。才生的孩子，最难照管。穿衣服怕折了胳膊，盖被又怕捂死了他。我是第一胎，更得提心吊胆的。那时日里夜里，总是悬悬不安！吃饭是匆匆的，睡觉也只管惊醒！婆婆们虽也欢喜狗儿，但却不大能领他。一天到晚，孩子总是在我手里的多！还得给家里做事，所以便很累了。那时我这个人六神无主，失张失智的。没有从前唧溜，也没有从前勤快了。婆婆常常向我唠叨，说我没规矩，一半也因为此。等到孩子大起来了，哭呀，吵呀，总是有的。你们却又讨厌了，说孩子不乖巧，又说我太宠他了！还要打他。我拦住了，你便向我生气。其实这一点大的孩子，晓得什么？怎忍心怪他、打他！但你在家的时候，既然常为了孩子和我啰唆，婆婆后来和我吵，也常常借了孩子起因。我真气极了，孩子不是我一个人私生的，怎么你也怪我，他也怪我呢？我真倒霉，一面要代你受气，一面又要代孩子受气！整整三个年头，我不曾吃过一餐好饭，睡过一夜好觉，到底为了什么呢？狗儿的罪，还没有受完，又来了玉儿！你又老是这个光景，不能带我们出去。我今生今世是莫想抬头的了！——唉，我这几年兴致真过完了！我也不爱干净了，我也不想穿戴了，我也不想出去逛了。终日在家里闷着；闷惯了，倒也罢了。我为了两个孩子，时时觉着有千斤的重担子在我身上。又加上你家里人，都将我看作仇人。我仿佛上了手铐脚镣，被囚在一间牢狱里！你想我还能高兴么？我这样冷冰冰的，真还要死哩！你在家时还好，你不在家时，我寂寞透了！只好逗着孩子们笑着玩儿，但心思总是不能舒舒贴贴的。我此刻哭是哭不出，笑可也不会笑了；你教我笑，也笑不来了。而且看见别人笑，听到别人笑，心中说不出的不愿意。便是有时敷衍人，勉强笑笑，也只觉得苦，觉得很费力！我真是有些反常哩！

好人，好人，几时让我再能像"娘在时"那样随随便便、痛痛快快地笑一回呢？

潘先生在难中

叶圣陶

1924

一

车站里挤满了人,各有各的心事,都现出异样的神色。脚夫的两手插在号衣的口袋里,睡着一般地站着;他们知道可以得到特别收入的时间离得还远,也犯不着老早放出精神来。空气沉闷得很,人们略微感到呼吸受压迫,大概快要下雨了。电灯亮了一会了,仿佛比平时昏黄一点,望去好像一切的人物都在雾里梦里。

揭示处的黑漆板上标明西来的快车须迟到四点钟。这个报告在几点钟以前早就教人家看熟了,现在便同风化了的戏单一样,没有一个人再望它一眼。像这种报告,在这一个礼拜里,几乎每天每趟的行车都有;大家也习以为当然了。

不知几多人心系着的来车居然到了,闷闷的一个车站就一变而为扰扰的境界。来客的安心,候客者的快意,以及脚夫的小小发财,我们且都不提。单讲一位从让里来的潘先生。他当火车没有驶进月台之先,早已安排得十分周妥:他领头,右手提着个黑漆皮包,左手牵着个七岁的孩子;七岁的孩子牵着他哥哥(今年九岁），哥哥又牵着他母亲。潘先生说人多照顾不齐，这么牵着，首尾一气，犹如一条蛇，什么地方都好钻了。他又屡次叮嘱，教大家握得紧紧，切勿放手；尚恐大家万一忘了，又屡次摇荡他的左手，意思是教把这警告打电报一般一站一站递过去。

首尾一气诚然不错，可是也不能全然没有弊病。火车将停时，所有的客人和东西都要涌向车门，潘先生一家的那条蛇就有点尾大不掉了。他用黑漆皮包做前锋，胸腹部用力向前抵，居然进展到距车门只两个窗洞的地位。但是他的七岁的孩子还在距车门四个窗洞的地方，被挤在好些客人和座椅之间，一动不能动；两臂一前一后，伸得很长，前后的牵引力都很大，似乎快要把胳臂拉了去的样子。他急得直喊，"啊！我的胳臂！我的胳臂！"

一些客人听见了带哭的喊声，方才知道腰下挤着个孩子；留心一看，见他们四个人一串，手联手牵着。一个客人呵斥道，"赶快放手；要不然，把孩子拉做两半了！"

"怎么的，孩子不抱在手里！"又一个客人用鄙夷的声气自语，一方面他仍注意在攫得向前行进的机会。

"不。"潘先生心想他们的话不对，牵着自有牵着的妙用；再一转念，妙用岂是人人能够了解的，向他们辩白，也不过徒费唇舌，不如省些精神吧；就把以下的话咽了下去。而七岁的孩子还是"胳臂！胳臂！"喊着。潘先生前进后退都没有希望，只得自己失约，先放了手，随即惊惶地发命令道，"你们看着我！你们看着我！"

车轮一顿，在轨道上站定了；车门里弹出去似的跳下了许多人。潘先生觉得前头松动了些；但是后面的力量突然增加，他的脚做不得一点主，只得向前推移；要回转头来招呼自己的队伍，也不得自由，于是对着前面的人的后脑叫喊，"你们跟着我！你们跟着我！"

他居然从车门里被弹出来了。旋转身子一看，后面没有他的儿子同夫人。心知他们还挤在车中，守住车门老等总是稳当的办法。又下来了百多人，方才看见脚踏上人丛中现出七岁的孩子的上半身，承着电灯光，面目作哭泣的形象。他走前去，几次被跳下来的客人冲回，才用左臂把孩子抱了下来。再等了一会，潘师母同九岁的孩子也下来了；她吁吁地呼着气，连喊"哎唷，哎唷，"凄然的眼光看着潘先生的脸，似乎要求抚慰的孩子。

潘先生到底镇定，看见自己的队伍全下来了，重又发命令道，"我们仍旧像刚才一样联起来。你们看月台上的人这么多，收票处又挤得厉害，要不是连着，就走散了！"

七岁的孩子觉得害怕，拦住他的膝头说，"爸爸，抱。"

"没用的东西！"潘先生颇有点愤怒，但随即耐住，蹲下身子把孩子抱了起来。同时关照大的孩子拉着他的长衫的后幅，一手要紧紧牵着母亲，因为他自己两只手都不空了。

潘师母从来不曾受过这样的困累，好容易下了车，却还有可怕的拥挤在前头，不禁发怨道，"早知道这样子，宁可死在家里，再也不要逃难了！"

"悔什么！"潘先生一半发气，一半又觉得怜惜。"到了这里，懊悔也是没用。并且，性命到底安全了。走吧，当心脚下。"于是四个一串向人丛中踽踽地移过去。

一阵的拥挤，潘先生像在梦里似的，出了收票处的隘口。他仿佛急流里的一滴水滴，没有回旋转侧的余地，只有顺着大众的势，脚不点地地走。一会儿已经出了车站的铁栅栏，跨过了电车轨道，来到水门汀的人行道上。慌忙地回转身来，只见数不清的给电灯光耀得发白的面孔以及数不清的提箱与包裹，一齐向自己这边涌来，忽然觉得长衫后幅上的小手没有了，不知什么时候放了的；心头怅惘到不可言说，只是无意识地把身子乱转。转了几回，一丝踪影也没有。家破人亡之感立时袭进他的心，禁不住渗出两滴眼泪来，望出去电灯人形都有点模糊了。

幸而抱着的孩子眼先敏锐，他瞥见母亲的疏疏的额发，便认识了，举起手来指点着，"妈妈，那边。"

潘先生一喜；但是还有点不大相信，眼睛凑近孩子的衣衫擦了擦，然后望去。搜寻了一会，果然看见他的夫人呆鼠一般在人丛中瞎撞，前面护着那大的孩子，他们还没跨过电车轨道呢。他便向前迎上去，连喊"阿大"，把他们引到刚才站定的人行道上。于是放下手中的孩子，舒畅地吐一口气，一手抹着脸上的汗说，"现在好了！"的确好了，只要跨出那一道铁栅栏，就有人保险，什么兵火焚掠都遭逢不到；而已经散失的一妻一子，又幸运得很，一寻即着：岂不是四条性命，一个皮包，都从毁灭和危难之中捡了回来么？岂不是"现在好了"？

"黄包车！"潘先生很入调地喊。

车夫们听见了，一齐拉着车围拢来，问他到什么地方。

他稍微昂起了头，似乎增加了好几分威严，伸出两个指头扬着说，"只消两辆！两辆！"他想了一想，继续说，"十个铜子，四马路，去的就去！"这分明表示他是个"老上海"。

辩论了好一会，终于讲定十二个铜子一辆。潘师母带着大的孩子坐一辆，潘先生带着小的孩子同黑漆皮包坐一辆。车夫刚要拔脚前奔，一个背枪的印度巡捕一条胳臂在前面一横，只得缩住了。小的孩子看这个人的形象可怕，不由得回过脸来，贴着父亲的胸际。

潘先生领悟了，连忙解释道，"不要害怕，那就是印度巡捕，你看他的红包头。我们因为本地没有他,所以要逃到这里来;他背着枪保护我们。他的胡子很好玩的,你可以看一看,同罗汉的胡子一个样子。"

孩子总觉得怕,便是同罗汉一样的胡子也不想看。直到听见当当的声音,才从侧边斜睨过去,只见很亮很亮的一个房间一闪就过去了;那边一家家都是花花灿灿的,灯点得亮亮的,他于是不再贴着父亲的胸际。

到了四马路,一连问了八九家旅馆,都大大地写着"客满"的牌子;而且一望而知情商也没用,因为客堂里都搭起床铺,可知确实是住满了。最后到一家也标着"客满",但是一个伙计懒懒地开口道,"找房间么?"

"是找房间,这里还有么?"一缕安慰的心直透潘先生的周身,仿佛到了家似的。

"有是有一间,客人刚刚搬走,他自己租了房子了。你先生若是迟来一刻,说不定就没有了。"

"那一间就归我们住好了。"他放了小的孩子,回身去扶下夫人同大的孩子来,说,"我们总算运气好,居然有房间住了!"随即付车钱,慷慨地照原价加上一个铜子;他相信运气好的时候多给人一些好处,以后好运气会连续而来的。但是车夫偏不知足,说跟着他们回来回去走了这多时,非加上五个铜子不可。结果旅馆里的伙计出来调停,潘先生又多破费了四个铜子。

这房间就在楼下,有一张床,一盏电灯,一张桌子,两把椅子,此外就只有烟雾一般的一房间的空气了。潘先生一家跟着茶房走进去时,立刻闻到刺鼻的油腥味,中间又混着阵阵的尿臭。潘先生不快地自语道,"讨厌的气味!"随即听见隔壁有食料投下油锅的声音,才知道那里是厨房。再一想时,气味虽讨厌,究比吃枪子睡露天好多了;也就觉得没有什么,舒舒泰泰地在一把椅子上坐下。

"用晚饭吧?"茶房放下皮包回头问。

"我要吃火腿汤淘饭。"小的孩子咬着指头说。

潘师母马上对他看个白眼,凛然说,"火腿汤淘饭!是逃难呢,有得吃就好了,还要这样那样点戏!"

大的孩子也不知道看看风色,央着潘先生说,"今天到上海了,你给我吃大菜。"

潘师母竟然发怒了,她回头呵斥道,"你们都是没有心肝的,只配什么也没得吃,活活地饿……"

潘先生有点儿窘,却作没事的样子说,"小孩子懂得什么。"便吩咐茶房道,"我们在路上吃了东西了,现在只消来两客蛋炒饭。"

茶房似答非答地一点头就走,刚出房门,潘先生又把他喊回来道,"带一斤绍兴,一毛钱熏鱼来。"

茶房的脚声听不见了,潘先生舒快地对潘师母道,"这一刻该得乐一乐,喝一杯了。你想,从兵祸凶险的地方,来到这绝无其事的境界,第一件可乐。刚才你们忽然离开了我,找了半天找不见,真把我急死了;倒是阿二乖觉(他说着,把阿二拖在身边,一手轻轻地拍着),他一眼便看见了你,于是我迎上来,这是第二件可乐。乐哉乐哉,陶陶酌一杯。"他作举杯就口的样子,迷迷地笑着。

潘师母不响,她正想着家里呢。细软的虽然已经带在皮包里,寄到教堂里去了,但是留下的东西究竟还不少。不知王妈到底可靠不可靠;又不知隔壁那家穷人家有没有知道他们一家都出来了,只剩个王妈在家里看守;又不知王妈睡觉时,会不会忘了关上一扇门或是一扇窗。她又想起院子里的三只母鸡,没有完工的阿二的裤子，厨房里的一碗白㸆鸭……真同通了电一般，一刻之间，种种的事情都涌上心头，觉得异样地不舒服；便叹口气道，"不知弄到怎样呢！"

两个孩子都怀着失望的心情，茫昧地觉得这样的上海没有平时父亲嘴里的上海来得好玩而有味。

疏疏的雨点从窗外洒进来，潘先生站起来说，"果真下雨了，幸亏在这时候下，"就把窗子关上。突然看见原先给窗子掩没的旅客须知单，他便想起一件顶紧要的事情，一眼不眨地直望那单子。

"不折不扣，两块！"他惊讶地喊。回转头时，眼珠瞪视着潘师母，一段舌头从嘴里伸了出来。

二

第二天早上，走廊中茶房们正蜷在几条长凳上熟睡，狭得只有一条的天井上面很少有晨光透下来，几许房间里的电灯还是昏黄地亮着。但是潘先生夫妇两个已经在那里谈话了；两个孩子希望今天的上海或许比昨晚的好一点，也醒了一会了，只因父母叫他们再睡一会，所以还躺在床上，彼此呵痒为戏。

"我说你一定不要回去，"潘师母焦心地说，"这报上的话，知道它靠得住靠不住的。既然千难万难地逃了出来，哪有立刻又回去的道理！"

"料是我早先也料到的。顾局长的脾气就是一点不肯马虎。'地方上又没有战事，学自然照常要开的。'这句话确然是他的声口。这个通信员我也认识，就是教育局里的职员，又哪里会靠不住？回去是一定要回去的。"

"你要晓得，回去危险呢！"潘师母凄然地说，"说不定三天两天他们就会打到我们那地方去，你就是回去开学，有什么学生来念书？就是不打到我们那地方，将来教育局长怪你为什么不开学时，你也有话回答。你只要问他，到底性命要紧还是学堂要紧？他也是一条性命，想来决不会对你过不去。"

"你懂得什么！"潘先生颇怀着鄙薄的意思。"这种话只配躲在家里，伏在床角里，由你这种女人去说；你道我们也说得出口么！你切不要拦阻我（这时候他已转为抚慰的声调），回去是一定要回去的；但是包你没有一点危险，我自有保全自己的法子。而且（他自喜心思灵敏，微微笑着），你不是很不放心家里的东西么？我回去了，就可以自己照看，你也能定心定意住在这里了。等到时局平定了，我马上来接你们回去。"

潘师母知道丈夫的回去是万无挽回的了。回去可以照看东西固然很好，但是风声这样紧，一去之后，犹如珠子抛在海里，谁保得定必能捞回来呢！生离死别的哀感涌上心头，她再不敢正眼看她的丈夫，眼泪早在眼角边偷偷地想跑出来了。她又立刻想起这个场面不大吉利，现在并没有什么不好的事情，怎么能凄惨地流起眼泪来。于是勉强忍住眼泪，聊作自慰地请求道，"那么你去看看情形，假使教育局长并没有照常开学这句话，要是还来得及，你就搭了今天下午的车来，不然，搭了明天的早车来。你要知道（她到底忍不住，一滴眼泪落在手背，立刻在衫子上擦去了），我不放心呢！"

潘先生心里也着实有点烦乱，局长的意思照常开学，自己万无主张暂缓开学之理，回去当然是天经地义，但是又怎么放得下这里！看他夫人这样的依依之情，断然一走，未免太没有恩义。又况一个女人两个孩子都是很懦弱的，一无依傍，寄住在外边，怎能断言绝没有意外？他这样想时，不禁深深地发恨：恨这人那人调兵遣将,预备作战,恨教育局长主张照常开课,又恨自己没有个已经成年,可以帮助一臂的儿子。

但是他究竟不比女人,他更从利害远近种种方面着想,觉得回去终于是天经地义,便把恼恨搁在一旁,脸上也不露一毫形色,顺着夫人的口气点头道,"假如打听明白局长并没有这个意思,依你的话,就搭了下午的车来。"

两个孩子约略听得回去和再来的话,小的就伏在床沿作娇道,"我也要回去。"

"我同爸爸妈妈回去,剩下你独个儿住在这里。"大的孩子扮着鬼脸说。

小的听着,便迫紧喉咙叫唤,作啼哭的腔调,小手擦着眉眼的部分,但眼睛里实在没有眼泪。

"你们都跟着妈妈留在这里,"潘先生提高了声音说,"再不许胡闹了,好好儿起来等吃早饭吧。"说罢,又嘱咐了潘师母几句,径出雇车,赶往车站。

模糊地听得行人在那里说铁路已断火车不开的话,潘先生想,"火车如果不开,倒死了我的心,就是立刻免职也只得由他了。"同时又觉得这消息很使他失望;又想他要是运气好,未必会逢到这等失望的事,那么行人的话也未必可靠。欲决此疑,只希望车夫三步并作一步跑。

他的运气果然不坏,赶到车站一看,并没有火车不开的通告;揭示处只标明夜车要迟四点钟才到,这时候还没到呢。买票处绝不拥挤,时时有一两个人前去买票。聚集在站中的人却不少,一半是候客的,一半是来看看的,也有带着照相器具的,专等夜车到时摄取车站拥挤的情形,好作《风云变幻史》的一页。行李房满满地堆着箱子铺盖,各色各样,几乎碰到铅皮的屋顶。

他心中似乎很安慰,又似乎有点儿怅惘,顿了一顿,终于前去买了一张三等票,就走入车厢里坐着。晴明的阳光照得一车通亮,可是不嫌燠热;座位很宽舒,勉强要躺躺也可以。他想,"这是难得逢到的。倘若心里没有事,真是一趟愉快的旅行呢。"

这趟车一路耽搁,听候军人的命令,等待兵车的通过。开到让里,已是下午三点过了。潘先生下了车,急忙赶到家,看见大门紧紧关着,心便一定,原来昨天再三叮嘱王妈的就是这一件。

扣了十几下,王妈方才把门开了。一见潘先生,吃惊地说,"怎么,先生回来了!不用逃难了么?"

潘先生含糊回答了她;奔进里面四周一看,便开了房门的锁,直闯进去上下左右打量着。没有变更,一点没有变更,什么都同昨天一样。于是他吊起的半个心放下来了。还有半个心没放下,便又锁上房门,回身出门;吩咐王妈道,"你照旧好好把门关上了。"

王妈摸不清头绪,关了门进去只是思索。她想主人们一定就住在本地,恐怕她也要跟去,所以骗她说逃到上海去。"不然,怎么先生又回来了?奶奶同两个孩子不同来,又躲在什么地方呢?但是,他们为什么不让我跟去?这自然嫌得人多了不好。——他们一定就住在那洋人的红房子里,那些兵都讲通的,打起仗来不打那红房子。——其实就是老实告诉我,要我跟去,我也不高兴去呢。我在这里一点也不怕:如果打仗打到这里来,反正我的老衣早就做好了。"她随即想起甥女儿送她的一双绣花鞋真好看,穿了那双鞋上西方,阎王一定另眼相看;于是她感到一种微妙的舒快,不再想主人究竟在哪里的问题。

潘先生出门,就去访那当通信员的教育局职员,问他局长究竟有没有照常开学的意思。那人回答道,"怎么没有?他还说有一些教员只顾逃难,不顾职务,这就是表示教育的事业不配他们干的；趁此淘汰一下也是好处。"潘先生听了，仿佛觉得一凛；但又赞赏自己有主意，决定从上海回来到底是不错的。一口气奔到自己的学校里，提起笔就起草送给学生家属的通告。通告中说兵乱虽然可虑，子弟的教育犹如布帛菽粟，是一天一刻不可废弃的，现在暑假期满，学校照常开学。从前欧洲大战的时候，人家天空里布着预防炸弹的网，下面学校里却依然在那里上课：这种非常的精神，我们应当不让他们专美于前。希望家长们能够体谅这一层意思，若无其事地依旧把子弟送来；这不仅是家庭和学校的益处，也是地方和国家的荣誉。

他起好草稿，往复看了三遍，觉得再没有可以增损，局长看见了，至少也得说一声"先得我心"。便得意地誊上蜡纸，又自己动手印刷了百多张，派校役向一个个学生家里送去。公事算是完毕了，开始想到私事；既要开学，上海是去不成了，他们母子三个住在旅馆里怎么挨得下去！但也没有办法，唯有教他们一切留意，安心住着。于是蘸着刚才的残墨写寄与夫人的信。

下一天，他从茶馆里得到确实的信息，铁路真个不通了。他心头突然一沉，似乎觉得最亲热的一妻两儿忽地乘风飘去，飘得很远，几乎至于渺茫。没精没采地踱到学校里，校役回报昨天的使命道，"昨天出去送通告，有二十多家关上了大门，打也打不开，只好从门缝里塞进去。有三十多家只有用人在家里，主人逃到上海去了，孩子当然跟了去，不一定几时才能回来念书。其余的都说知道了；有的又说性命还保不定安全，读书的事再说吧。"

"哦，知道了。"潘先生并不留心在这些上边，更深的忧虑正萦绕在他的心头。他抽完了一支烟卷以后，应走的路途决定了，便赶到红十字会分会的办事处。

他缴纳会费愿做会员；又宣称自己的学校房屋还宽敞，愿意作为妇女收容所,到万一的时候收容妇女。这是慈善的举措,当然受热诚的欢迎,更兼潘先生本来是体面的大家知道的人物。办事处就给他红十字的旗子,好在学校门前张起来;又给他红十字的徽章,标明他是红十字会的一员。

潘先生接旗子和徽章在手,像捧着救命的神符,心头起一种神秘的快慰。"现在什么都安全了!但是……"想到这里,便笑向办事处的职员道,"多给我一面旗,几个徽章吧。"他的理由是学校还有个侧门,也得张一面旗,而徽章这东西太小巧,恐怕偶尔遗失了,不如多备几个在那里。

办事员同他说笑话,这东西又不好吃的,拿着玩也没有什么意思,多拿几个也只作一个会员,不如不要多拿吧。但是终于依他的话给了他。

两面红十字旗立刻在新秋的轻风中招展,可是学校的侧门上并没有旗,原来移到潘先生家的大门上去了。一个红十字徽章早已缀上潘先生的衣襟,闪耀着慈善庄严的光,给予潘先生一种新的勇气。其余几个呢,重重包裹,藏在潘先生贴身小衫的一个口袋里。他想,"一个是她的,一个是阿大的,一个是阿二的。"虽然他们远处在那渺茫难接的上海,但是仿佛给他们加保了一重险,他们也就各增加一种新的勇气。

三

碧庄地方两军开火了。

让里的人家很少有开门的,店铺自然更不用说,路上时时有兵士经过。他们快要开拔到前方去,觉得最高的权威附灵在自己身上,什么东西都不在眼里,只要高兴提起脚来踩,都可以踩做泥团踩做粉。这就来了拉夫的事情：恐怕被拉的人乘隙脱逃，便用长绳一个联一个拴着胳臂，几个弟兄在前，几个弟兄在后，一串一串牵着走。因此，大家对于出门这件事都觉得危惧，万不得已时，也只从小巷僻路走，甚至佩着红十字徽章如潘先生之辈，也不免怀着戒心，不敢大模大样地踱来踱去。于是让里的街道见得又清静又宽阔了。

上海的报纸好几天没来。本地的军事机关却常常有前方的战报公布出来，无非是些"敌军大败，我军进展若干里"的话。街头巷尾贴出一张新鲜的战报时，也有些人慢慢聚集拢来，注目看着。但大家看罢以后依然不能定心，好似这布告背后还有许多话没说出来，于是怅怅地各自散了，眉头照旧皱着。

这几天潘先生无聊极了。最难堪的，自然是妻儿远离，而且消息不通，而且似乎有永远难通的朕兆。次之便是自身的问题，"碧庄冲过来只一百多里路，这徽章虽说有用处，可是没有人写过笔据，万一没有用，又向谁去说话？——枪子炮弹劫掠放火都是真家伙，不是耍的，到底要多打听多走门路才行。"他于是这里那里探听前方的消息，只要这消息与外间传说的不同，便觉得真实的成分越多，即根据着盘算对于自身的利害。街上如其有一个人神色仓皇急忙行走时，他便突地一惊，以为这个人一定探得确实而又可怕的消息了；只因与他不相识，"什么！"一声就在喉际咽住了。

红十字会派人在前方办理救护的事情，常有人搭着兵车回来，要打听消息自然最可靠了。潘先生虽然是个会员，却不常到办事处去探听，以为这样就是对公众表示胆怯，很不好意思。然而红十字会究竟是可以得到真消息的机关，舍此他求未免有点傻，于是每天傍晚到姓吴的办事员家里去打听。姓吴的告诉他没有什么，或者说前方抵住在那里，他才透了口气回家。

这一天傍晚,潘先生又到姓吴的家里;等了好久,姓吴的才从外面走进来。

"没有什么吧?"潘先生急切地问,"照布告上说,昨天正向对方总攻击呢。"

"不行。"姓吴的忧愁地说,但随即咽住了,捻着唇边仅有的几根二三分长的髭须。

"什么?"潘先生心头突地跳起来,周身有一种拘牵不自由的感觉。

姓吴的悄悄地回答,似乎防着人家偷听了去的样子,"确实的消息,正安(距碧庄八里的一个镇)今天早上失守了!"

"啊!"潘先生发狂似的喊出来。顿了一顿,回身就走,一壁说道,"我回去了!"

路上的电灯似乎特别昏暗,背后又仿佛有人追赶着的样子,惴惴地,歪斜的急步赶到了家,叮嘱王妈道,"你关着门安睡好了,我今夜有事,不回来住了。"他看见衣橱里有一件绉纱的旧棉袍,当时没收拾在寄出去的箱子里,丢了也可惜;又有孩子的几件布夹衫,仔细看时还可以穿穿;又有潘师母的一条旧绸裙,她不一定舍得便不要它;便胡乱包在一起,提着出门。

"车!车!福星街红房子,一毛钱。"

"哪里有一毛钱的?"车夫懒懒地说,"你看这几天路上有几辆车?不是拼死寻饭吃的,早就躲起来了。随你要不要,三毛钱。"

"就是三毛钱,"潘先生迎上去,跨上脚踏坐稳了,"你也得依着我,跑得快一点!"

"潘先生,你到哪里去?"一个姓黄的同业在途中瞥见了他,站定了问。

"哦,先生,到那边……"潘先生失措地回答,也不辨问他的是谁；忽然想起回答那人简直是多事——车轮滚得绝快，那人决不会赶上来再问，——便缩住了。

红房子里早已住满了人，大都是十天以前就搬来的，儿啼人语，灯火这边那边亮着，颇有点热闹的气象。主人翁见面之后，说，"这里实在没有余屋了。但是先生的东西都寄在这里，也不好拒绝。刚才有几位匆忙地赶来，也因不好拒绝，权且把一间做厨房的厢房让他们安顿。现在去同他们商量，总可以多插你先生一个。"

"商量商量总可以，"潘先生到了家似的安慰。"何况在这样时候。我也不预备睡觉，随便坐坐就得了。"

他提着包裹跨进厢房的当儿，以为自己受惊太厉害了，眼睛生了翳，因而引起错觉；但是闭一闭眼睛再睁开来时，所见依然如前，这靠窗坐着，在那里同对面的人谈话，上唇翘起两笔浓须的，不就是教育局长么？

他顿时踌躇起来，已跨进去的一只脚想要缩出来，又似乎不大好。那局长也望见了他，尴尬的脸上故作笑容说，"潘先生，你来了，进来坐坐。"主人翁听了，知道他们是相识的，转身自去。

"局长先在这里了。还方便吧，再容一个人？"

"我们只三个人，当然还可以容你。我们带着席子；好在天气不很凉，可以轮流躺着歇歇。"

潘先生觉得今晚上局长特别可亲，全不像平日那副庄严的神态，便忘形地直跨进去说，"那么不客气，就要陪三位先生过一夜了。"

这厢房不很宽阔。地上铺着一张席子，一个戴眼镜的中年人坐在上面，略微有疲倦的神色，但绝无欲睡的意思。锅灶等东西贴着一壁。靠窗一排摆着三只凳子，局长坐一只，头发梳得很光的二十多岁的人，局长的表弟，坐一只，一只空着。那边的墙角有一只柳条箱，三个衣包，大概就是三位先生带来的。仅仅这些，房间里已没有空地了。电灯的光本来很弱，又蒙上了一层灰尘，照得房间里的人物都昏暗模糊。

潘先生也把衣包放在那边的墙角，与三位的东西合伙。回过来谦逊地坐上那只空凳子。局长给他介绍了自己的同伴，随后说，"你也听到了正安的消息么？"

"是呀，正安。正安失守，碧庄未必靠得住呢。"

"大概这方面对于南路很疏忽，正安失守，便是明证。那方面从正安袭取碧庄是最便当的，说不定此刻已被他们得手了。要是这样，不堪设想！"

"要是这样，这里非糜烂不可！"

"但是，这方面的杜统帅不是庸碌无能的人，他是著名善于用兵的，大约见得到这一层，总有方法抵挡得住。也许就此反守为攻，势如破竹，直捣那方面的巢穴呢。"

"若能这样，战事便收场了，那就好了！——我们办学的就可以开起学来，照常进行。"

局长一听到办学，立刻感到自己的尊严，捻着浓须叹道，"别的不要讲，这一场战争，大大小小的学生吃亏不小呢！"他把坐在这间小厢房里的局促不舒的感觉忘了，仿佛堂皇地坐在教育局的办公室里。

坐在席子上的中年人仰起头来含恨似的说，"那方面的朱统帅实在可恶！这方面打过去，他抵抗些什么，——他没有不终于吃败仗的。他若肯漂亮点儿让了，战事早就没有了。"

"他是傻子，"局长的表弟顺着说，"不到尽头不肯死心的。只是连累了我们，这当儿坐在这又暗又窄的房间里。"他带着玩笑的神气。

潘先生却想念起远在上海的妻儿来了。他不知道他们可安好，不知道他们出了什么乱子没有，不知道他们此刻睡了不曾，抓既抓不到，想象也极模糊；因而想自己的被累要算最深重了，凄然望着窗外的小院子默不作声。

"不知道到底怎么样呢！"他又转而想到那个可怕的消息以及意料所及的危险，不自主地吐露了这一句。

"难说，"局长表示富有经验的样子说，"用兵全在趁一个机，机是刻刻变化的，也许竟不为我们所料，此刻已……所以我们……"他对着中年人一笑。

中年人，局长的表弟同潘先生三个已经领会局长这一笑的意味；大家想坐在这地方总不至于有什么，也各安慰地一笑。

小院子里长满了草，是蚊虫同各种小虫的安适的国土。厢房里灯光亮着，虫子齐飞了进来。四位怀着惊恐的先生就够受用了；扑头扑面的全是那些小东西，蚊虫突然一针，痛得直跳起来。又时时停语侧耳，惶惶地听外边有没有枪声或人众的喧哗。睡眠当然是无望了，只实做了局长所说的轮流躺着歇歇。

下一天清晨，潘先生的眼球上添了几缕红丝；风吹过来，觉得身上很凉。他急欲知道外面的情形，独个儿闪出红房子的大门。路上同平时的早晨一样，街犬竖起了尾巴高兴地这头那头望，偶尔走过一两个睡眼惺忪的人。他走过去。转入又一条街，也听不见什么特别的风声。回想昨夜的匆忙情形，不禁心里好笑。但是再一转念，又觉得实在并无可笑，小心一点总比冒险好。

四

二十余天之后，战事停止了。大众点头自慰道，"这就好了！

只要不打仗，什么都平安了！"但是潘先生还不大满意，铁路还没通，不能就把避居上海的妻儿接回来。信是来过两封了，但简略得很，比不看更教他想念。他又恨自己到底没有先见之明；不然，这一笔冤枉的逃难费可以省下，又免得几十天的孤单。

他知道教育局里一定要提到开学的事情了，便前去打听。跨进招待室，看见局里的几个职员在那里裁纸磨墨，像是办喜事的样子。

一个职员喊道，"巧得很，潘先生来了！你写得一手好颜字，这个差就请你当了吧。"

"这么大的字，非得潘先生写不可。"其余几个人附和着。

"写什么东西？我完全茫然。"

"我们这里正筹备欢迎杜统帅凯旋的事务。车站的两头要搭起四个彩牌坊，让杜统帅的花车在中间通过。现在要写的就是牌坊上的几个字。"

"我哪里配写这上边的字？"

"当仁不让。""一致推举。"几个人一哄地说；笔杆便送到潘先生手里。

潘先生觉得这当儿很有点意味，接了笔便在墨盆里蘸墨汁。凝想一下，提起笔来在蜡笺上一并排写"功高岳牧"四个大字。第二张写的是"威镇东南"。又写第三张，是"德隆恩溥"。他写到"溥"字，仿佛看见许多影片，拉夫，开炮，焚烧房屋，奸淫妇人，菜色的男女，腐烂的死尸，在眼前一闪。

旁边看写字的一个人赞叹说，"这一句更见恳切。字也越来越好了。"

"看他对上一句什么。"又一个说。

祝福

鲁迅

1924

旧历的年底毕竟最像年底,村镇上不必说,就在天空中也显出将到新年的气象来。灰白色的沉重的晚云中间时时发出闪光,接着一声钝响,是送灶的爆竹;近处燃放的可就更强烈了,震耳的大音还没有息,空气里已经散满了幽微的火药香。我是正在这一夜回到我的故乡鲁镇的。虽说故乡,然而已没有家,所以只得暂寓在鲁四老爷的宅子里。他是我的本家,比我长一辈,应该称之曰"四叔",是一个讲理学的老监生。他比先前并没有什么大改变,单是老了些,但也还未留胡子,一见面是寒暄,寒暄之后说我"胖了",说我"胖了"之后即大骂其新党。但我知道,这并非借题在骂我:因为他所骂的还是康有为。但是,谈话是总不投机的了,于是不多久,我便一个人剩在书房里。

第二天我起得很迟,午饭之后,出去看了几个本家和朋友;第三天也照样。他们也都没有什么大改变,单是老了些;家中却一律忙,都在准备着"祝福"。这是鲁镇年终的大典,致敬尽礼,迎接福神,拜求来年一年中的好运气的。杀鸡,宰鹅,买猪肉,用心细细地洗,女人的臂膊都在水里浸得通红,有的还带着绞丝银镯子。煮熟之后，横七竖八地插些筷子在这类东西上，可就称为"福礼"了，五更天陈列起来，并且点上香烛，恭请福神们来享用，拜的却只限于男人，拜完自然仍然是放爆竹。年年如此，家家如此，——只要买得起福礼和爆竹之类的——今年自然也如此。天色愈阴暗了，下午竟下起雪来，雪花大的有梅花那么大，满天飞舞，夹着烟霭和忙碌的气色，将鲁镇乱成一团糟。我回到四叔的书房里时，瓦楞上已经雪白，房里也映得较光明，极分明地显出壁上挂着的朱拓的大"寿"字，陈抟老祖写的，一边的对联已经脱落，松松的卷了放在长桌上，一边的还在，道是"事理通达心气和平"。我又无聊赖地到窗下的案头去一翻，只见一堆似乎未必完全的《康熙字典》，一部《近思录集注》和一部《四书衬》。无论如何，我明天决计要走了。

况且，一直到昨天遇见祥林嫂的事，也就使我不能安住。那是下午，我到镇的东头访过一个朋友，走出来，就在河边遇见她；而且见她瞪着的眼睛的视线，就知道明明是向我走来的。我这回在鲁镇所见的人们中，改变之大，可以说无过于她的了：五年前的花白的头发，即今已经全白，全不像四十上下的人；脸上瘦削不堪，黄中带黑，而且消尽了先前悲哀的神色，仿佛是木刻似的；只有那眼珠间或一轮，还可以表示她是一个活物。她一手提着竹篮，内中一个破碗，空的；一手拄着一支比她更长的竹竿，下端开了裂：她分明已经纯乎是一个乞丐了。

我就站住，预备她来讨钱。

"你回来了？"她先这样问。

"是的。"

"这正好。你是识字的，又是出门人，见识得多。我正要问你一件事——"她那没有神采的眼睛忽然发光了。

我万料不到她却说出这样的话来，诧异地站着。

"就是——"她走近两步，放低了声音，极秘密似的切切地说，"一个人死了之后，究竟有没有魂灵的？"

我很悚然，一见她的眼盯着我的，背上也就遭了芒刺一般，比在学校里遇到不及预防的临时考，教师又偏是站在身旁的时候，惶急得多了。对于魂灵的有无，我自己是向来毫不介意的；但在此刻，怎样回答她好呢？我在极短期的踌躇中，想，这里的人照例相信鬼，然而她，却疑惑了——或者不如说希望：希望其有，又希望其无……人何必增添末路的人的苦恼，为她起见，不如说有吧。

"也许有吧——我想。"我于是吞吞吐吐地说。

"那么，也就有地狱了？"

"啊！地狱？"我很吃惊，只得支吾着，"地狱？——论理，就该也有。——然而也未必，……谁来管这等事……"

"那么，死掉的一家的人，都能见面的？"

"唉唉，见面不见面呢？……"这时我已知道自己也还是完全一个愚人，什么踌躇，什么计划，都挡不住三句问，我即刻胆怯起来了，便想全翻过先前的话来，"那是……实在，我说不清……其实，究竟有没有魂灵，我也说不清。"

我趁她不再紧接地问，迈开步便走，匆匆的逃回四叔的家中，心里很觉得不安逸。自己想，我这答话怕于她有些危险。她大约因为在别人的祝福时候，感到自身的寂寞了，然而会不会含有别的什么意思的呢？——或者是有了什么预感了？倘有别的意思，又因此发生别的事，则我的答话委实该负若干的责任……但随后也就自笑，觉得偶尔的事，本没有什么深意义，而我偏要细细推敲，正无怪教育家要说是生着神经病；而况明明说过"说不清"，已经推翻了答话的全局,即使发生什么事,于我也毫无关系了。

"说不清"是一句极有用的话。不更事的勇敢的少年,往往敢于给人解决疑问,选定医生,万一结果不佳,大抵反成了怨府,然而一用这说不清来作结束,便事事逍遥自在了。我在这时,更感到这一句话的必要,即使和讨饭的女人说话,也是万不可省的。

但是我总觉得不安,过了一夜,也仍然时时记忆起来,仿佛怀着什么不祥的预感;在阴沉的雪天里,在无聊的书房里,这不安愈加强烈了。不如走吧,明天进城去。福兴楼的清炖鱼翅,一元一大盘,价廉物美,现在不知增价了否?往日同游的朋友,虽然已经云散,然而鱼翅是不可不吃的,即使只有我一个……无论如何,我明天决计要走了。

我因为常见些但愿不如所料,以为未毕竟如所料的事,却每每恰如所料的起来,所以很恐怕这事也一律。果然,特别的情形开始了。傍晚,我竟听到有些人聚在内室里谈话,仿佛议论什么事似的,但不一会,说话声也就止了,只有四叔且走而且高声地说:

"不早不迟,偏偏要在这时候——这就可见是一个谬种!"

我先是诧异,接着是很不安,似乎这话于我有关系。试望门外,谁也没有。好容易待到晚饭前他们的短工来冲茶,我才得了打听消息的机会。

"刚才,四老爷和谁生气呢?"我问。

"还不是和祥林嫂?"那短工简捷地说。

"祥林嫂?怎么了?"我又赶紧问。

"老了。"

"死了?"我的心突然紧缩,几乎跳起来,脸上大约也变了色,但他始终没有抬头,所以全不觉。我也就镇定了自己,接着问:

"什么时候死的?"

"什么时候？——昨天夜里，或者就是今天吧。——我说不清。"
"怎么死的？"
"怎么死的？——还不是穷死的？"他淡然地回答，仍然没有抬头向我看，出去了。

然而我的惊惶却不过暂时的事，随着就觉得要来的事，已经过去，并不必仰仗我自己的"说不清"和他之所谓"穷死的"的宽慰，心地已经渐渐轻松；不过偶然之间，还似乎有些负疚。晚饭摆出来了，四叔俨然地陪着。我也还想打听些关于祥林嫂的消息，但知道他虽然读过"鬼神者二气之良能也"，而忌讳仍然极多，当临近祝福时候，是万不可提起死亡疾病之类的话的，倘不得已，就该用一种替代的隐语，可惜我又不知道，因此屡次想问，而终于中止了。我从他俨然的脸色上，又忽而疑他正以为我不早不迟，偏要在这时候来打搅他，也是一个谬种，便立刻告诉他明天要离开鲁镇，进城去，趁早放宽了他的心。他也不很留。这样闷闷地吃完了一餐饭。

冬季日短，又是雪天，夜色早已笼罩了全市镇。人们都在灯下匆忙，但窗外很寂静。雪花落在积得厚厚的雪褥上面，听去似乎瑟瑟有声，使人更加感得沉寂。我独坐在发出黄光的菜油灯下，想，这百无聊赖的祥林嫂，被人们弃在尘芥堆中的，看得厌倦了的陈旧的玩物，先前还将形骸露在尘芥里，从活得有趣的人们看来，恐怕要怪讶她何以还要存在，现在总算被无常打扫得干干净净了。魂灵的有无，我不知道；然而在现世，则无聊生者不生，即使厌见者不见，为人为己，也还都不错。我静听着窗外似乎瑟瑟作响的雪花声，一面想，反而渐渐地舒畅起来。

然而先前所见所闻的她的半生事迹的断片，至此也连成一片了。

她不是鲁镇人。有一年的冬初,四叔家里要换女工,做中人的卫老婆子带她进来了,头上扎着白头绳,乌裙,蓝夹袄,月白背心,年纪大约二十六七,脸色青黄,但两颊却还是红的。卫老婆子叫她祥林嫂,说是自己母家的邻舍,死了当家人,所以出来做工了。四叔皱了皱眉,四婶已经知道了他的意思,是在讨厌她是一个寡妇。但是她模样还周正,手脚都壮大,又只是顺着眼,不开一句口,很像一个安分耐劳的人,便不管四叔的皱眉,将她留下了。试工期内,她整天地做,似乎闲着就无聊,又有力,简直抵得过一个男子,所以第三天就定局,每月工钱五百文。

大家都叫她祥林嫂;没问她姓什么,但中人是卫家山人,既说是邻居,那大概也就姓卫了。她不很爱说话,别人问了才回答,答的也不多。直到十几天之后,这才陆续地知道她家里还有严厉的婆婆;一个小叔子,十多岁,能打柴了;她是春天没了丈夫的;他本来也打柴为生,比她小十岁:大家所知道的就只是这一点。

日子很快地过去了,她的做工却丝毫没有懈,食物不论,力气是不惜的。人们都说鲁四老爷家里雇着了女工,实在比勤快的男人还勤快。到年底,扫尘,洗地,杀鸡,宰鹅,彻夜地煮福礼,全是一人担当,竟没有添短工。然而她反满足,口角边渐渐地有了笑影,脸上也白胖了。

新年才过,她从河边淘米回来时,忽而失了色,说刚才远远地看见一个男人在对岸徘徊,很像夫家的堂伯,恐怕是正为寻她而来的。四婶很惊疑,打听底细,她又不说。四叔一知道,就皱一皱眉,道:

"这不好。恐怕她是逃出来的。"

她诚然是逃出来的,不多久,这推想就证实了。

此后大约十几天,大家正已渐渐忘却了先前的事,卫老婆子忽而带了一个三十多岁的女人进来了,说那是祥林嫂的婆婆。那女人虽是山里人模样,然而应酬很从容,说话也能干,寒暄之后,就赔罪,说她特来叫她的儿媳回家去,因为开春事务忙,而家中只有老的和小的,人手不够了。

"既是她的婆婆要她回去,那有什么话可说呢。"四叔说。

于是算清了工钱,一共一千七百五十文,她全存在主人家,一文也还没有用,便都交给她的婆婆。那女人又取了衣服,道过谢,出去了。其时已经是正午。

"啊呀,米呢?祥林嫂不是去淘米的么?……"好一会儿,四婶这才惊叫起来。她大约有些饿,记得午饭了。

于是大家分头寻淘箩。她先到厨下,次到堂前,后到卧房,全不见淘箩的影子。四叔踱出门外,也不见,直到河边,才见平平正正地放在岸上,旁边还有一株菜。

看见的人报告说,河里面上午就泊了一只白篷船,篷是全盖起来的,不知道什么人在里面,但事前也没有人去理会他。待到祥林嫂出来淘米,刚刚要跪下去,那船里便突然跳出两个男人来,像是山里人,一个抱住她,一个帮着,拖进船去了。祥林嫂还哭喊了几声,此后便再没有什么声息,大约给用什么堵住了罢。接着就走上两个女人来,一个不认识,一个就是卫老婆子。窥探舱里,不很分明,她像是捆了躺在船板上。

"可恶!然而……"四叔说。

这一天是四婶自己煮中饭;他们的儿子阿牛烧火。

午饭之后,卫老婆子又来了。

"可恶!"四叔说。

"你是什么意思?亏你还会再来见我们。"四婶洗着碗,一见面就愤愤地说,"你自己荐她来,又合伙劫她去,闹得沸反盈天的,大家看了成个什么样子？你拿我们家里开玩笑么？"

"啊呀啊呀，我真上当。我这回，就是为此特地来说说清楚的。她来求我荐地方，我哪里料得到是瞒着她的婆婆的呢。对不起，四老爷，四太太。总是我老发昏不小心，对不起主顾。幸而府上是向来宽宏大量，不肯和小人计较的。这回我一定荐一个好的来折罪……"

"然而……"四叔说。

于是祥林嫂事件便告终结，不久也就忘却了。

只有四嫂，因为后来雇用的女工，大抵非懒即馋，或者馋而且懒，左右不如意，所以也还提起祥林嫂。每当这些时候，她往往自言自语地说，"她现在不知道怎么样了？"意思是希望她再来。但到第二年的新正，她也就绝了望。

新正将尽，卫老婆子来拜年了，已经喝得醉醺醺的，自说因为回了一趟卫家山的娘家，住下几天，所以来得迟了。她们问答之间，自然就谈到祥林嫂。

"她么？"卫老婆子高兴地说，"现在是交了好运了。她婆婆来抓她回去的时候，是早已许给了贺家墺的贺老六的，所以回家之后不几天，也就装在花轿里抬去了。"

"啊呀，这样的婆婆！……"四婶惊奇地说。

"啊呀，我的太太！你真是大户人家的太太的话。我们山里人，小户人家，这算得什么？她有小叔子，也得娶老婆。不嫁了她，哪有这一注钱来做聘礼？她的婆婆倒是精明强干的女人呵，很有打算，所以就将她嫁到山里去。倘许给本村人，财礼就不多；唯独肯嫁进深山野墺里去的女人少，所以她就到手了八十千。现在第二个儿子的媳妇也娶进了，财礼只花了五十，除去办喜事的费用，还剩十多千。吓，你看，这多么好打算？……"

"祥林嫂竟肯依？……"

"这有什么依不依。——闹是谁也总要闹一闹的；只要用绳子一捆，塞在花轿里，抬到男家，捺上花冠，拜堂，关上房门，就完事了。可是祥林嫂真出格，听说那时实在闹得利害，大家还都说大约因为在念书人家做过事，所以与众不同呢。太太，我们见得多了：回头人出嫁，哭喊的也有，说要寻死觅活的也有，抬到男家闹得拜不成天地的也有，连花烛都砸了的也有。祥林嫂可是异乎寻常，他们说她一路只是嚎，骂，抬到贺家墺，喉咙已经全哑了。拉出轿来，两个男人和她的小叔子使劲地擒住她也还拜不成天地。他们一不小心，一松手，啊呀，阿弥陀佛，她就一头撞在香案角上，头上碰了一个大窟窿，鲜血直流，用了两把香灰，包上两块红布还止不住血呢。直到七手八脚地将她和男人反关在新房里，还是骂，阿呀呀，这真是……"她摇一摇头，顺下眼睛，不说了。

"后来怎么样呢？"四婶还问。

"听说第二天也没有起来。"她抬起眼来说。

"后来呢？"

"后来？——起来了。她到年底就生了一个孩子，男的，新年就两岁了。我在娘家这几天，就有人到贺家墺去，回来说看见他们娘儿俩，母亲也胖，儿子也胖；上头又没有婆婆，男人所有的是力气，会做活；房子是自家的。——唉唉，她真是交了好运了。"

从此之后，四婶也就不再提起祥林嫂。

但有一年的秋季，大约是得到祥林嫂好运的消息之后的又过了两个新年，她竟又站在四叔家的堂前了。桌上放着一个荸荠式的圆篮，檐下一个小铺盖。她仍然头上扎着白头绳，乌裙，蓝夹袄，月白背心，脸色青黄，只是两颊上已经消失了血色，顺着眼，眼角上带些泪痕，眼光也没有先前那样精神了。而且仍然是卫老婆子领着，显出慈悲模样，絮絮地对四婶说：

"……这实在是叫作'天有不测风云'，她的男人是坚实人，谁知道年纪轻轻，就会断送在伤寒上？本来已经好了的，吃了一碗冷饭，复发了。幸亏有儿子；她又能做，打柴摘茶养蚕都来得，本来还可以守着，谁知道那孩子又会给狼衔去的呢？春天快完了，村上倒反来了狼，谁料到？现在她只剩了一个光身了。大伯来收屋，又赶她。她真是走投无路了，只好来求老主人。好在她现在已经再没有什么牵挂，太太家里又凑巧要换人，所以我就领她来。——我想，熟门熟路，比生手实在好得多……"

"我真傻，真的，"祥林嫂抬起她没有神采的眼睛来，接着说。"我单知道下雪的时候野兽在山墺里没有食吃，会到村里来；我不知道春天也会有。我一清早起来就开了门，拿小篮盛了一篮豆，叫我们的阿毛坐在门槛上剥豆去。他是很听话的，我的话句句听；他出去了。我就在屋后劈柴，淘米，米下了锅，要蒸豆。我叫阿毛，没有应，出去一看，只见豆撒得一地，没有我们的阿毛了。他是不到别家去玩的；各处去一问，果然没有。我急了，央人出去寻。直到下半天，寻来寻去寻到山墺里，看见刺柴上挂着一只他的小鞋。大家都说，糟了，怕是遭了狼了。再进去；他果然躺在草窠里，肚里的五脏已经都给吃空了，手上还紧紧地捏着那只小篮呢。……"她接着便是呜咽，说不出成句的话来。

四婶起初还踌躇，待到听完她自己的话，眼圈就有些红了。她想了一想，便教拿圆篮和铺盖到下房去。卫老婆子仿佛卸了一肩重担似的嘘一口气；祥林嫂比初来时候神气舒畅些，不待指引，自己驯熟地安放了铺盖。她从此又在鲁镇做女工了。

大家仍然叫她祥林嫂。

然而这一回,她的境遇却改变得非常大。上工之后的两三天,主人们就觉得她手脚已没有先前一样灵活,记性也坏得多,死尸似的脸上又整日没有笑影,四婶的口气上,已颇有些不满了。当她初到的时候,四叔虽然照例皱过眉,但鉴于向来雇用女工之难,也就并不大反对,只是暗暗地告诫四婶说,这种人虽然似乎很可怜,但是败坏风俗的,用她帮忙还可以,祭祀时候可用不着她沾手,一切饭菜,只好自己做,否则,不干不净,祖宗是不吃的。

四叔家里最重大的事件是祭祀,祥林嫂先前最忙的时候也就是祭祀,这回她却清闲了。桌子放在堂中央,系上桌帏,她还记得照旧去分配酒杯和筷子。

"祥林嫂,你放着吧!我来摆。"四婶慌忙说。

她讪讪地缩了手,又去取烛台。

"祥林嫂,你放着吧!我来拿。"四婶又慌忙说。

她转了几个圆圈,终于没有事情做,只得疑惑地走开。她在这一天可做的事是不过坐在灶下烧火。

镇上的人们也仍然叫她祥林嫂,但音调和先前很不同;也还和她讲话,但笑容却冷冷的了。她全不理会那些事,只是直着眼睛,和大家讲她自己日夜不忘的故事:

"我真傻,真的,"她说。"我单知道雪天是野兽在深山里没有食吃,会到村里来;我不知道春天也会有。我一大早起来就开了门,拿小篮盛了一篮豆,叫我们的阿毛坐在门槛上剥豆去。他是很听话的孩子,我的话句句听;他就出去了。我就在屋后劈柴,淘米,米下了锅,打算蒸豆。我叫,'阿毛!'没有应。出去一看,只见豆撒得满地,没有我们的阿毛了。各处去一问,都没有。我急了,央人去寻去。直到下半天,几个人寻到山墺里,看见刺柴上挂着一只他的小鞋。大家都说,完了,怕是遭了狼了;再进去;

果然，他躺在草窠里，肚里的五脏已经都给吃空了，可怜他手里还紧紧地捏着那只小篮呢。……"她于是淌下眼泪来，声音也呜咽了。

这故事倒颇有效，男人听到这里，往往敛起笑容，没趣地走了开去；女人们却不独宽恕了她似的，脸上立刻改换了鄙薄的神气，还要陪出许多眼泪来。有些老女人没有在街头听到她的话，便特意寻来，要听她这一段悲惨的故事。直到她说到呜咽，她们也就一齐流下那停在眼角上的眼泪，叹息一番，满足地去了，一面还纷纷地评论着。

她就只是反复地向人说她悲惨的故事，常常引住了三五个人来听她。但不久，大家也都听得纯熟了，便是最慈悲的念佛的老太太们，眼里也再不见有一点泪的痕迹。后来全镇的人们几乎都能背诵她的话，一听到就烦厌得头痛。

"我真傻，真的。"她开首说。

"是的，你是单知道雪天野兽在深山里没有食吃，才会到村里来的。"他们立即打断她的话，走开去了。

她张着口怔怔地站着，直着眼睛看他们，接着也就走了，似乎自己也觉得没趣。但她还妄想，希图从别的事，如小篮，豆，别人的孩子上，引出她的阿毛的故事来。倘一看见两三岁的小孩子，她就说：

"唉唉，我们的阿毛如果还在，也就有这么大了……"

孩子看见她的眼光就吃惊，牵着母亲的衣襟催她走。于是又只剩下她一个，终于没趣地也走了，后来大家又都知道了她的脾气，只要有孩子在眼前，便似笑非笑地先问她，道：

"祥林嫂，你们的阿毛如果还在，不是也就有这么大了么？"

她未必知道她的悲哀经大家咀嚼赏鉴了许多天，早已成为渣淬，只值得烦厌和唾弃；但从人们的笑影上，也仿佛觉得这又冷又尖，自己再没有开口的必要了。她单是一瞥他们，并不回答一句话。

鲁镇永远是过新年，腊月二十以后就忙起来了。四叔家里这回须雇男短工，还是忙不过来，另叫柳妈做帮手，杀鸡，宰鹅；然而柳妈是善女人，吃素，不杀生的，只肯洗器皿。祥林嫂除烧火之外，没有别的事，却闲着了，坐着只看柳妈洗器皿。微雪点点地下来了。

"唉唉，我真傻。"祥林嫂看了天空，叹息着，独语似的说。

"祥林嫂，你又来了。"柳妈不耐烦地看着她的脸，说。"我问你：你额角上的伤疤，不就是那时撞坏的么？"

"唔唔。"她含糊地回答。

"我问你：你那时怎么后来竟依了呢？"

"我么？……"

"你呀。我想：这总是你自己愿意了，不然……"

"啊啊，你不知道他力气多么大呀。"

"我不信。我不信你这么大的力气，真会拗他不过。你后来一定是自己肯了，倒推说他力气大。"

"啊啊，你……你倒自己试试着。"她笑了。

柳妈的打皱的脸也笑起来，使她蹙缩得像一个核桃；干枯的小眼睛一看祥林嫂的额角，又钉住她的眼。祥林嫂似乎很局促了，立刻敛了笑容，旋转眼光，自去看雪花。

"祥林嫂，你实在不合算。"柳妈诡秘地说，"再一强，或者索性撞一个死，就好了。现在呢，你和你的第二个男人过活不到两年，倒落了一件大罪名。你想，你将来到阴司去，那两个死鬼的男人还要争，你给了谁好呢？阎罗大王只好把你锯开来，分给他们。我想,这真是……"

她脸上就显出恐怖的神色来,这是在山村里所未曾知道的。

"我想,你不如及早抵当。你到土地庙里去捐一条门槛,当作你的替身,给千人踏,万人跨,赎了这一世的罪名,免得死了去受苦。"

她当时并不回答什么话,但大约非常苦闷了,第二天早上起来的时候,两眼上便都围着大黑圈。早饭之后,她便到镇的西头的土地庙里去求捐门槛,庙祝起初执意不允许,直到她急得流泪,才勉强答应了。价目是大钱十二千。

她久已不和人们交口,因为阿毛的故事是早被大家厌弃了的;但自从和柳妈谈了天,似乎又即传扬开去,许多人都发生了新趣味,又来逗她说话了。至于题目,那自然是换了一个新样,专在她额上的伤疤。

"祥林嫂,我问你:你那时怎么竟肯了?"一个说。

"唉,可惜,白撞了这一下。"一个看着她的疤,应和道。

她大约从他们的笑容和声调上,也知道是在嘲笑她,所以总是瞪着眼睛,不说一句话,后来连头也不回了。她整日紧闭了嘴唇,头上带着大家以为耻辱的记号的那伤痕,默默地跑街,扫地,洗菜,淘米。快够一年,她才从四婶手里支取了历来积存的工钱,换算了十二元鹰洋,请假到镇的西头去。但不到一顿饭时候,她便回来,神气很舒畅,眼光也分外有神,高兴似的对四婶说,自己已经在土地庙捐了门槛了。

冬至的祭祖时节,她做得更出力,看四婶装好祭品,和阿牛将桌子抬到堂屋中央,她便坦然地去拿酒杯和筷子。

"你放着吧,祥林嫂!"四婶慌忙大声说。

她像是受了炮烙似的缩手,脸色同时变作灰黑,也不再去取烛台，只是失神地站着。直到四叔上香的时候，教她走开，她才走开。这一回她的变化非常大，第二天，不但眼睛窈陷下去，连精神也更不济了。而且很胆怯，不独怕暗夜，怕黑影，即使看见人，虽是自己的主人，也总惴惴的，有如在白天出穴游行的小鼠；否则呆坐着，直是一个木偶人。不半年，头发也花白起来了，记性尤其坏，甚而至于常常忘却了去淘米。

"祥林嫂怎么这样了？倒不如那时不留她。"四婶有时当面就这样说，似乎是警告她。

然而她总如此，全不见有伶俐起来的希望。他们于是想打发她走了，教她回到卫老婆子那里去。但当我还在鲁镇的时候，不过单是这样说；看现在的情状，可见后来终于实行了。然而她是从四叔家出去就成了乞丐的呢，还是先到卫老婆子家然后再成乞丐的呢？那我可不知道。

我给那些因为在近旁而极响的爆竹声惊醒，看见豆一般大的黄色的灯火光，接着又听得毕毕剥剥的鞭炮，是四叔家正在"祝福"了；知道已是五更将近时候。我在朦胧中，又隐约听到远处的爆竹声连绵不断，似乎合成一天音响的浓云，夹着团团飞舞的雪花，拥抱了全市镇。我在这繁响的拥抱中，也懒散而且舒适，从白天以至初夜的疑虑，全给祝福的空气一扫而空了，只觉得天地圣众歆享了牲醴和香烟，都醉醺醺地在空中蹒跚，预备给鲁镇的人们以无限的幸福。

竹林的故事

废名

1925

出城一条河,过河西走,坝脚下有一簇竹林,竹林里露出一重茅屋,茅屋两边都是菜园:十二年前,他们的主人是一个很和气的汉子,大家呼他老程。

那时我们是专门请一位先生在祠堂里讲《了凡纲鉴》,为得拣到这菜园来割菜,因而结识了老程,老程有一个小姑娘,非常的害羞而又爱笑,我们以后就借了割菜来逗她玩笑。我们起初不知道她的名字,问她,她笑而不答,有一回见了老程呼"阿三",我才挽住她的手:"哈哈,三姑娘!"我们从此就呼她三姑娘。从名字看来,三姑娘应该还有姊妹或兄弟,然而我们除掉她的爸爸同妈妈,实在没有看见别的谁。

一天我们的先生不在家,我们大家聚在门口掷瓦片,老程家的捏着香纸走我们的面前过去,不一刻又望见她转来,不笔直的循走原路,勉强带笑地弯近我们:"先生!替我看看这签。"我们围着念菩萨的绝句,问道:"你求的是什么呢?"她对我们诉一大串,我们才知道她的阿三头上本来还有两个姑娘,而现在只要让她有这一个,不再三朝两病的就好了。

老程除了种菜,也还打鱼卖。四五月间,霪雨之后,河里满河山水,他照例拿着摇网走到河边的一个草墩上,——这墩也就是老程家的洗衣裳的地方,因为太阳射不到这来,一边一棵树交荫着成一座天然的凉棚。水涨了,搓衣的石头沉在河底,剩现绿团团的坡,刚刚高过水面,老程老像乘着划船一般站在上面把摇网朝水里兜来兜去;倘若兜着了,那就不移地的转过身倒在挖就了的荡里,——三姑娘的小小的手掌,这时跟着她的欢跃的叫声热闹起来,一直等到碰跳碰跳好容易给捉住了,才又坐下草地望着爸爸。

流水潺潺,摇网从水里探起,一滴滴的水点打在水上,浸在水当中的枝条也冲击着嚓嚓作响。三姑娘渐渐把爸爸站在那里都忘掉了,只是不住地抠土,嘴里还低声地歌唱:头毛低到眼边,才把脑壳一扬,不觉也就瞥到那滔滔水流上的一堆白沫,顿时兴奋起来,然而立刻不见了,偏头又给树叶子遮住了,——使得眼光回复到爸爸的身上,是突然一声"啊呀"!这回是一尾大鱼!而妈妈也沿坝走来,说盐钵里的盐怕还够不了一餐饭。

老程由街转头,茅屋顶上正在冒烟,叱咤一声,躲在园里吃菜的猪飞奔地跑,——三姑娘也就出来了,老程从荷包里掏出一把大红头绳:"阿三,这个打辫好吗?"三姑娘抢在手上,一面还接下酒壶,奔向灶角里去。"留到端午扎艾蒿,别糟蹋了!"妈妈这样答应着,随即把酒壶伸到灶孔烫。三姑娘到房里去了一会又出来,见了妈妈抽筷子,便赶快拿出杯子——家里只有这一个,老是归三姑娘照管——踮着脚送在桌上;然而老程终于还是要亲自朝中间挪一挪,然后又取出壶来。"爸爸喝酒,我吃豆腐干!"老程实在用不着下酒的菜,对着三姑娘慢慢地喝了。

三姑娘八岁的时候,就能够代替妈妈洗衣。然而绿团团的坡上，从此也不见老程的踪迹了，——这只要看竹林的那边河坝倾斜成一块平坦的上面，高耸着一个不毛的同教书先生（自然不是我们的先生）用的戒方一般模样的土堆，堆前竖着三四根只有杪梢还没有斩去的枝桠吊着被雨粘住的纸幡残片的竹竿，就可以知道是什么意义。

老程家的已经是四十岁的婆婆，就在平常，穿的衣服也都是青蓝大布，现在不过系鞋的带子也不用那水红颜色的罢了，所以并不现得十分异样。独有三姑娘的黑地绿花鞋的尖头蒙上一层白布，虽然更显得好看，却叫人见了也同三姑娘自己一样懒懒的没有话可说了。

然而那也并非是长久的情形。母子都是那样勤敏，家事的兴旺，正如这块小天地，春天来了，林里的竹子，园里的菜，都一天一天的绿得可爱。老程的死却正相反，一天比一天淡漠起来，只有鹞鹰在屋头上打圈子，妈妈呼喊女儿道，"去，去看坦里放的鸡娃！"三姑娘才走到竹林那边，知道这里睡的是爸爸了。到后来，青草铺平了一切，连曾经有个爸爸这件事实几乎也没有了。

正二月间城里赛龙灯，大街小巷，真是人山人海。最多的还要算邻近各村上的女人，她们像一阵旋风，大大小小牵成一串从这街冲到那街，街上的汉子也借这个机会撞一撞她们的奶。然而能够看得见三姑娘同三姑娘的妈妈吗？不，一回也没有看见！锣鼓喧天，惊不了她母女两个，正如惊不了栖在竹林的雀子。鸡上埘的时候，比这里更西也是住在坝下的堂嫂子们顺便也邀请一声"三姐"，三姑娘总是微笑地推辞。妈妈则极力鼓励着一路去，三姑娘送客到坝上，也跟着出来，看到底攀缠着走了不；然而别人的渐渐走得远了，自己的不还是影子一般的依在身边吗？

三姑娘的拒绝，本是很自然的，妈妈的神情反而有点莫名其妙了！用询问的眼光朝妈妈脸上一瞧，——却也正在瞧过来，于是又掉头望着嫂子们走去的方向：

　　"有什么可看？成群打阵，好像是发了疯的！"

　　这话本来想使妈妈热闹起来，而妈妈依然是无精打采沉着面孔。河里没有水，平沙一片，现得这坝从远远看来是蜿蜒着一条蛇，站在上面的人，更小到同一颗黑子了。由这里望过去，半圆形的城门，也低斜得快要同地面合成了一起；木桥俨然是画中见过的，而往来蠕动都在沙滩；在坝上分明数得清楚，及至到了沙滩，一转眼就失了心目中的标记，只觉得一簇簇的仿佛是远山上的树林罢了。至于聒聒的喧声，却比站在近旁更能入耳，虽然听不着说的是什么，听者的心早被他牵引了去了。竹林里也同平常一样，雀子在奏他们的晚歌，然而对于听惯了的人只能够增加静寂。

　　打破这静寂的终于还是妈妈：

　　"阿三！我就是死了也不怕猫跳！你老这样守着我，到底……"

　　妈妈不作声，三姑娘抱歉似的不安，突然来了这埋怨，刚才的事倒好像给一阵风赶跑了，增长了一番力气娇恼着：

　　"到底！这也什么到底不到底！我不欢喜玩！"

　　三姑娘同妈妈间的争吵，其原因都出在自己的过于乖巧，比如每天清早起来，把房里的家具抹得干净，妈妈却说，"乡户人家呵，要这样？"偶然一出门做客，只对着镜子把散在额上的头毛梳理一梳理，妈妈却硬从盒子里拿出一枝花来。现在站在坝上，眶子里的眼泪快要迸出来了，妈妈才不作声。这时节难为的是妈妈了，皱着眉头不转眼地望，而三姑娘老不抬头！待到点燃了案上的灯，才知道已经走进了茅屋，这期间的时刻竟是在梦中过去了。

灯光下也立刻照见了三姑娘,拿一束稻草,一菜篮适才饭后同妈妈在园里割回的白菜,坐下板凳三棵捆成一把。

"妈妈,这比以前大得多了!两棵怕就有一斤。"

妈妈哪想到屋里还放着明天早晨要卖的菜呢?三姑娘本不依恃妈妈的帮忙,妈妈终于不出声地叹一口气伴着三姑娘捆了。

三姑娘不上街看灯,然而当年背在爸爸的背上是看过了多少次的,所以听了敲在城里响在城外的锣鼓,都能够在记忆中画出是怎样的情境来。"再是上东门,再是在衙门口领赏……"忖着声音所来的地方自言自语地这样猜。妈妈正在做嫂子的时候,也是一样的欢喜赶热闹,那情境也许比三姑娘更记得清白,然而对于三姑娘的仿佛亲临一般的高兴,只是无意地吐出来几声"是",——这几乎要使得三姑娘稀奇得伸起腰来了:"刚才还催我去玩哩!"

三姑娘实在是站起来了,一二三四地点着把数,然后又一把把地摆在菜篮,以便于明天一大早挑上街去卖。

见了三姑娘活泼泼的肩上一担菜,一定要奇怪,昨夜晚为什么那样没出息,不在火烛之下现一现那黑然而美的瓜子模样的面庞的呢?不,——倘若奇怪,只有自己的妈妈。人一见了三姑娘挑菜,就只有三姑娘同三姑娘的菜,其余的什么也不记得,因为耽误了一刻,三姑娘的菜就买不到手;三姑娘的白菜原是这样好,隔夜没有浸水,煮起来比别人的多,吃起来比别人的甜了。

我在祠堂里足足住了六年之久,三姑娘最后留给我的印象,也就在卖菜这一件事。

三姑娘这时已经是十二三岁的姑娘,因为是暑天,穿的是竹布单衣,颜色淡得同月色一般,——这自然是旧的了,然而倘若是新的，怕没有这样合适，不过这也不能够说定，因为我们从没有看见三姑娘穿过新衣；总之三姑娘是好看罢了。三姑娘在我们的眼睛里同我们的先生一样熟，所不同的，我们一望见先生就往里跑，望见三姑娘都不知不觉地站在那里笑。然而三姑娘是这样淑静，愈走近我们，我们的热闹便愈是消灭下去，等到我们从她的篮里拣起菜来，又从自己的荷包里掏出了铜子，简直是犯了罪孽似的觉得这太对不起三姑娘了。而三姑娘始终是很习惯的，接下铜子又把菜篮肩上。

一天三姑娘是卖青椒。这时青椒出世还不久，我们大家商议买四两来煮鱼吃——鲜青椒煮鲜鱼，是再好吃没有的。三姑娘在用秤称，我们都高兴的了不得，有的说买鲫鱼，有的说鲫鱼还不及鳊鱼。其中有一位是最会说笑的，向着三姑娘道：

"三姑娘，你多称一两，回头我们的饭熟了，你也来吃，好不好呢？"

三姑娘笑了：

"吃先生们的一餐饭使不得？难道就要我出东西？"

我们大家也都笑了；不提防三姑娘果然从篮子里抓起一把掷在原来称就了的堆里。

"三姑娘是不吃我们的饭的，妈妈在家里等吃饭。我们没有什么谢三姑娘，只望三姑娘将来碰一个好姑爷。"

我这样说。然而三姑娘也就赶跑了。

从此我没有见到三姑娘。到今年，我远道回家过清明，阴雾天气，打算去郊外看烧香，走到坝上，远远望见竹林，我的记忆又好像一塘春水，被微风吹起波皱了。正在徘徊，从竹林上坝的小径，走来两个妇人，一个站住了，前面的一个且走且回应，而我即刻认定了是三姑娘！

"我的三姐,就有这样忙,端午中秋接不来,为得先人来了饭也不吃!"

那妇人的话也分明听到。

再没有别的声息:三姑娘的鞋踏着沙土。我急于要走过竹林看看,然而也暂时面对流水,让三姑娘低头过去。

一个可怜的女子

冯铿

1925

  猛烈的太阳,正高高挂在天上,射得四周的天空,连一些云霞都没有。人们在屋里摇着扇子,还怨道没有一点凉气呢!那田里的禾,被这太阳的光线射着,都低了头,弯了腰,表示它不能和这强权者宣战的模样!

  这时田里站着一个十七八岁的女子,上面穿了领七空八洞的蓝布衫,下面穿一条百结的黑麻布短裤;面上布满了手甲的伤痕,和一块块的红肿;额上的皱纹积得得有成十来层,不知的或者想她是几十岁的人呢!她脸上和手足,又好似戴上一层黑膜一般;这些都是她成十年来悲苦的成绩。她手里拿了一枝镰刀,曲着腰把成熟的禾稻一把把割下。通身的汗像菽米大一颗颗流出来,透得衫子都湿了。一会,她觉得热不可耐,而且力竭神疲了。她举起头望着对面几株大树,绿叶满布,树下很是浓荫,二三只狗儿在那里打瞌睡;那夏蝉也在树上唱歌,表示它的得意。她看了这般情景,眼眶里的惯泪,不觉簌簌地滚下来!她咒诅太阳,她又怨恨她的身世,为什么连狗和蝉都不如呢?她一面拭泪,一面仍旧继续她的工作。但是身体终于忍不住,竟和她起了反抗了!脑痛得要裂，口渴得要烧，偏偏那树里的狗和蝉，和似乎透出来的凉飔，都好像引诱嘲笑她一般！她决然弃了工作，走到溪边，捧些水饮下。又到树荫里，脚儿一伸直，倒下去。觉得腰脊好似铁打般的酸痛，几乎动弹不得。她再也起不得身，就闭眼略躺一躺。

停了一会，"扑"的一声，她被打了一个耳光！她吓得跳起来看时：原来是她的婆婆站在前面。她觉得身体的温度，骤降低了几许，浑身打颤起来。还有她的小叔也站在一旁，她才知道婆婆命他在那里监督她的工作。那时婆婆把她的手一拉，狠命地牵向屋里去。

邻家的张婶站在门口，听见伊的惨呼声，不觉叹口气道："李婆又虐打媳妇了！贫家人无力养育女儿，宁可出世把她弄死，不要做人家养媳，活受这磨难。"说完很觉伤感。

太阳渐渐斜西了，她婆婆站在门口喊道："阿香还不回来炊饭么？"她连忙丢了田具，走向灶边去。婆婆口里还唠叨地发话道："平日天犹未黑，就赶快炊煮，快点充满你的烂肚。今天却和我斗气，要我们受饿。今晚偏不给你吃，看你待怎地？哼！你这烂骨头！自九岁到这里来，带累公公也死掉了，丈夫也日见不成材，赚的钱都在外边打混，却要我养你，这都是你命硬克伤所致！啐！我有朝总要把你……"

夜深了，小小的崖子里透出一线灯光。她独自一个坐在房里，右手一转一转纺着纱，泪痕布得满面都湿。可怜她自今天四点一骨碌起身，到此时——十一点——还没得休息，目前积下的头晕，肚痛，因上午受了一顿毒打，晚饭又不得吃，到了此时，忽然满眼金黄，不省人事，连人带椅都跌落地下！

明净的月儿高挂空中，伊的光亮从云中透过来，照得地平线上发出黑暗的色彩，仿佛现出凄凉的景象来！这时她一步步悄走出屋外，到日间捧水吃的溪边坐下。原来她晕醒后，已经怀了死志！恍惚听着命运的神和她说道："你的痛苦已受够了。你丈夫既不成人，你父母又都死掉。世界上一切都不值得你的留恋了！死实在快乐……"

可怜她竟信了这话！只听得扑通一声，浪花四溅，她已离开人间的地狱，到天堂去了。月亮又在云里钻出来，但伊好似不忍见这惨剧，仍旧躲入云里。这样，大地又现出惨淡的旧观了！

明天她婆婆找不见她。忽然邻家的小童报道：香姑已死在溪里了！她婆婆也觉有点懊悔，说道："此后没人和我做工了。"

唉！当这女权伸张，人道盛倡的二十世纪，尚有此等怪剧出现，我们应该快谋救护的法子啊！

伤逝

鲁迅　　　　　　　　　　　　　　　1925

如果我能够，我要写下我的悔恨和悲哀，为子君，为自己。

会馆里的被遗忘在偏僻里的破屋是这样的寂静和空虚。时光过得真快，我爱子君，仗着她逃出这寂静和空虚，已经满一年了。事情又这么不凑巧，我重来时，偏偏空着的又只有这一间屋。依然是这样的破窗，这样的窗外的半枯的槐树和老紫藤，这样的窗前的方桌，这样的败壁，这样的靠壁的板床。深夜中独自躺在床上，就如我未曾和子君同居以前一般，过去一年中的时光全被消灭，全未有过，我并没有曾经从这破屋子搬出，在吉兆胡同创立了满怀希望的小小的家庭。

不但如此。在一年之前，这寂静和空虚是并不这样的，常常含着期待；期待子君的到来。在久待的焦躁中，一听到皮鞋的高底尖触着砖路的清响，是怎样地使我骤然生动起来呵！于是就看见带着笑涡的苍白的圆脸，苍白的瘦的臂膊，布的有条纹的衫子，玄色的裙。她又带了窗外的半枯的槐树的新叶来，使我看见，还有挂在铁似的老干上的一房一房的紫白的藤花。

然而现在呢，只有寂静和空虚依旧，子君却决不再来了，而且永远，永远地！……

子君不在我这破屋里时，我什么也看不见。在百无聊赖中，随手抓过一本书来，科学也好，文学也好，横竖什么都一样；看下去，看下去，忽而自己觉得，已经翻了十多页了，但是毫不记得书上所说的事。只是耳朵却分外地灵，仿佛听到大门外一切往来的履声，从中便有子君的，而且橐橐地逐渐临近，——但是，往往又逐渐渺茫，终于消失在别的步声的杂沓中了。我憎恶那不像子君鞋声的穿布底鞋的长班的儿子，我憎恶那太像子君鞋声的常常穿着新皮鞋的邻院的搽雪花膏的小东西！

莫非她翻了车么？莫非她被电车撞伤了么？……

我便要取了帽子去看她，然而她的胞叔就曾经当面骂过我。

蓦然，她的鞋声进来了，一步响于一步，迎出去时，却已经走过紫藤棚下，脸上带着微笑的酒窝。她在她叔子的家里大约并未受气；我的心宁贴了，默默地相视片时之后，破屋里便渐渐充满了我的语声，谈家庭专制，谈打破旧习惯，谈男女平等，谈伊孛生，谈泰戈尔，谈雪莱……。她总是微笑点头，两眼里弥漫着稚气的好奇的光泽。壁上就钉着一张铜板的雪莱半身像，是从杂志上裁下来的，是他的最美的一张像。当我指给她看时，她却只草草一看，便低了头，似乎不好意思了。这些地方，子君就大概还未脱尽旧思想的束缚，——我后来也想，倒不如换一张雪莱淹死在海里的纪念像或是伊孛生的吧；但也终于没有换，现在是连这一张也不知哪里去了。

"我是我自己的，他们谁也没有干涉我的权利！"

这是我们交际了半年，又谈起她在这里的胞叔和在家的父亲时，她默想了一会之后，分明地，坚决地，沉静地说了出来的话。其时是我已经说尽了我的意见，我的身世，我的缺点，很少隐瞒；她也完全了解的了。这几句话很震动了我的灵魂，此后许多天还在耳中发响，而且说不出的狂喜，知道中国女性，并不如厌世家所说那样的无法可施，在不远的将来，便要看见辉煌的曙色的。

送她出门，照例是相离十多步远；照例是那鲇鱼须的老东西的脸又紧贴在脏的窗玻璃上了，连鼻尖都挤成一个小平面；到外院，照例又是明晃晃的玻璃窗里的那小东西的脸，加厚的雪花膏。她目不斜视地骄傲地走了，没有看见；我骄傲地回来。

"我是我自己的，他们谁也没有干涉我的权利！"这彻底的思想就在她的脑里，比我还透彻，坚强得多。半瓶雪花膏和鼻尖的小平面，于她能算什么东西呢？

我已经记不清那时怎样地将我的纯真热烈的爱表示给她。岂但现在，那时的事后便已模糊，夜间回想，早只剩了一些断片了；同居以后一两月，便连这些断片也化作无可追踪的梦影。我只记得那时以前的十几天，曾经很仔细地研究过表示的态度，排列过措辞的先后，以及倘或遭了拒绝以后的情形。可是临时似乎都无用，在慌张中，身不由己地竟用了在电影上见过的方法了。后来一想到，就使我很愧恧，但在记忆上却偏只有这一点永远遗留，至今还如暗室的孤灯一般，照见我含泪握着她的手，一条腿跪了下去……。

不但我自己的，便是子君的言语举动，我那时就没有看得分明；仅知道她已经允许我了。但也还仿佛记得她脸色变成青白，后来又渐渐转作绯红，——没有见过，也没有再见的绯红；孩子似的眼里射出悲喜，但是夹着惊疑的光，虽然力避我的视线，张皇地似乎要破窗飞去。然而我知道她已经允许我了，没有知道她怎样说或是没有说。

她却是什么都记得：我的言辞，竟至于读熟了的一般，能够滔滔背诵；我的举动，就如有一张我所看不见的影片挂在眼下，叙述得如生，很细微，自然连那使我不愿再想的浅薄的电影的一闪。夜阑人静，是相对温习的时候了，我常是被质问，被考验，并且被命复述当时的言语，然而常须由她补足，由她纠正，像一个丁等的学生。

　　这温习后来也渐渐稀疏起来。但我只要看见她两眼注视空中，出神似的凝想着，于是神色越加柔和，笑窝也深下去，便知道她又在自修旧课了，只是我很怕她看到我那可笑的电影的一闪。但我又知道，她一定要看见，而且也非看不可的。

　　然而她并不觉得可笑。即使我自己以为可笑，甚而至于可鄙的，她也毫不以为可笑。这事我知道得很清楚，因为她爱我，是这样的热烈，这样的纯真。

　　去年的暮春是最为幸福，也是最为忙碌的时光。我的心平静下去了，但又有别一部分和身体一同忙碌起来。我们这时才在路上同行，也到过几回公园，最多的是寻住所。我觉得在路上时时遇到探索，讥笑，猥亵和轻蔑的眼光，一不小心，便使我的全身有些瑟缩，只得即刻提起我的骄傲和反抗来支持。她却是大无畏的，对于这些全不关心，只是镇静地缓缓前行，坦然如入无人之境。

　　寻住所实在不是容易事，大半是被托词拒绝，小半是我们以为不相宜。起先我们选择得很苛酷，——也非苛酷，因为看去大抵不像是我们的安身之所；后来，便只要他们能相容了。看了二十多处，这才得到可以暂且敷衍的处所，是吉兆胡同一所小屋里的两间南屋；主人是一个小官，然而倒是明白人，自住着正屋和厢房。他只有夫人和一个不到周岁的女孩子，雇一个乡下的女工，只要孩子不啼哭，是极其安闲幽静的。

我们的家具很简单,但已经用去了我的筹来的款子的大半;子君还卖掉了她唯一的金戒指和耳环。我拦阻她,还是定要卖,我也就不再坚持下去了;我知道不给她加入一点股份去,她是住不舒服的。

和她的叔子,她早经闹开,至于使他气愤到不再认她做侄女;我也陆续和几个自以为忠告,其实是替我胆怯,或者竟是嫉妒的朋友绝了交。然而这倒很清静。每日办公散后,虽然已近黄昏,车夫又一定走得这样慢,但究竟还有二人相对的时候。我们先是沉默的相视,接着是放怀而亲密的交谈,后来又是沉默。大家低头沉思着,却并未想着什么事。我也渐渐清醒地读遍了她的身体,她的灵魂,不过三星期,我似乎于她已经更加了解,揭去许多先前以为了解而现在看来却是隔膜,即所谓真的隔膜了。

子君也逐日活泼起来。但她并不爱花,我在庙会时买来的两盆小草花,四天不浇,枯死在壁角了,我又没有照顾一切的闲暇。然而她爱动物,也许是从官太太那里传染的吧,不一月,我们的眷属便骤然加得很多,四只小油鸡,在小院子里和房主人的十多只在一同走。但她们却认识鸡的相貌,各知道哪一只是自家的。还有一只花白的叭儿狗,从庙会买来,记得似乎原有名字,子君却给它另起了一个,叫作阿随。我就叫它阿随,但我不喜欢这名字。

这是真的,爱情必须时时更新,生长,创造。我和子君说起这,她也领会地点点头。

唉唉,那是怎样的宁静而幸福的夜呵!

安宁和幸福是要凝固的,永久是这样的安宁和幸福。我们在会馆里时,还偶有议论的冲突和意思的误会,自从到吉兆胡同以来,连这一点也没有了;我们只在灯下对坐的怀旧谭中,回味那时冲突以后的和解的重生一般的乐趣。

子君竟胖了起来,脸色也红活了;可惜的是忙。管了家务便连谈天的工夫也没有,何况读书和散步。我们常说,我们总还得雇一个女工。

这就使我也一样地不快活,傍晚回来,常见她包藏着不快活的颜色,尤其使我不乐的是她要装作勉强的笑容。幸而探听出来了,也还是和那小官太太的暗斗,导火线便是两家的小油鸡。但又何必硬不告诉我呢?人总该有一个独立的家庭。这样的处所,是不能居住的。

我的路也铸定了,每星期中的六天,是由家到局,又由局到家。在局里便坐在办公桌前抄,抄,抄些公文和信件;在家里是和她相对或帮她生白炉子,煮饭,蒸馒头。我的学会了煮饭,就在这时候。

但我的食品却比在会馆里时好得多了。做菜虽不是子君的特长,然而她于此却倾注着全力;对于她的日夜的操心,使我也不能不一同操心,来算作分甘共苦。况且她又这样地终日汗流满面,短发都粘在脑额上;两只手又只是这样地粗糙起来。

况且还要饲阿随,饲油鸡,……都是非她不可的工作。

我曾经忠告她:我不吃,倒也罢了;却万不可这样地操劳。她只看了我一眼,不开口,神色却似乎有点凄然;我也只好不开口。然而她还是这样地操劳。

我所预期的打击果然到来。双十节的前一晚,我呆坐着,她在洗碗。听到打门声,我去开门时,是局里的信差,交给我一张油印的纸条。我就有些料到了,到灯下去一看,果然,印着的就是:

> 奉
> 局长谕史涓生着毋庸到局办事
> 秘书处启 十月九号

这在会馆里时，我就早已料到了；那雪花膏便是局长的儿子的赌友，一定要去添些谣言，设法报告的。到现在才发生效验，已经要算是很晚的了。其实这在我不能算是一个打击，因为我早就决定，可以给别人去抄写，或者教读，或者虽然费力，也还可以译点书，况且《自由之友》的总编辑便是见过几次的熟人，两月前还通过信。但我的心却跳跃着。那么一个无畏的子君也变了色，尤其使我痛心；她近来似乎也较为怯弱了。

"那算什么。哼，我们干新的。我们……。"她说。

她的话没有说完；不知怎地，那声音在我听去却只是浮浮的；灯光也觉得格外黯淡。人们真是可笑的动物，一点极微末的小事情，便会受着很深的影响。我们先是默默地相视，逐渐商量起来，终于决定将现有的钱竭力节省，一面登"小广告"去寻求抄写和教读，一面写信给《自由之友》的总编辑，说明我目下的遭遇，请他收用我的译本，给我帮一点艰辛时候的忙。

"说做，就做吧！来开一条新的路！"

我立刻转身向了书案，推开盛香油的瓶子和醋碟，子君便送过那黯淡的灯来。我先拟广告；其次是选定可译的书，迁移以来未曾翻阅过，每本的头上都满漫着灰尘了；最后才写信。

我很费踌躇，不知道怎样措辞好，当停笔凝思的时候，转眼去一瞥她的脸，在昏暗的灯光下，又很见得凄然。我真不料这样微细的小事情，竟会给坚决的，无畏的子君以这么显著的变化。她近来实在变得很怯弱了，但也并不是今夜才开始的。我的心因此更缭乱,忽然有安宁的生活的影像——会馆里的破屋的寂静,在眼前一闪,刚刚想定睛凝视,却又看见了昏暗的灯光。

许久之后,信也写成了,是一封颇长的信;很觉得疲劳,仿佛近来自己也较为怯弱了。于是我们决定,广告和发信,就在明日一同实行。大家不约而同地伸直了腰肢,在无言中,似乎又都感到彼此的坚忍倔强的精神,还看见重新萌芽起来的将来的希望。

外来的打击其实倒是振作了我们的新精神。局里的生活,原如鸟贩子手里的禽鸟一般,仅有一点小米维系残生,决不会肥胖;日子一久,只落得麻痹了翅子,即使放出笼外,早已不能奋飞。现在总算脱出这牢笼了,我从此要在新的开阔的天空中翱翔,趁我还未忘却了我的翅子的扇动。

小广告是一时自然不会发生效力的;但译书也不是容易事,先前看过,以为已经懂得的,一动手,却疑难百出了,进行得很慢。然而我决计努力地做,一本半新的字典,不到半月,边上便有了一大片乌黑的指痕,这就证明着我的工作的切实。《自由之友》的总编辑曾经说过,他的刊物是决不会埋没好稿子的。

可惜的是我没有一间静室,子君又没有先前那么幽静,善于体贴了,屋子里总是散乱着碗碟,弥漫着煤烟,使人不能安心做事,但是这自然还只能怨我自己无力置一间书斋。然而又加以阿随,加以油鸡们。加以油鸡们又大起来了,更容易成为两家争吵的引线。

加以每日的"川流不息"的吃饭;子君的功业,仿佛就完全建立在这吃饭中。吃了筹钱,筹来吃饭,还要喂阿随,饲油鸡;她似乎将先前所知道的全都忘掉了,也不想到我的构思就常常为了这催促吃饭而打断。即使在坐中给看一点怒色,她总是不改变,仍然毫无感触似的大嚼起来。

　　使她明白了我的做工不能受规定的吃饭的束缚，就费去五星期。她明白之后，大约很不高兴罢，可是没有说。我的工作果然从此较为迅速地进行，不久就共译了五万言，只要润色一回，便可以和做好的两篇小品，一同寄给《自由之友》去。只是吃饭却依然给我苦恼。菜冷，是无妨的，然而竟不够；有时连饭也不够，虽然我因为终日坐在家里用脑，饭量已经比先前要减少得多。这是先去喂了阿随了，有时还并那近来连自己也轻易不吃的羊肉。她说，阿随实在瘦得太可怜，房东太太还因此嗤笑我们了，她受不住这样的奚落。

　　于是吃我残饭的便只有油鸡们。这是我积久才看出来的，但同时也如赫胥黎的论定"人类在宇宙间的位置"一般，自觉了我在这里的位置：不过是叭儿狗和油鸡之间。

　　后来，经多次的抗争和催逼，油鸡们也逐渐成为肴馔，我们和阿随都享用了十多日的鲜肥；可是其实都很瘦，因为它们早已每日只能得到几粒高粱了。从此便清静得多。只有子君很颓唐，似乎常觉得凄苦和无聊，至于不大愿意开口。我想，人是多么容易改变呵！

　　但是阿随也将留不住了。我们已经不能再希望从什么地方会有来信，子君也早没有一点食物可以引它打拱或直立起来。冬季又逼近得这快，火炉就要成为很大的问题；它的食量，在我们其实早是一个极易觉得的很重的负担。于是连它也留不住了。

　　倘使插了草标到庙市去出卖，也许能得几文钱吧，然而我们都不能，也不愿这样做。终于是用包袱蒙着头，由我带到西郊去放掉了，还要追上来，便推在一个并不很深的土坑里。

　　我一回寓，觉得又清静得多多了；但子君的凄惨的神色，却使我很吃惊。那是没有见过的神色,自然是为阿随。但又何至于此呢?我还没有说起推在土坑里的事。

到夜间,在她的凄惨的神色中,加上冰冷的分子了。

"奇怪。——子君,你怎么今天这样儿了?"我忍不住问。

"什么?"她连看也不看我。

"你的脸色……。"

"没有什么,——什么也没有。"

我终于从她言动上看出,她大概已经认定我是一个忍心的人。其实,我一个人,是容易生活的,虽然因为骄傲,向来不与世交来往,迁居以后,也疏远了所有旧识的人,然而只要能远走高飞,生路还宽广得很。现在忍受着这生活压迫的苦痛,大半倒是为她,便是放掉阿随,也何尝不如此。但子君的识见却似乎只是浅薄起来,竟至于连这一点也想不到了。

我拣了一个机会,将这些道理暗示她;她领会似的点头。然而看她后来的情形,她是没有懂,或者是并不相信的。

天气的冷和神情的冷,逼迫我不能在家庭中安身。但是,往哪里去呢?大道上,公园里,虽然没有冰冷的神情,冷风究竟也刺得人皮肤欲裂。我终于在通俗图书馆里觅得了我的天堂。

那里无须买票;阅书室里又装着两个铁火炉。纵使不过是烧着不死不活的煤的火炉,但单是看见装着它,精神上也就总觉得有些温暖。书却无可看:旧的陈腐,新的是几乎没有的。

好在我到那里去也并非为看书。另外时常还有几个人,多则十余人,都是单薄衣裳,正如我,各人看各人的书,作为取暖的口实。这于我尤为合式。道路上容易遇见熟人,得到轻蔑的一瞥,但此地却绝无那样的横祸,因为他们是永远围在别的铁炉旁,或者靠在自家的白炉边的。

那里虽然没有书给我看,却还有安闲容得我想。待到孤身枯坐,回忆从前,这才觉得大半年来,只为了爱,——盲目的爱,——而将别的人生的要义全盘疏忽了。第一,便是生活。人必生活着,爱才有所附丽。世界上并非没有为了奋斗者而开的活路;我也还未忘却翅子的扇动,虽然比先前已经颓唐得多……

屋子和读者渐渐消失了,我看见怒涛中的渔夫,战壕中的兵士,摩托车中的贵人,洋场上的投机家,深山密林中的豪杰,讲台上的教授,昏夜的运动者和深夜的偷儿……。子君,——不在近旁。她的勇气都失掉了,只为着阿随悲愤,为着做饭出神;然而奇怪的是倒也并不怎样受损……

冷了起来,火炉里的不死不活的几片硬煤,也终于烧尽了,已是闭馆的时候。又须回到吉兆胡同,领略冰冷的颜色去了。近来也间或遇到温暖的神情,但这却反而增加我的苦痛。记得有一夜,子君的眼里忽而又发出久已不见的稚气的光来,笑着和我谈到还在会馆时候的情形,时时又很带些恐怖的神色。我知道我近来的超过她的冷漠,已经引起她的忧疑来,只得也勉力谈笑,想给她一点慰藉。然而我的笑貌一上脸,我的话一出口,却即刻变为空虚,这空虚又即刻发生反响,回向我的耳目里,给我一个难堪的恶毒的冷嘲。

子君似乎也觉得的,从此便失掉了她往常的麻木似的镇静,虽然竭力掩饰,总还是时时露出忧疑的神色来,但对我却温和得多了。

我要明告她,但我还没有敢,当决心要说的时候,看见她孩子一般的眼色,就使我只得暂且改作勉强的欢容。但是这又即刻来冷嘲我,并使我失却那冷漠的镇静。

她从此又开始了往事的温习和新的考验,逼我做出许多虚伪的温存的答案来,将温存示给她,虚伪的草稿便写在自己的心上。我的心渐被这些草稿填满了,常觉得难以呼吸。我在苦恼中常常想,说真实自然须有极大的勇气的;假如没有这勇气,而苟安于虚伪,那也便是不能开辟新的生路的人。不独不是这个,连这人也未尝有!

子君有怨色,在早晨,极冷的早晨,这是从未见过的,但也许是从我看来的怨色。我那时冷冷地气愤和暗笑了;她所磨炼的思想和豁达无畏的言论,到底也还是一个空虚,而对于这空虚却并未自觉。她早已什么书也不看,已不知道人的生活的第一着是求生,向着这求生的道路,是必须携手同行,或奋身孤往的了,倘使只知道捶着一个人的衣角,那便是虽战士也难于战斗,只得一同灭亡。

我觉得新的希望就只在我们的分离;她应该决然舍去,——我也突然想到她的死,然而立刻自责,忏悔了。幸而是早晨,时间正多,我可以说我的真实。我们的新的道路的开辟,便在这一遭。

我和她闲谈,故意地引起我们的往事,提到文艺,于是涉及外国的文人,文人的作品:《诺拉》、《海的女人》。称扬诺拉的果决……。也还是去年在会馆的破屋里讲过的那些话,但现在已经变成空虚,从我的嘴传入自己的耳中,时时疑心有一个隐形的坏孩子,在背后恶意地刻毒地学舌。

她还是点头答应着倾听,后来沉默了。我也就断续地说完了我的话,连余音都消失在虚空中了。

"是的。"她又沉默了一会,说,"但是,……涓生,我觉得你近来很两样了。可是你,——你老实告诉我。"

我觉得这似乎给了我当头一击,但也立即定了神,说出我的意见和主张来：新的路的开辟，新的生活的再造，为的是免得一同灭亡。

临末，我用了十分的决心，加上这几句话：

"……况且你已经可以无须顾虑，勇往直前了。你要我老实说；是的，人是不该虚伪的。我老实说罢：因为，因为我已经不爱你了！但这于你倒好得多，因为你更可以毫无挂念地做事……"

我同时预期着大的变故的到来，然而只有沉默。她脸色陡然变成灰黄，死了似的；瞬间便又苏生，眼里也发了稚气的闪闪的光泽。这眼光射向四处，正如孩子在饥渴中寻求着慈爱的母亲，但只在空中寻求，恐怖地回避着我的眼。

我不能看下去了，幸而是早晨，我冒着寒风径奔通俗图书馆。

在那里看见《自由之友》，我的小品文都登出了。这使我一惊，仿佛得了一点生气。我想，生活的路还很多，——但是，现在这样也还是不行的。

我开始去访问久已不相闻问的熟人，但这也不过一两次；他们的屋子自然是暖和的，我在骨髓中却觉得寒冽。夜间，便蜷伏在比冰还冷的冷屋中。

冰的针刺着我的灵魂，使我永远苦于麻木的疼痛。生活的路还很多，我也还没有忘却翅子的扇动，我想。——我突然想到她的死，然而立刻自责，忏悔了。

在通俗图书馆里往往瞥见一闪的光明，新的生路横在前面。她勇猛地觉悟了，毅然走出这冰冷的家，而且，——毫无怨恨的神色。我便轻如行云，漂浮空际，上有蔚蓝的天，下是深山大海，广厦高楼，战场，摩托车，洋场，公馆，晴明的闹市，黑暗的夜……

而且，真的，我预感得这新生面便要来到了。

我们总算度过了极难忍受的冬天，这北京的冬天；就如蜻蜓落在恶作剧的坏孩子的手里一般,被系着细线,尽情玩弄,虐待,虽然幸而没有送掉性命,结果也还是躺在地上,只争着一个迟早之间。

写给《自由之友》的总编辑已经有三封信,这才得到回信,信封里只有两张书券:两角的和三角的。我却单是催,就用了九分的邮票,一天的饥饿,又都白挨给予已一无所得的空虚了。

然而觉得要来的事,却终于来到了。

这是冬春之交的事,风已没有这么冷,我也更久地在外面徘徊;待到回家,大概已经昏黑。就在这样一个昏黑的晚上,我照常没精打采地回来,一看见寓所的门,也照常更加丧气,使脚步放得更缓。但终于走进自己的屋子里了,没有灯火;摸火柴点起来时,是异样的寂寞和空虚!

正在错愕中,官太太便到窗外来叫我出去。

"今天子君的父亲来到这里,将她接回去了。"她很简单地说。

这似乎又不是意料中的事,我便如脑后受了一击,无言地站着。

"她去了么?"过了些时,我只问出这样一句话。

"她去了。"

"她,——她可说什么?"

"没说什么。单是托我见你回来时告诉你,说她去了。"

我不信;但是屋子里是异样的寂寞和空虚。我遍看各处,寻觅子君;只见几件破旧而黯淡的家具,都显得极其清疏,在证明着它们毫无隐匿一人一物的能力。我转念寻信或她留下的字迹,也没有;只是盐和干辣椒,面粉,半株白菜,却聚集在一处了,旁边还有几十枚铜元。这是我们两人生活材料的全副,现在她就郑重地将这留给我一个人,在不言中,教我借此去维持较久的生活。

我似乎被周围所排挤,奔到院子中间,有昏黑在我的周围;

正屋的纸窗上映出明亮的灯光,他们正在逗着孩子玩笑。我的心也沉静下来,觉得在沉重的迫压中,渐渐隐约地现出脱走的路径:深山大泽,洋场,电灯下的盛筵,壕沟,最黑最黑的深夜,利刃的一击,毫无声响的脚步……。

心地有些轻松,舒展了,想到旅费,并且嘘一口气。

躺着,在合着的眼前经过的预想的前途,不到半夜已经现尽;暗中忽然仿佛看见一堆食物,这之后,便浮出一个子君的灰黄的脸来,睁了孩子气的眼睛,恳托似的看着我。我一定神,什么也没有了。

但我的心却又觉得沉重。我为什么偏不忍耐几天,要这样急急地告诉她真话的呢?现在她知道,她以后所有的只是她父亲——儿女的债主——的烈日一般的严威和旁人的赛过冰霜的冷眼。此外便是虚空。负着虚空的重担,在严威和冷眼中走着所谓人生的路,这是怎么可怕的事呵!而况这路的尽头,又不过是——连墓碑也没有的坟墓。

我不应该将真实说给子君,我们相爱过,我应该永久奉献她我的说谎。如果真实可以宝贵,这在子君就不该是一个沉重的空虚。谎语当然也是一个空虚,然而临末,至多也不过这样地沉重。

我以为将真实说给子君,她便可以毫无顾虑,坚决地毅然前行,一如我们将要同居时那样。但这恐怕是我错误了。她当时的勇敢和无畏是因为爱。

我没有负着虚伪的重担的勇气,却将真实的重担卸给她了。她爱我之后,就要负了这重担,在严威和冷眼中走着所谓人生的路。

我想到她的死……。我看见我是一个卑怯者,应该被摈于强有力的人们,无论是真实者,虚伪者。然而她却自始至终,还希望我维持较久的生活……。

我要离开吉兆胡同，在这里是异样的空虚和寂寞。我想，只要离开这里，子君便如还在我的身边；至少，也如还在城中，有一天，将要出乎意表地访我，像住在会馆时候似的。

然而一切请托和书信，都是一无反响；我不得已，只好访问一个久不问候的世交去了。他是我伯父的幼年的同窗，以正经出名的拔贡，寓京很久，交游也广阔的。

大概因为衣服的破旧罢，一登门便很遭门房的白眼。好容易才相见，也还相识，但是很冷落。我们的往事，他全都知道了。

"自然，你也不能在这里了，"他听了我托他在别处觅事之后，冷冷地说，"但哪里去呢？很难。——你那，什么呢，你的朋友吧，子君，你可知道，她死了。"

我惊得没有话。

"真的？"我终于不自觉地问。

"哈哈。自然真的。我家的王升的家，就和她家同村。"

"但是，——不知道是怎么死的？"

"谁知道呢。总之是死了就是了。"

我已经忘却了怎样辞别他，回到自己的寓所。我知道他是不说谎话的；子君总不会再来的了，像去年那样。她虽是想在严威和冷眼中负着虚空的重担来走所谓人生的路，也已经不能。她的命运，已经决定她在我所给予的真实——无爱的人间死灭了！

自然，我不能在这里了；但是，"哪里去呢？"

四围是广大的空虚，还有死的寂静。死于无爱的人们的眼前的黑暗，我仿佛一一看见，还听得一切苦闷和绝望的挣扎的声音。

我还期待着新的东西到来，无名的，意外的。但一天一天，无非是死的寂静。

我比先前已经不大出门,只坐卧在广大的空虚里,一任这死的寂静侵蚀着我的灵魂。死的寂静有时也自己战栗,自己退藏,于是在这绝续之交,便闪出无名的,意外的,新的期待。

一天是阴沉的上午,太阳还不能从云里面挣扎出来,连空气都疲乏着。耳中听到细碎的步声和咻咻的鼻息,使我睁开眼。大致一看,屋子里还是空虚;但偶然看到地面,却盘旋着一匹小小的动物,瘦弱的,半死的,满身灰土的……。

我一细看,我的心就一停,接着便直跳起来。

那是阿随。它回来了。

我的离开吉兆胡同,也不单是为了房主人们和他家女工的冷眼,大半就为着这阿随。但是,"哪里去呢?"新的生路自然还很多,我约略知道,也间或依稀看见,觉得就在我面前,然而我还没有知道跨进那里去的第一步的方法。

经过许多回的思量和比较,也还只有会馆是还能相容的地方。依然是这样的破屋,这样的板床,这样的半枯的槐树和紫藤,但那时使我希望,欢欣,爱,生活的,却全都逝去了,只有一个虚空,我用真实去换来的虚空存在。

新的生路还很多,我必须跨进去,因为我还活着。但我还不知道怎样跨出那第一步。有时,仿佛看见那生路就像一条灰白的长蛇,自己蜿蜒地向我奔来,我等着,等着,看看临近,但忽然便消失在黑暗里了。

初春的夜,还是那么长。长久的枯坐中记起上午在街头所见的葬式,前面是纸人纸马,后面是唱歌一般的哭声。我现在已经知道他们的聪明了,这是多么轻松简洁的事。

然而子君的葬式却又在我的眼前,是独自负着虚空的重担,在灰白的长路上前行,而又即刻消失在周围的严威和冷眼里了。

我愿意真有所谓鬼魂，真有所谓地狱，那么，即使在孽风怒吼之中，我也将寻觅子君，当面说出我的悔恨和悲哀，祈求她的饶恕；否则，地狱的毒焰将围绕我，猛烈地烧尽我的悔恨和悲哀。

我将在孽风和毒焰中拥抱子君，乞她宽容，或者使她快意……。

但是，这却更虚空于新的生路；现在所有的只是初春的夜，竟还是那么长。我活着，我总得向着新的生路跨出去，那第一步，——却不过是写下我的悔恨和悲哀，为子君，为自己。

我仍然只有唱歌一般的哭声，给子君送葬，葬在遗忘中。

我要遗忘；我为自己，并且要不再想到这用了遗忘给子君送葬。

我要向着新的生路跨进第一步去，我要将真实深深地藏在心的创伤中，默默地前行，用遗忘和说谎做我的前导……。

离婚

鲁迅

1925

"啊啊,木叔!新年恭喜,发财发财!"

"你好,八三!恭喜恭喜!……"

"哎哎,恭喜!爱姑也在这里……"

"啊啊,木公公!……"

庄木三和他的女儿——爱姑——刚从木莲桥头跨下航船去,船里面就有许多声音一齐嗡的叫了起来,其中还有几个人捏着拳头打拱;同时,船旁的坐板也空出四人的座位来了。庄木三一面招呼,一面就坐,将长烟管倚在船边;爱姑便坐在他左边,将两只钩刀样的脚正对着八三摆成一个"八"字。

"木公公上城去?"一个蟹壳脸的问。

"不上城,"木公公有些颓唐似的,但因为紫糖色脸上原有许多皱纹,所以倒也看不出什么大变化,"就是到庞庄去走一遭。"

合船都沉默了,只是看他们。

"也还是为了爱姑的事么?"好一会儿,八三质问了。

"还是为她。……这真是烦死我了,已经闹了整三年,打过多少回架,说过多少回和,总是不落局……。"

"这回还是到慰老爷家里去？……"

"还是到他家。他给他们说和也不止一两回了，我都不依。这倒没有什么。这回是他家新年会亲，连城里的七大人也在……。"

"七大人？"八三的眼睛睁大了，"他老人家也出来说话了么？……那是……其实呢，去年我们将他们的灶都拆掉了，总算已经出了一口恶气。况且爱姑回到那边去，其实呢，也没有什么味儿……"他于是顺下眼睛去。

"我倒并不贪图回到那边去，八三哥！"爱姑愤愤地昂起头，说，"我是赌气。你想，'小畜生'姘上了小寡妇，就不要我，事情有这么容易的？'老畜生'只知道帮儿子，也不要我，好容易呀！七大人怎样？难道和知县大老爷换帖，就不说人话了么？他不能像慰老爷似的不通，只说是'走散好走散好'。我倒要对他说说我这几年的艰难，且看七大人说谁不错！"

八三被说服了，再开不得口。

只有潺潺的船头激水声；船里很静寂。庄木三伸手去摸烟管，装上烟。

斜对面，挨八三坐着的一个胖子便从肚兜里掏出一柄打火刀，打着火绒，给他按在烟斗上。

"对对。"木三点头说。

"我们虽然是初会，木叔的名字却是早已知道的。"胖子恭敬地说，"是的，这里沿海三六十八村，谁不知道？施家的儿子姘上了寡妇，我们也早知道。去年木叔带了六位儿子去拆平了他家的灶，谁不说应该？……你老人家是高门大户都走得进的，脚步开阔，怕他们甚的！……"

"你这位阿叔真通气，"爱姑高兴地说，"我虽然不认识你这位阿叔是谁。"

"我叫汪得贵。"胖子连忙说。

"要撇掉我，是不行的。七大人也好，八大人也好。我总要闹得他们家败人亡！慰老爷不是劝过我四回么？连爹也看着赔贴的钱有点儿头昏眼热了……"

"你这妈的！"木三低声说。

"可是我听说去年年底施家送给慰老爷一桌酒席哩，八公公。"蟹壳脸道。

"那不碍事。"汪得贵说，"酒席能塞得人发昏么？酒席如果能塞得人发昏，送大菜又怎样？他们知书识理的人是专替人家讲公道话的，譬如，一个人受众人欺侮，他们就出来讲公道话，倒不在乎有没有酒喝。去年年底我们敝村的荣大爷从北京回来，他见过大场面的，不像我们乡下人一样。他就说，那边的第一个人物要算光太太，又硬……"

"汪家汇头的客人上岸哩！"船家大声叫着，船已经要停下来。

"有我有我！"胖子立刻一把取了烟管，从中舱一跳，随着前进的船走在岸上了。

"对对！"他还向船里面的人点头，说。

船便在新的静寂中继续前进；水声又很听得出了，潺潺的。八三开始打瞌睡了，渐渐地向对面的钩刀式的脚张开了嘴。前舱中的两个老女人也低声哼起佛号来，她们撷着念珠，又都看爱姑，而且互视，努嘴，点头。

爱姑瞪着眼看定篷顶，大半正在悬想将来怎样闹得他们家败人亡；"老畜生""小畜生"全都走投无路。慰老爷她是不放在眼里的，见过两回，不过一个团头团脑的矮子：这种人本村里就很多，无非脸色比他紫黑些。

庄木三的烟早已吸到底，火逼得斗底里的烟油吱吱地叫了，还吸着。他知道一过汪家汇头，就到庞庄；而且那村口的魁星阁也确乎已经望得见。庞庄，他到过许多回，不足道的，以及慰老爷。他还记得女儿的哭回来，他的亲家和女婿的可恶，后来给他们怎样地吃亏。想到这里，过去的情景便在眼前展开，一到惩治他亲家这一局，他向来是要冷冷地微笑的，但这回却不，不知怎的忽而横梗着一个胖胖的七大人，将他脑里的局面挤得摆不整齐了。

船在持续的寂静中继续前进；独有念佛声却宏大起来；此外一切，都似乎陪着木叔和爱姑一同浸在沉思里。

"木叔，你老上岸罢，庞庄到了。"

木三他们被船家的声音警觉时，面前已是魁星阁了。

他跳上岸，爱姑跟着，经过魁星阁下，向着慰老爷家走。朝南走过三十家门面，再转一个弯，就到了，早望见门口一列地泊着四只乌篷船。

他们跨进黑油大门时，便被邀进门房去；大门后已经坐满着两桌船夫和长年。爱姑不敢看他们，只是溜了一眼，倒也并不见有"老畜生"和"小畜生"的踪迹。

当工人搬出年糕汤来时，爱姑不由得越加局促不安起来了，连自己也不明白为什么。"难道和知县大老爷换帖，就不说人话么？"她想，"知书识理的人是讲公道话的。我要细细地对七大人说一说，从十五岁嫁过去做媳妇的时候起……"

她喝完年糕汤；知道时机将到。果然，不一会儿，她已经跟着一个长年，和她父亲经过大厅，又一弯，跨进客厅的门槛去了。

客厅里有许多东西，她不及细看；还有许多客，只见红青缎子马挂发闪。在这些中间第一眼就看见一个人，这一定是七大人了。虽然也是团头团脑，却比慰老爷们魁梧得多；大的圆脸上长着两条细眼和漆黑的细胡须；头顶是秃的，可是那脑壳和脸都很红润，油光光地发亮。爱姑很觉得稀奇，但也立刻自己解释明白了：那一定是擦着猪油的。

"这就是'屁塞'，就是古人大殓的时候塞在屁股眼里的。"七大人正拿着一条烂石似的东西，说着，又在自己的鼻子旁擦了两擦，接着道，"可惜是'新坑'。倒也可以买得，至迟是汉。你看，这一点是'水银浸'……"

"水银浸"周围即刻聚集了几个头，一个自然是慰老爷；还有几位少爷们，因为被威光压得像瘪臭虫了，爱姑先前竟没有见。

她不懂后一段话；无意，而且也不敢去研究什么"水银浸"，便偷空向四处一看望，只见她后面，紧挨着门旁的墙壁，正站着"老畜生"和"小畜生"。虽然只一瞥，但较之半年前偶然看见的时候，分明都见得苍老了。

接着大家就都从"水银浸"周围散开；慰老爷接过"屁塞"，坐下，用指头摩挲着，转脸向庄木三说话。

"就是你们两个么？"

"是的。"

"你的儿子一个也没有来？"

"他们没有工夫。"

"本来新年正月又何必来劳动你们。但是，还是只为那件事，……我想，你们也闹得够了。不是已经有两年多了么？我想，冤仇是宜解不宜结的。爱姑既然丈夫不对，公婆不喜欢……也还是照先前说过那样：走散的好。我没有这么大面子，说不通。七大人是最爱讲公道话的，你们也知道。现在七大人的意思也这样：和我一样。可是七大人说，两面都认点晦气罢，叫施家再添十块钱：九十元！"

"……"

"九十元！你就是打官司打到皇帝伯伯跟前，也没有这么便宜。这话只有我们的七大人肯说。"

七大人睁起细眼，看着庄木三，点点头。

爱姑觉得事情有些危急了，她很怪平时沿海的居民对他都有几分惧怕的自己的父亲，为什么在这里竟说不出话。她以为这是大可不必的；她自从听到七大人的一段议论之后，虽不很懂，但不知怎的总觉得他其实是和蔼近人，并不如先前自己所揣想那样的可怕。

"七大人是知书识理，顶明白的，"她勇敢起来了，"不像我们乡下人。我是有冤无处诉，倒正要找七大人讲讲。自从我嫁过去，真是低头进，低头出，一礼不缺。他们就是专和我作对，一个个都像个'气杀钟馗'。那年的黄鼠狼咬死了那匹大公鸡，那里是我没有关好吗？那是那只杀头癞皮狗偷吃糠拌饭，拱开了鸡橱门。那'小畜生'不分青红皂白，就夹脸一嘴巴……"

七大人对她看了一眼。

"我知道那是有缘故的。这也逃不出七大人的明鉴，知书识理的人什么都知道。他就是着了那滥婊子的迷，要赶我出去。我是三茶六礼定来的，花轿抬来的呵！那么容易吗？……我一定要给他们一个颜色看，就是打官司也不要紧。县里不行，还有府里呢……"

"那些事是七大人都知道的。"慰老爷仰起脸来说，"爱姑，你要是不转头，没有什么便宜的。你就总是这模样。你看你的爹多少明白；你和你的弟兄都不像他。打官司打到府里，难道官府就不会问问七大人么？那时候是，'公事公办'，那是，……你简直……"

"那我就拼出一条命,大家家败人亡。"

"那倒并不是拼命的事,"七大人这才慢慢地说了,"年纪轻轻。一个人总要和气些:'和气生财'。对不对?我一添就是十块,那简直已经是'天外道理'了。要不然,公婆说走就得走。莫说府里,就是上海、北京,就是外洋,都这样。你要不信,他就是刚从北京洋学堂里回来的,自己问他去。"于是转脸向着一个尖下巴的少爷道,"对不对?"

"的的确确。"尖下巴少爷赶忙挺直了身子,毕恭毕敬地低声说。

爱姑觉得自己是完全孤立了;爹不说话,弟兄不敢来,慰老爷是原本帮他们的,七大人又不可靠,连尖下巴少爷也低声下气的像一个瘪臭虫,还打"顺风锣"。但她在糊里糊涂的脑中,还仿佛决定要做一回最后的奋斗。

"怎么连七大人……"她满眼发了惊疑和失望的光,"是的……我知道,我们粗人,什么也不知道。就怨我爹连人情世故都不知道,老发昏了。就专凭他们'老畜生''小畜生'摆布;他们会报丧似的急急忙忙钻狗洞,巴结人……"

"七大人看看,"默默地站在她后面的"小畜生"忽然说话了,"她在大人面前还是这样。那在家里是,简直闹得六畜不安。叫我爹是'老畜生',叫我是口口声声'小畜生''逃生子'。"

"哪个'娘滥十十万人生'的叫你'逃生子'?"爱姑回转脸去大声说,便又向着七大人道,"我还有话要当大众面前说说哩。他哪里有好声好气呵,开口'贱胎',闭口'娘杀'。自从结识了那婊子,连我的祖宗都入起来了。七大人,你给我批评批评,这……"

她打了一个寒噤,连忙住口,因为她看见七大人忽然两眼向上一翻,圆脸一仰,细长胡子围着的嘴里同时发出一种高大摇曳的声音来了。

"来——兮!"七大人说。

她觉得心脏一停,接着便突突地乱跳,似乎大势已去,局面都变了;仿佛失足掉在水里一般,但又知道这实在是自己错。

立刻进来一个蓝袍子黑背心的男人,对七大人站定,垂手挺腰,像一根木棍。

全客厅里是"鸦雀无声"。七大人将嘴一动,但谁也听不清说什么。然而那男人,却已经听到了,而且这命令的力量仿佛又已钻进了他的骨髓里,将身子牵了两牵,"毛骨悚然"似的;一面答应道:"是。"他倒退了几步,才翻身走出去。

爱姑知道意外的事情就要到来,那事情是万料不到,也防不了的。她这时才又知道七大人实在威严,先前都是自己的误解,所以太放肆,太粗鲁了。她非常后悔,不由地自己说:

"我本来是专听七大人吩咐……"

全客厅里是鸦雀无声。她的话虽然微细得如丝,慰老爷却像听到霹雳似的了,他跳了起来。

"对呀!七大人也真公平,爱姑也真明白!"他夸赞着,便向庄木三,"老木,那你自然是没有什么说的了,她自己已经答应。我想你红绿帖是一定已经带来了的,我通知过你。那么,大家都拿出来……"

爱姑见她爹便伸手到肚兜里去掏东西;木棍似的那男人也进来了,将小乌龟模样的一个漆黑的、扁的小东西递给七大人。爱姑怕事情有变故,连忙去看庄木三,见他已经在茶几上打开一个蓝布包裹,取出洋钱来。

七大人也将小乌龟头拔下,从那身子里面倒一点东西在掌心上；木棍似的男人便接了那扁东西去。七大人随即用那一只手的一个指头蘸着掌心，向自己的鼻孔里塞了两塞，鼻孔和人中立刻黄焦焦了。他皱着鼻子，似乎要打喷嚏。

庄木三正在数洋钱。慰老爷从那没有数过的一迭里取出一点来，交还了"老畜生"；又将两份红绿帖子互换了地方，推给两面，嘴里说道："你们都收好。老木，你要点清数目呀。这不是好当玩意儿的，银钱事情……"

"阿啾"的一声响，爱姑明知道是七大人打喷嚏了，但不由得转过眼去看。只见七大人张着嘴，仍旧在那里皱鼻子，一只手的两个指头却撮着一件东西，就是那"古人大殓的时候塞在屁股眼里的"，在鼻子旁边摩擦着。

好容易，庄木三点清了洋钱；两方面各将红绿帖子收起，大家的腰骨都似乎直得多，原先收紧着的脸相也宽懈下来，全客厅顿然见得一团和气了。

"好！事情是圆功了。"慰老爷看见他们两面都显出告别的神气，便吐一口气，说，"那么，嗡，再没有什么别的了。恭喜大吉，总算解了一个结。你们要走了么？不要走，在我们家里喝了新年喜酒去：这是难得的。"

"我们不喝了。存着，明年再来喝罢。"爱姑说。

"谢谢慰老爷。我们不喝了。我们还有事情……"庄木三，"老畜生"和"小畜生"，都说着，恭恭敬敬地退出去。

"唔？怎么？不喝一点去么？"慰老爷还注视着走在最后的爱姑，说。

"是的，不喝了。谢谢慰老爷。"

柚子

王鲁彦

1926

秋天,是萧瑟的秋天,枪声恩惠的离耳后的第三天,战云怜悯的跨过岳麓山后的第三天。

我忧郁地坐在楼上。

无聊的人,偏偏走入了无聊的长沙!

你们要恶作剧,你们尽去作罢,你们的头生在你们的颈上,割了去不会痛到我的颈上来。你们喜欢用子弹充饥,你们就尽量去容纳吧,于我是没有关系的。

于我有关系的只有那岳麓山,好玩的岳麓山。只要将岳麓山留给我玩,即使你们将长沙烧得精光,将湘水染成了血色——换一句话说,就是你们统统打死了,于我也没有关系。

我没有能力可以阻止你们恶作剧,我也不屑阻止你们这种卑贱的恶作剧,从自由论点出发,我还应该听你们自由地去恶作剧哩。

然而不,我须表示反对,反对你们的恶作剧。这原因,不是为着杀人,因为你们还没有杀掉我,是为着你们占据了我要去玩的岳麓山,我所爱的岳麓山。

呵,我的岳麓山,相思的我的岳麓山呀!

自然，命运注定着，不论哪家得胜，我总有在岳麓山巅高歌的一天，然而对于我两个朋友匆匆而来，匆匆而去的事，我总不能忘记你们的赐予。

他们是同我一样的第一次到你们贵处来，差不多和我同时踏入你们热气腾腾的辉煌的邦国。然而你们给他们的赐予是什么呢？是战栗和失色！可怜的两位朋友，他们平生听不见枪炮声，于是特地似的跑到长沙来，饱尝了一月，整整的一月的恐怖和忧愁。

他们一样的思慕着岳麓山，但是可怜的人，战云才过岳麓山，就匆匆地离开了长沙，怕那西风又将战云吹过来。咳咳，可怜的朋友，他们不知道岳麓山从此就要属于我们，却匆匆地走了。

从很远很远的地方来到长沙，连脚尖触一触岳麓山脚下的土的机会也没有，这是何等的不幸呀！

我独自坐在楼上，忧郁咬着我的心了。我连忙下了楼，找着T君说："酒，酒！"拖着他就走。

未出大门就急急地跑进来了一个孩子，叫着说："看杀人去呵！看杀人去呵！"

杀人？现在还有杀人的事情？"在哪里？在哪里？"我们急急地问。

"浏阳门外！"

呵，呵，浏阳门外！我们住在浏阳门正街！浏阳门内！这样的糊涂，住在门内的人竟不知道门外还有一个杀人场——刑场！假使有一天无意中闯入了刑场，"嚓"的一声，头飞了去又怎样呢？——不错，不错，这是很痛快的，这是很幸福的，这绝对没有像自杀时那样的难受，又想死，又怕死！这只是一阵发痒的风，吹过颈上，于是，于是就进了幸福的天堂了！

一阵"大——帝"的号声送入我们的耳内，我们知道那就是死之庆祝了。于是我们风也似的追了去，叫着说："看杀人呀！看杀人呀！"

街上的人都蜂拥着，跑的跑，叫的叫，我们挽着手臂，冲了过去，仿佛T君撞倒了一个人，我在别人的脚上踏了一脚。但这有什么要紧呢？为要扩一扩眼界——不过扩一扩眼界罢了——看一看过去不曾碰到过，未来或许难以碰到的奇事，撞到一二个人有什么要紧呢？况且，人家的头要被割掉，你们跌了一跤又算什么！托尔斯泰先生说过，"自由之代价者，血与泪也"，那么，我们为要得到在这许多人马中行走的自由，自然也只好请你们出一点血与泪的代价了。

牵牵扯扯的挽着臂跑，毕竟不行，要去看一看这空前的西洋景——不，这是东洋景，不得不讲个人主义，我便撇了T君拼着腿跑去。

浏阳门外的城基很高，上面已站满了人，跑上去一看，才知道刑场并不在这里，那一伙"大——帝"着的兵士被一大堆人簇拥着在远远的汽车路上走。

"呵，呵！看杀人，看杀人呀！"许多人嘈杂地嚷着，飞跑着。

这些人，平常都是很庄严的，我从没有看见他们这样地扰嚷过。三天前，河干的枪炮声如雷一般的响，如雨一般的密，街上堆着沙袋，袋上袋旁站着刺刀鲜明的负枪的兵，有时故意将枪指一指行人，得得地扳一扳枪机，他们却仍很镇静，保持着庄严的态度，踱方步似的走了过去。偶然，有一个胆怯的人慌头慌脑地走过，大家就露出一种轻笑。平常我和T君跳着嚷着在街上走，他们都发着酸笑，他们的眼珠上露着两个字：疯子！现在，现在可是也轮到你们了，先生们！——不，我错了，跳着嚷着的不过是一般青年人和小孩们罢了，先生们确实还保持着人类的庄严呢！

我和T君跟着许多人走直径,从菜田中穿到汽车路上。从人丛中,我先看见了鲜明的刺刀,继而灰色的帽,灰色的服装。追上这排兵,看见了着黄帽黄衣,挂着指挥刀,系着红布的军官们。

"是一个秃头!是一个强壮的人!"T君伸长着头颈,一面望着,一面这样地叫着说。

"在哪里?在哪里?"我跑着往前看,只是看不见。

"那高高的,大概坐在马上,或者有人挟着走吧,你看,赤着背,背上插着旗!——呵,雄赳赳的!……"

"唔,唔,秃头,一个大好的头颅!"我依稀地从近视镜中望见了一点。

"二十年后又是一个好汉!"

忽然,在我们前后面跑的人都向左边五六尺高的墓地跳了上去,我知道到了。

"这很好,杀了头就葬下,看了杀,就躺下!来吧,来吧,朋友,到坟墓里去!"我一面叫着T君,一面就往上跳。

"咦,咦,等我一等,不要背着我杀,不要辜负了我来看的盛意,不要扫我的兴!"我焦急得暗祷着,因为只是跳不上那五六尺高的地方。

"快来,快来!"T君已跳上,一面叫着,一面却跑着走了。

"咳,咳,为了天下的第一件奇事,就爬罢,就如狗一样的爬吧!"我没法,便决计爬了。毕竟,做了狗便什么事情都容易,这五六尺高并不须怎样的用力,便爬上了。

大家都已一堆一堆地在坟尖上站住,我就跑到T君旁边,拖着他的臂站下,说:

"要杀头了!要杀头了!"

"要杀头了!要杀头了!"T君和着说。

我的眼用力地睁着,光芒在四面游荡,寻找着那秃头。

果然,那秃头来了!赤着背,反绑着手,手上插着一面旗。一阵微风,旗儿"轻柔而美丽地"飘扬着。

一柄鲜明的大刀,在他的后面闪烁着。

"他哭吗?他忧愁吗?"我问 T 君说。

"没有——还忧愁什么?"T 君看了我一眼。

"壮哉!"

只见——只见那秃头突然跪下,一个人拔去了他的旗子,刀光一闪,说时迟,那时快,只听见"好!"的一声,秃头像皮球似的从颈上跳了起来,落在前面四五尺远的草地上,鲜红的血从空颈上喷射出来,有二三尺高,身体就突地往前扑倒了。

"呵,咳!呵,咳!……"我和 T 君战栗地互抱着,仿佛我们的颈项上少了一件东西。

"不,不要这样的胆怯,索性再看得仔细一点!"T 君拖着我,要向那人群围着的地方去。

"算了罢,算了罢。"我钉住了脚。

于是 T 君独自地跑去了。

"不错,不错,不要失了这千载难逢的机会!"我念头一转,也跑了过去。

人们围着紧紧的,我不敢去挤,只伸长了脖子,踮着脚尖,望了下去;有一双青白的脚,穿着白的布袜,黑的布鞋,并挺在地上,大腿上露着一角蓝色的布裤。

"走,走!"有人恐怖地喝着,我吓了一跳,拔起脚就跑。

回过头去一看,见别人仍静静地站在那里,我才又转了回去,暗暗埋怨着自己说:"这样的胆怯!"

这时一个久为风雨所侵染的如棺材似的东西,正向尸身上罩了下去，于是大家便都嚷着"去，去"，走了。

"呵，咳！呵，咳！"我和T君互抱着，离开了那里，仿佛颈项上少了一件东西。

有一只手，红的手，拿着一团红的绳子，在我们的眼前摇过。

重担落在我们的心上，我们的脚拖不动了，我们怕在坟墓里，也怕离开坟墓，只是徐缓地摇着软弱的腿。

"这人的本领真好，只是一刀！"有一个人站在坟尖上和一个年轻的人谈论着。

"的确，的确，这人的本领真好，这样的一刀痛快得很，不要一分钟，不要一秒钟，不许你迟疑，不许你反悔，比忸忸怩怩的自杀好得多了。这样的死法是何等的痛快，是何等的幸福呀！"我对T君说。

"而且光荣呢，有许多人送终！"T君看了我一眼说。

"不错，我们从此可以骄傲了，我们的眼睛竟有看这样光荣而幸福的事情的福气！"我说。

"然而也是我们眼睛的耻辱哩！"T君说，拖着我走到汽车路上。

路的那一边有几间屋子，屋外围着许多人，我们走近去一看：前面有一块牌，牌上贴着一张大纸，上面横书着"罪状"二字，底下数行小字：

  查犯人王……向……今又当军事紧急……冒充军人，入县署强索款项……斩却示众！……

"呵，他还与我同姓呢，T君！"我说。

"而且还和你一样的强壮哩！"T君的眼光箭似的射在我的眼上。

我摸一摸自己的头，骄傲地说："我的头还在我的颈项上呢！

小心你自己的罢！"

T君也摸了一摸，骄傲地摇了一摇头。

"仿佛记得许多书上说，从前杀头须等圣旨，现在县知事要杀人就杀人，大概是根据自由论罢。这真是革命以后的进步！"我挽着T君的臂，缓缓地走着，说。

"从前杀头要等到午时三刻，还要让犯人的亲戚来祭别，现在这些繁文都省免了，真是直截了当！"T君说。

"真真感激湖南人，到湖南才一月，就给我们看见了这样稀奇的一幕，在故乡，连听一听关于杀头的新闻也没有福气！"

"这就是革命发源地的特别文化！——哦，太阳看见这文化也羞怯了，你看！"T君用手指着天空。

西南角的惨淡的云中，羞怯地躲藏着太阳。

"看见这样灿烂的湖南，谁敢不肃静回避！"

"呵，咳，怎么呢？我走不动了！"T君靠着我站住了。

"是不是你的脚和他的一样青白了？"我说。

"唔，唔……"T君又勉强地走了。

"你们从什么地方来？"一个湖南有名的音乐家在浏阳门外碰到我们。

"看东洋景——不，湖南景，杀人！"我们回答说。

"难过吗？"

"哦，哦……"

"回去做一个歌来，填上谱子，唱！"他笑着说，走了过去。

"艺术家的残忍！"T君说。

"这不算什么，"我说，"我回去还要做一篇小说公之于世呢！"

"这什么价钱？"路上摆着一担柚子，我拿起一个问卖柚子的说。

"四个铜子。"

"真便宜！湖南的柚子真多，而且也真好吃！买一二个吧？"我向T君说。

的确，柚子的味道真好，又酸又甜，价钱又便宜。我和T君都喜欢吃酸的东西：今年因为怕兵摘，所以种柚子的人家在未熟时就都摘来出卖了。这未成熟的柚子酸得更利害，凑巧配我们两人的胃口，我们到湖南后第一件合意的就是这柚子，几乎天天要吃一个。

"你说这便宜的东西像什么？"T君拿起一个，右手丢起，左手接下，说，"又圆又光又便宜！"

呵，呵，这抛物线正如刚才那颗秃头落下去的样子，我连忙放下自己手中的一个，拔起脚步就跑。

"湖南的柚子呀！湖南人的头呀！"我和T君这样叫着跑回了学校。

"你还要吃饭，你的头还在吗？"吃晚饭时我看着T君说。

"你呢？留心那后面呵！一刹那——"

我们都吃不下饭去，仿佛饭中有一颗头，带着鲜红的血。

"这在我们不算什么，这里差不多天天要杀人，况且今天只杀了一个！"坐在我们的对面一个人说。

"呵，原来如此，多谢你的指教！"

"柚子呀，湖南的柚子呀！"T君叹息似的说。

"这样便宜的湖南的柚子呀！"

菱荡

废名

1927

　　陶家村在菱荡圩的坝上,离城不过半里,下坝过桥,走一个沙洲,到城西门。

　　一条线排着,十来重瓦屋,泥墙,石灰画得砖块分明,太阳底下更有一种光泽,表示陶家村总是兴旺的。屋后竹林,绿叶堆成了台阶的样子,倾斜至河岸,河水沿竹子打一个弯,潺潺流过。这里离城才是真近,中间就只有河,城墙的一段正对了竹子临水而立,竹林里一条小路,城上也窥得见,不当心河边忽然站了一个人——陶家村人出来挑水。落山的太阳射不过陶家村的时候(这时游城的很多),少不了有人攀了城垛子探首望水,但结果城上人望城下人,仿佛不会说水清竹叶绿——城下人亦望城上。

　　陶家村过桥的地方有一座石塔,名叫洗手塔。人说,当初是没有桥的,往来要"摆渡"。摆渡者,是指以大乌竹做成的筏载行人过河。一位姓张的老汉,专在这里摆渡过日,头发白得像银丝。一天,何仙姑下凡来,渡老汉升天,老汉道:"我不去。城里人如何下乡?乡下人如何进城?"但老汉这天晚上死了。清早起来,河有桥,桥头有塔。何仙姑一夜修了桥。修了桥洗一洗手,成洗手塔。这个故事,陶家村的陈聋子独不相信,他说:"张老头子摆渡,不是要渡钱吗?"摆渡依然要人家给他钱,同聋子"打长工"是一样,所以决不能升天。

塔不高,一棵大枫树高高的在塔之上,远路行人总要歇住乘一乘荫。坐在树下,菱荡圩一眼看得见——看见的也仅仅只有菱荡圩的天地了,坝外一重山,两重山,虽知道隔得不近,但树林在山腰。菱荡圩算不得大圩,花篮的形状,花篮里却没有装一朵花,从底绿起——若是荞麦或油菜花开的时候,那又尽是花了。稻田自然一望而知,另外树林子堆的许多球,哪怕城里人时常跑到菱荡圩来玩,也不能一一说出,那是村,那是园,或者水塘四围栽了树。坝上的树叫菱荡圩的天比地更来得小,除了陶家村以及陶家村对面的一个小庙,走路是在树林里走了一圈。有时听得斧头斫树响,一直听到不再响了还是一无所见。那个小庙,从这边望去,露出一幅白墙,虽是深藏也逃不了是一个小庙。到了晚半天,这一块儿首先没有太阳,树色格外深。有人想,这庙大概是村庙,因为那么小,实在同它背后山腰里的水竹寺差不多大小,不过水竹寺的林子是远山上的竹林罢了。城里人有终其身没有向陶家村人问过这庙者,终其身也没有再见过这么白的墙。

陶家村门口的田十年九不收谷的,本来也就不打算种谷,太低,四季有水,收谷是意外的丰年(按:陶家村的丰年是岁旱)。水草连着菖蒲,菖蒲长到坝脚,树荫遮得这一片草叫人无风自凉。陶家村的牛在这坝脚下放,城里的驴子也在这坝脚下放。人又喜欢伸开他的手脚躺在这里闭眼向天。环着这水田的一条沙路环过菱荡。

菱荡圩是以这个菱荡得名。

菱荡属陶家村,周围常青树的矮林,密得很。走在坝上。望见白水的一角。荡岸，绿草散着野花，成一个圈圈。两个通口，一个连菜园，陈聋子种的几畦园也在这里。

菱荡的深，陶家村的二老爹知道，二老爹是七十八岁的老人，说，道光十九年，剩了他们的菱荡没有成干土，但也快要见底了。网起来的大小鱼真不少，鲤鱼大的有二十斤。这回陶家村可热闹，六城的人来看，洗手塔上是人，荡当中人挤人，树都挤得稀疏了。

菱叶遮蔽了水面，约半荡，余则是白水。太阳当顶时，林茂无鸟声，过路人不见水的过去。如果是熟客，绕到进口的地方进去玩，一眼要上下闪，天与水。停了脚，水里唧唧响——水仿佛是这一个一个的声音填的！偏头，或者看见一人钓鱼，钓鱼的只看他的一根线。一声不响的你又走出来了。好比是进城去，到了街上你还是菱荡的过客。

这样的人，总觉得有一个东西是深的，碧蓝的，绿的，又是那么圆。

城里人并不以为菱荡是陶家村的，是陈聋子的。大家都熟识这个聋子，喜欢他，打趣他，尤其是那般洗衣的女人——洗衣的多半住在西城根，河水渴了到菱荡来洗。菱荡的深，这才被她们搅动了。太阳落山以及天刚刚破晓的时候，坝上也听得见她们喉咙叫，甚至，衣篮太重了坐在坝脚下草地上"打一栈"的也与正在捶捣杵的相呼应。野花做了她们的蒲团，原来青青的草她们踏成了路。

陈聋子，平常略去了陈字，只称聋子。他在陶家村打了十几年长工，轻易不见他说话，别人说话他偏肯听，大家都嫉妒他似的这样叫他。但这或者不始于陶家村，他到陶家村来似乎就没有带来别的名字了。二老爹的园是他种，园里出的菜也要他挑上街去卖，二老爹相信他一人，回来一文一文的钱向二老爹手上数。洗衣女人问他讨萝卜吃——好比他正在萝卜田里,他也连忙拔起一个大的,连叶子给她。不过讨萝卜他就答应一个萝卜,再说他的萝卜不好,他无话回,笑是笑的。菱荡圩的萝卜吃在口里实在甜。

菱荡满菱角的时候,菱荡里不时有一个小划子(这划子一个人背得起),坐划子菱叶上打回旋的常是陈聋子。聋子到哪里去了,二老爹也不知道,二老爹或者在坝脚下看他的牛吃草,没有留心他的聋子进菱荡。聋子挑了菱角回家——聋子是在菱荡摘菱角!

聋子总是这样的去摘菱角,恰如菱荡在菱荡圩不现其水。

有一回聋子送一篮菱角到石家井去——石家井是城里有名的巷子,石姓所居,两边院墙夹成一条深巷,石铺的道,小孩子走这里过,故意踏得响,逗回声。聋子走到石家大门,站住了,抬了头望院子里的石榴,仿佛这样望得出人来。两匹狗朝外一奔,跳到他的肩膀上叫。一匹是黑的,一匹白的,聋子分不开眼睛,尽站在一块石上转,两手紧握篮子,一直到狗叫出了石家的小姑娘,替他喝住狗。石家姑娘见了一篮红菱角,笑道:"是我家买的吗?"聋子被狗呆住了的模样,一言没有发,但他对了小姑娘牙齿都笑出来了。小姑娘引他进来,一会儿又送他出门。他连走路也不响。

以后逢着二老爹的孙女儿吵嘴,聋子就咕噜一句:

"你看街上的小姑娘是多么好!"

他的话总是这样的说。

一日,太阳已下西山,青天罩着菱荡圩照样的绿,不同的颜色,坝上庙的白墙,坝下聋子人一个,他刚刚从家里上园来,挑了水桶,挟了锄头。他要挑水浇一浇园里的青椒。他一听——菱荡洗衣的有好几个。风吹得很凉快。水桶歇下畦径,荷锄沿畦走,眼睛看一个一个的茄子。青椒已经有了红的,不到跟前看不见。

走回了原处，扁担横在水桶上，他坐在扁担上，拿出烟杆来吃，他的全副家伙都在腰边。聋子这个脾气厉害，倘是别个，二老爹一天少不了啰唆几遍，但是他的聋子。（圩里下湾的王四牛却这样说："一年四吊毛钱，不吃烟做什么？何况聋子挑了水，卖菜卖菱角！"）

打火石打得火喷——这一点是陈聋子替菱荡圩添的。

吃烟的聋子是一个驼背。

衔了烟偏了头，听——

是张大嫂，张大嫂讲了一句好笑的话。聋子也笑。

烟杆系上腰。扁担挑上肩。

"今天真热！"张大嫂的破喉咙。

"来了人看怎么办？"

"把人热死了怎么办？"

两边的树还遮了挑水桶的，水桶的一只已经进了菱荡。

"嗳呀——"

"哈哈哈，张大嫂好大奶！"

这个绰号鲇鱼，是王大妈的第三的女儿，刚刚洗完衣同张大嫂两人坐在岸上。张大嫂解开了她的汗湿的褂子兜风。

"我道是谁——聋子。"

聋子眼睛望了水，笑着自语——

"聋子！"

牧场上

胡也频

1929

"贼！"

这声音带点喘息，但在寂寥的深夜里，却也够尖厉的了，仿佛从那东边的田（坝）上，直送到我们的天井来……同时还错杂着纷乱的脚步，竹尖刀敲打稻草，和别种家伙示威的响声；跟着，那机灵的不安分的狗儿，便发疯一般地接连着狂吠了。

本来，像这种的骚乱，在人口不过二千的濮村，是非常罕见的。据说，自洪秀全造反以来，大家照旧地因循着原有的习惯，无论是乡绅，财主，商人或农人，以及……总而言之，大大小小的男男女女，吃过了晚饭，在夜色完全占领了空间的时候，便安安静静休息去了。纵使，偶尔有神经兴奋，或不曾结束日间的事，和别的种种，因而不能睡眠的人，那也只得躺在床上，拖长着声音，甚至于隔着板壁或窗子，你一声他一句地交谈着，始终守着他们"夜早眠"的习惯。他们是这样平安和有规则地过着每一夜的。然而，在这时，因为风闻革命党已在武汉起义，黄花岗的七十二烈士便是天上的七十二星宿，并且势如破竹地攻破了南京，江西，以及浙江也危险了，所以处在福建省城附近的濮村，人心也就随着惶恐起来。为了要保守这全村的安宁，便在四周的边界上，土堡上，隘口上，造了几道木栅，匆匆忙忙训练村勇，大家轮流去防守和巡逻。于是，那生满了锈转成黑色的马鞭刀，铁尺，三尖叉……又从床底，门边或灶下取了出来，用鲨鱼皮擦光，向刀石磨利……赫然把和和平平的濮村，变成了有声有色，宛如严阵备战的一个刀枪森列的兵营了。

其实，全村所宝贵，而且倚恃为护身符的，却是用二百光大洋从东洋人那里买来的三柄火枪！

虽说，那火枪是高高地放在祠堂里神橱上面，似乎安慰自家说，"不要害怕，我们有这个——"可是人心还是惶惶地，而且一天比一天厉害。

因此，"贼"，像这样含有恐怖意义的字，在恶消息频频传来的环境里，尤其是在寂寥的深夜，突然喧嚷起来，是格外使人心悸而感到凛凛的。

"贼！"半醒里听了这声音，我便用力抓母亲的手腕，并且叫道：

"妈！我害怕！"那时候我刚满七岁，小孩子多半是听到贼而胆怯的。

"不要怕！"母亲早醒了，她低声安慰我。"不要怕……"

然而——贼！这种带喘又尖厉的声音，却从田埂上逼近来，渐渐地和狗叫有同样的力量。

"妈！我害怕……贼！"

母亲没有答应我。她坐起来，把我抱到怀里去，顺手就披上她那件藏青色细呢夹衣。看她样子，似乎是要起身的，但没有动步。那窗子外面突然亮煌煌起来：在那里，我看见住在我家里的陈表伯，他是学过少林拳的，会金狮法，单鹤独立法……因此他是我们这个村里的练长,这时他正从西院走出来,拿着一双两尺多长像竹竿的铁铜,另一只手提着"五贤堂胡"字样朱红油纸灯笼……在他的左右前后,簇拥着长工们,有十多个,他们的手里都拿着凶器,燃着火把,大家雄赳赳地挺着胸脯,硬着腰,同样兴高采烈走向大门去。

火把的火焰集聚到窗下的时候,陈表伯便向里面询问:

"大嫂,"他叫道,"你醒着么!"声音虽说粗鲁得好像狼嗥,但比起平素的腔调即算很谦恭有礼的。

"早醒了。"母亲回答,"外面出了什么事呀?"

"不要紧的!只是闹贼……"他接上说:"我带他们去看看,留贵礼弟兄在家里看大门……没有什么事,不要紧的。"

"不要惊了小菌。"他补说一句。

于是他提高灯笼,这算是一种号令,大家便会意动步了;可是他自己又喃喃地,其实是骄傲地自语道:"贼,好家伙!跑上老虎窝里来!哼……好家伙……"

除了陈表伯穿草鞋,别人都是光着脚,但走在石板上面,却同样发出有力的沉重的声音来。

"不要害怕,苗儿。"接着,母亲便安慰我。

但这种罕见的情形,在我怯弱的小心里更增加了许多疑虑。我静静地伏着。我倾听那挡门的石狮子移动的声音,门杠下去的声音,大门拉开的声音……这些,都是使我觉得不安宁的。

"什么样子的贼?怎么捉法?他们是捉贼去么?贼是一个还是一伙?……"

我想,但始终是没有头绪地推测着。在贵礼弟兄俩刚刚把大门关上的时候,门外便冲天一般的骚乱起来了:各种的凶器作示威的响动,脚步特别的用力,并且狂跑着,每个人提起喉咙来叫喊，好像是一群狼追逐着一般野兽；其中，最使人听着而感战栗的，要算是陈表伯那种天赋的暴戾的声音了。

他不绝地这样叫喊：

"好家伙！跑上老虎窝里来！贼……好家伙！"

为了这种骚乱，或者特别是火把的光焰的缘故，把树上巢里的鸟儿都惊醒了，满天空纷乱地飞着，凄惨地长鸣……狗儿更狂吠得厉害……

原先在东边田埂上那一群发动者，这时不复向我们的门前奔来，他们在道人塘附近便拐弯了，仿佛是向那西边的状元墓走去：他们依旧是呐喊着，用竹尖刀去敲打稻草，并作使人推想不到的种种响动。

土堡上，昌叔——我想一定是他——拼命一般地吹起那号筒，声音比任何东西的啼哭都要凄凉，惨厉，这是扩张恐怖的唯一顶大的力量。

"妈妈，我……我怕！"我凛凛地说。

母亲没有脱去夹衣，便躺下去，把棉被盖过我额上，并且紧紧抱着我，一面低声唱着普通的小孩子压惊的歌儿。这样，那外面扰乱的各种声音虽隔远了，但我的不安的心儿，还是仿佛在恐怖里。

"什么样子的贼？……一个还是一伙？"我不住地想；但不久，我渐渐地便睡着了。

到醒来，阳光已照在枣树上，各种的鸟儿照常歌唱着；金色毛羽的鸡公，以及灰白色的鸭子，都安闲平静地在活动，这显然是一个晴朗和平的早晨。于是我疑惑了："怎么一回事呀？"那夜里恐怖的情形，还清清楚楚印在我的脑里。我又揉揩一下眼睛，重新向周围看望。

母亲知道我睡醒，便走进来，我顺着问道：

"妈，夜里——有贼——是不是？"

"是的。"她回答，一面就替我穿衣服。

我走出房门，一眼就看见陈表伯蹲在天井里石磨子上面，拿着旱烟管，还和着许多人，他独自洋洋得意地述说捉贼的事，大家却沉着脸，安静地听着。好像谁都不知道我在走去；直到我走近陈表伯身边，打一下他那旱烟管时，他转过脸来，大家才注意到我。

"是你，小菌，你才起来么？"他问，声音随他怎样想温和，却总是那样的又粗又硬。

"是才起来的，表伯。"我回答，并且问道："你昨夜捉贼去，对不对？"

"你也知道？"

"我看你们出去的。"

"对了。"

"捉到没有？"

"凭你表伯这只手……"他得意地说，同时把手伸直去，一条条的青筋特别有力地在皮肉里暴露出来，像蚯蚓似的。

我懂得他的意思了，便说：

"那么，你讲给我听。"

"快讲完了……"

"不行，你得从头再讲。"

在小孩之中，陈表伯是特别喜欢我的；他常常在生人面前夸奖我，说我会念诗，会作对，会写一笔好大字……为了这缘故吧，他便应诺我的要求。

我快乐了，坐到和他对面不远的石档上，同时在天井里的许多人现出微笑,这自然因为贼的故事纵使重复地讲也是动人的,在其间,尤其是三婶娘用感激的睛光看我两下,因为她和我一样,也是不曾听过这故事的。

陈表伯吐了一口沫,照他的习惯,这自然是讲话的预备了,大家便又沉着脸,诚心诚意地安静着。许多一样神色的眼光聚到他身上。

又做了一个招呼同伙或说是一种指挥的手势,这个贼的故事便重新从头开始了。

陈表伯孜孜地述说,大家都毫无声息地静听。每次,当讲到紧要的时候,他就越显得兴奋,常常地把他的旱烟管当武器向空间舞动,并且用他暴露的青筋去证明他的气力,看去活像走江湖卖膏药的人夸张自己的武艺似的。听众呢,每一个人脸上的表情,几乎同样随着陈表伯的态度而改变,有时欢乐,有时苦闷,归纳地说,是很滑稽很可笑的。

"以后呢?"故事讲到末了,我又追究。

"以后?"陈表伯余兴尤浓地回答,"以后关在祠堂里。现在,大约快要审判了。"他又接连地吐了两口沫。

"那,"我说,"我也同你去,表伯!"

看他有允许的意思,我就赶紧接上说:

"你还得背我去。"

"好吧,"他果然答应了。"你吃过粥没有?"

"吃过。"

其实我撒谎,我是刚睡醒起来不久的;可是他相信我。于是我就站到碾子上,手搭住他颈项,他背上了,我们——实在只是他——大踏步地走向祠堂去。

在路上,情形确是和平常不同了;因为从道人塘到祠堂这一条路，除了赶羊到牧场去的，普通人都不常来往。现在，却大大小小的男男女女，三个四个一群，谈笑着，络绎不绝地向前走，并且像看社戏去那样的争先恐后。

进了祠堂门，那一对我顶不喜欢的东西——那高高端坐着的金的塑像，即是大家公认的祖宗，首先闯入我眼睛来；在它们俩的脚前，神案上头，燃烧着龙头红蜡烛，点着贡香，也像是祭祠似的，但没有剥光白肥的猪，羊，以及别种礼物，在神案左边，却添了一张横桌，上面有竹签筒，木压尺，红朱笔，……等类，我们的三公公和六公公齐肩地坐在桌后，身边围着许多人。那里的空气是非常严重的。

"快点呀！"看那情形，我知道所谓审判是开始了，便催促陈表伯，"你看……"又摇动他的头。

"还没有……"他虽说，脚步却也加快了。

大家看见他来了，人圈子便稍稍波动一下，大声地欢呼：

"练长！练长！"

陈表伯含笑了。

因为他是这事件中一个主要的人，有许多要紧的事等着他，进了大堂，他不背我了，把我交给王贵礼，他自己便走到横桌边，和六公公说了一些话。

王贵礼，他虽然比陈表伯要矮小些，可是我骑在他肩上，两只脚从他颈项边垂到他胸前，这样的在人群中，也就很够自由地去观望一切了。

三公公用压尺向桌头打了一下，这是一种记号吧，于是许多人都从唧哝的私语里面，像浪涌一般，哄然地大声喊叫：

"拿来！拿来！"

陈表伯呢，他这时端端正正地坐在横桌旁边，三公公的左侧；

旱烟管握在他手中。

大家也好像等待着什么，安静的，眼光全聚集到神座那后面去溜望。

不久，看守祠堂的两个练子，就连推带拉的用粗的臂膀，挟上来一个人。

"贼！"大家又喊叫。

所谓贼这人是很瘦，黄脸，穿着又脏又破烂的蓝布长衫，白袜子满染着污泥，鞋只剩一只……他用愁苦的眼光看着周围，现出弱者在绝望中的一种可怜模样。

"跪下！"两个练子把他摔在横桌前，并且哼喝。

他跪下了，低着头。

"你，是哪里人？胆敢半夜里跑到这村子来，做奸细，还是别种勾当？你说！"三公公捋摩着颔巴上的花白胡须，看神气，好像他在竭力模做那传奇中某元帅审问敌人的风度。

"说！"站在横桌边的人便助威。

"不是……"完全颤抖的声音。"我是旗人，逃难的……还望老爷们救命！"

看样子，旗人，是无疑的。三公公便微微地摇摆着头，捋胡须，作欲信还疑的态度。他最后看一下六公公和陈表伯。这三人，在同样郑重的请教和考虑中，结果是相信，都现出赦放这可怜人的意思。

然而在周围，从密密杂杂的人群中，忽然发生了一种有力的反动。

"旗人，正是咱们的仇人呀！"

"对呀！"也不知是哪个在响应。"我的手指头就是给这王八砍掉的！"

"他们把我们汉人看作牛马还不如……"又一个在附和。

最后，我们的副练长，他气汹汹的，像是发了狂，从人堆中跑出来，大声地叫：

"不要放走呀！"

大家都静听他的下文。

他愤恨地说："去年这时候，我到城里卖豆芽菜，走到澳桥下，他们——这伙借势欺人的鬼，忽然集拢来，要把我殴着玩，倘不是我会两手脚，这条命就算白送了……"

同情这一段故事的，有不少的人吧，然而数不清，只觉种种的声音和动作，那样的纷乱简直使人头昏。在这群众的愤恨，激昂，好事，以及含有快乐性的中间，连连续续的，也认不清是哪个，大声地嚷着各人的主张——砍头，挖眼睛，半天吊，以及破肚子，干晒……凡是关于残酷的刑罚，差不多都经过一番或几番的提议，要使用在这个旗人的身上。

其实，在"大清"的国旗还不曾动摇时候，那般旗人确是过分地作威作福，野蛮得毫无人道；几乎从满族居住的边界上经过——尤其是东门外必须到城里去卖菜和挑粪的乡下人，一遇见，能够幸免于旗人的任意殴打的，怕十个中只有个把吧。中间，那大耳环三条管的平脚女人，不消说，所受的侮辱更大。因此，一般人对于满族，虽慑于威权，却存了极深的仇恨了。

这时，报复的机会到了，我们全村的人都要把长久的忍辱，尽量地从这个旗人身上洗雪。

他不住地低声叫屈："……我是好人……"

也许，这旗人，是他们恶兽样的满族中一个异类吧，然而没有人会原谅到这点，而去饶恕他。

"好吧，"因难违众愤，三公公终于这样判决，"给他一些苦吃，使他知道从前给我们所吃的苦……"

大家现出满足的欢容。

三公公又转过脸向副练长说:"你发落他去吧,但不要致命!"

"吊到牧场去,好么?"副练长请示。

"只不要致命!"

于是,这个大规模的,可是又纷乱,又近于滑稽的法庭,便撤销了。那密密杂杂看热闹的人,就又像散戏时的情景,尤其是女人们,你一句她一句的博笑,小语,以及无可形容的各种像是浪又类乎羞的状态,三个五个一群,大家挨挨擦擦的络绎地走了——但都不回家,他们拐过祠堂的后墙,顺着道人塘左边的小路,到牧场去。

我呢,也依样是"代骑马"——骑在王贵礼的颈项上,斜斜歪歪的,混杂在许多男男女女中间。

在路上,俨然是战胜的凯旋了,不断地听得复仇的快乐及骄傲的欢笑声音。

从祠堂到牧场,只两里远,群众不久便都走到了。那牧场上的羊群,忽然发现这非常的人众,惊慌了,吓得颠起小腿,向前面的小土坡上乱跑去;两个看羊的小孩子,就拼命地跟着羊群追逐,一面叫口号,一面发气地咒骂。于是,这错错落落的男男女女,又照样,密密杂杂地把牧场围满了。

在群众快活的嗷嘈声中,这旗人,一条粗麻绳就捆上他腰间,空空的,吊在一株老柳树上面,横着,脸朝地,看去像一只虾蟆。在他底下周围的人,对于他,等于在看把戏,那样不住地嘻嘻哈哈打起笑声。每次,当他的腰间一缩,全个的身体便活动了,在空间摇摆起来,有时还旋转着——于是一般观众分外快活,圈子便波动一下,笑嚷的声音几乎把别样各种的响动都淹没了。但另外还有不少的人,在热闹中,拣了瓦片或石块,向空间那虾蟆掷过去,有的便折下树枝,狠力地去抽他几下……这是有意或无意的,复仇或只是玩玩的一种游戏呀!

这旗人熬煎在各种酷刑中,虽曾喊,但声音渐渐低弱了;头,手和腿,在忍耐的挣扎之后,也就软了,身体卷了拢来,更像一只虾蟆。

然而许多人都大叫:

"装死!装死!"

在这时,我们的副练长走到柳树下,在树干上把麻绳的结解开,这虾蟆就从绿色的柳条中吊了下来……这一场游戏总该终止了,然而不!在虾蟆离地还有三尺多高,副练长的臂膀忽楞起青筋,他用力把麻绳又结在树干上了。自然,看情景,这游戏就又生了新花样。

那个——就是被旗人砍断一个手指头的所谓"十不全",他也是一个练子,凡当这种职务的总比较有点气力,他这时挤出人堆,拿着一枝竹管和一个瓦坛子。

群众的眼光便集聚到他身上。

他把那虾蟆转个身,这是脸朝天了,他将竹管塞进他嘴里,瓦坛子里面的东西便挨着竹管口往下倒……于是虾蟆在困顿中又开始挣扎了,凄惨地叫了两声,便又寂然,同时空间就漫散着臭得难堪的气味。

观众全急急地掩起鼻子,却又快活地大叫:

"灌粪呀!灌粪呀!……"

各样分别不清的欢笑声音,就连续不断地从每人的鼻孔里哼了出来。

于是……不久,那最末的一线阳光也没去了!暮色从四周围拢来，天渐渐地黑了，这牧场上的男男女女，才心满意足，挨挨擦擦的三个五个一群，又络绎不绝地发现在原来的路上，回家了。

第二天，吃过午饭，我悄悄地跑到半月湖捉蜻蜓去，经过这牧场时，那种的印象使我对于那老柳树生了注意。然而那个虾蟆模样的旗人已不见了，只剩他的一只青布鞋，粗麻绳也还挂在柳枝上，随风飘动，地上有残留的臭粪，无数绿身的红头蝇嗡嗡地集聚着吮嚺。

后来哩，风传这牧场上出了旗人的鬼了，凡知道这故事的看羊小孩子，都彼此相戒，不敢把羊群放到那里去。

现在，这牧场上的草儿又该齐人肩了吧。

萧萧

沈从文

1929

乡下人吹唢呐接媳妇,到了十二月是成天会有的事情。

唢呐后面一顶花轿,四个佚子平平稳稳地抬着。轿中人被铜锁锁在里面,虽穿了平时不上过身的体面红绿衣裳,也仍然得荷荷大哭。在这些小女人心中,做新娘子,从母亲身边离开,且准备做他人的母亲,从此将有许多新事情等待发生。像做梦一样,将同一个陌生男子汉在一个床上睡觉,做着承宗接祖的事情,这些事想起来,当然有些害怕,所以照例觉得要哭哭,于是就哭了。

也有做媳妇不哭的人。萧萧做媳妇就不哭。这小女子没有母亲,从小寄养到伯父种田的庄子上,出嫁只是从这家转到那家。因此到那一天这小女人还只是笑。她又不害羞,又不怕,她是什么事也不知道,就做了人家的媳妇了。

萧萧做媳妇时年纪十二岁,有一个小丈夫,年纪还不到三岁。丈夫比她年少九岁,断奶还不多久。地方规矩如此,过了门,她喊他做弟弟。她每天应做的事是抱弟弟到村前柳树下去玩,到溪边去玩,饿了,喂东西吃,哭了,就哄他,摘南瓜花或狗尾草戴到小丈夫头上,或者亲嘴,一面说,"弟弟,哪,再来。"在那肮脏的小脸上亲了又亲，孩子于是便笑了。孩子一欢喜兴奋，行动粗野起来，会用短短的小手乱抓萧萧的头发。那是平时不大能收拾蓬蓬松松在头上的黄发。有时候，垂到脑后那条小辫儿被拉得太久，把红绒线结也弄松了，生气了，就挞那弟弟，弟弟自然"哇"地哭出声来，萧萧便也装成要哭的样子，用手指着弟弟的哭脸，说，"哪，人不讲理，可不行！"

　　天晴落雨日子混下去，每日抱抱丈夫，也帮家中做点杂事，能动手的就动手。又时常到溪沟里去洗衣，搓尿片，一面还捡拾有花纹的田螺给坐到身边的丈夫玩。到了夜里睡觉，便常常做这种年龄人所做的梦，梦到后门角落或别的什么地方捡得大把大把铜钱，吃好东西，爬树，自己变成鱼到水中各处溜。或一时仿佛身子很小很轻，飞到天上众星中，没有一个人，只是一片白，一片金光，于是大喊"妈！"人就吓醒了。醒来心还只是跳。吵了隔壁的人，不免骂着，"疯子，你想什么！白天疯玩，晚上就做梦！"萧萧听着却不作声，只是咕咕地笑。也有很好很爽快的梦，为丈夫哭醒的事。那丈夫本来晚上在自己母亲身边睡，有时吃多了，或因另外情形，半夜大哭，起来放水拉稀是常有的事。丈夫哭到婆婆无可奈何，于是萧萧轻脚轻手爬起床来，睡眼蒙眬走到床边，把人抱起，给他看月亮，看星光。或者互相觑着，孩子气的"嗨嗨，看猫呵"那样喊着哄着，于是丈夫笑了，玩了一会，慢慢合上眼。人睡了，放上床，站在床边看着，听远处一递一声的鸡叫，知道天快到什么时候了，于是仍然蜷到小床上睡去。天亮了，虽不做梦，却可以无意中闭眼开眼，看一阵在面前空中变幻无端的黄边紫心葵花，那是一种真正的享受。

　　萧萧嫁过了门，做了拳头大丈夫的小媳妇，一切并不比先前受苦，这只看她半年来身体发育就可明白。风里雨里过日子，像一株长在园角落不为人注意的蓖麻，大叶大枝，日增茂盛。这小女人简直是全不为丈夫设想那么似的，一天比一天长大起来了。

夏夜光景说来如做梦。大家饭后坐到院中心歇凉，挥摇蒲扇，看天上的星同屋角的萤，听南瓜棚上纺织娘子咯咯咯拖长声音纺车，远近声音繁密如落雨，禾花风悠悠吹到脸上，正是让人在各种方便中说笑话的时候。

萧萧好高，一个人常常爬到草料堆上去，抱了已经熟睡的丈夫在怀里，轻轻地轻轻地随意唱着那自编的山歌，唱来唱去却把自己也催眠起来，快要睡去了。

在院坝中，公公婆婆，祖父祖母，另外还有帮工汉子两个，散乱地坐在小板凳上，摆龙门阵学古，轮流下去打发上半夜。

祖父身边有个烟包，在黑暗中放光。这用艾蒿做成的烟包，是驱逐长脚蚊的得力东西，蜷在祖父脚边，就如一条乌梢蛇。间或又拿起来晃那么几下。

想起白天场上的事，那祖父开口说话：

"听三金说，前天又有女学生过身。"

大家就哄然笑了。

这笑的意义何在？只因为大家印象中，都知道女学生没有辫子，留下个鹌鹑尾巴，像个尼姑，又不完全像。穿的衣服像洋人又不像洋人，吃的，用的……总而言之事事不同，一想起来就觉得怪可笑！

萧萧不大明白，她不笑。所以老祖父又说话了。他说："萧萧，你长大了，将来也会做女学生！"

大家于是更哄然大笑起来。

萧萧为人并不愚蠢，觉得这一定是不利于己的一件事情，所以接口便说："爷爷，我不做女学生！"

"你像个女学生，不做可不行。"

"我不做。"

众人有意取笑，异口同声说："萧萧，爷爷说得对，你非做女学生不行！"

萧萧急得无可奈何，"做就做，我不怕。"其实做女学生有什么不好，萧萧全不知道。

女学生这东西，在本乡的确永远是奇闻。每年一到六月天，据说放"水假"日子一到，照例便有三三五五女学生，由一个荒谬不经的热闹地方来，到另一个远地方去，取道从本地过身。从乡下人眼中看来，这些人都近于另一世界中活下的人，装扮奇奇怪怪，行为更不可思议。这种女学生过身时，使一村人都可以说一整天的笑话。

祖父是当地一个人物，因为想起所知道的女学生在大城中的生活情形，所以说笑话要萧萧也去做女学生。一面听到这话就感觉一种打哈哈趣味，一面还有那被说的萧萧感觉一种惶恐，说这话的不为无意义了。

女学生由祖父方面所知道的是这样一种人：她们穿衣服不管天气冷热，吃东西不问饥饱，晚上交到子时才睡觉，白天正经事全不做，只知唱歌打球，读洋书。她们都会花钱，一年用的钱可以买十六只水牛。她们在省里京里想往什么地方去时，不必走路，只要钻进一个大匣子中，那匣子就可以带她到地。她们在学校，男女一处上课，人熟了，就随意同那男子睡觉，也不要媒人，也不要财礼，名叫"自由"。她们也做州县官，带家眷上任，男子仍然喊作老爷，小孩子叫少爷。她们自己不喂牛，却吃牛奶羊奶，如小牛小羊；买那奶时是用铁罐子盛的。她们无事时到一个唱戏地方去，那地方完全像个大庙，从衣袋中取出一块洋钱来（那洋钱在乡下可买五只母鸡），买了一小方纸片儿，拿了那纸片到里面去,就可以坐下看洋人扮演影子戏。她们被冤了,不赌咒,不哭。她们年纪有老到二十四岁还不肯嫁人的,有老到三十四十还好意思嫁人的。她们不怕男子,男子不能使她们受委屈,一受委屈就上衙门打官司,要官罚男子的款,这笔钱她有时独占自己花用,有时同官平分。她们不洗衣煮饭,也不养猪喂鸡;有了小孩子也只花五块钱、十块钱一月,雇人专管小孩,自己仍然整天看戏打牌,读那些没有用处的闲书……

总而言之,说来事事都稀奇古怪,和庄稼人不同,有的简直可以说岂有此理。这时经祖父一为说明,听过这话的萧萧,心中却忽然有了一种模模糊糊的愿望,以为倘若她也是个女学生,她是不是照祖父说的女学生一个样子去做那些事?不管好歹,做女学生并不可怕,因此一来却已为这乡下姑娘体念到了。

因为听祖父说起女学生是怎样的人物,到后萧萧独自笑得特别久。笑够了时,她说:"爷爷,明天有女学生过路,你喊我,我要看看。"

"你看,她们捉你去做丫头。"

"我不怕她们。"

"她们读洋书念经你也不怕?"

"念观音菩萨消灾经,念紧箍咒,我都不怕。"

"她们咬人,和做官的一样,专吃乡下人,吃人骨头渣渣也不吐,你不怕?"

萧萧肯定地回答说:"也不怕。"

可是这时节萧萧手上所抱的丈夫,不知为什么,在睡梦中哭了,媳妇于是用做母亲的声势,半哄半吓说,"弟弟,弟弟,不许哭,不许哭,女学生咬人来了。"

丈夫还仍然哭着,得抱起各处走走。萧萧抱着丈夫离开了祖父,祖父同人说另外一样古话去了。

萧萧从此以后心中有个"女学生"。做梦也便常常梦到女学生,且梦到同这些人并排走路。仿佛也坐过那种自己会走路的匣子,她又觉得这匣子并不比自己跑路更快。在梦中那匣子的形体同谷仓差不多,里面有小小灰色老鼠,眼珠子红红的,各处乱跑,有时钻到门缝里去,把个小尾巴露在外边。

因为有这样一段经过,祖父从此喊萧萧不喊"小丫头",不喊"萧萧",却唤作"女学生"。在不经意中萧萧答应得很好。

乡下的日子也如世界上一般日子,时时不同。世界上人把日子糟蹋,和萧萧一类人家把日子吝惜是同样的,各有所得,各属分定。许多城市中文明人,把一个夏天全消磨到软绸衣服、精美饮料以及种种好事情上面。萧萧的一家,因为一个夏天的劳作,却得了十多斤细麻,二三十担瓜。

做小媳妇的萧萧,一个夏天中,一面照料丈夫,一面还绩了细麻四斤。到秋八月工人摘瓜,在瓜间玩,看硕大如盆上面满是灰粉的大南瓜,成排成堆摆到地上,很有趣味。时间到摘瓜,秋天真的已来了,院子中各处有从屋后林子里树上吹来的大红大黄木叶。萧萧在瓜旁站定,手拿木叶一束,为丈夫编小笠帽玩。

工人中有个名叫花狗,年纪二十三岁,抱了萧萧的丈夫到枣树下去打枣子。小小竹竿打在枣树上,落枣满地。

"花狗大[1],莫打了,太多了吃不完。"

虽听这样喊,还不停手。到后,仿佛完全因为丈夫要枣子,花狗才不听话。萧萧于是又喊他那小丈夫:"弟弟,弟弟,来,不许捡了。吃多了生东西肚子痛!"

---

[1] 大:大哥的简称。

丈夫听话，兜了一堆枣子向萧萧身边走来，请萧萧吃枣子。
"姐姐吃，这是大的。"
"我不吃。"
"要吃一颗！"
她两手哪里有空！木叶帽正在制边，工夫要紧，还正要个人帮忙！
"弟弟，把枣子喂我口里。"
丈夫照她的命令做事，做完了觉得有趣，哈哈大笑。
她要他放下枣子帮忙捏紧帽边，便于添加新木叶。
丈夫照她吩咐做事，但老是顽皮地摇动，口中唱歌。这孩子原来像一只猫，欢喜时就得捣乱。
"弟弟，你唱的是什么？"
"我唱花狗大告我的山歌。"
"好好地唱一个给我听。"
丈夫于是就唱下去，照所记到的歌唱：

　　天上起云云起花，
　　包谷林里种豆荚，
　　豆荚缠坏包谷树，
　　娇妹缠坏后生家。
　　天上起云云重云，
　　地下埋坟坟重坟，
　　娇妹洗碗碗重碗，
　　娇妹床上人重人。

歌中意义丈夫全不明白，唱完了就问好不好。萧萧说好，并且问跟谁学来的。她知道是花狗教的,却故意盘问他。

"花狗大告我,他说还有好歌,长大了再教我唱。"

听说花狗会唱歌,萧萧说:

"花狗大,花狗大,您唱一个好听的歌我听听。"

那花狗,面如其心,生长得不很正气,知道萧萧要听歌,人也快到听歌的年龄了,就给她唱"十岁娘子一岁夫"。那故事说的是妻年大,可以随便到外面做一点不规矩事情,夫年小,只知道吃奶,让他吃奶。这歌丈夫完全不懂,懂到一点儿的是萧萧。把歌听过后,萧萧装成"我全明白"那种神气,她用生气的样子,对花狗说:"花狗大,这个不行,这是骂人的歌!"

花狗分辩说:"不是骂人的歌。"

"我明白,是骂人的歌。"

花狗难得说多话,歌已经唱过了,错了赔礼,只有不再唱。他看她已经有点懂事了,怕她回头告祖父,会挨一顿臭骂,就把话支开,扯到"女学生"上头去。他问萧萧,看没看过女学生习体操唱洋歌的事情。

若不是花狗提起,萧萧几乎已忘却了这事情。这时又提到女学生,她问花狗近来有没有女学生过路,她想看看。

花狗一面把南瓜从棚架边抱到墙角去,告她女学生唱歌的事,这些事的来源还是萧萧的那个祖父。他在萧萧面前说了点大话,说他曾经到官路上见到四个女学生,她们都拿得有旗子,走长路流汗喘气之中仍然唱歌,同军人所唱的一模一样。不消说,这自然完全是胡诌的笑话。可是那故事把萧萧可乐坏了。因为花狗说这个就叫作"自由"。

花狗是"起眼动眉毛,一打两头翘"会说会笑的一个人。听萧萧带着歆羡口气说,"花狗大,你膀子真大。"他就说,"我不止膀子大。"

"你身个子也大。"

"我全身无处不大。"

到萧萧抱了她的丈夫走去以后,同花狗在一起摘瓜,取名字叫哑巴的,开了平时不常开的口,他说:"花狗,你少坏点。人家是十三岁黄花女,还要等十年才圆房!"

花狗不作声,打了那伙计一掌,走到枣树下捡落地枣去了。

到摘瓜的秋天,日子计算起来,萧萧过丈夫家有一年了。

几次降霜落雪,几次清明谷雨,一家人都说萧萧是大人了。天保佑,喝冷水,吃粗粝饭,四季无疾病,倒发育得这样快。婆婆虽生来像一把剪子,把凡是给萧萧暴长的机会都剪去了,但乡下的日头同空气都帮助人长大,却不是折磨可以阻拦得住。

萧萧十五岁时高如成人,心却还是一颗糊糊涂涂的心。

人大了一点,家中做的事也多了一点。绩麻、纺车、洗衣、照料丈夫以外,打猪草推磨一些事情也要做,还有浆纱织布。凡事都学,学学就会了。乡下习惯,凡是行有余力的都可从劳作中攒点私房,两三年来仅仅萧萧个人分上所聚集的粗细麻和纺就的棉纱,已够萧萧坐到土机上抛三个月的梭子了。

丈夫早断了奶。婆婆有了新儿子,这五岁儿子就像归萧萧独有了。不论做什么,走到什么地方去,丈夫总跟到身边。丈夫有些方面很怕她,当她如母亲,不敢多事。他们俩"感情不坏"。

地方稍稍进步,祖父的笑话转到"萧萧你也把辫子剪去好自由"那一类事上去了。听着这话的萧萧,某个夏天也看过一次女学生,虽不把祖父笑话认真,可是每一次在祖父说过这笑话以后,她到水边去,必用手捏着辫子梢梢,设想没有辫子的人那种神气,那点趣味。

因为打猪草,带丈夫上螺蛳山的山阴是常有的事。

小孩子不知事,听别人唱歌也唱歌。一唱歌,就把花狗引来了。

花狗对萧萧生了另外一种心,萧萧有点明白了,常常觉得惶恐不安。但花狗是男子,凡是男子的美德恶德都不缺少,劳动力强,手脚勤快,又会玩会说,所以一面使萧萧的丈夫非常欢喜同他玩,一面一有机会即缠在萧萧身边,且总是想方设法把萧萧那点惶恐减去。

山大人小,到处树木蒙茸,平时不知道萧萧所在,花狗就站在高处唱歌逗萧萧身边的丈夫;丈夫小口一开,花狗穿山越岭就来到萧萧面前了。

见了花狗,小孩子只有欢喜,不知其他。他原要花狗为他编草虫玩,做竹箫哨子玩,花狗想方法支使他到一个远处去找材料,便坐到萧萧身边来,要萧萧听他唱那使人开心红脸的歌。她有时觉得害怕,不许丈夫走开;有时又像有了花狗在身边,打发丈夫走去反倒好一点。终于有一天,萧萧就这样给花狗把心窍子唱开,变成个妇人了。

那时节,丈夫走到山下采刺莓去了,花狗唱了许多歌,到后却向萧萧唱:

> 娇家门前一重坡,
> 别人走少郎走多,
> 铁打草鞋穿烂了,
> 不是为你为哪个?

末了却向萧萧说:"我为你睡不着觉。"他又说他赌咒不把这事情告给人。听了这些话仍然不懂什么的萧萧,眼睛只注意到他那一对粗粗的手膀子，耳朵只注意到他最后一句话。末了花狗大便又唱歌给她听。她心里乱了。她要他当真对天赌咒，赌了咒，一切好像有了保障，她就一切尽他了。到丈夫返身时，手被毛毛虫蜇伤，肿了一片，走到萧萧身边。萧萧捏紧这一只小手，且用口去呵它，吮它，想起刚才的糊涂，才仿佛明白自己做了一点不大好的糊涂事。

　　花狗诱她做坏事情是麦黄四月，到六月，李子熟了，她欢喜吃生李子。她觉得身体有点特别，在山上碰到花狗，就将这事情告给他，问他怎么办。

　　讨论了多久，花狗全无主意。虽以前自己当天赌得有咒，也仍然无主意。这家伙个子大，胆量小。个子大容易做错事，胆量小做了错事就想不出办法。

　　到后，萧萧捏着自己那条乌梢蛇似的大辫子，想起城里了，她说："花狗大，我们到城里去自由，帮帮人过日子，不好么？"

　　"那怎么行？到城里去做什么？"

　　"我肚子大了。"

　　"我们找药去。场上有郎中卖药。"

　　"你赶快找药来，我想……"

　　"你想逃到城里去自由，不成的。人生面不熟，讨饭也有规矩，不能随便！"

　　"你这没有良心的，你害了我，我想死！"

　　"我赌咒不辜负你。"

　　"负不负我有什么用？帮我个忙，赶快拿去肚子里这块肉罢。我害怕！"

　　花狗不再作声，过了一会儿，便走开了。不久丈夫从他处回来，见萧萧一个人坐在草地上哭，眼睛红红的。丈夫心中纳罕，看了一会，问萧萧："姐姐，为什么哭？"

"不为什么，灰尘落到眼睛里，痛。"

"我吹吹吧。"

"不要吹。"

"你瞧我，得这些这些。"

他把从溪中捡来的小蚌小石头陈列在萧萧面前，萧萧泪眼婆娑地看了一会儿，勉强笑着说，"弟弟，我们要好，我哭你莫告家中。告我可要生气。"到后这事情家中当真就无人知道。

过了半个月，花狗不辞而行，把自己所有的衣裤都拿去了。祖父问同住的哑巴，知不知道他为什么走路，走哪儿去。哑巴只是摇头，说花狗还欠了他两百钱，临走时话都不留一句，为人少良心。哑巴说他自己的话，并没有把花狗走的理由说明。因此这一家稀奇一整天，谈论一整天。不过这工人既不偷走物件，又不拐带别的，这事过后不久，自然也就把他忘掉了。

萧萧仍然是往日的萧萧。她能够忘记花狗就好了。但是肚子真有些不同了，肚中东西总在动，使她常常一个人干着急，尽做怪梦。

她脾气坏了一点，这坏处只有丈夫知道，因为她对丈夫似乎严厉苛刻了好些。

仍然每天同丈夫在一处，她的心，想到的事自己也不十分明白。她常想，我现在死了，什么都好了。可是为什么要死？她还很高兴活下去，愿意活下去。

家中人不拘谁在无意中提起关于丈夫弟弟的话，提起小孩子，提起花狗，都像使这话如拳头，在萧萧胸口上重重一击。

到八月，她担心人知道更多了，引丈夫庙里去玩，就私自许愿，吃了一大把香灰。吃香灰被她丈夫见到了，丈夫问这是做什么，萧萧就说肚子痛，应当吃这个。虽说求菩萨许愿，菩萨当然没有如她的希望，肚子中长大的东西仍在慢慢地长大。

她又常常往溪里去喝冷水，给丈夫见到了，丈夫问她，她就说口渴。

一切她所想到的方法都没有能够使她与自己不欢喜的东西分开。大肚子只有丈夫一人知道，他却不敢告这件事给父母晓得。因为时间长久，年龄不同，丈夫有些时候对于萧萧的怕同爱，比对于父母还深切。

她还记得花狗赌咒那一天里的事情，如同记着其他事情一样。到秋天，屋前屋后毛毛虫都结茧，成了各种好看的蝶蛾，丈夫像故意折磨她一样，常常提起几个月前被毛毛虫所蜇的旧话，使萧萧心里难过。她因此极恨毛毛虫，见了那小虫就想用脚去踹。

有一天，又听人说有好些女学生过路，听过这话的萧萧，睁了眼做过一阵梦，愣愣地对日头出处痴了半天。

萧萧步花狗后尘，也想逃走，收拾一点东西预备跟了女学生走的那条路上城。但没有动身，就被家里人发觉了。

家中追究这逃走的根源，才明白这个十年后预备给小丈夫生儿子继香火的萧萧肚子，已被别人抢先下了种。这真是了不得的一件大事。一家人的平静生活，为这一件事全弄乱了。生气的生气，流泪的流泪，骂人的骂人，各按本分乱下去。悬梁，投水，吃毒药，被禁困的萧萧，诸事漫无边际地全想到了，究竟年纪太小，舍不得死，却不曾做。于是祖父从现实出发，想出了个聪明主意，把萧萧关在房里，派人好好看守着，请萧萧本族的人来说话，看是"沉潭"还是"发卖"？萧萧家中人要面子，就沉潭淹死她，舍不得就发卖。萧萧只有一个伯父，在近处庄子里为人种田，去请他时先还以为是吃酒，到了才知道是这样丢脸事情，弄得这老实忠厚家长手足无措。

大肚子作证，什么也没有可说。伯父不忍把萧萧沉潭，萧萧当然应当嫁人作二路亲了。

这处罚好像也极其自然，照习惯受损失的是丈夫家里，然而却可以在改嫁上收回一笔钱，当作赔偿损失的数目。那伯父把这事告给了萧萧，就要走路。萧萧拉着伯父衣角不放，只是幽幽地哭。伯父摇了一会头，一句话不说，仍然走了。

一时没有相当的人家来要萧萧，因此暂时就仍然在丈夫家中住下。这件事情既经说明白，照乡下规矩倒又像不什么要紧，只等待处分，大家反而释然了。先是小丈夫不能再同萧萧在一处，到后又仍然如月前情形，姊弟一般有说有笑地过日子了。

丈夫知道了萧萧肚子中有儿子的事情，又知道因为这样萧萧才应当嫁到远处去。但是丈夫并不愿意萧萧去，萧萧自己也不愿意去，大家全莫名其妙，只是照规矩像逼到要这样做，不得不做。

在等候主顾来看人，等到十二月，还没有人来，萧萧只好在这人家过年。

萧萧次年二月间，十月满足坐草生了一个儿子，团头大眼，声响洪壮，大家把母子二人照料得好好的，照规矩吃蒸鸡同江米酒补血，烧纸谢神。一家人都欢喜那儿子。

生下的既是儿子，萧萧不嫁别处了。

到萧萧正式同丈夫拜堂圆房时，儿子已经年纪十岁，能看牛割草，成为家中生产者一员了。平时喊萧萧丈夫做大叔，大叔也答应，从不生气。

这儿子名叫牛儿。牛儿十二岁时也接了亲，媳妇年长六岁。媳妇年纪大，才能诸事做帮手，对家中有帮助。唢呐吹到门前时，新娘在轿中呜呜地哭着，忙坏了那个祖父曾祖父。

这一天，萧萧抱了自己新生的月毛毛，却在屋前榆蜡树篱笆看热闹，同十年前抱丈夫一个样子。

为奴隶的母亲

柔石

1930

她的丈夫是一个皮贩,就是收集乡间各猎户的兽皮和牛皮,贩到大埠上出卖的人。但有时也兼做点农作,芒种的时节,便帮人家插秧,他能将每行插得非常直,假如有五人同在一个水田内,他们一定叫他站在第一个做标准。然而境况总是不佳,债是年年积起来了。他大约就因为境况的不佳,烟也吸了,酒也喝了,钱也赌起来了。这样,竟使他变做一个非常凶狠而暴躁的男子,但也就更贫穷下去,连小小的移借,别人也不敢答应了。

在穷的结果得病以后,全身便变成枯黄色,脸孔黄得和小铜鼓一样,连眼白也黄了。别人说他是黄疸病,孩子们也就叫他"黄胖"了。有一天,他向他的妻说:

"再也没有办法了,这样下去,连小锅子也要卖去了。我想,还是从你的身上设法吧。你跟着我挨饿,有什么办法呢?"

"我的身上?……"

他的妻坐在灶后,怀里抱着她的刚满五周的男小孩——孩子还在啜着奶,她讷讷地低声地问。"你,是呀,"她的丈夫病后的无力的声音,"我已经将你出典了……"

"什么呀！"他的妻几乎昏去似的。

屋内是稍稍静寂了一息。他气喘着说：

"三天前，王狼来坐讨了半天的债回去以后，我也跟着他去，走到了九亩潭边，我很不想要做人了。但是坐在那株爬上去一纵身就可落在潭的里的树下，想来想去，总没有力气跳了。猫头鹰在耳朵边不住地啭，我的心被它叫寒起来，我只得回转身，但在路上，遇见了沈家婆，她问我，晚也晚了，在外做什么。我就告诉她，请她代我借一笔款，或向什么人家的小姐借些衣服或首饰去暂时当一当，免得王狼的狼一般的绿眼睛天天在家里闪烁。可是沈家婆向我笑道：

"'你还将妻养在家里做什么呢，你自己黄也黄到这个地步了？'

"我低着头站在她面前没有答，她又说：'儿子呢，你只有一个，舍不得。但妻——'

"我当时想：'莫非叫我卖去妻了么？'

"而她继续道：

"'但妻——虽然是结发的，穷了，也没有法。还养在家里做什么呢？'

"这样，她就直说出：'有一个秀才，因为没有儿子，年纪已五十岁了，想买一个妾；又因他的大妻不允许，只准他典一个，典三年或五年，叫我物色相当的女人：年纪约三十岁左右，养过两三个儿子的，人要沉默老实，又肯做事，还要对他的大妻肯低眉下首。这次是秀才娘子向我说的，假如条件合，肯出八十元或一百元的身价。我代她寻了好几天，总没有相当的女人。'她说：现在碰到我，想起了你来，样样都对的。当时问我的意见怎样，我一边掉了几滴泪，一边却被她催得答应她了。"

说到这里，他垂下头，声音很低弱，停止了。他的妻简直痴

似的,话一句没有。又静寂了一息,他继续说:

"昨天,沈家婆到过秀才的家里,他说秀才很高兴,秀才娘子也喜欢,钱是一百元,年数呢,假如三年养不出儿子,是五年。沈家婆并将日子也拣定了——本月十八,五天后。今天,她写典契去了。"

这时,他的妻简直连腑脏都颤抖,吞吐着问:"你为什么早不对我说?"

"昨天在你的面前旋了三个圈子,可是对你说不出,不过我仔细想,除出将你的身子设法外,再也没有办法了。"

"决定了么?"妇人颤着牙齿问。

"只待典契写好。"

"倒霉的事情呀,我!一点也没有别的方法了么?春宝的爸呀!"春宝是她怀里的孩子的名字。

"倒霉,我也想到过,可是穷了,我们又不肯死,有什么办法?今年,我怕连插秧也不能插了。"

"你也想到过春宝么?春宝还只有五岁,没有娘,他怎么好呢?"

"我领他便了。本来是已经断了奶的孩子。"

他似乎渐渐发怒了。也就走出门外去了。她,却呜呜咽咽地哭起来。

这时,在她过去的回忆里,却想起恰恰一年前的事:那时她生下了一个女儿,她简直如死去一般地卧在床上。死还是整个的,她那时却肢体分作四碎与五裂。刚落地的女婴,在地上的干草堆上叫"呱呀,呱呀",声音很重的,手脚揪缩。脐带绕在她的身上,胎盘落在一边,她很想挣扎起来给她洗好,可是她的头昂起来,身子凝滞在床上。这样,她看见她的丈夫,这个凶狠的男子,飞红着脸,提了一桶沸水到女婴的旁边。她简直用了她一生的最后的力向他喊:"慢!慢……"但这个病前极凶狠的男子,没有一分钟商量的余地,也不答半句话,就将"呱呀,呱呀"声音很重地在叫着的女儿,刚出世的新生命,用他的粗暴的两手捧起来,如屠户捧了将杀的小羊一般,扑通,投下在沸水里了!除出沸水的溅声和皮肉吸收沸水的嘶声以外,女孩一声也不喊——她疑问地想,为什么也不重重地哭一声呢?竟这样不响地愿意冤枉死去么?啊!——她转念,那是因为她自己当时昏过去的缘故,她当时剜去了心一般地昏去了。

想到这里,似乎泪竟干涸了。"唉!苦命呀!"她低低地叹息了一声。这时春宝拔去了奶头,向他的母亲的脸上看,一边叫:"妈妈!妈妈!"

在她将离别的前一晚,她拣了房子的最黑暗处坐着。一盏油灯点在灶前,萤火那么的光亮。她,手里抱着春宝,将她的头贴在他的头发上。她的思想似乎浮漂在极远,可是她自己捉摸不定远在哪里。终于是它慢慢地跑回来,跑到眼前,跑到她的孩子的身上。她向她的孩子低声叫:

"春宝,宝宝!"

"妈妈。"孩子含着奶头答。

"妈妈明天要去了……"

"唔。"孩子似不十分懂得,本能地将头钻进他母亲的胸膛。

"妈妈不回来了,三年内不能回来了!"

她擦一擦眼睛,孩子放松口子问:

"妈妈哪里去呢?庙里么?"

"不是,三十里路外,一家姓李的。"

"我也去。"

"宝宝去不得的。"

"呃！"孩子反抗地，又吸着并不多的奶。

"你跟爸爸在家里，爸爸会照料宝宝的：同宝宝睡，也带宝宝玩，你听爸爸的话好了。过三年，……"

她没有说完，孩子要哭似的说：

"爸爸要打我的！"

"爸爸不再打你了。"同时用她的左手抚摸着孩子的右额，在这上，有他父亲在杀死他刚生下的妹妹后第三天，用锄柄敲他，肿起而又平复了的伤痕。

她似要还想对孩子说话，她的丈夫踏进门了。他走到她的面前，一只手放在袋里，掏取着什么，一边说：

"钱已经拿来七十元了。还有三十元要等你到了后十天付。"

停了一息说："也答应轿子来接。"

又停了一息："也答应轿夫一早吃好早饭来。"

这样，他离开了她，向门外走出去了。

这一晚，她和她的丈夫都没有吃晚饭。

第二天，春雨竟滴滴淅淅地落着。

轿是一早就到了。可是这妇人，她却一夜不曾睡。她先将春宝的几件破衣服都修补好：春将完了，夏将到了，可是她，连孩子冬天用的破烂棉袄都拿出来，移交给他的父亲——实在，他已经在床上睡去了。以后，她坐在他的旁边，想对他说几句话，可是长夜是迟延着过去，她的话一句也说不出。而且，她大着胆向他叫了几声，发了几个听不清楚的音，声音在他的耳外，她也就睡下不说了。

等她朦朦胧胧地刚离开思索将要睡去，春宝又醒了。他就推叫他的母亲，要起来。以后当她给他穿衣服的时候，向他说：

"宝宝好好地在家里，不要哭，免得你爸爸打你。以后妈妈常买糖果来，买给宝宝吃，宝宝不要哭。"

而小孩子竟不知道悲哀是什么一回事，张大口子"唉，唉"地唱起来了。她在他的唇边吻了一吻，又说：

"不要唱，你爸爸被你唱醒了。"

轿夫坐在门首的板凳上，抽着旱烟，说着他们自己要听的话。一息，邻村的沈家婆也赶到了。一个老妇人，熟悉世故的媒婆，一进门，就拍拍她身上的雨点，向他们说：

"下雨了，下雨了，这是你们家里此后会有滋长的预兆。"

老妇人忙碌似的在屋内旋了几个圈，对孩子的父亲说了几句话，意思是讨酬报。因为这件契约之能订得如此顺利而合算，实在是她的力量。

"说实在话，春宝的爸呀，再加五十元，那老头子可以买一房妾了。"她说。

于是又转向催促她——妇人却抱着春宝，这时坐着不动。老妇人声音很高地：

"轿夫要赶到他们家里吃中饭的，你快些预备走呀！"

可是妇人向她瞧了一瞧，似乎说："我实在不愿离开呢！让我饿死在这里罢！"

声音是在她的喉下，可是媒婆懂得了，走近到她前面，眯眯地向她笑说：

"你真是一个不懂事的丫头，黄胖还有什么东西给你呢？那边真是一份有吃有剩的人家，两百多亩田，经济很宽裕，房子是自己的，也雇着长工养着牛。大娘的性子是极好的，对人非常客气，每次看见人总给人一些吃的东西。那老头子——实在并不老，脸是很白白的，也没有留胡子，因为读了书，背有些偻偻的，斯文的模样。可是也不必多说，你一走下轿就看见的，我是一个从不说谎的媒婆。"

妇人拭一拭泪，极轻地：

"春宝……我怎么能抛开他呢！"

"不用想到春宝了，"老妇人一手放在她的肩上，脸凑近她和春宝。"有五岁了，古人说：'三周四岁离娘身。'可以离开你了。只要你的肚子争气些，到那边，也养下一二个来，万事都好了。"

轿夫也在门首催起身了，他们噜苏着说：

"又不是新娘子，啼啼哭哭的。"

这样，老妇人将春宝从她的怀里拉去，一边说：

"春宝让我带去吧。"

小小的孩子也哭了，手脚乱舞的，可是老妇人终于给他拉到小门外去。当妇人走进轿门的时候，向他们说：

"带进屋里来吧，外边有雨呢。"

她的丈夫用手支着头坐着，一动没有动，而且也没有话。

两村的相隔有三十里路，可是轿夫的第二次将轿子放下肩，就到了。春天的细雨，从轿子的布篷里飘进，吹湿了她的衣衫。一个脸孔肥肥的，两眼很有心计的约莫五十四五岁的老妇人来迎她，她想：这当然是大娘了。可是只向她满面羞涩地看一看，并没有叫。她很亲昵似的将她牵上沿阶，一个长长的瘦瘦的而面孔圆细的男子就从房里走出来。他向新来的少妇，仔细地瞧了瞧，堆出满脸的笑容来，向她问：

"这么早就到了么？可是打湿你的衣裳了。"

而那位老妇人，却简直没有顾到他的说话，也向她问：

"还有什么在轿里么？"

"没有什么了。"少妇答。

几位邻舍的妇人站在大门外，探头张望的；可是她们走进屋里面了。

她自己也不知道这究竟为什么,她的心老是挂念着她的旧的家,掉不下她的春宝。这是真实而明显的,她应庆祝这将开始的三年的生活——这个家庭,和她所典给她的丈夫,都比曾经过去的要好,秀才确是一个温良和善的人,讲话是那么地低声,连大娘,实在也是一个出乎意料之外的妇人,她的态度之殷勤,和滔滔的一席话:说她和她丈夫的过去的生活之经过,从美满而漂亮的结婚生活起,一直到现在,中间的三十年。她曾做过一次的产,十五六年以前了,养下一个男孩子,据她说,是一个极美丽又极聪明的婴儿,可是不到十个月,竟患了天花死去了。这样,以后就没有再养过第二个。在她的意思中,似乎——似乎——早就叫她的丈夫娶一房妾,可是他,不知是爱她呢,还是没有相当的人——这一层她并没有说清楚;于是,就一直到现在。这样,竟说得这个有着朴素的心地的她,一时酸,一会苦,一时甜上心头,一时又咸的压下去了。最后,这个老妇人并将她的希望也向她说出来了。她的脸是娇红的,可是老妇人说:

"你是养过三四个孩子的女人了,当然,你是知道什么的,你一定知道的还比我多。"

这样,她说着走开了。

当晚,秀才也将家里的种种情形告诉她,实际,不过是向她夸耀或求媚罢了。她坐在一张橱子的旁边,这样的红的木橱,是她旧的家所没有的,她眼睛白晃晃地瞧着它。秀才也就坐到橱子的面前来,问她:

"你叫什么名字呢?"

她没有答,也并不笑,站起来,走到床的前面,秀才也跟到床的旁边,更笑地问她:

"怕羞么？哈，你想你的丈夫么？哈，哈，现在我是你的丈夫了。"声音是轻轻的，又用手去牵着她的袖子。"不要愁吧！你也想你的孩子的，是不是？不过——"

他没有说完，却又"哈"的笑了一声，他自己脱去他外面的长衫了。

她可以听见房外的大娘的声音在高声地骂着什么人，她一时听不出在骂谁，骂烧饭的女仆，又好像骂她自己，可是因为她的怨恨，仿佛又是为她而发的。秀才在床上叫道：

"睡吧，她常是这么噜噜苏苏的。她以前很爱那个长工，因为长工要和烧饭的黄妈多说话，她却常要骂黄妈的。"

日子是一天天地过去了。旧的家，渐渐地在她的脑子里疏远了，而眼前，却一步步地亲近她使她熟悉。虽则，春宝的哭声有时竟在她的耳朵边响，梦中，她也几次地遇到过他了，可是梦是一个比一个缥缈，眼前的事务是一天比一天繁多。她知道这个老妇人是猜忌多心的，外表虽则对她还算大方，可是她的嫉妒的心是和侦探一样，监视着秀才对她的一举一动。有时，秀才从外面回来，先遇见了她而同她说话，老妇人就疑心有什么特别的东西买给她了，非在当晚，将秀才叫到她自己的房内去，狠狠地训斥一番不可。"你给狐狸迷着了么？""你应该称一称你自己的老骨头是多少重！"像这样的话，她耳闻到不止一次了。这样以后，她望见秀才从外面回来而旁边没有她坐着的时候，就非得急忙避开不可。即使她在旁边，有时也该让开一些，但这种动作，她要做得非常自然，而且不能让旁人看出，否则，她又要向她发怒，说是她有意在旁人的前面暴露她大娘的丑恶。而且以后，竟将家里的许多杂务都堆积在她的身上，同一个女仆那么样。她还算是聪明的，有时老妇人的换下来的衣服放着，她也给她拿去洗了，虽然她说："我的衣服怎么要你洗呢？就是你自己的衣服，也可叫黄妈洗的。"可是接着说，"妹妹呀，你最好到猪栏里去看一看，那两只猪为什么这样喂喂叫的，或者因为没有吃饱吧，黄妈总是不肯给它吃饱的。"

八个月了，那年冬天，她的胃却起了变化：老是不想吃饭，想吃新鲜的面，番薯等。但番薯或面吃了两餐，又不想吃，又想吃馄饨，多吃又要呕。而且还想吃南瓜和梅子——这是六月里的东西，真稀奇，向哪里去找呢？秀才是知道在这个变化中所带来的预告了，他整日地笑微微，能找到的东西，总忙着给她找来。他亲身给她到街上去买橘子，又托便人买了金柑来。他在廊沿下走来走去，口里念念有词的，不知说什么。他看她和黄妈磨过年的粉，但还没有磨了三升，就向她叫："歇一歇吧，长工也好磨的，年糕是人人要吃的。"

有时在夜里，人家谈着话，他却独自拿了一盏灯，在灯下，读起《诗经》来了：

　　关关雎鸠，
　　在河之洲，
　　窈窕淑女，
　　君子好逑——

这时长工向他问：

"先生，你又不去考举人，还读它做什么呢？"

他却摸一摸没有胡子的口边，怡悦地说道：

"是呀，你也知道人生的快乐么？所谓：'洞房花烛夜，金榜挂名时。'你也知道这两句话的意思么？这是人生的最快乐的两件事呀！可是我对于这两件事都过去了，我却还有比这两件更快乐的事呢！"

这样，除出他的两个妻以外，其余的人们都大笑了。

这些事，在老妇人眼睛里是看得非常气恼了。她起初闻到她的受孕也欢喜，以后看见秀才的这样奉承她，她却怨恨她自己肚子的不会还债了。有一次，次年三月了，这妇人因为身体感觉不舒服，头有些痛，睡了三天。秀才呢，也愿她歇息歇息，更不时地问她要什么，而老妇人却着实地发怒了。她说她装娇，噜噜苏苏地也说了三天。她先是恶意地讥嘲她：说是一到秀才的家里就高贵起来了，什么腰酸呀，头痛呀，姨太太的架子也都摆出来了；以前在她自己的家里，她不相信她有这样的娇养，恐怕竟和街头的母狗一样，肚子里有着一肚皮的小狗，临产了，还要到处地奔求着食物。现在呢，因为"老东西"——这是秀才的妻叫秀才的名字——趋奉了她，就装着娇滴滴的样子了。

"儿子，"她有一次在厨房里对黄妈说，"谁没有养过呀？我也曾怀过十个月的孕，不相信有这么的难受，而且，此刻的儿子，还在'阎罗王的簿里'，谁保的定生出来不是一只癞蛤蟆呢？也等到真的'鸟儿'从洞里钻出来看见了，才可在我的面前显威风，摆架子，此刻，不过是一块血的猫头鹰，就这么的装腔，也显得太早一点！"

当晚这妇人没有吃晚饭，这时她已经睡了，听了这番恶毒的冷嘲与热骂，她呜呜咽咽地低声哭泣了。秀才也带衣服坐在床上，听到浑身透着冷汗，发起抖来。他很想扣好衣服，重新走起来去打她一顿，抓住她的头发狠狠地打她一顿，泄泄他一肚皮的气。但不知怎样，似乎没有力量，连指也颤动，臂也酸软了，一边轻轻地叹息着说：

"唉，一向实在太对她好了。结婚了三十年，没有打过她一掌，简直连指甲都没有弹到她的皮肤上过，所以今日，竟和娘娘一般地难惹了。"

同时，他爬过到床的那端，她的身边，向她耳语说：

"不要哭吧，不要哭吧，随她吠去好了！她是阉过的母鸡，看见别人的孵卵是难受的。假如你这一次真能养出一个男孩子来，我当送你两样宝贝——我有一只青玉的戒指，一只白玉的……"

他没有说完，可是他忍不住听下门外的他的大妻的喋喋的讥笑的声音，他急忙地脱去了衣服，将头钻进被窝里去，凑向她的胸膛，一边说："我有白玉的……"

肚子一天天地膨胀得如斗那么大，老妇人终究也将产婆雇定了，而且在别人的面前，竟拿起花布来做婴儿用的衣服。

酷热的暑天到了尽头，旧历的六月，他们在希望的眼中过去了。秋开始，凉风也拂拂地在乡镇上吹送。于是有一天，这全家的人们都到了希望的最高潮，屋里的空气完全地骚动起来。秀才的心更是异常地紧张，他在天井上不断地徘徊，手里捧着一本历书，好似要读它背诵那么地念去——"戊辰"，"甲戌"，"壬寅"，老是反复地轻轻地说着。有时他的焦急的眼光向一间关了窗的房子望去——在这间房子内是有产母的低声呻吟的声音；有时他向天上望一望被云笼罩着的太阳，于是又走向房门口，向站在房门内的黄妈问：

"此刻如何？"

黄妈不住地点着头不做声响，一息，答：

"快下来了，快下来了。"

于是他又捧了那本历书，在廊下徘徊起来。

这样的情形，一直继续到黄昏的青烟在地面起来，灯火一盏盏的如春天的野花般在屋内开起,婴儿才落地了,是一个男的。婴儿的声音是很重的在屋内叫,秀才却坐在屋角里,几乎快乐到流出眼泪来了。全家的人都没有心思吃晚饭,在平淡的晚餐席上,秀才的大妻向用人们说道:

"暂时瞒一瞒吧,给小猫头避避晦气;假如别人问起,也答养一个女的好了。"

他们都微笑地点点头。

一个月以后,婴儿的白嫩的小脸孔,已在秋天的阳光里照耀了。这个少妇给他哺着奶,邻舍的妇人围着他们瞧,有的称赞婴儿的鼻子好,有的称赞婴儿的口子好,有的称赞婴儿的两耳好;更有的称赞婴儿的母亲,也比以前好,白而且壮了。老妇人却正和老祖母那么地吩咐着,保护着,这时开始说:"够了,不要弄他哭了。"

关于孩子的名字,秀才是熬费苦心地想着,但总想不出一个相当的字来。据老妇人的意见,还是从"长命富贵"或"福禄寿喜"里拣一个字,最好还是"寿"字或与"寿"同意义的字,如"其颐","彭祖"等。但秀才不同意,以为太通俗,人云亦云的名字。于是翻开了《易经》,《书经》,向这里面找,但找了半月,一月,还没有恰贴的字。在他的意思:以为在这个名字内,一边要祝福孩子,一边要包含他的老而得子的蕴义,所以竟不容易找。这一天,他一边抱着三个月的婴儿,一边又向书里找名字,戴着一副眼镜,将书递到灯的旁边去。婴儿的母亲呆呆地坐在房内的一边,不知思想着什么,却忽然开口说道:"我想,还是叫他'秋宝'罢。"屋内的人们的几对眼睛都转向她,注意地静听着:"他不是生在秋天吗?秋天的宝贝——还是叫他'秋宝'吧。"

秀才呆了一息,立刻接着说道:"是呀,我真极费心思了。我年过半百,实在到了人生的秋期;孩子也正养在秋天:'秋'是万物成熟的季节,秋宝,实在是一个很好的名字呀!而且《书经》里没有载着么?'乃亦有秋',我真乃亦有'秋'了!"

接着,又称赞了一通婴儿的母亲:说是呆读书实在无用,聪明是天生的。这些话,说得这妇人连坐着都觉得局促不安,垂下头,苦笑地又含泪地想:"我不过因春宝想到罢了。"

秋宝是天天成长得非常可爱,离不开他的母亲了。他有出奇的大的眼睛,对陌生人是不倦地注视地瞧着,但对他的母亲,却远远的一眼就知道了。他整天地抓住了他的母亲,虽则秀才是比她还爱他,但不喜欢父亲;秀才的大妻呢,表面也爱他,似爱她自己亲生的儿子一样,但在婴儿的大眼睛里,却看她似陌生人,也用奇怪的不倦的视法。可是他的执住他的母亲愈紧,而他的母亲的离开这家的日子也愈近了。春天的口子咬住了冬天的尾巴;而夏天的脚又常是紧随着在春天的身后的;这样,谁都将孩子的母亲的三年快到的问题横放在心头上。

秀才呢,因为爱子的关系,首先向他的大妻提出来了:他愿意再拿出一百元钱,将她永远买下来。可是他的大妻的回答是:

"你要买她,那先给我药死吧!"

秀才听到这句话,气得只向鼻孔放出气,许久没有说;以后,他反而做着笑脸地:

"你想想孩子没有娘……"

老妇人也尖利地冷笑地说:

"我不好算是他的娘么?"

在孩子的母亲的心呢,却正矛盾着这两种的冲突了:一边,她的脑里老是有"三年"这两个字,三年是容易过去的,于是她的生活便变作在秀才的家里的用人似的了。而且想象中的春宝,也同眼前的秋宝一样活泼可爱，她既舍不得秋宝，怎么就能舍得掉春宝呢？可是另一边，她实在愿意永远在这新的家里住下去，她想，春宝的爸爸不是一个长寿的人，他的病一定是在三五年之内要将他带走到不可知的异国里去的，于是，她便要求她的第二个丈夫，将春宝也领过来，这样，春宝也在她的眼前。

有时，她倦坐在房外的沿廊下，初夏的阳光，异常地能令人昏朦地起幻想，秋宝睡在她的怀里，含着她的乳，可是她觉得仿佛春宝同时也站在她的旁边，她伸出手去也想将春宝抱近来，她还要对他们兄弟两人说几句话，可是身边是空空的。

在身边的较远的门口，却站着这位脸孔慈善而眼睛凶毒的老妇人，目光注视着她。这样，她也恍恍惚惚地敏悟："还是早些脱离吧，她简直探子一样地监视着我了。"可是忽然怀内的孩子一叫，她却又什么也没有的只剩着眼前的事实来支配她了。

以后，秀才又将计划修改了一些，他想叫沈家婆来，叫她向秋宝的母亲的前夫去说，他愿否再拿进三十元——最多是五十元，将妻续典三年给秀才。秀才对他的大妻说：

"要是秋宝到五岁，是可以离开娘了。"

他的大妻正是手里捻着念佛珠，一边在念着"南无阿弥陀佛"，一边答：

"她家里也还有前儿在，你也应放她和她的结发夫妇团聚一下吧。"

秀才低着头，断断续续地仍然这样说：

"你想想秋宝两岁就没有娘……"

可是老妇人放下念佛珠说：

"我会养的，我会管他的，你怕我谋害了他么？"

秀才一听到末一句话，就拔步走开了。老妇人仍在后面说：

"这个儿子是帮我生的，秋宝是我的；绝种虽然是绝你家的种，可是我却仍然吃着你家的饭。你真被迷了，老昏了，一点也不会想了。你还有几年好活，却要拼命拉她在身边？双连牌位，我是不愿意坐的！"

老妇人似乎还有许多刻毒的锐利的话，可是秀才远远地走开听不见了。

在夏天，婴儿的头上生了一个疮，有时身体稍稍发些热，于是这位老妇人就到处地问菩萨，求佛药，给婴儿敷在疮上，或灌下肚里，婴儿的母亲觉得并不十分要紧，反而使这样小小的生命哭成一身的汗珠，她不愿意，或将吃了几口的药暗地里拿去倒掉了。于是这位老妇人就高声叹息，向秀才说：

"你看，她竟一点也不介意他的病，还说孩子是并不怎样瘦下去。爱在心里的是深的；专疼表面是假的。"

这样，妇人只有暗自挥泪，秀才也不说什么话了。

秋宝一周岁纪念的时候，这家热闹地排了一天的酒筵，客人也到了三四十，有的送衣服，有的送面，有的送银制的狮头，给婴儿挂在胸前的，有的送镀金的寿星老头儿，给孩子钉在帽上的，许多礼物，都在客人的袖子里带来了。他们祝福着婴儿的飞黄腾达，赞颂着婴儿的长寿永生；主人的脸孔，竟是荣光照耀着，有如落日的云霞反映着在他的颊上似的。

可是在这天，正当他们筵席将举行的黄昏时，来了一个客，从朦胧的暮光中向他们的天井走进，人们都注意他：一个憔悴异常的乡人，衣服补衲的，头发很长，在他的腋下，挟着一个纸包。主人骇异地迎上前去，问他是哪里人，他口吃似的答了，主人一时糊涂的，但立刻明白了，就是那个皮贩。主人更轻轻地说：

"你为什么也送东西来呢？你真不必的呀！"来客胆怯地向四

周看看,一边答说:

"要,要的……我来祝这个宝贝长寿千……"

他话没有说完,一边将腋下的纸包打开来了,手指颤动地打开了两三重的纸,于是拿出四只铜制镀银的字,一方寸那么大,是"寿比南山"四字。

秀才的大娘走来了,向他仔细一看,似乎不大高兴。秀才却将他招待到席上,客人们互相私语着。

两点钟的酒与肉,将人们弄得胡乱与狂热了:他们高声猜着拳,用大碗盛着酒互相比赛,闹得似乎房子都被震动了。只有那个皮贩,他虽然也喝了两杯酒,可是仍然坐着不动,客人们也不招呼他。等到兴尽了,于是各人草草地吃了一碗饭,互祝着好话,从两两三三的灯笼光影中,走散了。

而皮贩,却吃到最后,用人来收拾羹碗了,他才离开了桌,走到廊下的黑暗处。在那里,他遇见了他的被典的妻。

"你也来做什么呢?"妇人问,语气是非常凄惨的。

"我哪里又愿意来,因为没有法子。"

"那么你为什么来的这样晚?"

"我哪里有买礼物的钱呀?!奔跑了一上午,哀求了一上午,又到城里买礼物,走得乏了,饿了,也迟了。"

妇人接着问:

"春宝呢?"

男子沉吟了一息答:

"所以,我是为春宝来的。……"

"为春宝来的?"妇人惊异地回音似的问。

男人慢慢地说:

"从夏天来,春宝是瘦得异样了。到秋天,竟病起来了。我又哪里有钱给他请医生吃药,所以现在,病是更厉害了!再不想法救救他,眼见得要死了!"静寂了一刻,继续说:"现在,我是向你来借钱的……"

这时妇人的胸膛内,简直似有四五只猫在抓她,咬她,咀嚼着她的心脏一样。她恨不得哭出来,但在人们个个向秋宝祝颂的日子,她又怎么好跟在人们的声音后面叫哭呢?她吞下她的眼泪,向她的丈夫说:

"我又哪里有钱呢?我在这里,每月只给我两角钱的零用,我自己又哪里要用什么,悉数补在孩子的身上了。现在,怎么好呢?"

他们一时没有话,以后,妇人又问:

"此刻有什么人照顾着春宝呢?"

"托了一个邻舍。今晚,我仍旧想回家,我就要走了。"

他一边说着,一边揩着泪。女的同时哽咽着说:

"你等一下吧,我向他去借借看。"

她就走开了。

三天以后的一天晚上,秀才忽然问这妇人道:

"我给你的那只青玉戒指呢?"

"在那天夜里,给了他了。给了他拿去当了。"

"没有借你五块钱么?"秀才愤怒地。

妇人低着头停了一息答:

"五块钱怎么够呢!"

秀才接着叹息说:"总是前夫和前儿好,无论我对你怎么样!本来我很想再留你两年的,现在,你还是到明春就走吧!"

女人简直连泪也没有地呆着了。

几天后,他还向她那么地说:

"那只戒指是宝贝,我给你是要你传给秋宝的,谁知你一下就拿去当了！幸得她不知道，要是知道了，有三个月好闹了！"

妇人是一天天地黄瘦了。没有精彩的光芒在她的眼睛里起来，而讥笑与冷骂的声音又充塞在她的耳内了。她是时常记念着她的春宝的病的，探听着有没有从她的本乡来的朋友，也探听着有没有向她的本乡去的便客，她很想得到一个关于"春宝的身体已复原"的消息，可是消息总没有；她也想借两元钱或买些糖果去，方便的客人又没有，她不时地抱着秋宝在门首过去一些的大路边，眼睛望着来和去的路。这种情形却很使秀才的大妻不舒服了，她时常对秀才说：

"她哪里愿意在这里呢？她是极想早些飞回去的。"

有几夜，她抱着秋宝在睡梦中突然喊起来，秋宝也被吓醒，哭起来了。秀才就追逼地问：

"你为什么？你为什么？"

可是女人拍着秋宝，口子哼哼没有答。秀才继续说：

"梦着你的前儿死了么，那么地喊？连我都被你叫醒了。"

女人急忙地一边答：

"不，不，……好像我的前面有一座新坟呢！"

秀才没有再讲话，而悲哀的幻象更在女人的前面展现开来，似她自己要走向这坟去。

冬末了，催离别的小鸟，已经到她的窗前不住地叫了。先是孩子断了奶，又叫道士们来给孩子度了一个关，于是孩子和他亲生的母亲的别离——永远别离的命运就被决定了。

这一天，黄妈先悄悄地向秀才的大妻说：

"叫一顶轿子送她去么？"

秀才的大妻还是手里捻着念佛珠说：

"走走好吧，到那边轿钱是那边付的，她又哪里有钱呢？听说她的亲夫连饭也没得吃,她不必摆阔了。路也不算远,我也是曾经走过三四十里路的人,她的脚比我大,半天可以到了。"

这天早晨当她给秋宝穿衣服的时候,她的泪如溪水那么地流下,孩子向她叫"婶婶,婶婶",——因为老妇人要他叫她自己是"妈妈",只准叫她是"婶婶"——她向他哽咽地答应。她很想对他说几句话,意思是:

"别了,我的亲爱的儿子呀!你的妈妈待你是好的,你将来也好好地待还她吧,永远不要再记念我了!"

可是她无论怎样也说不出。她也知道一周半的孩子是不会了解的。

秀才悄悄地走向她,从她背后的腋下伸进手来,在他的手内是十枚双毫角子,一边轻轻说:

"拿去吧,这两块钱。"

妇人扣好孩子的纽扣,就将角子塞在怀内的衣袋里。

老妇人又进来了,注意着秀才走出去的背后,又向妇人说:

"秋宝给我抱去吧,免得你走时他哭。"

妇人不做声响,可是秋宝总不愿意,用手不住地拍在老妇人的脸上。于是老妇人生气地又说:

"那么你同他去吃早饭去吧,吃了早饭交给我。"

黄妈拼命地劝她多吃饭,一边说:

"半月来你就这样了,你真比来的时候还瘦了。你没有去照照镜子。今天,吃一碗下去吧,你还要走三十里路呢。"

她只不关紧要地说了一句:

"你对我真好!"

但是太阳是升得非常高了,一个很好的天气,秋宝还是不肯离开他的母亲,老妇人便狠狠地将他从她的怀里夺去,秋宝用小

小的脚踢在老妇人的肚子上,用小小的拳头搔住她的头发,高声呼喊地。妇人在后面说:

"让我吃了中饭去吧。"

老妇人转过头,凶凶地答:

"赶快打起你包袱去吧,早晚总有一次的!"

孩子的哭声便在她的耳内渐渐远去了。

打包裹的时候,耳内是听着孩子的哭声。黄妈在旁边,一边劝慰着她,一边却看她打进什么去。终于,她挟着一只旧的包裹走了。

她离开他的大门时,听见她的秋宝的哭声;可是慢慢地远远地走了三里路了,还听见她的秋宝的哭声。

暖和的太阳所照耀着的路,在她的面前竟和天一样无穷止地长。当她走到一条河边的时候,她很想停止她的那么无力的脚步,向明澈可以照见她自己的身子的水底跳下去了。但在水边坐了一会之后,她还得依前去的方向,移动她自己的影子。

太阳已经过午了,一个村里的年老乡人告诉她,路还有十五里;于是她向那个老人说:

"伯伯,请你代我就近叫一顶轿子吧,我是走不回去了!"

"你是有病的么?"老人问。

"是的。"

她那时坐在村口的凉亭里面。

"你从哪里来?"

妇人静默了一时答:

"我是向那里去的;早晨我以为自己会走的。"

老人怜悯地也没有多说话,就给她找了两位轿夫,一顶没篷的轿子。那时是下秧的时节。

下午三四时的样子,一条狭窄而污秽的乡村小街上,抬过了一顶没篷的轿子,轿里躺着一个脸色枯萎如同一张干瘪的黄菜叶一样的中年妇人,两眼朦胧颓唐地闭着。嘴里的呼吸只有微弱地吐出。街上的人们个个睁着惊异的目光,怜悯地凝视着过去。一群孩子,争噪地跟在轿后,好像一件奇异的事情落到这沉寂的小村镇里来了。

春宝也是跟在轿后的孩子们中的一个,他还在似赶猪那么地哗着轿走,可是当轿子一转一个弯,却是向他的家里去的路,他却伸直了他的哗着的两手而奇怪了,等到轿子到了他家里的门口,他简直发呆似的远远地站在前面,背靠在一株柱子上,面向着轿子,其余的孩子们胆怯地围在轿的两边。妇人走出来了,她昏迷的眼睛还认不清站在前面的,穿着褴褛的衣服,头发蓬乱的,身子和三年前一样的短小,那个八岁的孩子是她的春宝。突然,她哭出来地高叫了:

"春宝呀!"

一群孩子们,个个无意地吃了一惊,退散了。而春宝简直吓得躲进屋里他父亲那里去了。

妇人在灰暗的屋内坐了许久许久,她和她的丈夫都没有一句话。夜色降落了,他下垂的头昂起来,向她说:

"烧饭吃吧!"

妇人就不得已地站起来,向屋角上旋转了一周,一点也没有气力地对她丈夫说:

"米缸内是空空的……"

男人冷笑了一声,答说:

"你真在大户人家的家里生活过来了!米,盛在那只香烟盒子内。"

当天晚上，男子向他的儿子说：

"春宝，跟你的娘去睡！"

而春宝却靠在灶边哭起来了。他的母亲走近他，一边叫：

"春宝，宝宝！"

可是当她的手去抚摸他的时候，他又躲闪开了。男子加上说：

"会生疏得那么快，一顿打呢！"

她眼睁睁地睡在一张龌龊的狭板床上，春宝陌生似的睡在她的身边。在她的已经麻木的脑内，仿佛秋宝肥白可爱地在她身边挣动着，她伸出两手想去抱，可是身边是春宝。这时，春宝睡着了，转了一个身，他的母亲紧紧地将他抱住，而孩子却从微弱的鼾声中，脸伏在她的胸膛上，两手抚摩着她的两乳。

沉静而寒冷的死一般的长夜，似无限地拖延着，拖延着……

春蚕

茅盾

1932

一

老通宝坐在"塘路"边的一块石头上,长旱烟管斜摆在他身边。"清明"节后的太阳已经很有力量,老通宝背脊上热烘烘的,像背着一盆火。"塘路"上拉纤的快班船上的绍兴人只穿了一件蓝布单衫,敞开了大襟,弯着身子拉,额角上黄豆大的汗粒落到地下。

看着人家那样辛苦地劳动,老通宝觉得身上更加热了;热的有点儿发痒。他还穿着那件过冬的破棉袄,他的夹袄还在当铺里,却不防才得"清明"边,天就那么热。

"真是天也变了!"

老通宝心里说,就吐一口浓厚的唾沫。在他面前那条"官河"内,水是绿油油的,来往的船也不多,镜子一样的水面这里那里起了几道皱纹或是小小的涡旋,那时候,倒影在水里的泥岸和岸边成排的桑树,都晃乱成灰暗的一片。可是不会很长久的。渐渐儿那些树影又在水面上显现,一弯一曲地蠕动,像是醉汉,再过一会儿,终于站定了,依然是很清晰的倒影。那拳头模样的桠枝顶都已经簇生着小手指儿那么大的嫩绿叶。这密密层层的桑树，沿着那"官河"一直望去，好像没有尽头。田里现在还只有干裂的泥块，这一带，现在是桑树的势力！在老通宝背后，也是大片的桑林，矮矮的，静穆的，在热烘烘的太阳光下，似乎那"桑拳"上的嫩绿叶过一秒钟就会大一些。

离老通宝坐处不远，一所灰白色的楼房蹲在"塘路"边，那是茧厂。十多天前驻扎过军队，现在那边田里还留着几条短短的战壕。那时都说东洋兵要打进来，镇上有钱人都逃光了；现在兵队又开走了，那座茧厂依旧空关在那里，等候春茧上市的时候再热闹一番。老通宝也听得镇上小陈老爷的儿子——陈大少爷说过，今年上海不太平，丝厂都关门，恐怕这里的茧厂也不能开；但老通宝是不肯相信的。他活了六十岁，反乱年头也经过好几个，从没见过绿油油的桑叶白养在树上等到成了"枯叶"去喂羊吃；除非是"蚕花"不熟，但那是老天爷的"权柄"，谁又能够未卜先知？

"才得清明边，天就那么热！"

老通宝看着那些桑拳上怒茁的小绿叶儿，心里又这么想，同时有几分惊异，有几分快活。他记得自己还是二十多岁少壮的时候，有一年也是"清明"边就得穿夹，后来就是"蚕花二十四分"，自己也就在这一年成了家。那时，他家正在"发"；他的父亲像一头老牛似的，什么都懂得，什么都做得；便是他那创家立业的祖父，虽说在长毛窝里吃过苦头，却也愈老愈硬朗。那时候，老陈老爷去世不久，小陈老爷还没抽上鸦片烟，"陈老爷家"也不是现在那么不像样的。老通宝相信自己一家和"陈老爷家"虽则一边是高门大户，而一边不过是种田人，然而两家的命运好像是一条线儿牵着。不但"长毛造反"那时候，老通宝的祖父和老陈老爷同被长毛掳去，同在长毛窝里混上了六七年，不但他们俩同时从长毛营盘里逃了出来,而且偷得了长毛的许多金元宝——人家到现在还是这么说;并且老陈老爷做丝生意"发"起来的时候,老通宝家养蚕也是年年都好,十年中间挣得了二十亩的稻田和十多亩的桑地,还有三开间两进的一座平屋。这时候,老通宝家在东村庄上被人人所妒羡,也正像"陈老爷家"在镇上是数一数二的大户人家。可是以后,两家都不行了;老通宝现在已经没有自己的田地,反欠出三百多块钱的债,"陈老爷家"也早已完结。人家都说"长毛鬼"在阴间告了一状,阎罗王追还"陈老爷家"的金元宝横财,所以败得这么快。这个,老通宝也有几分相信:不是鬼使神差,好端端的小陈老爷怎么会抽上了鸦片烟?

可是老通宝死也想不明白为什么"陈老爷家"的"败"会牵动到他家。他确实知道自己家并没有得过长毛的横财。虽则听死了的老头子说,好像那老祖父逃出长毛营盘的时候,不巧撞着了一个巡路的小长毛,当时没法,只好杀了他,——这是一个"结"!然而从老通宝懂事以来,他们家替这小长毛鬼拜忏念佛烧纸锭,记不清有多少次了。这个小冤魂,理应早投凡胎。老通宝虽然不很记得祖父是怎样"做人",但父亲的勤俭忠厚,他是亲眼看见的;他自己也是规矩人,他的儿子阿四,儿媳四大娘,都是勤俭的。就是小儿子阿多年纪轻,有几分"不知苦辣",可是毛头小伙子,大都这么着,算不得"败家相"!

老通宝抬起他那焦黄的皱脸,苦恼地望着他面前的那条河,河里的船,以及两岸的桑地。一切都和他二十多岁时差不了多少,然而"世界"到底变了。他自己家也要常常把杂粮当饭吃一天,而且又欠出了三百多块钱的债。

呜!呜,呜,呜,——

汽笛叫声突然从那边远远的河身的弯曲地方传了来。就在那边，蹲着又一个茧厂，远望去隐约可见那整齐的石"帮岸"。一条柴油引擎的小轮船很威严地从那茧厂后驶出来，拖着三条大船，迎面向老通宝来了。满河平静的水立刻激起泼剌剌的波浪，一齐向两旁的泥岸卷过来。一条乡下"赤膊船"赶快拢岸，船上人揪住了泥岸上的树根，船和人都好像在那里打秋千。轧轧轧的轮机声和洋油臭，飞散在这和平的绿的田野。老通宝满脸恨意，看着这小轮船来，看着它过去，直到又转一个弯，呜呜呜地又叫了几声，就看不见。老通宝向来仇恨小轮船这一类洋鬼子的东西！他从没见过洋鬼子，可是他从他的父亲嘴里知道老陈老爷见过洋鬼子：红眉毛，绿眼睛，走路时两条腿是直的。并且老陈老爷也是很恨洋鬼子，常常说"铜钿都被洋鬼子骗去了"。老通宝看见老陈老爷的时候，不过八九岁，——现在他所记得的关于老陈老爷的一切都是听来的，可是他想起了"铜钿都被洋鬼子骗去了"这句话，就仿佛看见了老陈老爷捋着胡子摇头的神气。

　　洋鬼子怎样就骗了钱去，老通宝不很明白。但他很相信老陈老爷的话一定不错。并且他自己也明明看到自从镇上有了洋纱，洋布，洋油，——这一类洋货，而且河里更有了小火轮船以后，他自己田里生出来的东西就一天一天不值钱，而镇上的东西却一天一天贵起来。他父亲留下来的一分家产就这么变小，变做没有，而且现在负了债。老通宝恨洋鬼子不是没有理由的！他这坚定的主张，在村坊上很有名。五年前，有人告诉他：朝代又改了，新朝代是要"打倒"洋鬼子的。老通宝不相信。为的他上镇去看见那新到的喊着"打倒洋鬼子"的年轻人们都穿了洋鬼子衣服。他想来这伙年轻人一定私通洋鬼子，却故意来骗乡下人。后来果然就不喊"打倒洋鬼子"了，而且镇上的东西更加一天一天贵起来，派到乡下人身上的捐税也更加多起来。老通宝深信这都是串通了洋鬼子干的。

然而更使老通宝去年几乎气成病的，是茧子也是洋种的卖得好价钱；洋种的茧子，一担要贵上十多块钱。素来和儿媳总还和睦的老通宝，在这件事上可就吵了架。儿媳四大娘去年就要养洋种的蚕。小儿子跟他嫂嫂是一路，那阿四虽然嘴里不多说，心里也是要洋种的。老通宝拗不过他们，末了只好让步。现在他家里有的五张蚕种，就是土种四张，洋种一张。

"世界真是越变越坏！过几年他们连桑叶都要洋种了！我活得厌了！"

老通宝看着那些桑树，心里说，拿起身边的长旱烟管恨恨地敲着脚边的泥块。太阳现在正当他头顶，他的影子落在泥地上，短短的像一段乌焦木头，还穿着破棉袄的他，觉得浑身燥热起来了。他解开了大襟上的纽扣，又抓着衣角搧了几下，站起来回家去。

那一片桑树背后就是稻田。现在大部分是匀整的半翻着的燥裂的泥块。偶尔也有种了杂粮的，那黄金一般的菜花散出强烈的香味。那边远远的一簇房屋，就是老通宝他们住了三代的村坊，现在那些屋上都袅起了白的炊烟。

老通宝从桑林里走出来，到田塍上，转身又望那一片爆着嫩绿的桑树。忽然那边田里跳跃着来了一个十来岁的男孩子，远远地就喊道：

"阿爹！妈等你吃中饭呢！"

"哦——"

老通宝知道是孙子小宝，随口应着，还是望着那一片桑林。才只得"清明"边，桑叶尖儿就抽得那么小指头儿似的，他一生就只见过两次。今年的蚕花，光景是好年成。三张蚕种，该可以采多少茧子呢？只要不像去年，他家的债也许可以拔还一些罢。

小宝已经跑到他阿爹的身边了，也仰着脸看那绿绒似的桑拳头；忽然他跳起来拍着手唱道：

"清明削口，看蚕娘娘拍手！[1]"

老通宝的皱脸上露出笑容来了。他觉得这是一个好兆头。他把手放在小宝的"和尚头"上摸着，他的被穷苦弄麻木了的老心里勃然又生出新的希望来了。

二

天气继续暖和，太阳光催开了那些桑拳头上的小手指儿模样的嫩叶，现在都有小小的手掌那么大了。老通宝他们那村庄四周围的桑林似乎发长得更好，远望去像一片绿锦平铺在密密层层灰白色矮矮的篱笆上。"希望"在老通宝和一般农民们的心里一点一点一天一天强大。蚕事的动员令也在各方面发动了。藏在柴房里一年之久的养蚕用具都拿出来洗刷修补。那条穿村而过的小溪旁边，蠕动着村里的女人和孩子，工作着，嚷着，笑着。

这些女人和孩子们都不是十分健康的脸色——从今年开春起，他们都只吃个半饱；他们身上穿的，也只是些破旧的衣服。实在他们的情形比叫花子好不了多少。然而他们的精神都很不差。他们有很大的忍耐力，又有很大的幻想。虽然他们都负了天天在增大的债，可是他们那简单的头脑老是这么想：只要蚕花熟，就好了！他们想象到一个月以后那些绿油油的桑叶就会变成雪白的茧子，于是又变成叮叮当当响的洋钱，他们虽然肚子里饿得咕咕地

---

[1] 作者原注：这是老通宝所在那一带乡村里关于"蚕事"的一种歌谣式的成语。所谓"削口"，指桑叶抽发如指；"清明削口"谓清明边桑叶已抽放如许大也。"看"是方言，意同"饲"或"育"。全句谓清明边桑叶开绽则熟年可卜，故蚕妇拍手而喜。

叫,却也忍不住要笑。

这些女人中间也就有老通宝的媳妇四大娘和那个十二岁的小宝。这娘儿两个已经洗好了那些"团扁"和"蚕箪[1]",坐在小溪边的石头上撩起布衫角揩脸上的汗水。

"四阿嫂!你们今年也看(养)洋种么?"

小溪对岸的一群女人中间有一个二十岁左右的姑娘隔溪喊过来了。四大娘认得是隔溪的对门邻居陆福庆的妹子六宝。四大娘立刻把她的浓眉毛一挺,好像正想找人吵架似的嚷了起来:

"不要来问我!阿爹做主呢!——小宝的阿爹死不肯,只看了一张洋种!老糊涂的听得带一个洋字就好像看见了七世冤家!洋钱,也是洋,他倒又要了!"

小溪旁那些女人们听得笑起来了。这时候有一个壮健的小伙子正从对岸的陆家稻场上走过,跑到溪边,跨上了那横在溪面用四根木头并排做成的雏形的"桥"。四大娘一眼看见,就丢开了"洋种"问题,高声喊道:"多多弟!来帮我搬东西吧!这些扁,浸湿了,就像死狗一样重!"

小伙子阿多也不开口,走过来拿起五六只"团扁",湿漉漉地顶在头上,却空着一双手,划桨似的荡着,就走了。这个阿多高兴起来时,什么事都肯做,碰到同村的女人们叫他帮忙拿什么重家伙,或是下溪去捞什么,他都肯;可是今天他大概有点不高兴,所以只顶了五六只"团扁"去,却空着一双手。那些女人们看着他戴了那特别大箬帽似的一叠"扁",袅着腰,学镇上女人的样子走着,又都笑起来了。老通宝家紧邻的李根生的老婆荷花一边笑,

---

[1] 作者原注:老通宝乡里称那圆桌面那样大、极像一个盘的竹器为"团扁";有一种略小而底部编成六角形网状的,称为"箪",方言读如"踏";蚕初收蚁时,在"箪"中养育,称呼为"蚕箪",那是糊了纸的;这种纸通称为"糊箪纸"。

一边回头去叫道：

"喂，多多头！回来！也替我带一点儿去！"

"叫我一声好听的，我就给你拿。"

阿多也笑着回答，仍然走。转眼间就到了他家的廊下，就把头上的"团匾"放在廊檐口。

"那么，叫你一声干儿子！"

荷花说着就大声地笑起来，她那出众的白净然而扁得作怪的脸上看去就好像只有一张大嘴和眯紧了好像两条线一般的细眼睛。她原是镇上人家的婢女，嫁给那不声不响整天苦着脸的半老头子李根生还不满半年，可是她的爱和男子们胡调已经在村中很有名。

"不要脸的！"

忽然对岸那群女人中间有人轻声骂了一句。荷花的那对细眼睛立刻睁大了，怒声嚷道：

"骂哪一个？有本事，当面骂，不要躲！"

"你管得我？棺材横头踢一脚，死人肚里自得知：我就骂那不要脸的骚货！"

隔溪立刻回骂过来了，这就是那六宝，又一位村里有名淘气的大姑娘。

于是对骂之下，两边又泼水。爱闹的女人也夹在中间帮这边帮那边。小孩子们笑着狂呼。四大娘是老成的，提起她的"蚕箪"，喊着小宝，自回家去。阿多站在廊下看着笑。他知道为什么六宝要跟荷花吵架；他看着那"辣货"六宝挨骂，倒觉得很高兴。

老通宝掮着一架"蚕台"[1]从屋子里出来。这三棱形家伙的木

---

[1] 作者原注："蚕台"是三棱式可以折起来的木架子，像三张梯连在一处的家伙；中分七八格，每格可放一团匾。

梗子有几条给白蚂蚁蛀过了,怕的不牢,须得修补一下。看见阿多站在那里笑嘻嘻地望着外边的女人们吵架,老通宝的脸色就板起来了。他这"多多头"的小儿子不老成,他知道。尤其使他不高兴的,是多多也和紧邻的荷花说说笑笑。"那母狗是白虎星,惹上了她就得败家",——老通宝时常这样警戒他的小儿子。

"阿多!空手看野景么?阿四在后边扎'缀头'[1],你去帮他!"

老通宝像一匹疯狗似的咆哮着,火红的眼睛一直盯住了阿多的身体,直到阿多走进屋里去,看不见了,老通宝方才提过那"蚕台"来反复审察,慢慢地动手修补。木匠生活,老通宝早年是会的;但近来他老了,手指头没有劲,他修了一会,抬起头来喘气,又望望屋里挂在竹竿上的三张蚕种。

四大娘就在廊檐口糊"蚕箪"。去年他们为的想省几百文钱,是买了旧报纸来糊的。老通宝直到现在还说是因为用了报纸——不惜字纸,所以去年他们的蚕花不好。今年是特地全家少吃一餐饭,省下钱来买了"糊箪纸"来了。四大娘把那鹅黄色坚韧的纸儿糊得很平贴,然后又照品字式糊上三张小小的花纸——那是跟"糊箪纸"一块儿买来的,一张印的花色是"聚宝盆",另两张都是手执尖角旗的人儿骑在马上,据说是"蚕花太子"。

"四大娘!你爸爸做中人借来三十块钱,就只买了二十担叶。后天米又吃完了,怎么办?"

老通宝气喘喘地从他的工作里抬起头来,望着四大娘。那三十块钱是二分半的月息。总算有四大娘的父亲张财发做中人,那债主也就是张财发的东家,"做好事",这才只要了二分半的月息。期限是蚕事完后本利归清。

---

[1] 作者原注:"缀头"也是方言,是稻草扎的,蚕在上面做茧子。

四大娘把糊好了的"蚕箪"放在太阳底下晒,好像生气似的说:

"都买了叶!又像去年那样多下来——"

"什么话!你倒先来发利市了!年年像去年么?自家只有十来担叶;五张布子(蚕种),十来担叶够么?"

"噢,噢,你总是不错的!我只晓得有米烧饭,没米饿肚子!"

四大嫂气哄哄地回答:为了那"洋种"问题,她到现在常要和老通宝抬杠。

老通宝气得脸都紫了。两个人就此再没有一句话。

但是"收蚕"的时期一天一天逼近了。这二三十人家的小村落突然呈现了一种大紧张,大决心,大奋斗,同时又是大希望。人们似乎连肚子饿都忘记了。老通宝他们家东借一点,西赊一点,南瓜芋艿之类也算一顿,居然也一天一天过着来。也不仅老通宝他们,村里哪一家有两三石米放在家里呀!去年秋收固然还好,可是地主,债主,正税,杂捐,一层一层地剥削来,早就完了。现在他们唯一的指望就是春蚕,一切临时借贷都是指明在这"春蚕收成"中偿还。

他们都怀着十分希望又十分恐惧的心情来准备这春蚕的大搏战!

"谷雨"节一天近一天了。村里二三十人家的"布子"都隐隐现出绿色来。女人们在稻场上碰见时,都匆忙地带着焦灼而快乐的口气互相告诉道:

"六宝家快要'窝种'[1]了呀!"

"荷花说她家明天就要'窝'了。有这么快!"

---

[1] 作者原注:"窝种"也是老通宝乡里的习惯;蚕种转成绿色后就得把来贴肉揾着,约三四天后,蚕蚁孵出,就可以"收蚕"。这工作是女人做的。"窝"是方言,意即"揾"也。

"黄道士去测一字,今年的青叶要贵到四洋!"

四大娘看自家的五张"布子"。不对!那黑芝麻似的一片细点子还是黑沉沉,不见绿影。她的丈夫阿四拿到亮处去细看,也找不出几点"绿"来。四大娘很着急。

"你就先'窝'起来吧!这余杭种,作兴是慢一点的。"

阿四看着他老婆,勉强自家宽慰。四大娘堵起了嘴巴不回答。

老通宝哭丧着干皱的老脸,没说什么,心里却觉得不妙。

幸而再过了一天,四大娘再细心看那"布子"时,哈,有几处转成绿色了!而且绿得很有光彩。四大娘立刻告诉了丈夫,告诉了老通宝,多多头,也告诉了她的儿子小宝。她就把那些"布子"贴肉揾在胸前,抱着吃奶的婴孩似的静静儿坐着,动也不敢多动了。夜间,她抱着那五张"布子"到被窝里,把阿四赶去和多多头做一床。那"布子"上密密麻麻的蚕子儿贴着肉,怪痒痒的;四大娘很快活,又有点儿害怕,她第一次怀孕时胎儿在肚子里动,她也是那么半惊半喜的!

全家都是惴惴不安地又很兴奋地等候"收蚕"。只有多多头例外。他说:今年蚕花一定好,可是想发财却是命里不曾来。老通宝骂他多嘴,他还是要说。

蚕房早已收拾好了。"窝种"的第二天,老通宝拿一个大蒜头涂上一些泥,放在蚕房的墙脚边;这也是年年的惯例,但今番老通宝更加虔诚,手也抖了。去年他们"卜"[1]的非常灵验。可是去年那"灵验",现在老通宝想也不敢想。

现在这村里家家都在"窝种"了。稻场上和小溪边顿时少了那

---

[1] 作者原注:用大蒜头来"卜"蚕花好否,是老通宝乡里的迷信。收蚕前两三天,以大蒜涂泥置蚕房中,至收蚕那天拿来看,蒜叶多主蚕熟,少则不熟。

些女人们的踪迹。一个"戒严令"也在无形中颁布了：乡农们即使平日是最相好的，也不往来；人客来冲了蚕神不是玩的！他们至多在稻场上低声交谈一二句就走开。这是个"神圣"的季节！

老通宝家的五张布子上也有些"乌娘"[1]蠕蠕地动了。于是全家的空气，突然紧张。那正是"谷雨"前一日。四大娘料来可以挨过了"谷雨"节那一天[2]，布子不须再"窝"了，很小心地放在"蚕房"里。老通宝偷眼看一下那个躺在墙脚边的大蒜头，他心里就一跳。那大蒜头上还只有一两茎绿芽！老通宝不敢再看，心里祷祝后天正午会有更多更多的绿芽。

终于"收蚕"的日子到了。四大娘心神不定地淘米烧饭，时时看饭锅上的热气有没有直冲上来。老通宝拿出预先买了来的香烛点起来，恭恭敬敬放在灶君神位前。阿四和阿多去到田里采野花。小小宝帮着把灯芯草剪成细末子，又把采来的野花揉碎。一切都准备齐全了时，太阳也近午刻了，饭锅上水蒸气嘟嘟地直冲，四大娘立刻跳了起来，把"蚕花"[3]和一对鹅毛插在发髻上，就到"蚕房"里。老通宝拿着秤杆，阿四拿了那揉碎的野花片儿和灯芯草碎末。四大娘揭开"布子"，就从阿四手里拿过那野花碎片和灯芯草末子撒在"布子"上，又接过老通宝手里的秤杆来，将"布子"挽在秤杆上，于是拔下发髻上的鹅毛在"布子"上轻轻儿拂；连野花片，灯芯草末子，连同"乌娘"，都拂在那"蚕箪"里了。一张，两张，……都拂过了；最后一张是洋种，那就收在另一个"蚕箪"里。末了，四大娘又拔下发髻上那朵"蚕花"，跟鹅毛一

---

1 作者原注：老通宝乡间称初生的蚕蚁为"乌娘"；这也是方言。
2 作者原注：老通宝乡里的习惯，"收蚕"——即收蚁，须得避过"谷雨"那一天，或上或下都可以，但不能正在"谷雨"那一天。什么理由，可不知道。
3 作者原注："蚕花"是一种纸花，预先买下来的。这些迷信的仪式，各处小有不同。

块插在"蚕箪"的边儿上。

这是一个隆重的仪式！千百年相传的仪式！那好比是誓师典礼，以后就要开始了一个月光景的和恶劣的天气和噩运以及和不知什么的连日连夜无休息的大决战！

"乌娘"在"蚕箪"里蠕动，样子非常强健；那黑色也是很正路的。四大娘和老通宝他们都放心地松一口气了。但当老通宝悄悄地把那个"命运"的大蒜头拿起来看时，他的脸色立刻变了！大蒜头上还只得三四茎嫩芽！天哪！难道又同去年一样？

三

然而那"命运"的大蒜头这次竟不灵验。老通宝家的蚕非常好！虽然头眠二眠的时候连天阴雨，气候是比"清明"边似乎还要冷一点，可是那些"宝宝"都很强健。

村里别人家的"宝宝"也都不差。紧张的快乐弥漫了全村庄，似乎那小溪里淙淙的流水也像是朗朗的笑声了。只有荷花家是例外。她们家看了一张"布子"，可是"出火"[1]只称得二十斤："大眠"快边，人们还看见那不声不响晦气色的丈夫根生倾弃了三"蚕箪"在那小溪里。

这一件事，使得全村的妇人对于荷花家特别"戒严"。她们特地避路，不从荷花家的门前走，远远地看见了荷花或是她那不声不响丈夫的影儿就赶快躲开；这些幸运的人儿唯恐看了荷花他们一眼或是交谈半句话就传染了晦气来！

---

[1] 作者原注："出火"也是方言，是指"二眠"以后的"三眠"；因为"眠"时特别短，所以叫"出火"。

老通宝严禁他的小儿子多多头跟荷花说话。——"你再跟那东西多嘴,我就告你忤逆!"老通宝站在廊檐外高声大气喊,故意要叫荷花他们听得。

小小宝也受到严厉的嘱咐,不许跑到荷花家的门前,不许和他们说话。

阿多像一个聋子似的不理睬老头子那早早夜夜的唠叨,他心里却在暗笑。全家中就只有他不大相信那些鬼禁忌。可是他也没有跟荷花说话,他忙都忙不过来。

"大眠"捉了毛三百斤,老通宝全家连十二岁的小宝也在内,都是两日两夜没有合眼。蚕是少见的好,活了六十岁的老通宝记得只有两次是同样的,一次就是他成家的那年,又一次是阿四出世那一年。"大眠"以后的"宝宝"第一天就吃了七担叶,个个是生青滚壮,然而老通宝全家都瘦了一圈,失眠的眼睛上布满了红丝。

谁也料得到这些"宝宝"上山前还得吃多少叶。老通宝和儿子阿四商量了:

"陈大少爷借不出,还是再求财发的东家罢?"

"地头上还有十担叶,够一天。"

阿四回答,他委实是支撑不住了,他的一双眼皮像有几百斤重,只想合下来。老通宝却不耐烦了,怒声喝道:

"说什么梦话!刚吃了两天老蚕呢。明天不算,还得吃三天,还要三十担叶,三十担!"

这时外边稻场上忽然人声喧闹,阿多押了新发来的五担叶来了。于是老通宝和阿四的谈话打断,都出去"捊叶"。四大娘也慌忙从蚕房里钻出来。隔溪陆家养的蚕不多,那大姑娘六宝抽得出工夫,也来帮忙了。那时星光满天,微微有点风,村前村后都断断续续传来了吆喝和欢笑,中间有一个粗暴的声音嚷道:

"叶行情飞涨了！今天下午镇上开到四洋一担！"

老通宝偏偏听得了，心里急得什么似的。四块钱一担，三十担可要一百二十块呢，他哪来这许多钱！但是想到茧子总可以采五百多斤，就算五十块钱一百斤，也有这么二百五，他又心里一宽。那边"捋叶"的人堆里忽然又有一个小小的声音说：

"听说东路不大好，看来叶价钱涨不到多少的！"

老通宝认得这声音是陆家的六宝。这使他心里又一宽。

那六宝是和阿多同站在一个筐子边"捋叶"。在半明半暗的星光下，她和阿多靠得很近。忽然她觉得在那"杠条"[1]的隐蔽下，有一只手在她大腿上拧了一把。好像知道是谁拧的，她忍住了不笑，也不声张。蓦地那手又在她胸前摸了一把，六宝直跳起来，出惊地喊了一声：

"嗳哟！"

"什么事？"

同在那筐子边捋叶的四大娘问了，抬起头来。六宝觉得自己脸上热烘烘了，她偷偷地瞪了阿多一眼，就赶快低下头，很快地捋叶，一面回答：

"没有什么。想来是毛毛虫刺了我一下。"

阿多咬住了嘴唇暗笑。虽然在这半个月来也是半饱而且少睡，也瘦了许多了，他的精神可还是很饱满。老通宝那种忧愁，他是永远没有的。他永不相信靠一次蚕花好或是田里熟，他们就可以还清了债再有自己的田；他知道单靠勤俭工作，即使做到背脊骨折断也是不能翻身的。但是他仍旧很高兴地工作着，他觉得这也

---

[1] 作者原注："杠条"也是方言，指那些带叶的桑树枝条。通常采叶是连枝条剪下来的。

是一种快活，正像和六宝调情一样。

第二天早上，老通宝就到镇里去想法借钱来买叶。临走前，他和四大娘商量好，决定把他家那块出产十五担叶的桑地去抵押。这是他家最后的产业。

叶又买来了三十担。第一批的十担发来时，那些壮健的"宝宝"已经饿了半点钟了。"宝宝"们尖出了小嘴巴，向左向右乱晃，四大娘看得心酸。叶铺了上去，立刻蚕房里充满着沙沙沙的响声，人们说话也不大听得清。不多一会儿，那些"团匾"里立刻又全见白了，于是又铺上厚厚的一层叶。人们单是"上叶"也都忙得透不过气来。但这是最后五分钟了，再得两天，"宝宝"可以上山。人们把剩余的精力榨出来拼死命干。

阿多虽然接连三日三夜没有睡，却还不见怎么倦。那一夜，就由他一个人在"蚕房"里守那上半夜，好让老通宝以及阿四夫妇都去歇一歇。那是个好月夜，稍稍有点冷。蚕房里爇了一个小小的火。阿多守到二更过，上了第二次的叶，就蹲在那个"火"旁边听那些"宝宝"萨萨萨地吃叶。渐渐儿他的眼皮合上了。恍惚听得有门响，阿多的眼皮一跳，睁开眼来看了看，就又合上了。他耳朵里还听得沙沙沙的声音和屑索屑索的怪响。猛然一个踉跄，他的头在自己膝头上磕了一下，他惊醒过来，恰就听得蚕房的芦帘拍叉一声响，似乎还看见有人影一闪，阿多立刻跳起来，到外面一看，门是开着，月光下稻场上有一个人正走向溪边去。阿多飞也似跳出去，还没看清那人是谁，已经把那人抓过来摔在地下。他断定了这是一个贼。

"多多头！打死我也不怨你，只求你不要说出来！"

是荷花的声音，阿多听真了时不禁浑身的汗毛都竖了起来。月光下他又看见那扁得作怪的白脸儿上一对细圆的眼睛定定地看住了他。可是恐怖的意思那眼睛里也没有。阿多哼了一声，就问道：

"你偷什么？"

"我偷你们的宝宝！"

"放到哪里去了？"

"我扔到溪里去了！"

阿多现在也变了脸色。他这才知道这女人的恶意是要冲克他家的"宝宝"。

"你真心毒呀！我们家和你们可没有冤仇！"

"没有么？有的，有的！我家自管蚕花不好，可并没害了谁，你们都是好的！你们怎么把我当作白老虎，远远地望见我就别转了脸？你们不把我当人看待！"

那妇人说着就爬了起来，脸上的神气比什么都可怕。阿多瞅着那妇人好半晌，这才说道：

"我不打你，走你的吧！"

阿多头也不回地跑回家去，仍在"蚕房"里守着。他完全没有睡意了。他看那些"宝宝"，都是好好的。他并没想到荷花可恨或可怜，然而他不能忘记荷花那一番话；他觉得人和人中间有什么地方是永远弄不对的，可是他不能够明白想出来是什么地方，或是为什么。再过一会儿，他就什么都忘记了。"宝宝"是强健的，像有魔法似的吃了又吃，永远不会饱！

以后直到东方快打白了时，没有发生事故。老通宝和四大娘来替换阿多了，他们拿那些渐渐身体发白而变短了的"宝宝"在亮处照着，看是"有没有通"。他们的心被快活胀大了。但是太阳出山时四大娘到溪边汲水，却看见六宝满脸严重地跑过来悄悄地问道：

"昨夜二更过，三更不到，我远远地看见那骚货从你们家跑出来，阿多跟在后面，他们站在这里说了半天话呢！四阿嫂！你们怎么不管事呀？"

四大娘的脸色立刻变了，一句话也没说，提了水桶就回家去，先对丈夫说了，再对老通宝说。这东西竟偷进人家"蚕房"来了，那还了得！老通宝气得直跺脚，马上叫了阿多来查问。可是阿多不承认，说六宝是做梦见鬼。老通宝又去找六宝询问，六宝是一口咬定了看见的。老通宝没有主意，回家去看那"宝宝"，仍然是很健康，瞧不出一些败相来。

但是老通宝他们满心的欢喜却被这件事打消了。他们相信六宝的话不会毫无根据。他们唯一的希望是那骚货或者只在廊檐口和阿多鬼混了一阵。

"可是那大蒜头上的苗却当真只有三四茎呀！"

老通宝自心里这么想，觉得前途只是阴暗。可不是，吃了许多叶去，一直落来都很好，然而上了山却干僵了的事，也是常有的。不过老通宝无论如何不敢想到这上头去；他以为即使是肚子里想，也是不吉利。

四

"宝宝"都上山了，老通宝他们还是捏着一把汗。他们钱都花光了，精力也绞尽了，可是有没有报酬呢，到此时还没有把握。虽则如此，他们还是硬着头皮去干。"山棚"下爇了火，老通宝和阿四他们伛着腰慢慢地从这边蹲到那边，又从那边蹲到这边。他们听得山棚上有些屑屑索索的细声音[1]，他们就忍不住想笑，过一

---

[1] 作者原注：蚕在山棚上受到热，就往"缀头"上爬，所以有屑索屑索的声音。这是蚕要做茧的第一步手续。爬不上去的，不是健康的茧，多半不能作茧。

会儿又不听得了,他们的心就重甸甸地往下沉了。这样地,心是焦灼着,却不敢向山棚上望。偶或他们仰着的脸上淋到了一滴蚕尿了[1],虽然觉得有点难过,他们心里却快活;他们巴不得多淋一些。

阿多早已偷偷地挑开"山棚"外围着的芦帘望过几次了。小小宝看见,就扭住了阿多,问"宝宝"有没有做茧子。阿多伸出舌头做一个鬼脸,不回答。

"上山"后三天,息火了。四大娘再也忍不住,也偷偷地挑开芦帘角看了一眼,她的心立刻卜卜地跳了。那是一片雪白,几乎连"缀头"都瞧不见;那是四大娘有生以来从没有见过的"好蚕花"呀!老通宝全家立刻充满了欢笑。现在他们一颗心定下来了!"宝宝"们有良心,四洋一担的叶不是白吃的;他们全家一个月的忍饿失眠总算不冤枉,天老爷有眼睛!

同样的欢笑声在村里到处都起来了。今年茧花娘娘保佑这小小的村子。二三十人家都可以采到七八分,老通宝家更是与众不同,估量来总可以采一个十二三分。

小溪边和稻场上现在又充满了女人和孩子们。这些人都比一个月前瘦了许多,眼眶陷进了,嗓子也发沙,然而都很快活兴奋。他们嘈嘈地谈论那一个月内的"奋斗"时,他们的眼前便时时现出一堆堆雪白的洋钱,他们那快乐的心里便时时闪过了这样的盘算:夹衣和夏衣都在当铺里,这可先得赎出来;过端阳节也许可以吃一条黄鱼。

那晚上荷花和阿多的把戏也是她们谈话的资料。六宝见了人就宣传荷花的"不要脸,送上门去"。男人们听了就粗暴地笑着,

---

1 作者原注:据说蚕在作茧以前必撒一泡尿,而这尿是黄色的。

女人们念一声佛，骂一句，又说老通宝家总算幸运，没有犯克，那是菩萨保佑，祖宗有灵！

接着是家家都"浪山头"了，各家的至亲好友都来"望山头"[1]。老通宝的亲家张财发带了小儿子阿九特地从镇上来到村里。他们带来的礼物，是软糕、线粉、梅子、枇杷，也有咸鱼。小小宝快活得好像雪天的小狗。

"通宝，你是卖茧子呢，还是自家做丝？"

张老头子拉老通宝到小溪边一棵杨柳树下坐了，这么悄悄地问。这张老头子张财发是出名"会寻快活"的人，他从镇上城隍庙前露天的"说书场"听来了一肚子的疙瘩东西；尤其烂熟的，是"十八路反王，七十二处烟尘"，程咬金卖柴扒，贩私盐出身，瓦岗寨作反王的《隋唐演义》。他向来说话"没正经"，老通宝是知道的；所以现在听得问是卖茧子或者自家做丝，老通宝并没把这话看重，只随口答道：

"自然卖茧子。"

张老头子却拍着大腿叹一口气。忽然他站了起来，用手指着村外那一片秃头桑林后面耸露出来的茧厂的风火墙说道：

"通宝！茧子是采了，那些茧厂的大门还关得紧洞洞呢！今年茧厂不开秤——十八路反王早已下凡，李世民还没出世，世界不太平！今年茧厂关门，不做生意！"

老通宝忍不住笑了，他不肯相信。他怎么能够相信呢？难道那"五步一岗"似的比露天毛坑还要多的茧厂会一齐都关了门不做生意？况且听说和东洋人也已"讲拢"，不打仗了，茧厂里驻的

---

[1] 作者原注："浪山头"在息火后一日举行，那时蚕已成茧，山棚四周的芦帘撤去。"浪"是"亮出来"的意思。"望山头"是来探望"山头"，有慰问祝颂的意思。"望山头"的礼物也有定规。

兵早已开走。

张老头子也换了话,东拉西扯讲镇里的"新闻",夹着许多"说书场"上听来的什么秦叔宝、程咬金。最后,他代他的东家催那三十块钱的债,为的他是"中人"。

然而老通宝到底有点不放心。他赶快跑出村去,看看"塘路"上最近的两个茧厂,果然大门紧闭,不见半个人;照往年说,此时应该早已摆开了柜台,挂起了一排乌亮亮的大秤。

老通宝心里也着慌了,但是回家去看见了那些雪白发光很厚实硬古古的茧子,他又忍不住嘻开了嘴。上好的茧子!会没有人要,他不相信。并且他还要忙着采茧,还要谢"蚕花利市"[1],他渐渐不把茧厂的事放在心上了。

可是村里的空气一天一天不同了。才得笑了几声的人们现在又都是满脸的愁云。各处茧厂都没开门的消息陆续从镇上传来,从"塘路"上传来。往年这时候,"收茧人"像走马灯似的在村里巡回,今年没见半个"收茧人",却换替着来了债主和催粮的差役。请债主们就收了茧子罢,债主们板起面孔不理。

全村子都是嚷骂,诅咒,和失望的叹息!人们做梦也不会想到今年"蚕花"好了,他们的日子却比往年更加困难。这在他们是一个青天的霹雳!并且愈是像老通宝他们家似的,蚕愈养得多,愈好,就愈加困难,——"真正世界变了!"老通宝捶胸跺脚地没有办法。然而茧子是不能搁久了的,总得赶快想法:不是卖出去,就是自家做丝。村里有几家已经把多年不用的丝车拿出来修理,打算自家把茧做成了丝再说。六宝家也打算这么办。老通宝

---

1 作者原注:老通宝乡里的风俗,"大眠"以后得拜一次"利市",采茧以后,又是一次。经济窘的人家只举行"谢蚕花利市","拜利市"也是方言,意即"谢神"。

便也和儿子媳妇商量道：

"不卖茧子了，自家做丝！什么卖茧子，本来是洋鬼子行出来的！"

"我们有五百多斤茧子呢，你打算摆几部丝车呀！"

四大娘首先反对了。她这话是不错的。五百斤的茧子可不算少，自家做丝万万干不了。请帮手么？那又得花钱。阿四是和他老婆一条心。阿多抱怨老头子打错了主意，他说：

"早依了我的话，扣住自己的十五担叶，只看一张洋种，多么好！"

老通宝气得说不出话来。

终于一线希望忽又来了。同村的黄道士不知从哪里得的消息，说是无锡脚下的茧厂还是照常收茧。黄道士也是一样的种田人，并非吃十方的"道士"，向来和老通宝最说得来。于是老通宝去找那黄道士详细问过了以后，便又和儿子阿四商量把茧子弄到无锡脚下去卖。老通宝虎起了脸，像吵架似的嚷道：

"水路去有三十多九[1]呢！来回得六天！他妈的！简直是充军！可是你有别的办法么？茧子当不得饭吃，蚕前的债又逼紧来！"

阿四也同意了。他们去借了一条赤膊船，买了几张芦席，赶那几天正是好晴，又带了阿多。他们这卖茧子的"远征军"就此出发。

五天以后，他们果然回来了；但不是空船，船里还有一筐茧子没有卖出。原来那三十多九水路远的茧厂挑剔得非常苛刻，洋种茧一担只值三十五元，土种茧一担二十元，薄茧不要。老通宝

---

[1] 作者原注：老通宝乡间计算路程都以"九"计；"一九"就是九里。"十九"就是九十里，"三十多九"就是三十多个"九里"。

他们的茧子虽然是上好的货色,却也被茧厂里挑剩了那么一筐,不肯收买。老通宝他们实卖得一百一十块钱,除去路上盘川,就剩了整整的一百元,不够偿还买青叶所借的债!老通宝路上气得生病了,两个儿子扶他到家。

打回来的八九十斤茧子,四大娘只好自家做丝了。她到六宝家借了丝车,又忙了五六天。家里米又吃完了。叫阿四拿那丝上镇里去卖,没有人要;上当铺,当铺也不收。说了多少好话,总算把清明前当在那里的一石米换了出来。

就是这么着,因为春蚕熟,老通宝一村的人都增加了债!老通宝家为的养了五张布子的蚕,又采了十多分的好茧子,就此白赔上十五担叶的桑地和三十块钱的债!一个月光景的忍饿熬夜还不算!

迟桂花

郁达夫

1932

第一章

××兄：

　　突然间接着我这一封信，你或者会惊异起来，或者你简直会想不出这发信的翁某是什么人。但仔细一想，你也不在做官，而你的境遇，也未见得比我的好几多倍，所以将我忘了的这一回事，或者是还不至于的。因为这除非是要贵人或境遇很好的人才做得出来的事情。前两礼拜为了采办结婚的衣服家具之类，才下山去。有好久不上城里去了，偶尔去城里一看，真是像丁令威的化鹤归来，触眼新奇，宛如隔世重生的人。在一家书铺门口走过，一抬头就看见了几册关于你的传记评论之类的书。再踏进去一问，才知道你的著作竟积成了八九册之多了。将所有的你的和关于你的书全买将回来一读，仿佛是又接见了十余年不见的你那副音容笑语的样子。我忍不住了，一遍两遍的尽在翻读，愈读愈想和你通一次信，见一次面。但因这许多年数的不看报，不识世务，不亲笔砚的缘故，终于下了好几次决心。而仍不敢把这心愿来实现。

现在好了，关于我的一切结婚的事情的准备，也已经料理到了十之七八，而我那年老的娘，又在打算着于明天一侵早就进城去，早就上床去躺下了。我那可怜的寡妹，也因为白天操劳过了度，这时候似乎也已经坠入了梦乡，所以我可以静静儿的来练这久未写作的笔，实现我这已经怀念了有半个多月的心愿了。

提笔写将下来，到了这里，我真不知将如何的从头写起。和你相别以后，不通闻问的年数，隔得这么的多，读了你的著作以后，心里头触起的感觉情绪，又这么的复杂；现在当这一刻的中间，汹涌盘旋在我脑里想和你谈谈的话，的确，不止像一部二十四史那么的繁而且乱，简直是同将要爆发的火山内层那么的热而且烈，急遽寻不出一个头来。

我们自从房州海岸别来，到现在总也约莫有十多年光景了吧！我还记得那一天晴冬的早晨，你一个人立在寒风里送我上车回东京去的情形。你那篇《南迁》的主人公，写的是不是我？我自从那一年后，竟为这胸腔的恶病所压倒，与你再见一次面和通一封信的机会也没有，就此回国了。学校当然是中途退了学，连生存的希望都没有了的时候，哪里还顾得将来的立身处世？哪里还顾得身外的学艺修能？到这时候为止的我的少年豪气，我的绝大雄心，是你所晓得的。同级同乡的同学，只有你和我往来得最亲密。在同一公寓里同住得最长久的，也只有你一个人；时常劝我少用些功，多保养身体，预备将来为国家为人类致大用的，也就是你。每于风和日朗的晴天，拉我上多摩川上井之头公园及武藏野等近郊去散步闲游的，除你以外，更没有别的人了。那几年高等学校时代的愉快的生活，我现在只教一闭上眼，还历历透视得出来。看了你的许多初期的作品，这记忆更加新鲜了。我的所以愈读你的作品，愈想和你通一次信者，原因也就在这些过去的往事的追怀。这些都是你和我两人所共有的过去，我写也没有写得你那么好，就是不写你总也还记得的，所以我不想再说。我打算详详细细向你来作一个报告的，就是从那年冬天回故乡以后的十几年光景的山居养病的生活情形。

那一年冬天咯了血，和你一道上房州去避寒，在不意之中，又遇见了那个肺病少女——是真砂子罢？连她的名字我都忘了——无端惹起了那一场害人害己的恋爱事件。你送我回东京之后，住了一个多礼拜，我就回国来了。我们的老家在离城市有二十来里地的翁家山上，你是晓得的。回家住下，我自己对我的病，倒也没什么惊奇骇异的地方，可是我痰里的血丝，脸上苍白的，和身体的瘦削，却把我那已经守了好几年寡的老母急坏了，因为我那短命的父亲，也是患这同样的病而死去的。于是她就四处的去求神拜佛，采药求医，急得连粗茶淡饭都无心食用，头上的白发，也似乎一天一天的加多起来了。我哩！恋爱已经失败了，学业也已辍了，对于此生，原已没有多大的野心，所以就落得去由她摆布，积极地虽尽不得孝，便消极地尽了我的顺。初回家的一年中间，我简直门外也不出一步，各色各样的奇形的草药和各色各样的异味的单方，差不多都尝了一个遍。但是怪得很，连我自己都满以为没有希望的这致命的病症，一到了回国后经过的第二个夏天，竟似乎有神助似地忽然减轻了，夜热也不再发，盗汗也居然止住，痰里的血丝早就没有了。我的娘的喜欢，当然是不必说，就是在家里替我煮药缝衣，代我操作一切的我那位妹妹，也同春天的天气一样，时时展开了她的愁眉，露出了她那副特有的真真是讨人欢喜的笑容。到了初夏，我药也已经不服，有兴致的时候，居然也能够和她们一道山前山后去采采茶，摘摘菜，帮她们去服一点小小的劳役了。是在这一年的——回家后第三年的——秋天，在我们家里，同时候发生了两件似喜而又可悲，说悲却也可喜的悲喜剧。第一，就是我那妹妹的出嫁，第二，就是我定在城里的那家婚约的解除。妹妹那年十九岁了，男家是只隔一支山岭的一家乡下的富家。他们来说亲的时候，原是因为我们祖上是世代读书的，总算是来和诗礼人来攀婚的意思。定亲已经定过了四五年了，起初我娘却嫌妹年纪太小，不肯马上准他们来迎娶，后来就因为我的病，一搁就又搁起了两三年。到了这一回，我的病总算已经恢复，而妹妹却早到了该结婚的年龄了。男家来一说，我娘也就应允了他们。也算完了她自己的一件心事。至于我的这家亲事呢，却是我父亲在死的前一年为我定下的，女家是城里的一家相当有名的旧家。那时候我的年纪虽还很小，而我们家里的不动产却着实还有一点可观。并且我又是一个才子，将来家里要培植我读书处世是无疑的，所以那一家旧家居然也应允了我的婚事。以现在的眼光看来，这门亲事，当然是我们去竭力高攀的，因为杭州人家的习俗，是吃粥的人家的女儿，非要去嫁吃饭的人家不可的。还有乡下姑姑，嫁往城里，倒是常事，城里的千金小姐，却不大会下嫁到乡下来的，所以当时的这个婚约，起初在根本上就有点儿不对。后来经我父亲的一死，我们家里，丧葬费用，就用去不少。嗣后年复一年，母子三人，只吃着家里的死饭。亲族戚属，少不得又要对我们孤儿寡妇，时时加以一点剥削。母亲又忠厚无用，在出卖田地山场的时候，也不晓得市价的高低，大抵是任凭族人在勾搭。就因这种种关系的结果，到我考取了官费，上日本去留学的那一年，我们这一家世代读书的翁家山上的旧家，已经只剩得一点仅能维护衣食的住屋山场和几块荒田了。当我初次出国的时候，承蒙他们不弃，我那未来的亲家，还送了我些赆仪路费。后来由于寒假暑假回国的期间，也曾央原媒来催过完姻。可是接着就是我那致命的病症的发生，与我的学业的中辍，于是两三年中，他们和我们的中间，便自然而然的断绝了交往。到了这一年的晚秋，当我那妹妹嫁后不久的时候，女家忽而又央了原媒来对母亲说："你们的大少爷，有病在身，婚娶的事情，当然是不大相宜的，而他家的小姐，也已经下了绝大的决心，立志终身不嫁了，所以这一个婚约，还是解除了的好。"说着就打开包裹，将我们传红时候交去的金玉如意，红绿帖子等，拿了出来，退还了母亲。我那忠厚老实的娘，人虽则无用，但面子却是死要的，一听了媒人的这一番说话，目瞪口僵，立时就滚下几颗眼泪来。幸亏我在旁边，做好做歹的对娘劝慰了好久，她才含着眼泪，将女家的回礼及八字全帖等检出，交还了原媒。媒人去后，她又上山后我父亲的坟边去大哭一场。直到傍晚，我和同族邻人等一道去拉她回来，她在路上，还流着满脸的眼泪鼻涕，在很伤心地呜咽。这一出赖婚的怪剧，在我只有高兴，本来是并没有什么大不了的，可是由头脑很旧的她看来，却似乎是翁家世代的颜面家声都被他们剥尽了。自此以后，一直下来，将近十年，我和她母子二人，就日日的寡言少笑，相对茕茕，直到前年的冬天，我那妹夫死去，寡妹回来为止，两人所过的，都是些在炼狱里似的沉闷的日子。

　　说起我那寡妹，她真也是前世不修。人虽则很长大，身体虽则很强壮，但她的天性，却永远是一个天真活泼的小孩子。嫁过去那一年，来回郎的时候，她还是笑嘻嘻地如同上城里去了一趟回来了的样子，但双满月之后，到年下边回来的时候，从来不晓得悲泣的她，竟对我母亲掉起眼泪来了。她们夫家的公公虽则还好，但婆婆的繁言吝啬，小姑的刻薄尖酸和男人的放荡凶暴，使她一天到晚不到一刻安闲自在的生活。工作操劳本系是她在家里的时候所惯习的，倒并不以为苦，所最难受的，却是多用一枝火柴，也要受婆婆责备的那一种俭约到不可思议的生活状态。还有两位小姑，左一句尖话，右一句毒语，仿佛从前我娘的不准他们早来迎娶，致使她们的哥哥染上游荡的恶习，在外面养起了女人这一件事情，完全是妹妹的罪恶。结婚之后，新郎的恶习，仍旧改不过来，反而是在城里他那旧情人家里过的日子多，在新房里过的日子少。这一笔账，当然又要写在我妹妹的身上。婆婆说她不会侍奉男人，小姑们说她不会劝，不会骗。有时候公公看得难受，替她申辩一声，婆婆就尖着喉咙，要骂上公公的脸去："你这老东西！脸要不要，脸要不要，你这扒灰老！"因为那妹夫，过的是这一种不自然的生活，所以前年夏天，就染了急病死掉了，于是我那妹妹又多了个克夫的罪名。妹妹年轻守寡，公公少不得总要对她客气一点，婆婆在这里就算抓住了扒灰的证据，三日一场吵，五日一场闹，还是小事，有几次在半夜里，两老夫妇还会大哭大骂的喧闹起来。我妹妹于有一回被骂被逼得特别厉害的争吵之后，就很坚决地搬回到了家里来住了。自从她回来之后，我的娘非但得到了一个很大的帮手，就是我们家里的沉闷的空气，也缓和了许多。

  这就是和你别后，十几年来，我在家里所过的生活的大概。平时非但不上城里去走走，当风雪盈途的冬季，我和我娘简直有好几个月不出门外的时候。我妹妹回来之后，生活又约略变过了。多年不做的焙茶事业，去年也竟出产了一二百斤。我的身体，经了十几年的静养，似乎也有一点把握了。从今年起，我并且在山上的晏公祠里参加入了一个训蒙的小学，居然也做了一位小学教师。但人生是动不得的，稍稍一动，就如滚石下山，变化便要接连不断的簇生出来。我因为在教教书，而家里头又勉强地干起了一点事业，今年夏季居然又有人来同我议婚了。新娘是近邻乡村里的一位老处女，今年二十七岁，家里虽称不得富有，可也是小康之家。这位新娘，因为从小就读了些书，曾在城里进过学堂，相貌也还过得去——好几年前，我曾经在一处市场上看见过她一眼的——故而高不凑，低不就，等闲便度过了她的锦样的青春。我在教书的学校里的那位名誉校长——也是我们的同族——本来和她是旧亲，所以这位校长就在中间做了个传红线的冰人。我独居已经惯了，并且身体也不见得分外强健，若一结婚，难保得旧病的不会复发，故而对这门亲事，当初是断然拒绝了的。可是我那年老的母亲，却仍是雄心未死，还在想我结一头亲，生下几个玉树芝兰来，好重振重振我们的这已经坠落了很久的家声，于是这亲事又同当年生病的时候服草药一样，勉强地被压上我的身上来了。我哩，本来也已经入了中年了，百事原都看得很穿，又加以这十几年的疏散和无为，觉得在这世上任你什么也没甚大不了的事情，落得随随便便的过去，横竖是来日也无多了。只教我母亲喜欢的话，那就是我稍稍牺牲一点意见也使得。于是这婚议，就在很短的时间里，成熟得妥妥贴贴，现在连迎娶的日期也已经拣好了，是旧年九月十二。

是因为这一次的结婚，这才进城里去买东西，才发现了多年不见的你这老友的存在，所以结婚之日，我想请你来我这里吃喜酒，大家来谈谈过去的事情。你的生活，从你的日记和著作中看来，本来也是同云游的僧道一样的。让出一点工夫来，上这一区僻静的乡间来住几日，或者也是你所喜欢的事情。你来，你一定来，我们又可以回顾回顾一去而不复返的少年时代。

我娘的房间里，有起响动来了，大约天总就快亮了罢。这一封信，整整地费了我一夜的时间和心血，通宵不睡，是我回国以后十几年来不曾有过的经验,你单只看取了我的这一点热忱,我想你也不好意思不来。

啊,鸡在叫了,我不想再写下去了,还是让我们见面之后再来谈罢!

一九三二年九月　翁则生上

第二章

刚在北平住了个把月,重回到上海的翌日,和我进出的一家书铺里,就送了这一封挂号加邮托转交的厚信来。我接到了这信,捏在手里,起初还以为是一位我认识的作家,寄了稿子来托我代售的。但翻转信背一看,却是杭州翁家山的翁某某所发,我立时就想起了那位好学不倦,面容妩媚,多年不相闻问的旧同学老翁。他的名字叫翁矩,则生是他的小名。人生得矮小娟秀,皮色也很白净,因而看起来总觉得比他的实际年龄要小五六岁。在我们的一班里,算他的年纪最小,操体操的时候,总是他立在最后的,但实际上他也只不过比我小两岁。那一年寒假之后,和他同去房州避寒,他的左肺尖,已经被结核菌损蚀得很厉害了。住不上几天,一位也住在那边养肺病的日本少女,很热烈地和他要好了起来,结果是那位肺病少女的因兴奋而病剧,他也就同失了舵的野船似地迁回到了中国。以后一直十多年,我虽则在大学里毕了业,但关于他的消息,却一向还不曾听见有人说起过。拆开了这封长信,上书室去坐下,从头到尾细细读完之后,我呆视着远处,茫茫然如失了神的样子,脑子里也触起了许多感慨与回想。我远远的看出了他的那种柔和的笑容,听见了他的沉静而又清澈的声气。直到天将暗下去的时候,我一动也不动,还坐在那里呆想,而楼下的家人却来催吃晚饭了。在吃晚饭的中间，我就和家里的人谈起了这位老同学，将那封长信的内容约略说了一遍。家里的人，就劝我落得上杭州去旅行一趟，像这样的秋高气爽的时节，白白地消磨在煤烟灰土很深的上海，实在有点可惜，有此机会，落得去吃吃他的喜酒。

第二天仍旧是一天晴和爽朗的好天气，午后二点钟的时候，我已经到了杭州城站，在雇车上翁家山去了。但这一天，似乎是上海各洋行与机关的放假的日子，从上海来杭州旅行的人，特别的多。城站前面停在那里候客的黄包车，都被火车上下来的旅客雇走了，不得已，我就只好上一家附近的酒店去吃午饭。在吃酒的当中，问了问堂倌以去翁家山的路径，他便很详细地指示我说："你只教坐黄包车到旗下的陈列所，搭公共汽车到四眼井下来走上去好了。你又没有行李，天气又这么的好，坐黄包车直去是不上算的。"

得到了这一个指数，我就从容起来了，慢慢的喝完了半斤酒，吃了两大碗饭，从酒店出来，便坐车到了旗下。恰好是三点前后的光景，湖六段的汽车刚载满了客人，要开出去。我到了四眼井下车，从山下稻田中间的一条石板路走进满觉陇的时候，太阳已经平西到了三五十度斜角度的样子，是牛羊下山，行人归舍的时刻了。在满觉陇的狭路中间，果然遇见了许多中学校的远足归来的男女学生的队伍。上水乐洞口去坐下喝了一碗清茶，又拉住了一位农夫，问了声翁则生的名字，他就晓得得很详细似地告诉我说："是山上第二排的朝南的一家，他们那间楼房顶高，你一上去就可以看得见。则生要讨新娘子了，这几天他们正在忙着收拾。这时候则生怕还在晏翁祠的学堂里哩。"

谢过了他的好意，付过了茶钱，我就顺着上烟霞洞去的石级，一步一步的走上了山去。渐走渐高，人声人影是没有了，在将暮的晴天之下，我只看见了许多树影。在半山亭里立住歇了一歇，回头向东南一望，看得见的，只有些青葱的山和如云的树，在这些绿树丛中又是些这儿几点，那儿一簇的屋瓦和白墙。

"啊啊，怪不得他的病会得好起来了，原来翁家山是在这样的一个好地方。"

烟霞洞我儿时也曾来过的。但当这样晴爽的秋天，于这一个西下夕阳东上月的时刻，独立在山中的空亭里，来仔细赏玩景色的机会，却还不曾有过。我看见了东天的已经满过半弓的月亮，心里正在羡慕翁则生他们老家的处地的幽深，而从背后又吹来了一阵微风，里面竟含满着一种说不出的撩人的桂花香气。

"啊……"

我又惊异了起来："原来这儿到这时候还有桂花？我在以桂花著名的满觉陇里，倒不曾看到，反而在这一块冷僻的山里面来闻吸浓香，这可真也是奇事了。"

这样的一个人独自在心中惊异着，闻吸着，赏玩着，我不知在那空亭里立了多少时候。突然从脚下树丛深处，却幽幽的有晚钟声传过来了，东嗡，东嗡地这钟声实在真来得缓慢而凄清。我听得耐不住了，拔起脚跟，一口气就走上了山顶，走到了那个山下农夫曾经教过我的烟霞洞西面翁则生家的近旁。约莫离他家还有半箭路远时候，我一面喘着气，一面就放大了喉咙向门里面叫了起来："喂，老翁！老翁！则生！翁则生！"

听见了我的呼声，从两扇关在那里的腰门里开出来答应的却不是被我所唤的翁则生自己，而是我从来也没有见过的，比翁则生略高三五分的样子，身体强健，两颊微红，看起来约莫有二十四五的一位女性。

她开出了门,一眼看见了我,就立住脚惊疑似地略呆了一呆。同时我看见她脸上却涨起了一层红晕,一双大眼睛眨了几眨,深深地吞了一口气。她似乎已经镇静下去了,便很腼腆地对我一笑。在这一脸柔和的笑容里,我立时就看到了翁则生的面相与神气,当然她是则生的妹妹无疑了,走上了一步,我就也笑着问她说:

"则生不在家么?你是他的妹妹不是?"

听了我这一句问话,她脸上又红了一红,柔和地笑着,半俯了头,她方才轻轻地回答我说:

"是的,大哥还没有回来,你大约是上海来的客人罢?吃中饭的时候,大哥还在说哩!"

这沉静清澈的声气,也和翁则生的一色而没有两样。

"是的,我是从上海来的。"

我接着说:

"我因为想使则生惊骇一下,所以电报也不打一个来通知,接到他的信后,马上就动身来了。不过你们大哥的好日也太逼近了,实在可也没有写一封信来通知的时间余裕。"

"你请进来罢,坐坐吃碗茶,我马上去叫了他来。怕他听到了你来,真要惊喜得像疯了一样哩。"

走上台阶,我还没有进门,从客堂后面的侧门里,却走出了一位头发雪白,面貌清癯,大约有六十内外的老太太来。她的柔和的笑容,也是和她的女儿的笑容一色一样的。似乎已经听见了我们在门口交换过的谈话了,她一开口就对我说:

"是郁先生么?为什么不写一封快信来通知?则生中午还在说,说你若要来,他打算进城上车站去接你的。请坐,请坐,晏公祠只有十几步路,让我去叫他来罢,怕他真要高兴得像什么似的哩。"说完了,她就朝向了女儿,吩咐她上厨下去烧碗茶来。她自己却踏着很平稳的脚步,走出大门,下台阶去通知则生去了。

"你们老太太倒还轻健得很。"

"是的,她老人家倒还好。你请坐罢,我马上沏了茶来。"

她上厨下去起茶的中间,我一个人,在客堂里倒得了一个细细观察周围的机会。则生他们的住屋,是一间三开间而有后轩后厢房的楼房。前面阶沿外走落台阶,是一块可以造厅造厢楼的大空地。走过这块数丈见方的空地,再下两级台阶,便是村道了。越村道而下,再低数尺,又是一排人家的房子。但这一排房子,因为都是平屋,所以挡不杀翁则生他们家里的眺望。立在翁则生家的空地里,前山后山的山景,是依旧历历可见的。屋前屋后,一段一段的山坡上,都长着些不大知名的杂树,三株两株夹在这些杂树中间,树叶短狭,叶与细枝之间,满撒着锯末似的黄点的,却是木犀花树。前一刻在半山空亭里闻到的香气,源头原来系出在这一块地方的。太阳似乎已下山,澄明的光里,已经看不见日轮的金箭,而山脚下的树梢头,也早有一带晚烟笼上了。山上的空气,真静得可怜,老远老远的山脚下的村里,小儿在呼唤的声音,也清晰得地听得出来。我在空地里立了一会,背着手又踱回到了翁家的客厅,向四壁挂在那里的书画一看,却使我想起了翁则生信里所说的事实。琳琅满目,挂在那里的东西,果然是件件精致,不像是乡下人家的俗恶的客厅。尤其使我看得有趣的,是陈豪写的一堂《归去来辞》的屏条,墨色的鲜艳,字迹的秀腴,有点像董香光而更觉得柔媚。翁家的世代书香,只须上这客厅里来一看就可以知道了。我立在那里看字画还没有看得周全,忽而背后门外老远的就飞来了几声叫声:

"老郁!老郁!你来得真快!"

翁则生从小学校里跑回来了,平时总很沉静的他,这时候似乎也感到了一点兴奋。一走进客堂,他握住了我的两手,尽在喘气,有好几秒钟说不出话来。等落在后面的他娘走到的时候,三人才各放声大笑了起来。这时候他妹妹也已经将茶烧好,在一个朱漆盘里放着三碗搬出来摆上桌子来了。

"你看,则生这小孩,他一听见我说你到了,就同猴子似的跳回来了。"他娘笑着对我说。

"老翁!说你生病生病,我看你倒仍旧不见得衰老得怎么样,两人比较起来,怕还是我老得多哩?"

我笑说着,将脸朝向了他的妹妹,去征她的同意。她笑着不说话,只在守视着我们的欢喜笑乐的样子。则生把头一扭,向她娘指一指,就接着对我说:

"因为我们的娘在这里,所以我不敢老下去吓。并且媳妇儿也还不曾娶到,一老就得做老光棍了,那还了得!"

经他这么一说,四个人重又大笑起来了,他娘的老眼里几乎笑出了眼泪。则生笑了一会,就重新想起了似的替他妹妹介绍:

"这是我的妹妹,她的事情,你大约是晓得的罢?我在那信里是写得很详细的。"

"我们可不必你来介绍了,我上这儿来,头一个见到的就是她。"

"噢,你们倒是有缘啊!莲,你猜这位郁先生的年纪,比我大呢,还是比我小?"

他妹妹听了这一句话,面色又涨红了,正在嗫嚅困惑的中间,她娘却止住了笑,问我说:

"郁先生,大约是和则生上下年纪罢?"

"那里的话,我要比他大得多哩。"

"娘,你看还是我老呢,还是他老?"

则生又把这问题转向了他的母亲。他娘仔细看了我一眼,就对他笑骂般的说:"自然是郁先生来得老成稳重,谁更像你那样的不脱小孩脾气呢!"

说着,她就走近了桌边,举起茶碗来请我喝茶。我接过来喝了一口,在茶里又闻到了一种实在是令人欲醉的桂花香气。掀开了茶碗盖,我俯首向碗里一看,果然在绿莹莹的茶水里散点着有一粒一粒的金黄的花瓣。则生以为我在看茶叶,自己拿起了一碗喝了一口,他就对我说:

"这茶叶是我们自己制的,你说怎么样?"

"我并不在看茶叶,我只觉这触鼻的桂花香气,实在可爱得很。"

"桂花吗?这茶叶里的还是第一次开的早桂,现在在开的迟桂花,才有味哩!因为开得迟,所以日子也经得久。"

"是的是的,我一路上走来,在以桂花著名的满觉陇里,倒闻不着桂花的香气。看看两旁的树上,都只剩了一簇一簇的淡绿的桂花托子了,可是到了这里,却同做梦似地,所闻吸的尽是这种浓艳的气味。老翁,你大约是已经闻惯了,不觉得什么罢?我……我……"

说到了这里,我自家也忍不住笑了起来。则生尽管在追问我,"你怎么样?你怎么样?"到了最后,我也只好说了:"我,我闻了,似乎要起性欲冲动的样子。"

则生听了,马上就大笑了起来,他的娘和妹妹虽则并没有明确地了解我们的说话的内容,但也晓得我们是在说笑话,母女俩便含着微笑,上厨下去预备晚饭去了。

我们两人在客厅上谈谈笑笑,竟忘记了点灯,一道银样的月光,从门里洒进来了。则生看见了月亮,就站起来想去拿煤油灯,我却止住了他，说："在月光底下清谈，岂不是很好么？你还记不记得起，那一年在井之头公园里的一夜游行？"

所谓那一年者，就是翁则生患肺病的那一年秋天。他因为用功过度，变成了神经衰弱症。有一天，他课也不去上，竟独自一个在公寓里发了一天的疯。到了傍晚，他饭也不吃，从公寓里跑出去了。我接到了公寓主人的注意，下学回来，就远远地在守视着他，看他走出公寓，就也追踪着他，远远地跟他一道到了井之头公园。从东京到井之头公园去的高架电车，本来是有前后的两乘，所以在电车上，我和他并不遇着。直到下车出车站之后，我假装无意中和他冲见了似的同他招呼了。他红着双颊，问我这时候上这野外来干什么，我说是来看月亮的，记得那一晚正是和这天一样地有月亮的晚上。两人笑了一笑，就一道的在井之头公园的树林里走到了夜半方才回来。后来听他的自白，他是在那一天晚上想到井之头公园去自杀的，但因为遇见了我，谈了半夜，胸中的烦闷，有一半消散了，所以就同我一道又转了回来。"无限胸中烦闷事，一宵清话又成空！"他自白的时候，还念出了这两句诗来，借作解嘲。以后他就因伤风而发生肺炎，肺炎愈后，就一直的为结核菌所压倒了。

谈了许多怀旧话后，话头一转，我就提到了他的这一回的喜事。

"这一回的喜事么？我在那信里也曾和你说过。"

谈话的内容，一从空想追怀转向了现实，他的声气就低下了去，又回复了他旧日的沉静的态度。

"在我是无可无不可的，对这事情最起劲的，倒是我的那位年老的娘，这一回的一切准备麻烦，都是她老人家在替我忙的。这半个月中间，她差不多日日跑城里。现在是已经弄得完完全全，什么都预备好了，明朝一日，就要来搭灯彩，下午是女家送嫁妆来，后天就是正日。可是老郁，有一件事情，我觉得很难受，就是莲儿——这是我妹妹的小名——近来，似乎是很不高兴的样子，她话虽则不说，但因为她是很天真的缘故，所以在态度上表情上处处我都看得出来。你是初同她见面，所以并不觉得什么，平时她着实要活泼哩，简直活泼得同现代的那些时髦女郎一样，不过她的活泼是天性的纯真，而那些现代女郎，却是学来的时髦。按说哩，这心绪的恶劣，也是应该的，她虽则是一个纯真的小孩子，但人非木石，究竟总有一点感情，看到了我们这里的婚事热闹，无论如何，总免不得要想起她自己的身世凄凉的。并且还有一个最重要的动机，仿佛是她觉得自己今后的寄身无处。这儿虽是娘家，但她却是已经出过嫁的女儿了，哥哥讨了嫂嫂，她还有什么权利再寄食在娘家呢？所以我当这婚事在谈起的当初，就一次两次的对她说过了，不管它怎样，她总是我的妹妹，除非她要再嫁，则没有话说，要是不然的话，那她是一辈子有和我同居，和我对分财产的权利的，请她千万不要自己感到难过。这一层意思，她原也明白，我的性情，她是晓得的，可是不晓得怎么，她近来似乎总有点不大安闲的样子。你来得正好，顺便也可以劝劝她。并且明天发嫁妆结灯彩之类的事情，怕她看了又要想到自己的身世，我想明朝一早就叫她陪你出去玩去，省得她在家里一个人在暗中受苦。"

"那好极了，我明天就陪她出去玩一天回来。"

"那可不对，假使是你陪她出去玩的话，那是形迹更露，愈加要使她难堪了。非要装作是你要她去作陪不行。仿佛是你想出去玩，但我却没有工夫陪你，所以只好勉强请她和你一道出去。要这样，她才安逸。"

"好,好,就这么办,明天我要她陪我去逛五云山去。"

正谈到这里,他的那位老母从客室后面的那扇侧门里走出来了,看到了我们坐在微明灰暗的客室里谈天,她又笑了起来说:

"十几年不见的一段总账,你们难道想在这几刻工夫里算它清来么?有什么话谈得那么起劲,连灯都忘了点一点?则生,你这孩子真像是疯了,快立起来,把那盏保险灯点上。"

说着她又跑回到了厨下,去拿了一盒火柴出来。则生爬上桌子,在点那盏悬在客室正中的保险灯的时候,她就问我吃晚饭之先,要不要喝酒。则生一边在点灯,一边就从肩背上叫他娘说:

"娘,你以为他也是肺痨鬼么?郁先生是以喝酒出名的。"

"那么你快下来去开坛去罢,今天挑来的是那两坛酒,不晓得好不好,请郁先生尝尝看。"

他娘听了他的话后,就也昂起了头,一面在看他点灯,一则在催他下来去开酒去。

"幸而是酒,请郁先生先尝一尝新,倒还不要紧,要是新娘子,那可使不得。"

他笑说着从桌子上跳了下来,他娘眼睛望着了我,嘴唇却朝着了他啐了一声说:

"你看这孩子,说话老是这样不正经的!"

"因为他要做新郎官了,所以在高兴。"

我也笑着对他娘说了一声,旋转身就一个踱出了门外,想看一看这翁家山的秋夜的月明,屋内且让他们母子俩去开酒去。

月光下的翁家山,又不相同了。从树枝里筛下来的千条万条银线,像电影里的白天的外景。不知躲在什么地方的许多秋虫的鸣唱,骤听之下,满以为在下急雨。白天的热度,日落之后,忽然收敛了,于是草木很多的这深山顶上,就也起了一层白茫茫的透明雾障。山上电灯线似乎还没有接上,远近一家一家看得见的几点煤油灯光,仿佛是大海湾里的渔灯野火。一种空山秋夜的沉默的感觉,处处在高压着人,使人肃然会起一种畏敬之思。我独立在庭前的月光亮里看不上几分钟,心里就有点寒辣辣的怕了起来,回身再走回客室,酒菜杯筷,都已热气蒸腾的摆好在那里候客了。

四个人当吃晚饭的中间,则生又说了许多笑话。因为在前回听取一番他所告诉我的衷情之后,我于举酒杯的瞬间,偷眼向她妹妹望望,觉得在她的柔和的笑脸上,的确似乎是有一种说不出的悲寂的表情流露在那里的样子。这一餐晚饭,吃尽了许多时间,我因为白天走路走得不少,而谈话之后又感到了一点兴奋,肚子有点饿了,所以酒和菜,竟吃得比平时要多一倍。到了最后将快吃完的当儿,我就向则生提出说:

"老翁,五云山我倒还没有去玩过,明天你可不可以陪我一道去玩一趟?"

则生仍复以他的那种滑稽的口吻回答我说:"到了结婚的前一日,新郎官哪里走得开呢,还是改天再去罢。等新娘子来了之后,让新郎新娘抬了你去烧香,也还不迟。"

我却仍复主张着说,明天非去不行。则生就说:

"那么替你去叫一顶轿子来,你坐了轿子去,横竖是明天轿夫会来的。"

"不行不行,游山玩山,我是喜欢走的。"

"你认得路么?"

"你们这一种乡下的僻路,我哪里会认得呢?"

"那就怎么办呢?……"

则生抓着头皮,脸上露出了一脸为难的神气。停了一二分钟,他就举目向他的妹妹说：

"莲，你怎么样！你是一位女豪杰，走路又能走，地理又熟悉，你替我陪了郁先生去怎么样？"

他妹妹也笑了起来，举起眼睛来向她娘看了一眼。接着她娘就说：

"好的，莲，还是你陪了郁先生去罢，明天你大哥是走不开的。"

我一看她脸上的表情，似乎已经有了答应的意思了，所以又追问了她一声说：

"五云山可着实不近哩，你走得动的么？回头走到半路，要我来背，那可办不到。"

她听了这话，就真同从心坎里笑出来的一样笑着说：

"别说五云山，就是老东岳，我们也一天要往返两次哩。"

从她的红红的双颊，挺突的胸脯，和肥圆的肩臂看来，这句话也绝不是她夸的大口。吃完晚饭，又谈了一阵闲天，我们因为明天各有忙碌的操作在前，所以一早就分头到房里去睡了。

山中的清晓，又是一种特别的情景。我因为昨天夜里多喝了一点酒，上床去一睡，就同大石头掉下海里似的，一直就酣睡到了天明。窗外面吱吱唧唧的鸟声喧噪得厉害，我满以为还是夜半，月明将野鸟惊醒了，但睁开眼掀开帐子来一望，窗内窗外已饱浸着晴天爽朗的清晨光线，窗子上面的一角，却已经有一缕朝阳的红箭射到了。急忙滚出了被窝，穿起衣服，跑下楼去一看，他们母子三人，也已梳洗得妥妥服服，说是已经在做了个把钟头的事情之后。平常他们总是于五点钟前后起床的。这一种日出而作，日入而息的山中住民的生活秩序，又使我对他们感到了无穷的敬意。四人一道吃过了早餐，我和则生的妹妹，就整了一整行装，预备出发。临行之际，他娘又叫我等一下子，她很迅速地跑上楼去取了一枝黑漆手杖下来，说，这是则生生病的时候用过的，走山路的时候，用它来撑扶撑扶，气力要省得多。我谢过了她的好意，就让则生的妹妹上前带路，走出了他们的大门。

早晨的空气，实在澄鲜得可爱。太阳已经升高了，但它的领域，还只限于屋檐，树梢，山顶等突出的地方。山路两旁的细草上，露水还没有干，而一味清凉触鼻的绿色草气，和入在桂花香味之中，闻了好像是宿梦也能摇醒的样子。起初还在翁家山村内走着，则生的妹妹，对村中的同性，三步一招呼，五步一立谈的应接得忙不暇给。走尽了这村子的最后一家，沿了入谷的一条石板路走上下山面的时候，遇见的人也没有了，前面眺望，也转换了一个样子。朝我们去的方向看去，原又是冈峦的起伏和别墅的纵横，但稍一住脚，掉头向东面一望，一片同呵了一口气的镜子似的湖光，却躺在眼下了。

远远从两山之间的谷顶望去，并且还看得出一角城里的人家，隐约藏躲在尚未消尽的湖雾当中。

我们的路先朝西北，后又向西南，先下了山坡，后又上了山背，因为今天有一天的时间，可以供我们消磨，所以一离了村境，我就走得特别的慢。每这里看看，那里看看的看个不住。若看见了一件稍可注意的东西，那不管它是风景里的一点一堆，一山一水，或植物界的一草一木与动物界的一鸟一虫，我总要拉住了她，寻根究底的问得它仔仔细细。说也奇怪，小时候只在村里的小学校里念过四年书的她——这是她自己对我说的——对于我所问的东西，却没有一样不晓得的。关于湖上的山水古迹，庙宇楼台哩，那还不要去管它，大约是生长在西湖附近的人，个个都能够说出一个大概来的，所以她的知道得那么详细，倒还在情理之中，但我觉得最奇怪的，却是她的关于这西湖附近的区域之内的种种动植物的知识。无论是如何小的一只鸟，一个虫，一株草，一棵树，她非但各能把它们的名字叫出来，并且连几时孵化，几时他迁，几时鸣叫，几时脱壳，或几时开花，几时结实，花的颜色如何，果的味道如何等，都说得非常有趣而详尽，使我觉得仿佛是在读一部活的桦候脱的《赛儿鹏自然史》(G.White's *Natural History and Antiquities of Selborne*)。而桦候脱的书，却绝没有叙述得她那么朴质自然则富于刺激，因为听听她那种舒徐清澈的语气，看看她那一双天生成像饱使过耐吻胭脂般的红唇，更加上了以她所特有的那一脸微笑，在知识分子之外还不得不添一种情的成分上去，于书的趣味之上更要兼一层人的风韵在里头。我们慢慢地谈着天，走着路，不上一个钟头的光景，我竟恍恍惚惚，像又回复了青春时代似的完全为她迷倒了。

她的身体，也真发育得太完全，穿的虽是一件乡下裁缝做的不大合式的大绸夹袍，但在我的前面一步一步的走去，非但她的肥突的后部，紧密的腰部，和斜圆的胫部的曲线，看得要簇生异想，就是她的两只圆而且软的肩膊，多看一歇，也要使我贪鄙起来。立在她的前面和她讲话哩，则那一双水汪汪的大眼，那一个隆正的尖鼻，那一张红白相间的椭圆嫩脸，和因走路走得气急，一呼一吸涨落得特别快的那个高突的胸脯，又要使我恼杀。还有她那一头不曾剪去的黑发哩，梳的虽然是一个自在的懒髻，但一映到了她那个圆而且白的额上，和短而且腴的颈际，看起来，又格外的动人。总之，我在昨天晚上，不曾在她身上发见的康健和自然的美点，今天因这一回的游山，完全被我观察到了。此外我又在她的谈话之中，证实了翁则生也和我曾经讲到过的她的生性的活泼与天真。譬如我问她今年几岁了？她说，二十八岁。我说这真看不出，我起初还以为你只有二十三四岁，她说，女人不生产是不大会老的。我又问她，对于则生这一回的结婚，你有点什么感触？她说，另外也没有什么，不过以后长住在娘家，似乎有点对不起大哥和大嫂。像这一类的纯粹真率的谈话，我另外还听取了许多许多，她的朴素的天性，真真如翁则生之所说，是一个永久的小孩子的天性。

爬上了龙井狮子峰下的一处平坦的山顶，我于听了一段她所讲的如何栽培茶叶，如何摘取焙烘，与那时候的山家生活的如何紧张而有趣的故事之后，便在路旁的一块大岩石上坐下来了。遥对着在晴天下太阳光是躺着的杭州城市，和近水遥山，我的双眼只凝视着苍空的一角，有半晌不曾说话。一边在我的脑里，却只在回想着德国的一位名延生（Jenson）的作家所著的一部小说《野紫薇立喀》(Die Braune Erika)。这小说后来又有一位英国的作家哈特生（Hodson）摹仿了，写了一部《绿阴》(Green Mansions)。两部小说里所描写的，都是一个极可爱的生长在原野里的天真的女性，而女主人公的结果，后来都是不太好的。我沉默着痴想了许久，她却从我背后用了她那只肥软的右手很自然地搭上了我的肩膀。

"你一声也不响的在那里想什么？"

我就伸上手去把她的那只肥手捏住了，一边就扭转了头微笑着看入了她的那双大眼，因为她是坐在我的背后的。我捏住了她的手又默默地对她注视了一分钟，但她的眼里脸上却丝毫也没有羞惧兴奋的痕迹出现，她的微笑，还依旧同平时一点儿也没有什么的笑容一样。看了我这一种奇怪的形状，她过了一歇，反又很自然的问我说：

"你究竟在那里想什么？"

倒是我被她问得难为情起来了,立时觉得两颊就潮热了起来。先放开了那只被我捏住在那儿的她的手,然后干咳了两声,最后我就鼓动了勇气,发了一声同被绞出来似的笑语:

"我……我在这儿想你!"

"是在想我的将来如何的和他们同住么?"

她的这句反问,又是非常的率真而自然,满以为我是在为她设想的样子。

我只好沉默着把头点了几点,而眼睛里却酸溜溜的觉得有点热起来了。

"啊,我自己倒并没有想得什么伤心,为什么,你,你却反而为我流起眼泪来了呢?"

她像吃了一惊似的立了起来问我,同时我也立起来了,且在将身体起立的行动当中,乘机拭去了我的眼泪。我的心地开朗了,欲情也净化了,重复向南慢慢走上岭去的时候,我就把刚才我所想的心事,尽情告诉了她。我将那两部小说的内容讲给了她听,我将我自己的邪心说出来,我对于我刚才所触动的那一种自己的心情,更下了一个严正的批判,末后,便这样的对她说:

"对于一个洁白得同白纸似的天真小孩,而加以玷污,是不可赦免的罪恶。我刚才的一念邪心,几乎要使我犯下这个大罪了。幸亏是你的那颗纯洁的心,那颗同高山上的深雪似的心,却救我出了这一个险。不过我虽则犯罪的形迹没有,但我的心,却是已经犯过罪的。所以你要罚我的话,就是处我以死刑,我也毫无悔恨。你若以为我是那样卑鄙,而将来永没有改善的希望的话,那今天晚上回去之后,向你大哥母亲,将我的这一种行为宣布了也可以。不过你若以为这是我的一时糊涂,将来是永也不会再犯的话,那请你相信我的誓言,以后请你当我作你大哥一样那么的看待,你若有急有难,有不了的事情,我总情愿以死来代替着你。"

当我在对她作这些忏悔的时候,两人起初是慢慢在走的,后来又在路旁坐下了。说到了最后的一节,倒是她反同小孩子似的发着抖,捏住了我的两手,倒入了我的怀里。呜呜咽咽的哭了起来。我等她哭了一阵之后,就拿出了一块手帕来替她揩干了眼泪,将我的嘴唇轻轻地搁到了她的头上。两人偎抱着沉默了好久,我又把头俯了下去,问她,我所说的这段话的意思,究竟明白了没有。她眼看着了地上,把头点了几点。我又追问了她一声:

"那么你承认我以后做你的哥哥了不是?"

她又俯视着把头点了几点,我撒开了双手,又伸出去把她的头捧了起来,使她的脸正对着了我。对我凝视了一会,她的那双泪珠还没有收尽的水汪汪的眼睛,却笑起来了。我乘势把她一拉,就同她搀着手并立了起来。

"好,我们是已经决定了,我们将永久地结作最亲爱最纯洁的兄妹。时候已经不早了,让我们快一点走,赶上五云山去吃午饭去。"

我这样说着,搀着她向前一走,她也恢复了早晨刚出发的时候的元气,和我并排着走向了前面。

两人沉默着向前走了几十步之后,我侧眼向她一看,同奇迹似的忽而在她的脸上看出了一层一点儿忧虑也没有的满含着未来的希望和信任的圣洁的光耀来。这一种光耀,却是我在这一刻以前的她的脸上从没有看见过的。我愈看愈觉得对她生起敬爱的心思来了,所以不知不觉,在走路的当中竟接连着看了她好几眼。本来只是笑嘻嘻地在注视着前面太阳光里的五云山的白墙头的她,因为我的脚步的迟乱,似乎也感觉到了我的注意力的分散了,将头一侧,她的双眼,却和我的视线接成了两条轨道。她又笑起来了，同时也放慢了脚步。再向我看了一眼，她才腼腆地开始问我说：

"那我以后叫你什么呢？"

"你叫则生叫什么，就叫我也叫什么好了。"

"那么——大哥！"

大哥的两字，是很急速的紧连着叫出来的，听到了我的一声高声的"啊！"的应声之后，她就涨了脸，撒开了手，大笑着跑上前面去了。一面跑，一面她又回转头来，"大哥！""大哥！"的接连叫了我好几声。等我一面叫她别跑，一面我自己也跑着追上了她背后的时候，我们的去路已经变成了一条很窄的石岭，而五云山的山顶，看过去也似乎是很近了。仍复了平时的脚步，两人分着前后，在那条窄岭上缓步的当中，我才觉得真真是成了她的哥哥的样子，满含着了慈爱，很正经地吩咐她说：

"走得小心，这一条岭多么险啊！"

走到了五云山的财神殿里，太阳刚当正午，庙里的人已经在那里吃中饭了。我们因为在太阳底下的半天行路，口已经干渴得像旱天的树木一样，所以一进客堂去坐下，就教他们先起茶来，然后再开饭给我们吃。洗了一个手脸，喝了两三碗清茶，静坐了十几分钟，两人的疲劳兴奋，都已平复了过去，这时候饥饿却抬起头来了，于是就又催他们快点开饭。这一餐只我和她两人对食的五云山上的中餐，对于我正敌得过英国诗人所幻想着的亚力山大王的高宴。若讲到心境的满足，和谐，与食欲的高潮亢进，那恐怕亚力亚山大王还不及当时的我。

吃过午饭，管庙的和尚又领我们上前后左右去走了一圈。这五云山，实在是高，立在庙中阁上，开窗向东北一望，湖上的群山，都像青色的土堆了。本来西湖的山水的妙处，就在于它的比舞台上的布景又真实伟大一点,而比各处的名山大川又同盆景似地整齐渺小一点这地方。而五云山的气概,却又完全不同了。以其山之高与境的僻,一般脚力不健的游人是不会到的,就在这一点上,五云山已略备着名山的资格了,更何况前面远处,蜿蜒盘曲在青山绿野之间的,是一条历史上也着实有名的钱塘江水呢?所以若把西湖的山水,比作一只锁在铁笼子里的白熊来看,那这五云山峰与钱塘江水,便是一只深山的野鹿。笼里的白熊,是只能满足满足胆怯无力者的冒险雄心的;至于深山的野鹿,虽没有高原的狮虎那么雄壮,但一股自由奔放之情,却可以从它那里摄取得来。

　　我们在五云山的南面又看了一会钱塘江上的帆影与青山,就想动身上我们的归路了,可是举起头来一望,太阳还在中天,只西偏了没有几分。从此地回去,路上若没有耽搁,是不消两个钟头就能到翁家山上的;本来是打算出来把一天光阴消磨过去的我们,回去得这样的早,岂不是辜负了这大好的时间了么?所以走到五云山西南角的一条狭路边上的时候,我就又立了下来,拉着了她的手亲亲热热地问了她一声:

　　"莲,你还走得动走不动?"

　　"起码三十里路总还可以走的。"

　　她说这句话的神气,是富有着自信和决断,一点也不带些夸张卖弄的风情,真真是自然到了极点,所以使我看了不得不伸上手去,向她的下巴底下拨了一拨。她怕痒:缩着头颈笑起来了,我也笑开了大口,对她说:

　　"让我们索性上云栖去罢!这一条是去云栖的便道,大约走下去,总也没有多少路的,你若是走不动的话,我可以背你。"

　　两人笑着说着,似乎只转瞬之间,已经把那条狭窄的下山便道走尽了大半了。山下面尽是些绿玻璃似的翠竹,西斜的太阳晒到了这条坞里,一种又清新又寂静的淡绿色的光同清水一样,满浸在附近的空气里在流动。我们到了云栖寺里坐下,刚喝完了一碗茶,忽而前面的大殿上,有嘈杂的人声起来了,接着就走进了两位穿着分外宽大的黑布和尚衣的老僧来。知客僧便指着他们夸耀似地对我们说:

"这两位高僧,是我们方丈的师兄,年纪都快八十岁了,是从城里某公馆里回来的。"

城里的某巨公,的确是一位佞佛的先锋,他的名字,我本系也听见过的,但我以为同和尚来谈这些俗天,也不大相称,所以就把话头扯了开去,问和尚大殿上的嘈杂的人声,是为什么而起的。知客僧轻鄙似地笑了一笑说:

"还不是城里的轿夫在敲酒钱,轿钱是公馆里付了来的,这些穷人心实在太凶。"

这一个伶俐世俗的知客僧的说话,我实在听得有点厌起来了,所以就要求他说:

"你领我们上寺前寺后去走走罢?"

我们看过了"御碑"及许多石刻之后,穿出大殿,那几个轿夫还在咕噜着没有起身。我一半也觉得走路走得太多了,一半也想给那个知客僧以一点颜色看看,所以就走了上去对轿夫说:

"我给你们两块钱一个人,你们抬我们两人回翁家山去好不好?"

轿夫们喜欢极了,同打过吗啡针后的鸦片嗜好者一样,立时将态度一变,变得有说有笑了。

知客僧又陪我们到了寺外的修竹丛中,我看了竹上的或刻或写在那里的名字诗句之类,心里倒有点奇怪起来,就问他这是什么意思。于是他也同轿夫他们一样,笑眯眯地对我说了一大串话。我听了他的解释,倒也觉得非常有趣,所以也就拿出了五圆纸币,递给了他,说:

"我们也来买两枝竹放放生罢!"

说着我就向立在我旁边的她看了眼,她却正同小孩子得到了新玩意儿还不敢去抚摸的一样,微笑着靠近了我的身边轻轻地问我:

"两枝竹上,写什么名字好?"

"当然是一枝上写你的,一枝上写我的。"

她笑着摇摇头说:

"不好,不好,写名字也不好,两个人分开了写也不好。"

"那么写什么呢?"

"只教把今天的事情写下去就对。"

我静立着想了一会,恰好那知客僧向寺里去拿的油墨和笔也已经拿到了。我拣取了两株并排着的大竹,提起笔来,就各写上了"郁翁兄妹放生之竹"的八个字。将年月日写完之后,我搁下了笔,回头来问她八个字怎么样,她真像是心花怒放似的笑着,不说话而尽在点头。在绿竹之下的这一种她的无邪的憨态,又使我深深地,深深地受到了一个感动。

坐上轿子,向西向南的在竹荫之下走了六七里坂道,出梵村,到闸口西首,从九溪口折入九溪十八涧的山坳,登杨梅岭,到南高峰下的翁家山的时候,太阳已经悬在北高峰与天竺山的两峰之间了。他们的屋里,早已挂上了满堂的灯彩,上面的一对红灯,也已经点尽了一半的样子。嫁妆似乎已经在新房里摆好,客厅上看热闹的人,也早已散了。我们轿子一到,则生和他的娘,就笑着迎了出来,我付过轿钱,一跨进门槛,他娘就问我说:

"早晨拿出去的那枝手杖呢？"

我被她一问，方才想起，便只笑着摇摇头对她慢声的说：

"那一枝手杖么——做了我的祭礼了。"

"做了你的祭礼？什么祭礼？"则生惊疑似地问我。

"我们在狮子峰下，拜过天地，我已经和你妹妹结成了兄妹了。那一枝手杖，大约是忘记在那块大岩石的旁边的。"

正在这个时候，先下轿而上楼去换了衣服下来的他的妹妹，也嬉笑着，走到了我们的旁边。则生听了我的话后，就也笑着对他的妹妹说：

"莲，你们真好！我们倒还没有拜堂，而你和老郁，却已经在狮子峰拜过天地了，并且还把我的一枝手杖忘掉，作了你们的祭礼。娘！你说这事情应怎么罚罚他们？"

经他这一说，说得大家都笑了起来，我也情愿自己认罚，就认定后日房，算作是我一个人的东道。

这一晚翁家请了媒人，及四五个近族的人来吃酒，我和新郎官，在下面奉陪。做媒人的那位中老乡绅，身体虽则并不十分肥胖，但相貌态度，却也是很富裕的样子。我和他两人干杯，竟干满了十八九杯。因酒有点微醉，而日里的路，也走得很多，所以这一晚睡得比前一晚还要沉熟。

九月十二的那一天结婚正日，大家整整忙了一天。婚礼虽系新旧合参的仪式，但因两家都不喜欢铺张，所以百事也还比较简单。午后五时，新娘轿到，行过礼后，那位好好先生的媒人硬要拖我出来，代表来宾，说几句话。我推辞不得，就先把我和则生在日本念书时候的交情说了一说，末了我就想起了则生同我说的迟桂花的好处，因而就抄了他的一段来恭祝他们：

"则生前天对我说，桂花开得愈迟愈好，因为开得迟，所以经得日子久。现在两位的结婚，比较起平常的结婚年龄来，似乎是觉得大一点了，但结婚结得迟，日子也一定经得久。明年迟桂花开的时候，我一定还要上翁家山来。我预先在这儿计算，大约明年来的时候，在这两株迟桂花的中间，总已经有一株早桂花发出来了。我们大家且等着，等到明年这个时候，再一同来吃他们的早桂的喜酒。"

说完之后，大家就坐拢来吃喜酒。猜猜拳，闹闹房，一直闹到了半夜，各人方才散去。当这一日的中间，我时时刻刻在注意偷看则生的妹妹的脸色，可是则生所说而我也曾看到过的那一种悲寂的表情，在这一日当中却终日没有在她的脸上流露过一丝痕迹。这一日，她笑的时候，真是乐得难耐似的完全是很自然的样子。因为她的这一种心情的反射的结果，我当然可以不必说，就是则生和他的母亲，在这一日里，也似乎是愉快到了极点。

因为两家都喜欢简单成事的缘故，所以三朝回郎等繁缛的礼节，都在十三那一天白天行完了，晚上房，总算是我的东道。则生虽则很希望我在他家多住几日，可以和他及他的妹妹谈谈笑笑，但我一则因为还有一篇稿子没有做成，想另外上一个更僻静点的地方去做文章，二则我觉得这一次吃喜酒的目的也已经达到了，所以在房的翌日，就离开翁家山去乘早上的特别快车赶回上海。

送我到车站的，是翁则生和他的妹妹两个人。等开车的信号钟将打，而火车的机头上在吐白烟的时候，我又从车窗里伸出了两手，一只捏着了则生，一只捏着了他的妹妹，很重很重的捏了一回，汽笛鸣后，火车微动了，他们兄妹又随车前走了许多步，我也俯出了头，叫他们说：

"则生！莲！再见，再见！但愿得我们都是迟桂花！"

火车开出了老远老远,月台上送客的人都回去了,我还看见他们兄妹俩直立在东面月台篷外的太阳光里,在向我挥手。

一九三二年十月写于杭州

山峡中

艾芜

1933

　　江上横着铁链做成的索桥,巨蟒似的,现出顽强古怪的样子,终于渐渐吞蚀在夜色中了。

　　桥下凶恶的江水,在黑暗中奔腾着,咆哮着,发怒地冲打岩石,激起吓人的巨响。

　　两岸蛮野的山峰,好像也在怕着脚下的奔流,无法避开一样,都把头尽量地躲入疏星寥落的空际。

　　夏天的山中之夜,阴郁、寒冷、怕人。

　　桥头的神祠,破败而荒凉的,显然已给人类忘记了,遗弃了,孤零零地躺着,只有山风、江流送着它的余年。

　　我们这几个被世界抛却的人,到晚上的时候,趁着月色星光,就从远山那边的市集里,悄悄地爬了下来,进去和残废的神们,一块儿住着,作为暂时的自由之家。

　　黄黑斑驳的神龛面前,烧着一堆煮饭的野火,跳起熊熊的红光,就把伸手取暖的阴影鲜明地绘在火堆的周遭。上面金衣剥落的江神,虽也在暗淡的红色光影中,显出一足踏着龙头的悲壮样子,但人一看见那只扬起的握剑的手,是那么的残破,危危欲坠了，谁也要怜惜他这位末路英雄的。锅盖的四周，呼呼地冒出白色的蒸气，咸肉的香味和着松柴的芬芳，一时到处弥漫起来。这是宜于哼小曲、吹口哨的悠闲时候，但大家都是静默地坐着，只在暖暖手。

另一边角落里，燃着一节残缺的蜡烛，摇曳地吐出微黄的光辉，展示出另一个暗淡的世界。没头的土地菩萨侧边，躺着小黑牛，污腻的上身完全裸露出来，正无力地呻唤着，衣和裤上的血迹，有的干了，有的还是湿渍渍的。夜白飞就坐在旁边，给他揉着腰杆子，擦着背，一发现重伤的地方，便惊讶地喊：

"呵呀，这一处！"

接着咒骂起来：

"他妈的！这地方的人，真毒！老子走遍天下，也没碰见过这些吃人的东西！……这里的江水也可恶，像今晚要把我们冲走一样！"

夜愈静寂，江水也愈吼得厉害，地和屋宇和神龛都在震颤起来。

"小伙子，我告诉你，这算什么呢？对待我们更要残酷的人，天底下还多哩，……苍蝇一样的多哩！"

这是老头子不高兴的声音，由那薄暗的地方送来，仿佛在责备着："你为什么要大惊小怪哪！"他躺在一张破烂虎皮的毯子上面，样子却望不清楚，只是铁烟管上的旱烟，现出一明一暗的红焰，复又吐出教训的话语：

"我么？人老了，拳头棍棒可就挨得不少。……想想看，吃我们这行饭，不怕挨打就是本钱哪！……没本钱怎么做生意呢？"

在这边烤火的鬼冬哥把手一张，脑袋一仰，就大声插嘴过去，一半是讨老人的好，一半是夸自己的狠。

"是呀，要活下去。我们这批人打断腿子倒是常有的事情，……你们看，像那回在鸡街，鼻血打出了，牙齿打脱了，腰杆也差不多伸不起来,我回来的时候,不是还在笑么?……"

"对哪!"老头子高兴地坐了起来,"还有,小黑牛就是太笨了,嘴巴又不会扯谎,有些事情一说就说脱了的。像今天,你说,也掉东西,谁还拉着你哩?……只晓得说'不是我,不是我',就是这一句,人家怎不搜你身上呢?……不怕挨打,也好嘛!……呻唤,呻唤,尽是呻唤!"

我虽是没有就着火光看书了,但却仍旧把书拿在手里的。鬼冬哥得了老头子赞许,就动手动足起来,一把抓着我的书喊道:

"看什么?书上的废话,有什么用呢?一个钱也不值,……烧起来还当不得这一根干柴……听,老人家在讲我们的学问哪!"

一面就把一根干柴,送进火里。

老头子在砖上叩去了铁烟管上的余烬,很矜持地说道:

"我们的学问,没有写在纸上,……写来给傻子读么?……第一……一句话,就是不怕和扯谎!……第二……我们的学问,哈哈哈。"

似乎一下子觉出了,我才同他合伙没多久的,便用笑声掩饰着更深一层的话了。

"烧了吧,烧了吧,你这本傻子才肯读的书!"

鬼冬哥作势要把书抛进火里去,我忙抢着喊:

"不行!不行!"

侧边的人就叫了起来:

"锅碰倒了!锅碰倒了!"

"同你的书一块去跳江吧!"

鬼冬哥笑着把书丢给了我。

老头子轻徐地向我说道:

"你高兴同我们一道走,还带那些书做什么呢?……那是没用的，小时候我也读过一两本。"

"用处是不大的，不过闲着的时候，看看罢了，像你老人家无事的时候吸烟一样。……"

我不愿同老头子引起争论，因为就有再好的理由也说不服他这顽强的人的，所以便这样客气地答复他。他得意地笑了，笑声在黑暗中散播着。至于说到要同他们一道走，我却没有如何决定，只是一路上给生活压来说气愤话的时候，老头子就误以为我真的要入伙了。今天去干的那一件事，无非由于他们的逼迫，凑凑角色罢了，并不是另一个新生活的开始。我打算趁此向老头子说明，也许不多几天，就要独自走我的，但却给小黑牛突然一阵猛烈的呻唤打断了。

大家皱着眉头沉默着。

在这些时候，不息地打着桥头的江涛，仿佛要冲进庙来，扫荡一切似的。江风也比往天晚上大些，挟着尘沙，一阵阵地滚入，简直要连人连锅连火吹走一样。

残烛熄灭，火堆也闷着烟，全世界的光明，统给风带走了，一切重返于无涯的黑暗。只有小黑牛痛苦的呻吟，还表示出了我们悲惨生活的存在。

野老鸦拨着火堆，尖起嘴巴吹，闪闪的红光，依旧喜悦地跳起，周遭不好看的脸子，重又画出来了。大家吐了一口舒适的气。野老鸦却是流着眼泪了，因为刚才吹的时候，湿烟熏着了他的眼睛，他伸手揉揉之后，独自悠悠然地说：

"今晚的大江，吼得这么大……又凶，……像要吃人的光景哩，该不会出事吧……"

大家仍旧沉默着。外面的山风、江涛，不停地咆哮，不停地怒吼，好像诅咒我们的存在似的。

小黑牛突然大声地呻唤,发出痛苦的呓语:

"哎呀,……哎……害了我了……害了我了,……哎呀……哎呀……我不干了!我不……"

替他擦着伤处的夜白飞,点燃了残烛,用一只手挡着风,照映出小黑牛打坏了的身子——正痉挛地做出要翻身不能翻的痛苦光景,就赶快替他往腰部揉一揉,恨恨地抱怨他:

"你在说什么?你……鬼附着你哪!"

同时调头回去,恐怖地望望黑暗中的老头子。

小黑牛突地翻过身,嘎声嘶叫:

"你们不得好死的!你们!……菩萨!菩萨呀!"

已经躺下的老头子突然坐了起来,轻声说道:

"这样么?……哦……"

忽又生气了,把铁烟管用力地往砖上了一下,说:

"菩萨,菩萨,菩萨也同你一样的倒霉!"

交闪在火光上面的眼光,都你望我我望你地,现出不安的神色。

野老鸦向黑暗的门外看了一下,仍旧静静地说:

"今晚的江水实在吼得太大了!……我说嘛……"

"你说,……你一开口,就是不吉利的!"

鬼冬哥粗暴地盯了野老鸦一眼,恨恨地诅咒着。

一阵风又从破门框上刮了进来,激起点点红艳的火星,直朝鬼冬哥的身上迸射。他赶快退后几步,向门外黑暗中的风声,扬着拳头骂:

"你进来!你进来!……"

神祠后面的小门一开,白色鲜明的玻璃灯光和着一位油黑蛋脸的年轻姑娘,连同笑声,挤进我们这个暗淡的世界里来了。黑暗、沉闷和忧郁,都悄悄地躲去。

"喂,懒人们!饭煮得怎样了……孩子都要饿哭了哩!"

一手提灯,一手抱着一块木头人儿,亲昵地偎在怀里,做出母亲那样高兴的神情。

蹲着暖手的鬼冬哥把头一仰,手一张,高声哗笑起来:

"哈呀,野猫子,……一大半天,我说你在后面做什么?……你原来是在生孩子哪!……"

"呸,我在生你!"

接着啵的响了一声。野猫子生气了,鼓起原来就是很大的乌黑眼睛,把木人儿打在鬼冬哥的身旁;一下子冲到火堆边上,放下了灯,揭开锅盖,用筷子查看锅里翻腾滚沸的咸肉。白蒙蒙的蒸气,便在雪亮的灯光中,袅袅地上升着。

鬼冬哥拾起木人儿,装模作样地喊道:

"呵呀,……尿都跌出来了!……好狠毒的妈妈!"

野猫子不说话,只把嘴巴一尖,头颈一伸,向他做个顽皮的鬼脸,就撕着一大块油腻腻的肉,有味地嚼她的。

小骡子用手肘碰碰我,斜起眼睛打趣说:

"今天不是还在替孩子买衣料么?"

接着大笑起来。

"嘿嘿,……酒鬼……嘿嘿,酒鬼。"

鬼冬哥也突地记起了,哗笑着,向我喊:

"该你抱!该你抱!"

就把木人儿递在我的面前。

野猫子将锅盖骤然一盖,抓着木人儿,抓着灯,像风一样蓦地卷开了。

小骡子的眼珠跟着她的身子溜,点点头说:

"活像哪，活像哪，一条野猫子！"

她把灯、木人儿和她自己，一同蹲在老头子的面前，撒娇地说："爷爷，你抱抱！娃儿哭哩！"

老头子正生气地坐着，虎着脸，耳根下的刀痕，绽出红涨的痕迹，不搭理他的女儿。女儿却不怕爸爸的，就把木人儿的蓝色小光头，伸向短短的络腮胡上，顽皮地乱闯着，一面努起小嘴巴，娇声娇气地说：

"抱，嗯，抱，一定要抱！"

"不！"

老头子的牙齿缝里挤出这么一声。

"抱，一定要抱，一定要，一定！"

老头子在各方面，都很顽强的，但对女儿却每一次总是无可奈何地屈服了。接着木人儿，对在鼻子尖上，睁大眼睛，粗声粗气地打趣道：

"你是哪个的孩子？……喊声外公吧！喊，蠢东西！"

"不给你玩！拿来，拿来！"

野猫子一把抓去了，气得翘起了嘴巴。

老头子却粗暴地哗笑起来。大家都感到了异常的轻松，因为残留在这个小世界里的怒气，这一下子也已完全冰消了。

我只把眼光放在书上，心里却另外浮起了今天那一件新鲜而有趣的事情。

早上，他们叫我装作农家小子，拿着一根长烟袋，野猫子扮成农家小媳妇，提着一只小竹篮，同到远山那边的市集里，假作去买东西。他们呢，两个三个地远远尾在我们的后面，也装作忙忙赶街的样子。往日我只是留着守东西，从不曾伙他们去干的，今天机会一到，便逼着扮演一位不重要的角色，可笑而好玩地登台了。

山中的市集,也很热闹的,拥挤着许多远地来的庄稼人。野猫子同我走到一家布摊子的面前,她就把竹篮子套在手腕上,乱翻起摊子上的布来,选着条纹花的说不好,选着棋盘格的也说不好,惹得老板也感到烦厌了。最后她扯出一匹蓝底白花的印花布,喜滋滋地叫道:

"呵呀,这才好看哪!"

随即掉转身来,仰起乌溜溜的眼睛,对我说:

"爸爸,……买一件给阿狗穿!"

我简直想笑起来——天呀,她怎么装得这样像!幸好始终板起了面孔,立刻记起了他们教我的话。

"不行,太贵了!……我没那样多的钱花!"

"酒鬼,我晓得!你的钱,是要喝马尿水的!"

同时在我的鼻子尖上,竖起一根示威的指头,点了两点。说完就一下子转过身去,气狠狠地把布丢在摊子上。

于是,两个人就小小地吵起嘴来了。

满以为狡猾的老板总要看我们这幕滑稽剧的,哪知道他才是见惯不惊了,眼睛始终照顾着他的摊子。

野猫子最后赌气说:

"不买了,什么也不买了!"

一面却向对面街边上的货摊子望去。突然做出吃惊的样子,低声地向我也是向着老板喊:

"呀!看,小偷在摸东西哪!"

我一望去,简直吓灰了脸,怎么野猫子会来这一着?在那边干的人不正是夜白飞、小黑牛他们么!

然而,正因为这一着,事情却得手了。后来,小骡子在路上告诉我，就是在这个时候，狡猾的老板始把时时刻刻都在提防的眼光引向远去，他才趁势偷去一匹上好的细布的。当时我却不知道，只听得老板幸灾乐祸地袖着手说：

"好呀！好呀！王老三，你也倒霉了！"

我还呆着看，野猫子便揪了我一把，喊道：

"酒鬼，死了么？"

我便跟着她赶快走开，却听着老板在后面冷冷地笑着，说风凉话哩。

"年纪轻轻，就这样的泼辣！咳！"

野猫子掉回头去啐了一口。

"看进去了！看进去了！"

鬼冬哥一面端开炖肉的锅，一面打趣着我。

于是，我的回味，便同山风刮着的火烟，一道儿溜走了。

中夜，纷乱的足声和嘈杂的低语，惊醒了我；我没有翻爬起来，只是静静地睡着。像是野猫子吧？走到我所睡的地方，站了一会，小声说道：

"睡熟了，睡熟了。"

我知道一定有什么瞒我的事在发生着了，心里禁不住惊跳起来，但却不敢翻动，只是尖起耳朵凝神地听着，忽然听见夜白飞哀求的声音，在暗黑中颤抖地说着：

"这太残酷了，太，太残酷了……魏大爷，可怜他是……"

尾声低小下去，听着的只是夜深打岸的江涛。

接着老头子发出钢铁一样的高声，斥责着：

"天底下的人，谁可怜过我们？……小伙子，个个都对我们捏着拳头哪！要是心肠软一点，还活得到今天么？你……哼，你！小伙子，在这里，懦弱的人是不配活的。……他，又知道我们的……咳,那么多!怎好白白放走呢?"

那边角落里躺着的小黑牛,似乎被人抬了起来,一路带着痛苦的呻唤和着杂沓的足步,流向神祠的外面去。一时屋里静悄悄的了,简直空洞得十分怕人。

我轻轻地抬起头,朝破壁缝中望去,外面一片清朗的月色,已把山峰的姿影、岩石的面部和林木的参差,或浓或淡地画了出来,更显着峡壁的阴森和凄郁,比黄昏时候看起来还要怕人些。山脚底,汹涌着一片蓝色的奔流,碰着江中的石礁,不断地在月光中溅跃起、喷射起银白的水花。白天,尤其黄昏时候,看起来像是顽强古怪的铁索桥呢,这时却在皎洁的月下,露出妩媚的修影了。

老头子和野猫子站在桥头。影子投在地上。江风掠飞着他们的衣裳。

另外抬着东西的几个阴影,走到索桥的中部,便停了下来。蓦地一个人那么样的形体,很快地丢下江去。原先就是怒吼着的江涛,却并没有因此激起一点另外的声息,只是一霎时在落下处,跳起了丈多高亮晶晶的水珠,然而也就马上消灭了。

我明白了,小黑牛已经在这世界上凭借着一只残酷的巨手,完结了他的悲惨的命运了。但他往天那样老实而苦恼的农民样子,却还遗留在我的心里,搅得我一时无法安睡。

他们回来了。大家都是默无一语地悄然躺下,显见得这件事的结局是不得已的,谁也不高兴做的。

在黑暗中,野老鸦翻了一个身,自言自语地低声说道:

"江水实在吼得太大了!"

没有谁答一句话,只有庙外的江涛和山风,鼓噪地应和着。

我回忆起小黑牛坐在坡上歇气时,常常爱说的那一句话了:

"那多好呀！……那样的山地！……还有那小牛！"

随着他那忧郁的眼睛瞭望去，一定会在晴明的远山上面，看出点点灰色的茅屋和正在缕缕升起的蓝色轻烟的。同伴们也知道，他是被那远处人家的景色，勾引起深沉的怀乡病了，但却没有谁来安慰他，只是一阵地瞎打趣。

小骡子每次都爱接着他的话说：

"还有那白白胖胖的女人啰！"

另一人插嘴道：

"正在张太爷家里享福哪，吃好穿好的。"

小黑牛呆住了，默默地低下了头。

"鬼东西，总爱提这些！……我们打几盘再走吧，牌喃？牌喃？……谁捡着？"

夜白飞始终袒护着小黑牛；众人知道小黑牛的悲惨故事，也是由他的嘴巴传达出来的。

"又是在想，又是在想！你要回去死在张太爷的拳头下才好的！……同你的山地牛儿一块去死吧！"

鬼冬哥在小黑牛的鼻子尖上示威似的摇一摇拳头，就抽身到树荫下打纸牌去了。

小黑牛在那个世界里躲开了张太爷的拳击，掉过身来在这个世界里，却仍然又免不了江流的吞食。我不禁就由这想起，难道穷苦人的生活本身，便原是悲痛而残酷的么？也许地球上还有另外的光明留给我们的吧？明天我终于要走了。

次晨醒来，只有野猫子和我留着。

破败凋残的神祠，尘灰满积的神龛，吊挂蛛网的屋角，俱如我枯燥的心地一样，是灰色的、暗淡的。

除却时时刻刻都在震人心房的江涛声而外，在这里简直可以说没有一样东西使人感到兴奋了。

野猫子先我起来，穿着青花布的短衣，大脚统的黑绸裤，独自生着火，燉着开水，悠悠闲闲地坐在火旁边唱着：

江水呵，
慢慢流，
流呀流，
流到东边大海头……

我一面爬起来扣着衣钮，听着这样的歌声，越发感到岑寂了。便没精打采地问（其实自己也是知道的）：
"野猫子，他们哪里去了？"
"发财去了！"
接着又唱她的：

那儿呀，没有忧！
那儿呀，没有愁！

她见我不时朝昨夜小黑牛睡的地方瞭望，便打探似的说道：
"小黑牛昨夜可真叫得凶，大家都吵来睡不着。"
一面闪着她乌黑的狡猾的眼睛。
"我没听见。"
打算听她再捏造些什么话，便故意这样地回答。
她便继续说：
"一早就抬他去医伤去了！……他真是个该死的家伙，不是爸爸佔着他，说着好话，他还不去呢！"

她比着手势,很出色地形容着,好像真有那么一回事一样。

刚在火堆边坐着的我,简直感到愤怒了,便低下头去,用干枝拨着火,冷冷地说:

"你的爸爸,太好了,太好了!……可惜我却不能多跟他老人家几天了。"

"你要走了么?"她吃了一惊,随即生气地骂道,"你也想学小黑牛了!"

"也许……不过……"

我一面用干枝划着灰,一面犹豫地说。

"不过什么!不过!……爸爸说得好,懦弱的人,一辈子只有给人踏着过日子的。……伸起腰杆吧!抬起头吧!……羞不羞哪,像小黑牛那样子!"

"你的爸爸,说的话,是对的,做的事,却错了!"

"为什么?"

"你说为什么?……并且昨夜的事情,我通通看见了!"

我说着,冷冷的眼光浮了起来。看见她突然变了脸色,但又一下子恢复了原状,而且狡猾地说着:"嘿嘿,就是为了这才要走么?你这不中用的!"

马上揭开开水罐子看,气冲冲地骂:

"还不开!还不开!"

蓦地像风一样卷到神殿后面去,一会儿,抱了一抱干柴出来。一面拨大火,一面柔和地说:

"害怕么?要活下去,怕是不行的。昨夜的事,多着哩,久了就会见惯了的。……是么?规规矩矩地跟我们吧,……你这阿狗的爹,哈哈哈。"

她狂笑起来,随即抓着昨夜丢下了的木人儿,顽皮地命令我道:

"木头，抱，抱，他哭哩！"

我笑了起来，但却仍然去整理我的衣衫和书。

"真的要走么？来来来，到后面去！"

她的两条眉峰一竖，眼睛露出恶毒的光芒，看起来，却是又美丽又可怕的。

她比我矮一个头，身子虽是结实，但却总是小小的，一种好奇的冲动捉弄着我，于是无意识地笑了一下，便尾着她到后面去了。

她从柴草中抓出一把雪亮的刀来，半张不理地递给我，斜瞬着狡猾的眼睛，命令道：

"试试看，你砍这棵树！"

我由她摆布，接着刀，照着面前的黄桷树，用力砍去，结果只砍了半寸多深。因为使刀的本事，我原是不行的。

"让我来！"

她突地活跃了起来，夺去了刀，做出一个侧面骑马的姿势，很结实地一挥，喳的一刀，便没入树身三四寸的光景，又毫不费力地拔了出来，依旧放在柴草里面，然后气昂昂地走来我的面前，两手叉在腰上，微微地噘起嘴巴，笑嘻嘻地嘲弄我：

"你怎么走得脱呢？……你怎么走得脱呢？"

于是，在这无人的山中，我给这位比我小块的野女子窘住了，正还打算这样地回答她：

"你的爸爸会让我走的！"

但她却忽然抽身跑开了，一面高声唱着，仿佛奏着凯旋一样。

> 这儿呀，也没有忧，
> 这儿呀，也没有愁，
> ……

我慢步走到江边去，无可奈何地徘徊着。

峰尖浸着粉红的朝阳。山半腰，抹着一两条淡淡的白雾。崖头苍翠的树丛，如同洗后一样的鲜绿。峡里面，到处都流溢着清新的晨光。江水仍旧发着吼声，但却没有夜来那样的怕人。清亮的波涛，碰在嶙峋的石上，溅起万朵灿然的银花，宛若江在笑着一样。谁能猜到这样美好的地方，曾经发生过夜来那样可怕的事情呢？

午后，在江流的澎湃中，迸裂出马铃子连击的声响，渐渐强大起来。野猫子和我都感到非常的诧异，赶快跑出去看。久无人行的索桥那面，从崖上转下来一小队人，正由桥上走了过来。为首的一个胖家伙，骑着马，十多个灰衣的小兵，尾在后面。还有两三个行李挑子，和一架坐着女人的滑竿。

"糟了！我们的对头呀！"

野猫子恐慌起来，我却故意欢喜地说道：

"那么，是我的救星了！"

野猫子恨恨地看了我一眼，把嘴唇紧紧地闭着，两只嘴角朝下一弯，傲然地说：

"我还怕么？……爸爸说的，我们原是在刀上过日子哪！迟早总有那么一天的。"

他们一行人来到庙前，便歇了下来。老爷和太太坐在石阶上，互相温存地问询着。勤务兵似的孩子，赶忙在挑子里面，找寻着温水瓶和毛巾。抬滑竿的夫子，满头都是汗，走下江边去喝江水。兵士们把枪横在地上，从耳上取下香烟缓缓地点燃，吸着。另一个班长似的灰衣汉子，军帽挂在脑后，毛巾缠在颈上，走到我们的面前。枪兜子抵在我的足边，眼睛盯着野猫子，盘问我们是做什么的，从什么地方来，到什么地方去。

野猫子咬着嘴唇，不作声。

我就从容地回答他，说我们是山那边的人，今天从丈母家回来，在此歇歇气的。同时催促野猫子说：

"我们走吧！——阿狗怕在家里哭哩！"

"是呀，我很担心的。……唉，我的足怪疼哩！"

野猫子做出焦眉愁眼的样子，一面就摸着她的足，叹气。

"那就再歇一会吧。"

我们便开始讲起山那边家中的牛马和鸡鸭，竭力做出一对庄稼人的应有的风度。

他们歇了一会，就忙着赶路走了。

野猫子欢喜得直是跳，抓着我喊：

"你怎么不叫他们抓我呢？怎么不呢？怎么不呢？"

她静下来叹一口气，说：

"我倒打算杀你哩；唉，我以为你是恨我们的。……我还想杀了你，好在他们面前显显本事。……先前，我还不曾单独杀过一个人哩。"

我静静地笑着说：

"那么，现在还可以杀哩。"

"不，我现在为什么要杀你呢？……"

"那么，规规矩矩地让我走吧！"

"不！你得让爸爸好好地教导一下子！……往后再吃几个人血馒头就好了！"

她坚决地吐出这话之后，就重又唱着她那常常在哼的歌曲，我的话，我的祈求，全不理睬了。

于是，我只好抑郁地等着黄昏的到来。

晚上，他们回来了，带着那么多的"财喜"，看情形，显然是完全胜利,而且不像昨天那样小干的了。老头子喝得泥醉,由鬼冬哥的背上放下,便呼呼地睡着。原来大家因为今天事事得手,就都在半路上的山家酒店里,喝过庆贺的酒了。

夜深都睡得很熟,神殿上交响着鼻息的鼾声。我却不能安睡下去,便在江流激湍中,思索着明天怎样对付老头子的话语,同时也打算趁此夜深人静,悄悄地离开此地。但一想到山中不熟悉的路径,和夜间出游的野物,便又只好等待天明了。

大约将近天明的时候,我才昏昏地沉入梦中。醒来时,已快近午,发现出同伴们都已不见了,空空洞洞的破残神祠里,只我一人独自留着。江涛仍旧热心地打着岩石,不过比往天却显得单调些、寂寞些了。

我想着,这大概是我昨晚独自儿在这里过夜,做了一场荒诞不经的梦,今朝从梦中醒来,才有点感觉异样吧。

但看见躺在砖地上的灰堆,灰堆旁边的木人儿,与留在我书里的三块银元时,烟霭也似的遐思和怅惘,便在我岑寂的心上缕缕地升起来了。

月夜

巴金

1933

  阿李的船正要开往城里去。圆月慢慢地翻过山坡,把它的光芒射到了河边。这一条小河横卧在山脚下黑暗里,一受到月光,就微微地颤动起来。水缓缓地流着,月光在水面上流动,就像要跟着水流到江里去一样。黑暗是一秒钟一秒钟地淡了,但是它还留下了一个网。山啦,树啦,河啦,田啦,房屋啦,都罩在它的网下面。月光是柔软的,透不过网眼。

  一条石板道伸进河里,旁边就泊着阿李的船。船停在水莲丛中,被密集丛生的水莲包围着。许多紫色的花朵在那里开放,莲叶就紧紧贴在船头。

  船里燃着一盏油灯,灯光太微弱了。从外面看,一只睡眠了的船隐藏在一堆黑影里。没有人声,仿佛这里就是一个无人岛。然而的确有人在船上。

  篷舱里直伸伸地躺着两个客人。一个孩子坐在船头打盹。船夫阿李安闲地坐在船尾抽烟。没有人说话,仿佛话已经说得太多了,再没有新的话好说。客人都是老客人。船每天傍晚开往城里去;第二天上午,就从城里开回来。这样的刻板似的日程很少改变过，这些老客人一个星期里面总要来搭几次船，在一定的时间来，不多说话，在舱里睡一觉，醒过来，船就到城里了。有时候客人在城里上岸，有时候客人转搭小火轮上省城去。那个年轻的客人是乡里的小学教员，家住在城里，星期六的晚上就要进城去。另一个客人是城里的商店伙计，乡下有一个家。为了商店的事情他常常被老板派到省城去。

月光在船头梳那个孩子的乱发，孩子似乎不觉得，他只顾慢慢地摇着头。他的眼睛疲倦地闭着，但是有时又忽然大睁开看看岸上的路，看看水面。没有什么动静。他含糊地哼了一声，又静下去了。

"奇怪，根生这个时候还不来？"小学教员在舱里翻了一个身，低声自语道。他向船头望了望，然后推开旁边那块小窗板，把头伸了出去。

四周很静。没有灯光，岸上的那座祠堂也睡了。路空空地躺在月光下。在船边，离他的头很近，一堆水莲浮在那里，有好几朵紫色的花。

他把头缩回到舱里就关上了窗板，正听见王胜（那个伙计）大声问船夫道："喂，阿李，什么时候了？还不开船？"

"根生还没有来。还早，怕什么！"船夫阿李在后面高声回答。

"根生每次七点钟就到了。今晚——"小学教员接口说。他就摸出了表，然后又推开窗板拿表到窗口看，又说："现在已经七点八个字了。他今晚不会来了。"

"会来的，他一定会来的，他要挑东西进城去。"船夫坚决地说。"均先生，你们不要着急。王先生，你也是老客人，我天天给小火轮接送客人，从没有一次脱过班。"

均先生就是小学教员唐均。他说："根生从来没有迟到过，他每次都是很早就到的,现在却要人等他。"

"今晚恐怕有什么事把他绊住了。"伙计王胜说,他把右脚抬起来架在左脚上面。

"我知道他,他没什么事,他不抽大烟,又不饮酒,不会有什么事留住他。他马上就来!"船夫阿李从船尾慢慢地经过顶篷爬到了船头,一面对客人说话。他叫一声:"阿林!"船头打盹的孩子马上站了起来。

阿李看了孩子一眼,就一脚踏上石板道。他向岸边走了几步,又回来解开裤子小便。白银似的水面上灿烂地闪着金光。圆月正挂在他对面的天空。银光直射到他的头上。月光就像凉水,把他的头洗得好清爽。

在岸上祠堂旁边榕树下一个黑影子在闪动。

"根生来了。"阿李欣慰地自语说,就吩咐孩子,"阿林,预备好,根生来,就开船。"

孩子应了一声,拿起一根竹竿把船稍稍拨了一下,船略略移动,就横靠在岸边。

阿李还站在石板道上。影子近了。他看清楚那个人手里提了一个小藤包,是短短的身材。来的不是根生。那是阿张,他今天也进城去,他是乡里一家杂货店的小老板。

"开船吗?"阿张提了藤包急急走过来,走上石板道,看见阿李,便带笑地问。

"正好,我们还等着根生!"阿李回答。

"八点了!根生一定不来了。"小学教员在舱里大声说。

"奇怪,根生还没来?我知道他从来很早就落船的。"阿张说,就上了船。他把藤包放在外面,人坐在舱板上,从袋里摸出纸烟盒取了一根纸烟燃起来,对着月亮安闲地抽着。

"喂，阿李，根生来吗？"一个剪发的中年女人，穿了一身香云纱衫裤，赤着脚，从岸边大步走来，走上石板道就唤着阿李。

"根生？今晚上大家都在等根生，他倒躲藏起来。他在什么地方，你该知道！"阿李咕噜地抱怨说。

"他今晚没曾来过？"那女人着急了。

"连鬼影也没看见！"

"你不是在跟我开玩笑？人家正在着急！"女人更慌张地问。

"根生嫂，跟你开玩笑，我倒没工夫！我问你根生今晚究竟搭不搭船？"阿李摆着正经面孔说话。

"糟啦！"根生嫂叫出了这两个字，转身就跑。

"喂，根生嫂，根生嫂！回来！"阿李在后面叫起来，他不知道是怎么一回事情。

女人并不理他。她已经跑上岸，就沿着岸边跑，忽然带哭声叫起了根生的名字。

阿李听见了根生嫂的叫声，声音送进耳里，使他的心很不好受。他站在石板道上，好像是呆了。

"什么事？"三个客人都惊讶地问。阿张看得比较清楚。商店伙计爬起来从舱里伸出头问。小学教员推开旁边的窗板把头放到外面去看。

"鬼知道！"阿李掉过头，抱怨地回答。

"根生嫂同根生又闹了架，根生气跑了，一定是这样！"阿张解释说，"人家还说做丈夫的人有福气，哈哈！"他把烟头抛在水里，又吐了一口浓浓的痰，然后笑起来。

"根生从来没跟他的老婆闹过架！我知道一定有别的事！一定有别的事！"阿李严肃地说。他现出纳闷的样子，因为他也不知道这别的事究竟是什么事。

"根生，根生！"女人的尖锐的声音在静夜的空气里飞着，飞到远的地方去了。于是第二个声音又突然响了起来，去追第一个，这个声音比第一个更悲惨，里面荡漾着更多的失望。它不曾把第一个追回来，而自己却跟着第一个跑远了。

"喂，怎么样？阿李！"小学教员翻个身叫起来，他把窗板关上了。没有人回答他。

"开船罢！"商店伙计不能忍耐地催促道，他担心赶不上开往省城的小火轮。

阿李注意地听着女人的叫声，他心上的不安一秒钟一秒钟地增加。他并不回答那两个客人的话。他呆呆地站在那里，听女人唤丈夫的声音，忽然说："不行，她一定发疯了！"他就急急往岸上跑去。

"阿爸！"那个时时在船头上打盹的孩子立刻跳起来，跑去追他，"你到哪里去？"

阿李只顾跑，不答话。孩子的声音马上就消失了，在空气里不曾留下一点痕迹。空气倒是给女人的哀叫占据了。一丝，一丝，新的，旧的，仿佛银白的月光全是这些哀叫聚合而成的，它们不住地抖动，这些撕裂人心的哀叫，就像一个活泼的生命给毁坏了，给撕碎了，撕碎成一丝一丝，一粒一粒似的。

三个人在泥土路上跑，一个女人，一个船夫，一个孩子。一个追一个。但是孩子跑到中途就站住了。

船依旧靠在石板道旁边，三个客人出来坐在船头，好奇地谈着根生的事情。全是些推测。每个人尽力去想象，尽力去探索。船上热闹起来了。

女人的哀叫渐渐低下去，于是停止了。阿李在一棵树脚下找到了那个女人。她力竭似的坐在那里，身子靠着树干，头发散乱，脸上有泪痕,眼睛张开,望着对岸的黑树林。她低声哭着。

"根生嫂,你在干什么?你疯了吗?有什么事,你讲呀!"阿李跑上去一把抓住她,用力摇着她的膀子,大声说。

根生嫂把头一摆,止了哭,两只黑眼睛睁得圆圆地望着他,仿佛不认识他似的,过了半晌她才迸出哭声说:"根生,根生……"

"根生怎么样?你讲呀?"阿李追逼地问。

"我不知道。"女人茫然地回答。

"呸,你不知道,那么为什么就哭起来?你真疯啦!"阿李责骂地说,吐了一口痰在地上。

"他们一定把他抓去了!他们一定把他抓去了!"女人疯狂似的叫着。

"抓去?哪个抓他去?你说根生给人抓去了?"阿李恐怖地问。他的心跳得很厉害。根生是他的朋友。他想,他是个安分的人,人家为什么要把他抓去。

"一定是唐锡藩干的,一定是他!"根生嫂带着哭声说。"昨天根生告诉我唐锡藩在县衙门里报告他通匪。我还不相信。今天下午根生出去就有人看见唐锡藩的人跟着他。几个人跟着他,还有侦探。他就没有回家来。一定是他们把他抓去了。"她说了又哭。

"唐锡藩,那个拼命刮钱的老龟。他为什么要害根生?恐怕靠不住。根生嫂,你又不曾亲眼看见根生给抓去!"阿李粗声地安慰她。他的声音不及刚才的那样严肃了。

"靠不住?只有你才相信靠不住!唐锡藩没有做到乡长,火气大得很。他派人暗杀义先生,没有杀死义先生,倒把自己的乡长弄掉了!这几天根生正跟着义先生的兄弟敬先生组织农会,跟他作对。我早就劝他不要跟那个老龟作对。他不听我的话,整天嚷着要打倒土豪劣绅。现在完了。捉去不杀头也不会活着回家来。

说是通匪，罪名多大！"根生嫂带哭带骂地说。

"唐锡藩，我就不相信他这么厉害！"阿李咕噜地说。

"他有的是钱呀！连县长都是他的好朋友！县长都肯听他的话！"根生嫂的声音又大起来，两只眼睛在冒火，愤怒压倒了悲哀。"像义先生那样的好人，都要被他暗算。……你就忘了阿六的事？根生跟阿六的事并没有两样。"恐怖的表情又在她的脸上出现了。

阿李没有话说了。是的，阿六的事情他还记得很清楚。阿六是一个安分的农民。农忙的时候给人家做帮工，没有工作时就做挑夫。他有一次不肯纳扁担税，带着几个挑夫到包税的唐锡藩家里去闹过。过两天县里公安局就派人来把阿六捉去了，说他有通匪的嫌疑，就判了十五年的徒刑。警察捉阿六的时候，阿六刚刚挑了担子走上阿李的船。阿李看得很清楚。一个安分的人，他从没有做过坏事，衙门里却说他通匪。这是什么样的世界呀！阿李现在相信根生嫂的话了。

阿李的脸色阴沉起来，好像有一块沉重的石头压在他的心上。他绞着手在思索。他想不出什么办法。脑子在发胀，许多景象在他的脑子里轮流变换。他就抓起根生嫂的膀子说："快起来，即使根生真的给抓去了，我们也得想法救他呀！你坐在这里哭，有什么用处！"他把根生嫂拉起来。两个人沿着河边急急地走着。

他们走不到一半路，正遇着孩子跑过来。孩子跑得很快，高声叫着："阿爸，"脸色很难看，"根生……"他一把拉住阿李的膀子，再也说不出第二句话。

"根生，什么地方？"根生嫂抢着问，声音抖得厉害。她跑到孩子的面前摇撼他的身子。

"阿林，讲呀！什么事？"阿李也很激动，他感到了一个不吉的预兆。

阿林满头是汗，一张小脸现出恐怖的表情，结结巴巴地说："根生……在……"他拉着他们两个就跑。

在河畔一段凸出的草地上，三个客人都蹲在那里。草地比土路低了好些。孩子第一个跑到那里去。"阿爸，你看！……"他恐怖地大声叫起来。

根生嫂尖锐地狂叫一声，就跟着跑过去。阿李也跑去了。

河边是一堆水莲，紫色的莲花茂盛地开着。小学教员跪在草地上正拿手拨开水莲，从那里露出了一个人的臃肿的胖身体，它平静地伏在水面上，香云纱裤给一棵树根绊住了。左背下衫子破了一个洞。

"根生！"女人哀声叫着，俯下去伸手拉尸体，伤心地哭起来。

"不中用了！"小学教员掉过头悲哀地对阿李说，声音很低。

"一定是先中了枪，"商店伙计接口说，"看，这许多血迹！"

"我们把他抬上来吧。"杂货店的小老板说。

阿李大声叹了一口气，紧紧捏住孩子的战抖的膀子，痴呆地望着水面。

根生嫂的哭声不停地在空中撞击，好像许多颗心碎在那里面，碎成了一丝一丝，一粒一粒似的。它们渗透了整个月夜。空中、地上、水里仿佛一切全哭了起来，一棵树，一片草，一朵花，一张水莲叶。

静静地这个乡村躺在月光下面，静静地这条小河躺在月光下面。在这悲哀的气氛中，仿佛整个乡村都哭起来了。没有一个人是例外，每个人的眼里都滴下了泪珠。

这晚是一个很美丽的月夜。没有风雨。但是从来不脱班的阿李的船却第一次脱班了。

两个青蛙

萧红

1933

一

楼上的声音从窗洞飘落下来了。

"让我们都来看吧,秦铮又回来了,又是同平野一道……"

秋雨过后,天色变作深蓝,静悄的那边就是校园的林丛。校园像幅画似的,绘着小堆小堆的黄花;地平线以上,是些散散乱乱的枝柯,在晚风里取暖;拥挤着的树叶上,跳跃着金光。

秦铮提篮里的青蛙,跳到地面,平野在阳光里笑着,惊惧的肩头缩动着,把青蛙装进篮里。

裙襟被折卷一下,秦铮坐在水池旁愉快着,她的眼睛向平野羞涩地笑,别离使她羞涩了。

平野和她的肩头相依,但只是坐着,他躲避着热情似的坐着。一切初会的喜悦常常是变做悲哀的箭,连贯地穿了两颗心,水珠在树叶上闪起金光滚动着,风来了,水珠落了。也和水珠一样,秦铮的眼泪落了,落到平野的衣襟上,手上,唇上,这情人的泪,水银似的在平野的灵魂里滚转。

平野觉得自己的生命这算是第一次有意义。

"不要哭啊，小妹妹……"

楼上的声音响震着玻璃窗时，秦铮扭动她的肩头，但不看上去，她知道这又是她的妹妹秦华在作怪。

提篮里的青蛙要去寻水，粗糙地呼吸着。

秦铮从来爱玩小孩子的事，从乡间回来特地带回两个青蛙，现在青蛙是放在水池里了。

晚天染着紫色红色的颜料，各自划分着，划分得不清晰了，越加模糊下去。

"这次我到乡下去，受罪极了，猩红热，虎列拉……各样的传染病都有。只有传染病，没有医生，患病者只有死。——在这样的世界上，我也真希望死了。因为你，我死的希望破碎了。你不是常说吗？想要死的人，那是自私，或是个人主义的变态。"

平野吻了她手一下，并且问：

"那里工作怎样？"

平野又像恢复了自己似的，人像又涌上他的心来，他不再觉得自己是在喊口号了。

他们的声音低下来，暗下来，和苍茫的暮色一样，苍茫下去。

南楼宿舍睡在夜里了，北楼也睡在夜里，久别的情绪苍白着，不可顿挫地强硬起来，纠缠起来。

踱荡着他们的热情似的，穿着林丛踱荡，踏着月光踱荡，秦铮是愉快着，讲了一些流水似的话，别离不再压紧她了。她轻松地在跳着舞步，可是平野的心情正相反，他徘徊着，他作窘，平野为了她的青春所激动。

关于这个，秦铮是忽略了，她永不知道她的青春可能激动了别人，在一个少女这是一件平常的事。

平野引她到树丛的深处,他战栗地走着,激动地走着,同时秦铮也不会觉察这个。

两个影子,深藏在树丛里了。

南楼的影子倒在水池里,太空镶着无数的星座,秋夜静得和水晶似的透明。

从树丛颤巍着那里走出来了,秦铮的头发毛散了,衣裙不整齐了,怕羞的背影走上楼梯去。

平野站在月光中的池旁,目送她。每次他送秦铮回宿舍时,她都是倒踏着梯级向他微笑着,缓缓地走进去。现在,秦铮没有回头,她为新的体验淹没了。

平野的心思平静下来,满足同时而倦怠地转向北楼去。

青蛙叫了,要吵破这个秘密似的叫了。

二

这是一个回忆,完全是一个梦中的回忆。

平野醒转了来,铁窗外石壁的顶端,模糊着苍白的星座。深壑的院宇,永恒地刮着阴惨的风,住在这里的人,有的是单身房,有的是群居,有的在等候宣告死刑,也有些是在挨混刑期。

等候大刑的人,他们终夜不能睡着,他们吼叫出不是人的声音来,但是他们腿上的铁锁和手上的木枷并不因为吼号而脱落,依然严紧地在枷锁着。五个人中的两个人是瘫落在墙角里,不喊叫也不挣脱,使你看到,你可以联想起那是两个年老的胡匪被死恐吓住了?但,他们不是,那两张面孔,并不苍白;手足安然的,并不颤索。

提着枪打着裹腿的人,整夜是在看守着这五个人,这是为了某种事体。提枪的人，总是不间断地在袖口间探望自己的手表，就像希望着天快亮起来似的。但，天亮起来又有什么事体要发生呢？这个事件，看守人和被看守人都像明白似的。被看守人嚎叫着，他们不能滚转，提枪的人在那里踱来踱去。

其中的一个向着那两个永不知嚎叫的人说："怎么你们的不是行抢，只为了几张碎纸在身上就……"

说话的被那个提着枪的绞断了话声，但是他现在一点都不知惧怕什么叫枪，他大骂了一阵，没有法治他。提枪的那个人仍然是走来走去，一面看他袖口间的表。

平野，他是个永久要住在这里的一个犯人，因为法律判断他是这样。

因为三年前的那天晚间，他同秦铮在校园里谈一些关于乡间和工作的事，第二天，秦铮的父亲处死刑了，第三天，秦铮被捕了。接着就是平野。

现在秦铮和平野是住在同一个铁包的院里，现在已三年了。放在水池里两个青蛙变作了一群小青蛙，在校园里仍是叫着。

在三年之中，他们总是追随三年前的旧梦，平野醒转来了。醒来他寻觅不见秦铮，他又闭起眼睛，窗子铁栏外，有不转动的白色的月轮，外面嚷着这样的声音，平野听到了："又是五个：两个政治犯，三个强盗犯，被提出去。"过了一刻，车轮的声音轧过了，渐远了。

春桃

许地山

1934

这年的夏天分外地热。街上的灯虽然亮了,胡同口那卖酸梅汤的还像唱梨花鼓的姑娘耍着他的铜碗。一个背着一大篓字纸的妇人从他面前走过,在破草帽底下虽看不清她的脸,当她与卖酸梅汤的打招呼时,却可以理会她有满口雪白的牙齿。她背上担负得很重,甚至不能把腰挺直,只如骆驼一样,庄严地一步一步踱到自己门口。

进门是个小院,妇人住的是塌剩下的两间厢房。院子一大部分是瓦砾。在她的门前种着一棚黄瓜,几行玉米。窗下还有十几棵晚香玉。几根朽坏的梁木横在瓜棚底下,大概是她家最高贵的坐处。她一到门前,屋里出来一个男子,忙帮着她卸下背上的重负。

"媳妇,今儿回来晚了。"

妇人望着他,像很诧异他的话。"什么意思?你想媳妇想疯啦?别叫我媳妇,我说。"她一面走进屋里,把破草帽脱下,顺手挂在门后,从水缸边取了一个小竹筒向缸里一连舀了好几次,喝得换不过气来,张了一会嘴,到瓜棚底下把篓子拖到一边,便自坐在朽梁上。

那男子名叫刘向高。妇人的年纪也和他差不多，在三十左右，娘家也姓刘。除掉向高以外，没人知道她的名字叫作春桃。街坊叫她做捡烂纸的刘大姑，因为她的职业是整天在街头巷尾垃圾堆里讨生活，有时沿途嚷着"烂字纸换取灯儿"。一天到晚在烈日冷风里吃尘土，可是生来爱干净，无论冬夏，每天回家，她总得净身洗脸。替她预备水的照例是向高。

向高是个乡间高小毕业生，四年前，乡里闹兵灾，全家逃散了，在道上遇见同是逃难的春桃，一同走了几百里，彼此又分开了。她随着人到北京来，因为总布胡同里一个西洋妇人要雇一个没混过事的乡下姑娘当"阿妈"，她便被荐去上工。主妇见她长得清秀，很喜爱她。她见主人老是吃牛肉，在馒头上涂牛油，喝茶还要加牛奶，来去鼓着一阵臊味，闻不惯。有一天，主人叫她带孩子到三贝子花园去，她理会主人家的气味有点像从虎狼栏里发出来的，心里越发难过，不到两个月，便辞了工。到平常人家去，乡下人不惯当差，又挨不得骂，上工不久，又不干了。在穷途上，她自己选了这捡烂纸换取灯儿的职业，一天的生活，勉强可以维持下去。

向高与春桃分别后的历史倒很简单，他到涿州去，找不着亲人，有一两个世交，听他说是逃难来的，都不很愿意留他住下，不得已又流到北京来。由别人的介绍，他认识胡同口那卖酸梅汤的老吴，老吴借他现在住的破院子住，说明有人来赁，他得另找地方。他没事做，只帮着老吴算算账，卖卖货。他白住房子白做活，只赚两顿吃。春桃的捡纸生活渐次发达了，原住的地方，人家不许她堆货，她便沿着德胜门墙根来找住处。一敲门，正是认识的刘向高。她不用经过许多手续，便向老吴赁下这房子，也留向高住下，帮她的忙。这都是三年前的事了。他认得几个字，在春桃捡来和换来的字纸里，也会抽出些少比较能卖钱的东西，如画片或某将军、某总长写的对联、信札之类。二人合作，事业更有进步。向高有时也教她认几个字，但没有什么功效，因为他自己认得的也不算多，解字就更难了。

他们同居这些年，生活状态，若不配说像鸳鸯，便说像一对小家雀吧。

言归正传。春桃进屋里，向高已提着一桶水在她后面跟着走。他用快活的声调说：

"媳妇，快洗吧，我等饿了。今晚咱们吃点好的，烙葱花饼，赞成不赞成？若赞成，我就买葱酱去。"

"媳妇，媳妇，别这样叫，成不成？"春桃不耐烦地说。

"你答应我一声，明儿到天桥给你买一顶好帽子去。你不说帽子该换了么？"向高再要求。

"我不爱听。"

他知道妇人有点不高兴了，便转口问："到底吃什么？说呀！"

"你爱吃什么，做什么给你吃。买去吧。"

向高买了几根葱和一碗麻酱回来，放在明间的桌上。春桃擦过澡出来，手里拿着一张红帖子。

"这又是哪一位王爷的龙凤帖！这次可别再给小市那老李了。托人拿到北京饭店去，可以多卖些钱。"

"那是咱们的。要不然，你就成了我的媳妇啦？教了你一两年的字，连自己的姓名都认不得！"

"谁认得这么些字？别媳妇媳妇的，我不爱听。这是谁写的？""我填的。早晨巡警来查户口，说这两天加紧戒严，哪家有多少人，都得照实报。"

老吴教我们把咱们写成两口子,省得麻烦。巡警也说写同居人,一男一女,不妥当。我便把上次没卖掉的那份空帖子填上了。我填的是辛未年咱们办喜事。"

"什么?辛未年?辛未年我那儿认得你?你别捣乱啦。咱们没拜过天地,没喝过交杯酒,不算两口子。"

春桃有点不愿意,可还和平地说出来。她换了一条蓝布裤。上身是白的,脸上虽没脂粉,却呈露着天然的秀丽。若她肯嫁的话,按媒人的行情,说是二十三四的小寡妇,最少还可以值得一百八十的。

她笑着把那礼帖搓成一长条,说:"别捣乱!什么龙凤帖?烙饼吃了吧。"她掀起炉盖把纸条放进火里,随即到桌边和面。

向高说:"烧就烧吧,反正巡警已经记上咱们是两口子;若是官府查起来,我不会说龙凤帖在逃难时候丢掉的么?从今儿起,我可要叫你做媳妇了。老吴承认,巡警也承认,你不愿意,我也要叫。媳妇嗳!媳妇嗳!明天给你买帽子去,戒指我打不起。"

"你再这样叫,我可要恼了。"

"看来,你还想着那李茂。"向高的神气没像方才那么高兴。他自己说着,也不一定要春桃听见,但她已听见了。

"我想他?一夜夫妻,分散了四五年没信,可不是白想?"

春桃这样说。她曾对向高说过她出阁那天的情形。花轿进了门,客人还没座席,前头两个村子来人说,大队兵已经到了,四处拉人挖战壕,吓得大家都逃了,新夫妇也赶紧收拾东西,随着大众望西逃。同走了一天一宿。第二宿,前面连嚷几声"胡子来了,快躲罢",那时大家只顾躲,谁也顾不了谁。到天亮时,不见了十几个人,连她丈夫李茂也在里头。她继续方才的话说:"我想他一定跟着胡子走了,也许早被人打死了。得啦,别提他啦。"

她把饼烙好了，端到桌上。向高向砂锅里舀了一碗黄瓜汤，大家没言语，吃了一顿。吃完，照例在瓜棚底下坐坐谈谈。一点点的星光在瓜叶当中闪着。凉风把萤火送到棚上，像星掉下来一般。晚香玉也渐次散出香气来，压住四围的臭味。

"好香的晚香玉！"向高摘了一朵，插在春桃的髻上。

"别糟蹋我的晚香玉。晚上戴花，又不是窑姐儿。"她取下来，闻了一闻，便放在朽梁上头。

"怎么今儿回来晚啦？"向高问。

"吓！今儿做了一批好买卖！我下午正要回家，经过后门，瞧见清道夫推着一大车烂纸，问他从哪儿推来的；他说是从神武门甩出来的废纸。我见里面红的、黄的一大堆，便问他卖不卖；他说，你要，少算一点装去吧。你瞧！"她指着窗下那大篓，"我花了一块钱，买那一大篓！赔不赔，可不晓得，明儿捡一捡得啦。"

"宫里出来的东西没个错。我就怕学堂和洋行出来的东西，分量又重，气味又坏，值钱不值，一点也没准。"

"近年来，街上包东西都作兴用洋报纸。不晓得哪里来的那么些看洋报纸的人。捡起来真是分量又重，又卖不出多少钱。"

"念洋书的人越多，谁都想看看洋报，将来好混混洋事。"

"他们混洋事，咱们捡洋字纸。"

"往后恐怕什么都要带上个洋字，拉车要拉洋车，赶驴更赶洋驴，也许还有洋骆驼要来。"向高把春桃逗得笑起来了。

"你先别说别人。若是给你有钱，你也想念洋书，娶个洋媳妇。"

"老天爷知道，我绝不会发财。发财也不会娶洋婆子。若是我有钱，回乡下买几亩田，咱们两个种去。"

春桃自从逃难以来，把丈夫丢了，听见乡下两字，总没有好感想。她说:"你还想回去?恐怕田还没买,连钱带人都没有了。没饭吃,我也不回去。"

"我说回我们锦县乡下。"

"这年头,哪一个乡下都是一样,不闹兵,便闹贼;不闹贼,便闹日本,谁敢回去?还是在这里捡捡烂纸罢。咱们现在只缺一个帮忙的人。若是多个人在家替你归着东西,你白天便可以出去摆地摊,省得货过别人手里,卖漏了。"

"我还得学三年徒弟才成,卖漏了,不怨别人,只怨自己不够眼光。这几个月来我可学了不少。邮票,哪种值钱,哪种不值,也差不多会瞧了。大人物的信札手笔,卖得出钱,卖不出钱,也有一点把握了。前几天在那堆字纸里捡出一张康有为的字,你说今天我卖了多少?"他很高兴地伸出拇指和食指比仿着,"八毛钱!"

"说是呢!若是每天在烂纸堆里能捡出八毛钱就算顶不错,还用回乡下种田去?那不是自找罪受么?"春桃愉悦的声音就像春深的莺啼一样。她接着说:"今天这堆准保有好的给你捡。听说明天还有好些,那人教我一早到后门等他。这两天宫里的东西都赶着装箱,往南方运,库里许多烂纸都不要。我瞧见东华门外也有许多,一口袋一口袋陆续地扔出来。明儿你也打听去。"

说了许多话,不觉二更打过。她伸伸懒腰站起来说:"今天累了,歇吧!"

向高跟着她进屋里。窗户下横着土炕,够两三人睡的。在微细的灯光底下,隐约看见墙上一边贴着八仙打麻雀的谐画,一边是烟公司"还是他好"的广告画。春桃的模样,若脱去破帽子,不用说到瑞蚨祥或别的上海成衣店,只到天桥搜罗一身落伍的旗袍穿上,坐在任何草地,也与"还是他好"里那摩登女差不上下。因此,向高常对春桃说贴的是她的小照。

她上了炕，把衣服脱光了，顺手揪一张被单盖着，躺在一边。向高照例是给她按按背，捶捶腿。她每天的疲劳就是这样含着一点微笑，在小油灯的闪烁中，渐次得着苏息。在半睡的状态中，她喃喃地说："向哥，你也睡罢，别开夜工了，明天还要早起咧。"妇人渐次发出一点微细的鼾声，向高便把灯灭了。

一破晓，男女二人又像打食的老鸹，急飞出巢，各自办各的事情去。刚放过午炮，什刹海的锣鼓已闹得喧天。春桃从后门出来，背着纸篓，向西不压桥这边来。在那临时市场的路口，忽然听见路边有人叫她："春桃，春桃！"

她的小名，就是向高一年之中也罕得这样叫唤她一声。自离开乡下以后，四五年来没人这样叫过她。

"春桃，春桃，你不认得我啦？"

她不由得回头一瞧，只见路边坐着一个叫花子。那乞怜的声音从他满长了胡子的嘴发出来。他站不起来，因为他两条腿已经折了。身上穿的一件灰色的破军衣，白铁纽扣都生了锈，肩膀从肩章的破缝露出，不伦不类的军帽斜戴在头上，帽章早已不见了。春桃望着他一声也不响。

"春桃，我是李茂呀！"

她进前两步，那人的眼泪已带着灰土透入蓬乱的胡子里。

她心跳得慌，半响说不出话来，至终说："茂哥，你在这里当叫花子啦？你两条腿怎么丢啦？"

"嗳，说来话长。你从多咱起在这里呢？你卖的是什么？"

"卖什么！我捡烂纸咧。……咱们回家再说吧。"

她雇了一辆洋车，把李茂扶上去，把篓子也放在车上，自己在后面推着。一直来到德胜门墙根，车夫帮着她把李茂扶下来。进了胡同口，老吴敲着小铜碗，一面问："刘大姑，今儿早回家，买卖好呀？"

"来了乡亲啦。"她应酬了一句。

李茂像只小狗熊，两只手按在地上，帮助两条断腿爬着。

她从口袋里拿出钥匙，开了门，引着男子进去。她把向高的衣服取一身出来，像向高每天所做的，到井边打了两桶水倒在小澡盆里教男人洗澡。洗过以后，又倒一盆水给他洗脸。然后扶他上炕坐，自己在明间也洗一回。

"春桃，你这屋里收拾得很干净，一个人住吗？"

"还有一个伙计。"春桃不迟疑地回答他。

"做起买卖来啦？"

"不告诉你就是捡烂纸么？"

"捡烂纸？一天捡得出多少钱？"

"先别盘问我，你先说你的吧。"

春桃把水泼掉，理着头发进屋里来，坐在李茂对面。

李茂开始说他的故事：

"春桃，唉，说不尽哟！我就说个大概吧。

"自从那晚上教胡子绑去以后，因为不见了你，我恨他们，夺了他们一杆枪，打死他们两个人，拼命地逃。逃到沈阳，正巧边防军招兵，我便应了招。在营里三年，老打听家里的消息，人来都说咱们村里都变成砖瓦地了。咱们的地契也不晓得现在落在谁手里。咱们逃出来时，偏忘了带着地契。因此这几年也没告假回乡下瞧瞧。在营里告假，怕连几块钱的饷也告丢了。

"我安分当兵，指望月月关饷，至于运到升官，本不敢盼。也是我命里合该有事：去年年头，那团长忽然下一道命令，说，若团里的兵能瞄枪连中九次靶，每月要关双饷，还升差事。一团人没有一个中过四枪；中，还是不进红心。我可连发连中，不但中了九次红心,连剩下那一颗子弹,我也放了。我要显本领,背着脸,弯着腰,脑袋向地,枪从裤裆放过去,不偏不歪,正中红心。当时我心里多么快活呢。那团长教把我带上去。我心里想着总要听几句褒奖的话。不料那畜生翻了脸,愣说我是胡子,要枪毙我!他说若不是胡子,枪法决不会那么准。我的排长、队长都替我求情,担保我不是坏人,好容易不枪毙我了,可是把我的正兵革掉,连副兵也不许我当。他说,当军官的难免不得罪弟兄们,若是上前线督战,队里有个像我瞄得那么准,从后面来一枪,虽然也算阵亡,可值不得死在仇人手里。大家没话说,只劝我离开军队,找别的营生去。

"我被革了不久,日本人便占了沈阳;听说那狗团长领着他的军队先投降去了。我听见这事,愤不过,想法子要去找那奴才。我加入义勇军,在海城附近打了几个月,一面打,一面退到关里。前个月在平谷东北边打,我去放哨,遇见敌人,伤了我两条腿。那时还能走,躲在一块大石底下,开枪打死他几个。我实在支持不住了,把枪扔掉,向田边的小道爬,等了一天、两天,还不见有红十字会或红 C 字会的人来。伤口越肿越厉害,走不动又没吃的喝的,只躺在一边等死。后来可巧有一辆大车经过,赶车的把我扶了上去,送我到一个军医的帐幕。他们又不瞧,只把我扛上汽车,往后方医院送。已经伤了三天,大夫解开一瞧,说都烂了,非用锯不可。在院里住了一个多月,好是好了,就丢了两条腿。我想在此地举目无亲,乡下又回不去;就说回去得了,没有腿怎能种田?求医院收容我,给我一点事情做,大夫说医院管治不管留,也不管找事。此地又没有残废兵留养院,迫着我不得不出来讨饭,今天刚是第三天。这两天我常想着,若是这样下去,我可受不了,非上吊不可。"

春桃注神听他说，眼眶不晓得什么时候都湿了。她还是静默着。李茂用手抹抹额上的汗，也歇了一会。

"春桃，你这几年呢？这小小地方虽不如咱们乡下那么宽敞，看来你倒不十分苦。"

"谁不受苦？苦也得想法子活。在阎罗殿前，难道就瞧不见笑脸？这几年来，我就是干这捡烂纸换取灯的生活，还有一个姓刘的同我合伙。我们两人，可以说不分彼此，勉强能度过日子。"

"你和那姓刘的同住在这屋里？"

"是，我们同住在这炕上睡。"春桃一点也不迟疑，她好像早已有了成见。

"那么，你已经嫁给他？"

"不，同住就是。"

"那么，你现在还算是我的媳妇？"

"不，谁的媳妇，我都不是。"

李茂的夫权意识被激动了。他可想不出什么话来说。两眼注视着地上，当然他不是为看什么，只为有点不敢望着他的媳妇。至终他沉吟了一句："这样，人家会笑话我是个活王八。"

"王八？"妇人听了他的话，有点翻脸，但她的态度仍是很和平。她接着说："有钱有势的人才怕当王八。像你，谁认得？活不留名，死不留姓，王八不王八，有什么相干？现在，我是我自己，我做的事，决不会玷着你。"

"咱们到底还是两口子，常言道，一日夫妻百日恩——"

"百日恩不百日恩我不知道。"春桃截住他的话，"算百日恩，也过了好十几个百日恩。四五年间，彼此不知下落；我想你也想不到会在这里遇见我。我一个人在这里，得活，得人帮忙。我们同住了这些年，要说恩爱，自然是对你薄得多。今天我领你回来，是因为我爹同你爹的交情,我们还是乡亲。你若认我做媳妇,我不认你,打起官司,也未必是你赢。"

李茂掏掏他的裤带,好像要拿什么东西出来,但他的手忽然停住,眼睛望望春桃,至终把手缩回去撑着席子。李茂没话,春桃哭。日影在这当中也静静地移了三四分。

"好吧,春桃,你做主。你瞧我已经残废了,就使你愿意跟我,我也养不活你。"李茂到底说出这英明的话。

"我不能因为你残废就不要你,不过我也舍不得丢了他。大家住着,谁也别想谁是养活着谁,好不好?"春桃也说了她心里的话。

李茂的肚子发出很微细的咕噜咕噜声音。

"噢,说了大半天,我还没问你要吃什么!你一定很饿了。"

"随便吧,有什么吃什么。我昨天晚上到现在还没吃,只喝水。"

"我买去。"春桃正踏出房门,向高从院外很高兴地走进来,两人在瓜棚底下撞了个满怀。"高兴什么?今天怎样这早就回来?"

"今天做了一批好买卖!昨天你背回的那一篓,早晨我打开一看,里头有一包是明朝高丽王上的表章,一分至少可卖五十块钱。现在我们手里有十分!方才散了几分给行里,看看主儿出得多少,再发这几分。里头还有两张盖上端明殿御宝的纸,行家说是宋家的,一给价就是六十块,我没敢卖,怕卖漏了,先带回来给你开开眼。你瞧……"他说时,一面把手里的旧蓝布包袱打开,拿出表章和旧纸来。"这是端明殿御宝。"他指着纸上的印纹。

"若没有这个印,我真看不出有什么好处,洋宣比它还白咧。怎么宫里管事的老爷们也和我一样不懂眼?"春桃虽然看了,却不晓得那纸的值钱处在哪里。

"懂眼?若是他们懂眼,咱们还能换一块几毛么?"向高把纸接过去,仍旧和表章包在包袱里。他笑着对春桃说:"我说,媳妇……"

春桃看了他一眼,说:"告诉你别管我叫媳妇。"

向高没理会她,直说:"可巧你也早回家。买卖想是不错。"

"早晨又买了像昨天那样的一篓。"

"你不说还有许多么?"

"都叫他们送到晓市卖到乡下包落花生去了!"

"不要紧,反正咱们今天开了光,头一次做上三十块钱的买卖。我说,咱们难得下午都在家,回头咱们上什刹海逛逛,消消暑去,好不好?"

他进屋里,把包袱放在桌上。春桃也跟进来。她说:"不成,今天来了人了。"说着掀开帘子,点头招向高,"你进去。"

向高进去,她也跟着。"这是我原先的男人。"她对向高说过这话,又把他介绍给李茂说,"这是我现在的伙计。"

两个男子,四只眼睛对着,若是他们眼球的距离相等,他们的视线就会平行地接连着。彼此都没话,连窗台上歇的两只苍蝇也不作声。这样又叫日影静静地移一二分。

"贵姓?"向高明知道,还得照例地问。彼此谈开了。

"我去买一点吃的。"春桃又向着向高说,"我想你也还没吃吧?烧饼成不成?"

"我吃过了。你在家,我买去吧。"

妇人把向高拖到炕上坐下,说:"你在家陪客人谈话。"给了他一副笑脸,便自出去。

屋里现在剩下两个男人,在这样情况底下,若不能一见如故,便得打个你死我活。好在他们是前者的情形。但我们别想李茂是短了两条腿,不能打。我们得记住向高是拿过三五年笔杆的,用李茂的分量满可以把他压死。若是他有枪，更省事，一动指头，向高便得过奈何桥。李茂告诉向高，春桃的父亲是个乡下财主，有一顷田。他自己的父亲就在他家做活和赶叫驴。因为他能瞄很准的枪，她父亲怕他当兵去，便把女儿许给他，为的是要他保护庄里的人们。这些话，是春桃没向他说过的。他又把方才春桃说的话再述一遍，渐次迫到他们二人切身的问题上头。

"你们夫妇团圆，我当然得走开。"向高在不愿意的情态底下说出这话。

"不，我已经离开她很久，现在并且残废了，养不活她，也是白搭。你们同住这些年，何必拆？我可以到残废院去。听说这里有，有人情便可进去。"

这给向高很大的诧异。他想，李茂虽然是个大兵，却料不到他有这样的侠气。他心里虽然愿意，嘴上还不得不让。这是礼仪的狡猾，念过书的人们都懂得。

"那可没有这样的道理。"向高说，"叫我冒一个霸占人家妻子的罪名，我可不愿意。为你想，你也不愿意你妻子跟别人住。"

"我写一张休书给她，或写一张契给你，两样都成。"李茂微笑诚意地说。

"休？她没什么错，休不得。我不愿意丢她的脸。卖？我那儿有钱买？我的钱都是她的。"

"我不要钱。"

"那么，你要什么？"

"我什么都不要。"

"那又何必写卖契呢？"

"因为口讲无凭，日后反悔，倒不好了。咱们先小人，后君子。"

说到这里，春桃买了烧饼回来。她见二人谈得很投机，心下十分快乐。

"近来我常想着得多找一个人来帮忙，可巧茂哥来了。他不能走动，正好在家管管事，捡捡纸。你当跑外卖货。我还是当捡货的。咱们三人开公司。"春桃另有主意。

李茂让也不让，拿着烧饼往嘴送，像从饿鬼世界出来的一样，他没工夫说话了。

"两个男人，一个女人，开公司？本钱是你的？"向高发出不需要的疑问。

"你不愿意吗？"妇人问。

"不，不，不，我没有什么意思。"向高心里有话，可说不出来。

"我能做什么？整天坐在家里，干得了什么事？"李茂也有点不敢赞成。他理会向高的意思。

"你们都不用着急，我有主意。"

向高听了，伸出舌头舔舔嘴唇，还吞了一口唾沫。李茂依然吃着，他的眼睛可在望春桃，等着听她的主意。

捡烂纸大概是女性中心的一种事业。她心中已经派定李茂在家把旧邮票和纸烟盒里的画片捡出来。那事情，只要有手有眼，便可以做。她合一合，若是天天有一百几十张卷烟画片可以从烂纸堆里捡出来，李茂每月的伙食便有了门。邮票好的和罕见的，每天能检得两三个，也就不劣。外国烟卷在这城里，一天总销售一万包左右，纸包的百分之一给她捡回来，并不算难。至于向高还是让他捡名人书札，或比较可以多卖钱的东西。他不用说已经是个行家，不必再受指导。她自己干那吃力的工作，除去下大雨以外，在狂风烈日底下，是一样地出去捡货。尤其是在天气不好的时候，她更要工作，因为同业们有些就不出去。

她从窗户望望太阳，知道还没到两点，便出到明间，把破草帽仍旧戴上，探头进房里对向高说："我还得去打听宫里还有东西出来没有。你在家招呼他。晚上回来，我们再商量。"

向高留她不住，便由她走了。

好几天的光阴都在静默中度过。但二男一女同睡一铺炕上定然不很顺心。多夫制的社会到底不能够流行得很广。其中的一个缘故是一般人还不能摆脱原始的夫权和父权思想。

由这个，造成了风俗习惯和道德观念。老实说，在社会里，依赖人和掠夺人的，才会遵守所谓风俗习惯；至于依自己的能力而生活的人们，心目中并不很看重这些。像春桃，她既不是夫人，也不是小姐；她不会到外交大楼去赴跳舞会，也没有机会在隆重的典礼上当主角。她的行为，没人批评，也没人过问；纵然有，也没有切肤之痛。监督她的只有巡警，但巡警是很容易对付的。两个男人呢，向高诚然念过一点书，含糊地了解些圣人的道理，除掉些少名分的观念以外，他也和春桃一样。但他的生活，从同居以后，完全靠着春桃。春桃的话，是从他耳朵进去的维他命，他得听，因为于他有利。春桃教他不要嫉妒，他连嫉妒的种子也都毁掉。李茂呢，春桃和向高能容他住一天便住一天，他们若肯认他做亲戚，他便满足了。当兵的人照例要丢一两个妻子。但他的困难也是名分上的。

向高的嫉妒虽然没有，可是在此以外的种种不安，常往来于这两个男子当中。

暑气仍没减少，春桃和向高不是到汤山或北戴河去的人物。他们日间仍然得出去谋生活。李茂在家，对于这行事业可算刚上了道，他已能分别哪一种是要送到万柳堂或天宁寺去做糙纸的，哪一样要留起来的,还得等向高回来鉴定。

春桃回家,照例还是向高侍候她。那时已经很晚了,她在明间里闻见蚊烟的气味,便向着坐在瓜棚底下的向高说:"咱们多会点过蚊烟,不留神,不把房子点着了才怪咧。"

向高还没回答,李茂便说:"那不是熏蚊子,是熏秽气,我央刘大哥点的。我打算在外面地下睡。屋里太热,三人睡,实在不舒服。"

"我说,桌上这张红帖子又是谁的?"春桃拿起来看。

"我们今天说好了,你归刘大哥。那是我立给他的契。"声从屋里的炕上发出来。

"哦,你们商量着怎样处置我来!可是我不能由你们派。"

她把红帖子拿进屋里,问李茂,"这是你的主意,还是他的?"

"是我们俩的主意。要不然,我难过,他也难过。"

"说来说去,还是那话。你们都别想着咱们是丈夫和媳妇,成不成?"她把红帖子撕得粉碎,气有点粗。

"你把我卖多少钱?"

"写几十块钱做个彩头。白送媳妇给人,没出息。"

"卖媳妇,就有出息?"她出来对向高说,"你现在有钱,可以买媳妇了。若是给你阔一点……"

"别这样说,别这样说。"向高拦住她的话,"春桃,你不明白。这两天,同行的人们直笑话我。……"

"笑你什么?"

"笑我……"向高又说不出来。其实他没有很大的成见,春桃要怎么办,十回有九回是遵从的。他自己也不明白这是什么力量。在她背后,他想着这样该做,那样得照他的意思办;可是一见了她,就像见了西太后似的,样样都要听她的懿旨。

"噢，你到底是念过两天书，怕人骂，怕人笑话。"

自古以来，真正统治民众的并不是圣人的教训，好像只是打人的鞭子和骂人的舌头。风俗习惯是靠着打骂维持的。但在春桃心里，像已持着"人打还打，人骂还骂"的态度。不是个弱者，不打骂人，也不受人打骂。我们听她教训向高的话，便可以知道。

"若是人笑话你，你不会揍他？你露什么怯？咱们的事，谁也管不了。"

向高没话。

"以后不要再提这事吧。咱们三人就这样活下去，不好吗？"

一屋里都静了。吃过晚饭，向高和春桃仍是坐在瓜棚底下，只不像往日那么爱说话。连买卖经也不念了。李茂叫春桃到屋里，劝她归给向高。他说男人的心，她不知道，谁也不愿意当王八；占人妻子，也不是好名誉。他从腰间拿出一张已经变成暗褐色的红纸帖，交给春桃，说："这是咱们的龙凤帖。那晚上逃出来的时候，我从神龛上取下来，揣在怀里。现在你可以拿去，就算咱们不是两口子。"

春桃接过那红帖子，一言不发，只注视着炕上破席。她不由自主地坐下，挨近那残废的人，说："茂哥，我不能要这个，你收回去罢。我还是你的媳妇。一日夫妻百日恩，我不做缺德的事。今天看你走不动，不能干大活，我就不要你，我还能算人吗？"她把红帖也放在炕上。

李茂听了她的话，心里很受感动。他低声对春桃说："我瞧你怪喜欢他的，你还是跟他过日子好。等有点钱，可以打发我回乡下，或送我到残废院去。"

"不瞒你说，"春桃的声音低下去，"这几年我和他就同两口子一样活着，样样顺心，事事如意；要他走，也怪舍不得。不如叫他进来商量,瞧他有什么主意。"她向着窗户叫,"向哥,向哥!"可是一点回音也没有。出来一瞧,向哥已不在了。

这是他第一次晚间出门。她愣一会儿,便向屋里说:"我找他去。"她料想向高不会到别的地方去。到胡同口,问问老吴。老吴说往大街那边去了。她到他常交易的地方去,都没找着。人很容易丢失,眼睛若见不到,就是渺渺茫茫无寻觅处。快到一点钟,她才懊丧地回家。

屋里的油灯已经灭了。

"你睡着啦?向哥回来没有?"她进屋里,掏出洋火,把灯点着,向炕上一望,只见李茂把自己挂在窗棂上,用的是他自己的裤带。她心里虽免不了存着女性的恐慌,但是还有胆量紧爬上去,把他解下来。幸而时间不久,用不着惊动别人,轻轻地抚揉着他,他渐次苏醒回来。

杀自己的身来成就别人是侠士的精神。若是李茂的两条腿还存在,他也不必出这样的手段。两三天以来,他总觉得自己没多少希望,倒不如毁灭自己,叫春桃好好地活着。春桃于他虽没有爱,却很有义。她用许多话安慰他,一直到天亮。他睡着了,春桃下炕,见地上一些纸灰,还剩下没烧完的红纸。她认得是李茂曾给她的那张龙凤帖,直望着出神。

那天她没出门。晚上还陪李茂坐在炕上。

"你哭什么?"春桃见李茂热泪滚滚地滴下来,便这样问他。

"我对不起你。我来干什么?"

"没人怨你来。"

"现在他走了,我又短了两条腿。……"

"你别这样想。我想他会回来。"

"我盼望他会回来。"

又是一天过去了，春桃起来，到瓜棚摘了两条黄瓜做菜，草草地烙了一张大饼，端到屋里，两个人同吃。

她仍旧把破帽戴着，背上篓子。

"你今天不大高兴，别出去啦！"李茂隔着窗户对她说。

"坐在家里更闷得慌。"

她慢慢地踱出门。做活是她的天性，虽在沉闷的心境中，她也要干。中国女人好像只理会生活，而不理会爱情，生活的发展是她所注意的，爱情的发展只在盲闷的心境中沸动而已。自然，爱只是感觉，而生活是实质的，整天躺在锦帐里或坐在幽林中讲爱经，也是从皇后船或总统船运来的知识。春桃既不是弄潮儿的姊妹，也不是碧眼胡的学生，她不懂得，只会莫名其妙地纳闷。

一条胡同过了又是一条胡同。无量的尘土，无尽的道路，涌着这沉闷的妇人。她有时嚷"烂纸换洋取灯儿"，有时连路边一堆不用换的旧报纸，她都不捡。有时该给人两盒取灯，她却给了五盒。胡乱地过了一天，她便随着天上那班只会嚷嚷和抢吃的黑衣党慢慢地踱回家。仰头看见新贴上的户口照，写的户主是刘向高妻刘氏，使她心里更闷得厉害。

刚踏进院子，向高从屋里赶出来。她瞪着眼，只说："你回来……"其余的话用眼泪连续下去。

"我不能离开你，我的事情都是你成全的。我知道你要我帮忙。我不能无情无义。"

其实他这两天在道上漫散地走，不晓得要往哪里去。走路的时候，直像脚上扣着一条很重的铁镣，那一面是扣在春桃手上一样。加以到处都遇见"还是他好"的广告，心情更受着不断的搅动，甚至饿了他也不知道。

"我已经同向哥说好了。他是户主，我是同居。"

向高照旧帮她卸下篓子。一面替她抹掉脸上的眼泪。他说："若是回到乡下，他是户主，我是同居。你是咱们的媳妇。"

　　她没有作声，直进屋里，脱下衣帽，行她每日的洗礼。

　　买卖经又开始在瓜棚底下念开了。他们商量把宫里那批字纸卖掉以后，向高便可以在市场里摆一个小摊，或者可以搬到一间大一点点的房子去住。

　　屋里，豆大的灯火，叫从瓜棚飞进去的一只油葫芦扑灭了。李茂早已睡熟，因为银河已经低了。

　　"咱们也睡吧。"妇人说。

　　"你先躺去，一会我给你捶腿。"

　　"不用啦，今天我没走多少路。明儿早起，记得做那批买卖去，咱们有好几天不开张了。"

　　"方才我忘了拿给你。今天回家，见你还没回来，我特意到天桥去给你带一顶八成新的帽子回来。你瞧瞧！"他在暗里摸着那帽子，要递给她。

　　"现在哪里瞧得见！明天我戴上就是。"

　　院子都静了，只剩下晚香玉的香还在空气中游荡。屋里微微地可以听见"媳妇"和"我不爱听，我不是你的媳妇"等对答。

九十九度中

林徽因

1934

    三个人肩上各挑着黄色,有"美丰楼"字号大圆簍的,用着六个满是泥泞凝结的布鞋,走完一条被太阳晒得滚烫的马路之后,转弯进了一个胡同里去。

    "劳驾,借光——三十四号甲在哪一头?"在酸梅汤的摊子前面,让过一辆正在飞奔的家车——钢丝轮子亮得晃眼的——又向蹲在墙角影子底下的老头儿,问清了张宅方向后,这三个流汗的挑夫便又努力地往前走。那六只泥泞布履的脚,无条件地,继续着他们机械式的碾动。

    在那轻快的一瞥中,坐在洋车上的卢二爷看到黄簍上饭庄的字号,完全明白里面装的是丰盛的筵席,自然地,他估计到他自己午饭的问题。家里饭乏味,菜蔬缺乏个性,太太的脸难看,你简直就不能对她提到那厨子问题。这几天天太热,太热,并且今天已经二十二,什么事她都能够牵扯到薪水问题上,孩子们再一吵,谁能够在家里吃中饭!

    "美丰楼饭庄"黄簍上黑字写得很笨大,方才第三个挑夫挑得特别吃劲,摇摇摆摆地使那黄簍左右地晃……

美丰楼的菜不能算坏，义永居的汤面实在也不错……于是义永居的汤面？还是市场万花斋的点心？东城或西城？找谁同去聊天？逸九新从南边来的住在哪里？或许老孟知道，何不到和记理发馆借个电话。卢二爷估计着，犹豫着，随着洋车的起落。他又好像已经决定了在和记借电话，听到伙计们的招呼："……二爷您好早？……用电话，这边您哪！……"

伸出手臂，他睨一眼金表上所指示的时间，细小的两针分停在两个钟点上，但是分明地都在挣扎着到达十二点上边。在这时间中，车夫感觉到主人在车上翻动不安，便更抓稳了车把，弯下一点背，勇猛地狂跑。二爷心里仍然疑问着面或点心，东城或西城，车已赶过前面的几辆。一个女人骑着自行车，由他左侧冲过去，快镜似的一瞥，鲜艳的颜色，脚与腿，腰与背，侧脸、眼和头发，全映进老卢的眼里，那又是谁说过的……老卢就是爱看女人！女人谁又不爱？难道你在街上真闭上眼不瞧那过路的漂亮的！

"到市场，快点。"老卢吩咐他车夫奔驰的终点，于是主人和车夫戴着两顶价格极不相同的草帽，便同在一个太阳底下，向东安市场奔去。

很多好看的碟子和鲜果点心，全都在大厨房院里，从黄色层篓中检点出来。立着监视的有饭庄的"二掌柜"和张宅的"大师傅"；两人都因为胖的缘故，手里都有把大蒲扇。大师傅举着扇扑一下进来凑热闹的大黄狗。

"这东西最讨嫌不过！"这句话大师傅一半拿来骂狗，一半也是来权作和掌柜的寒暄。

"可不是？他×的，这东西真可恶。"二掌柜好脾气地用粗话也骂起狗。狗无聊地转过头到垃圾堆边闻嗅隔夜的肉骨。

奶妈抱着孙少爷进来，七少奶每月用六元现洋雇她，抱孙少爷到厨房，门房，大门口，街上一些地方喂奶连游玩的。今天的厨房又是这样的不同：饭庄的"头把刀"带着几个伙计在灶边手忙脚乱地炒菜切肉丝，奶妈觉得孙少爷是更不能不来看；果然看到了生人，看到狗，看到厨房桌上全是好看的干果、鲜果、糕饼、点心，孙少爷格外高兴，在奶妈怀里跳，手指着要吃。奶妈随手赶开了几只苍蝇，拣一块山楂糕放到孩子口里，一面和伙计们打招呼。

忽然看到陈升走到院子里找赵奶奶，奶妈对他挤了挤眼，含笑地问："什么事值得这么忙？"同时她打开衣襟露出前胸喂孩子奶吃。

"外边挑担子的要酒钱。"陈升没有平时的温和，或许是太忙了的缘故。老太太这次做寿，比上个月四少奶小孙少爷的满月酒的确忙多了。

此刻那三个粗蠢的挑夫蹲在外院槐树荫下，用黯黑的毛巾擦他们的脑袋，等候着他们这满身淋汗的代价。一个探首到里院偷偷看院内华丽的景象。

里院和厨房所呈的纷乱固然完全不同，但是它们纷乱的主要原因则是同样的，为着六十九年前的今天。六十九年前的今天，江南一个富家里又添了一个绸缎金银裹托着的小生命。经过六十九个像今年这样流汗天气的夏天，又产生过另十一个同样需要绸缎金银的生命以后，那个生命乃被称为长寿而又有福气的妇人。这个妇人，今早由两个老妈扶着，坐在床前，拢一下斑白稀疏的鬓发，对着半碗火腿稀饭摇头：

"赵妈，我哪里吃得下这许多？你把锅里的拿去给七少奶的云乖乖吃吧……"

七十年的穿插，已经卷在历史的章页里，在今天的院里能呈露出多少，谁也不敢说。事实是今天，将有很多打扮得极体面的男女来庆祝,庆祝能够维持这样长久寿命的女人,并且为这一庆祝,饭庄里已将许多生物的寿命裁削了,拿它们的肌肉来补充这庆祝者的肠胃。

前两天这院子就为了这事改变了模样,簇新的喜棚支出瓦檐丈余尺高。两旁红喜字玻璃方窗,由胡同的东头,和顺车厂的院里是可以看得很清楚的。前晚上六点左右,小三和环子,两个洋车夫的儿子,倒土筐的时候看到了,就告诉他们嬷:"张家喜棚都搭好了,是哪一个孙少爷娶新娘子?"他们嬷为这事,还拿了鞋样到陈大嫂家说个话儿。正看到她在包饺子,笑嘻嘻地得意得很,说老太太做整寿——多好福气——她当家的跟了张老太爷多少年。昨天张家三少奶还叫她进去,说到日子要她去帮个忙儿。

喜棚底下圆桌面就有七八张,方凳更是成叠地堆在一边;几个夫役持着鸡毛帚,忙了半早上才排好五桌。小孩子又多,什么孙少爷,侄孙少爷,姑太太们带来的那几位都够淘气的。李贵这边排好几张,那边小爷们又扯走了排火车玩。天热得厉害,苍蝇是免不了多,点心干果都不敢先往桌子上摆。冰化得也快,篓子底下冰水化了满地!汽水瓶子挤满了厢房的廊上,五少奶看见了只嚷不行,全要冰起来。

全要冰起来!真是的,今天的食品全摆起来够像个菜市,四个冰箱也腾不出一点空隙。这新买来的冰又放在哪里好?李贵手里捧着两个绿瓦盆,私下里咕噜着为这筵席所发生的难题。

赵妈走到外院传话,听到陈升很不高兴地在问三个挑夫要多少酒钱。

"瞅着给吧。"一个说。

"怪热天多赏点吧。"又一个抿了抿干燥的口唇,想到方才胡同口的酸梅汤摊子,嘴里觉着渴。

就是这嘴里渴得难受,杨三把卢二爷拉到东安市场西门口,心想方才在那个"喜什么堂"门首,明明看到王康坐在洋车脚蹬上睡午觉。王康上月底欠了杨三十四吊钱,到现在仍不肯还,只顾着躲他。今天债主遇到赊债的赌鬼,心头起了各种的计算——杨三到饿的时候,脾气常常要比平时坏一点。天本来就太热,太阳简直是冒火,谁又受得了!方才二爷坐在车上,尽管用劲踩铃,金鱼胡同走道的学生们又多,你撞我闯的,挤得真可以的。杨三擦了汗一手抓住车把,拉了空车转回头去找王康要账。

"要不着八吊要六吊,再要不着,要他×的几个混蛋嘴巴!"杨三脖干儿上太阳烫得像火烧。"四吊多钱我买点羊肉,吃一顿好的。葱花烙饼也不坏——谁又说大热天不能喝酒?喝点又怕什么——睡得更香。卢二爷到市场吃饭,进去少不了好几个钟头……"

喜燕堂门口挂着彩,几个乐队里人穿着红色制服,坐在门口喝茶——他们把大铜鼓撂在一旁,铜喇叭夹在两膝中间。杨三知道这又是哪一家办喜事。反正一礼拜短不了有两天好日子,就在这喜燕堂,哪一个礼拜没有一辆花马车,里面搀出花溜溜的新娘?今天的花车还停在一旁……

"王康,可不是他!"杨三看到王康在小挑子的担里买香瓜吃。

"有钱的娶媳妇,和咱们没有钱的娶媳妇,还不是一样?花多少钱娶了她,她也短不了要这个那个的——这年头!好媳妇,好!你瞧怎么着?更惹不起!管你要钱,气你喝酒!再有了孩子,又得顾他们吃,顾他们穿。……"

王康说话就是要"逗个乐儿",人家不敢说的话他敢说。一群车夫听到他的话,各个高兴地凑点尾声。李荣手里捧着大饼,用着他最现成的粗话引着那几个年轻的笑。李荣从前是拉过家车的——可惜东家回南,把事情就搁下来了——他认得字,会看报,他会用新名词来发议论:"文明结婚可不同了,这年头是最讲'自由''平等'的了。"底下再引用了小报上捡来离婚的新闻打哈哈。

杨三没有娶过媳妇,他想娶,可是"老家儿"早过去了没有给他定下亲,外面瞎姘的他没敢要。前两天,棚铺的掌柜娘要同他做媒,提起了一个姑娘说是什么都不错,这几天不知道怎么又没有讯儿了。今天洋车夫们说笑的话,杨三听了感着不痛快。看看王康的脸在太阳里笑得皱成一团,更使他气起来。

王康仍然笑着说话,没有看到杨三,手里咬剩的半个香瓜里面,黄黄的一把瓜子像不整齐的牙齿向着上面。

"老康!这些日子都到哪里去了?我这儿还等着钱吃饭呢!"杨三乘着一股劲发作。

听到声,王康怔了向后看,"呵,这打哪儿说得呢?"他开始赖账了,"你要吃饭,你打你×的自己腰包里掏!要不然,你出个份子,进去那里边,"他手指着喜燕堂,"吃个现成的席去。"王康的嘴说得滑了,禁不住这样嘲笑着杨三。

周围的人也都跟着笑起来。

本来准备着对付赖账的巴掌,立刻打到王康的老脸上了。必须扭打,由蓝布幕的小摊边开始,一直扩张到停洋车的地方。来往汽车的喇叭,像被打的狗,呜呜叫号。好几辆正在街心奔驰的洋车都停住了,流汗车夫连喊着"靠里!""瞧车!"脾气暴的人顺口就是:"他×的,这大热天,单挑这么个地方!!"

巡警离开了岗位;小孩子们围上来;喝茶的军乐队人员全站起来看;女人们吓得只喊:"了不得,前面出事了吧!"

杨三提高嗓子只嚷着问王康:"十四吊钱,是你——是你拿走了不是了——"

呼喊的声浪由扭打的两人出发,膨胀,膨胀到周围各种人的口里:"你听我说……""把他们拉开……""这样挡着路……瞧腿

323

要紧。"嘈杂声中还有人叉着手远远地喊,"打得好呀,好拳头!"

喜燕堂正厅里挂着金喜字红幛,几对喜联,新娘正在服从号令,连连地深深地鞠躬。外边的喧吵使周围客人的头同时向外面转,似乎打听外面喧吵的缘故。新娘本来就是一阵阵地心跳,此刻更加失掉了均衡:一下子撞上,一下子沉下,手里抱着的鲜花随着只是打战。雷响深入她耳朵里,心房里。……

"新郎新妇——三鞠躬——""……三鞠躬。"阿淑在迷惘里弯腰伸直,伸直弯腰。昨晚上她哭,她妈也哭,将一串经验上得来的教训,拿出来赠给她——什么对老人要忍耐点,对小的要和气,什么事都要让着点——好像生活就是靠容忍和让步支持着!

她焦心的不是在公婆妯娌间的委曲求全。这几年对婚姻问题谁都讨论得热闹,她就不懂那些讨论的道理遇到实际时怎么就不发生关系。她这结婚的实际,并没有因为她多留心报纸上,新文学上,所讨论的婚姻问题、家庭问题、恋爱问题,而减少了问题。

"二十五岁了……"有人问到阿淑的岁数时,她妈总是发愁似的轻轻地回答那问她的人,底下说不清是叹息是啰唆。

在这旧式家庭里,阿淑算是已经超出应该结婚的年龄很多了,她知道。父母那急要她出嫁的神情使她太难堪!他们天天在替她选择合适的人家——其实哪里是选择!反对她尽管反对,那只是消极的无奈何的抵抗,她自己明知道是绝对没有机会选择,乃至于接触比较合适、理想的人物!她挣扎了三年,三年的时间不算短,在她父亲看去那更是不可信的长久……

"余家又托人来提了,你和阿淑商量商量吧,我这身体眼见得更糟,这潮湿天……"父亲的话常常说得很响,故意要她听得见,有时在饭桌上脾气或许更坏一点。"这六十块钱,养活这一大家子!养儿养女都不够,还要捐什么钱?干脆饿死!"有时更直接更难堪:"这又是谁的新褂子?阿淑,你别学时髦穿了到处走,那是找不着婆婆家的——外面瞎认识什么朋友我可不答应,我们不是那种人家!"……懦弱的母亲低着头装作缝衣:"妈劝你将就点……爹身体近来不好……女儿不能在娘家一辈子的……这家子不算坏;差事不错,前妻没有孩子不能算填房。……"

理论和实际似乎永不发生关系;理论说婚姻得怎样又怎样,今天阿淑都记不得那许多了。实际呢,只要她点一次头,让一个陌生的、异姓的、异性的人坐在她家里,乃至于她旁边,吃一顿饭的手续,父亲和母亲这两三年——竟许已是五六年——来的难题便突然地,在他们是觉得极文明地解决了。

对于阿淑这订婚的疑惧,常使她父亲像小孩子似的自己安慰自己:阿淑这门亲事真是运气呀,说时总希望阿淑听见这话。不知怎样,阿淑听到这话总很可怜父亲,想装出高兴样子来安慰他。母亲更可怜,自从阿淑订婚以来总似乎对她抱歉,常常哑着嗓子说:"看我做母亲的这份心上面。"

看在做母亲的那份心上面!那天她初次见到那陌生的、异姓的、异性的人,那个庸俗的典型触碎她那一点脆弱的爱美的希望,她怔住了,能去寻死,为婚姻失望而自杀么?可以大胆告诉父亲,这婚约是不可能的么?能逃脱这家庭的苛刑(在爱的招牌下的)去冒险,去漂落么?

她没有勇气说什么,她哭了一会,妈也流了眼泪,后来妈说:阿淑你这几天瘦了,别哭了,做娘的也只是一份心。……现在一鞠躬,一鞠躬地和幸福作别,事情已经太晚得没有办法了。

吵闹的声浪愈加明显了一阵,伴娘为新娘戴上戒指,又由赞礼的喊了一些命令。

迷离中阿淑开始幻想那外面吵闹的原因:洋车夫打电车吧,

汽车轧伤了人吧，学生又请愿，当局派军警弹压吧……但是阿淑想怎么我还如是焦急，现在我该像死人一样了，生活的波澜该沾不上我了，像已经临刑的人。但临刑也好，被迫结婚也好，在电影里到了这种无可奈何的时候总有一个意料不到快慰人心的解脱，不合法，特赦，恋人骑着马星夜奔波地赶到……但谁是她的恋人？除却九哥！学政治法律，讲究新思想的九哥，得着他表妹阿淑结婚的消息不知怎样？他恨由父母把持的婚姻……但准知道他关心么？他们多少年不来往了，虽然在山东住的时候，他们曾经邻居，两小无猜地整天在一起玩。幻想是不中用的，九哥先就不在北平，两年前他回来过一次，她记得自己遇到九哥扶着一位漂亮的女同学在书店前边，她躲过了九哥的视线，惭愧自己一身不入时的装束，她不愿和九哥的女友做个太难堪的比较。

感到手酸，心酸，浑身打战，阿淑由一堆人拥簇着退到里面房间休息。女客们在新娘前后彼此寒暄招呼，彼此注意大家的装扮。有几个很不客气在批评新娘子，显然认为不满意。"新娘太单薄点。"一个摺着十几层下颏的胖女人，摇着扇和旁边的六姨说话。阿淑觉到她自己真可以立刻碰得粉碎；这位胖太太像一座石臼，六姨则像一根铁杵横在前面，阿淑两手发抖拉紧了一块丝巾，听老妈在她头上不住地搬弄那几朵绒花。

随着花露水香味进屋子来的，是锡娇和丽丽，六姨的两个女儿，她们的装扮已经招了许多羡慕的眼光。有电影明星细眉的锡娇抓把瓜子嗑着，猩红的嘴唇里露出雪白的牙齿。她暗中扯了她妹妹的衣襟，嘴向一个客人的侧面努了一下。丽丽立刻笑红了脸，拿出一条丝绸手绢蒙住嘴挤出人堆到廊上走，望着已经在席上的男客们。有几个已经提起筷子高高兴兴地在选择肥美的鸡肉，一面讲着笑话，顿时都为着丽丽的笑声，转过脸来，镇住眼看她。

丽丽扭一下腰,又摆了一下,软的长衫轻轻展开,露出裹着肉色丝袜的长腿走过另一边去。年轻的茶房穿着蓝布大褂,肩搭一块桌布,由厨房里出来,两只手拿四碟冷荤,几乎撞住丽丽。闻到花露水香味,茶房忘却顾忌地斜过眼看。昨晚他上菜的时候,那唱戏的云娟坐在首席曾对着他笑,两只水钻耳坠,打秋千似的左右晃。他最忘不了云娟旁座的张四爷,抓住她如玉的手臂劝干杯的情形。笑眯眯的带醉的眼,云娟明明是向着正端着大碗三鲜汤的他笑。他记得放平了大碗,心还怦怦地跳。直到晚上他睡不着,躺在院里板凳上乘凉,随口唱几声"孤王……酒醉……"才算松动了些。今天又是这么一个笑嘻嘻的小姐,穿着这一身软,茶房垂下头去拿酒壶,心底似乎恨谁似的一股气。

"逸九你喝一杯什么?"老卢做东这样问。

"我来一杯香桃冰激凌吧。"

"你去拣几块好点心,老孟。"主人又招呼那一个客。午饭问题算是如此解决了。为着天热,又为着起得太晚,老卢看到点心铺前面挂的"卫生冰激凌,咖啡,牛乳,各样点心"这种动人的招牌,便决意里面去消磨时光。约到逸九和老孟来聊天,老卢显然很满意了。

三个人之中,逸九最年少,最摩登。在中学时代就是一口英文,屋子里挂着不是"梨娜"就是"琴妮"的相片,从电影杂志里细心剪下来的,圆一张,方一张,满壁动人的娇憨。——他到上海去了两年,跳舞更是出色了,老卢端详着自己的脚,打算找逸九带他到舞场拜老师去。

"哪个电影好,今天下午?"老孟抓一张报纸看。

邻座上两个情人模样男女,对面坐着呆看。男人有很温和的脸,抽着烟没有说话;女人的侧相则颇有动人的轮廓,睫毛长长的活动着,脸上时时浮微笑。她的青纱长衫罩着丰润的肩臂,带着神秘性的淡雅。两人无声地吃着冰激凌,似乎对于一切完全的满足。

老卢、老孟谈着时局,老卢既是机关人员,时常免不了说"我又有个特别的消息,这样看来里面还有原因",于是一层一层地做更详细原因的检讨,深深地浸入政治波澜里面。

逸九看着女人的睫毛,和浮起的笑涡,想到好几年前同在假山后捉迷藏的琼两条发辫,一个垂前,一个垂后地跳跃。琼已经死了这六七年,谁也没有再提起过她。今天这青长衫的女人,单单叫他心底涌起琼的影子。不可思议的,淡淡的,记忆描着活泼的琼。在极旧式的家庭里淘气,二舅舅提根旱烟管,厉声地出来停止她各种的嬉戏。但是琼只是敛住声音低低地笑。雨下大了,院中满是水,又是琼胆子大,把裤腿卷过膝盖,赤着脚,到水里装摸鱼。不小心她滑倒了,还是逸九去把她抱回来。和琼差不多大小的还有阿淑,住在对门,他们时常在一起玩,逸九忽然记起瘦小,不爱说话的阿淑来。

"听说阿淑快要结婚了,嬷嘱咐到表姨家问候,不知道阿淑要嫁给谁!"他似乎怕到表姨家。这几年的生疏叫他为难,前年他们遇见一次,装束不入时的阿淑倒有种特有的美,一种灵性……奇怪今天这青长衫女人为什么叫他想起这许多……

"逸九,你有相当的聪明,手腕,你又能巴结女人,你也应该来试试,我介绍你见老王。"

倦了的逸九忽然感到苦闷。

老卢手弹着桌边表示不高兴:"老孟你少说话,逸九这位大少爷说不定他倒愿意去演电影呢!"种种都有一点落伍的老卢嘲笑着翩翩年少的朋友出气。

青纱长衫的女人和她朋友吃完了,站了起来。男的手托着女人的臂腕,无声地绕过他们三人的茶桌前面,走出门去。老卢、逸九注意到女人有秀美的腿，稳健的步履。两人的融洽，在不言不语中流露出来。

"他们是甜心！"

"愿有情人都成眷属。"

"这女人算好看不？"

三个人同时说出口来，各个有所感触。

午后的热，由窗口外嘘进来，三个朋友吃下许多清凉的东西，更不知做什么好。

"电影院去，咱们去研究一回什么'人生问题''社会问题'吧？"逸九望着桌上的空杯，催促着卢、孟两个走。心里仍然浮着琼的影子。活泼、美丽、健硕，全幻灭在死的幕后，时间一样的向前，计量着死的实在。像今天这样，偶尔地回忆就算是证实琼有过活泼生命的唯一的证据。

东安市场门口洋车像放大的蚂蚁一串，头尾衔接着放在街沿。杨三已不在他寻常停车的地方。

"区里去，好，区里去！咱们到区里说个理去！"就是这样，王康和杨三到底结束了殴打，被两个巡警弹压下来。

刘太太打着油纸伞，端正地坐在洋车上，想金裁缝太不小心了，今天这件绸衫下摆仍然不合适，领也太小，紧得透不了气，想不到今天这样热，早知道还不如穿纱的去。裁缝赶做的活总要出点毛病。实甫现在脾气更坏一点，老嫌女人们麻烦。每次有个应酬你总要听他说一顿的。今天张老太太做整寿，又不比得寻常的场面可以随便……

对面来了浅蓝色衣服的年轻小姐，极时髦的装束使刘太太睁大了眼注意了。

"刘太太哪里去？"蓝衣小姐笑了笑，远远招呼她一声过去了。

"人家的衣服怎么如此合适！"刘太太不耐烦地举着花纸伞。

"呜呜——呜呜……"汽车的喇叭响得震耳。

"打住。"洋车夫紧抓车把，缩住车身前冲的趋势。汽车过去后，由刘太太车旁走出一个巡警，带着两个粗人：一根白绳由一个的臂膀系到另一个的臂上。巡警执着绳端，板着脸走着。一个粗人显然是车夫，手里仍然拉着空车，嘴里咕噜着。很讲究的车身，各件白铜都擦得放亮，后面铜牌上还镌着"卢"字。这又是谁家的车夫，闹出事让巡警拉走。刘太太恨恨地一想车夫们爱肇事的可恶，反正他们到区里去少不了东家设法把他们保出来的……

"靠里！……靠里！"威风的刘家车夫是不耐烦挤在别人车后的——老爷是局长，太太此刻出去阔绰的应酬，洋车又是新打的，两盏灯发出银光……哗啦一下，靠手板在另一个车边擦一下，车已猛冲到前头走了。刘太太的花油纸伞在日光中摇摇荡荡地迎着风，顺着街心溜向北去。

胡同口酸梅汤摊边刚走开了三个挑夫。酸凉的一杯水，短时间地给他们愉快，六只泥污的脚仍然踏着滚烫的马路行去。卖酸梅汤的老头儿手里正在数着几十枚铜元，一把小鸡毛帚夹在腋下。他翻上两颗黯淡的眼珠，看看过去的花纸伞，知道这是到张家去的客人。他想今天为着张家做寿，客人多，他们的车夫少不得来摊上喝点凉的解渴。

"两吊……三吊！……"他动着他的手指，把一叠铜元收入摊边美人牌香烟的纸盒中。不知道今天这冰够不够使用的，他翻开几重荷叶，和一块灰黑色的破布，仍然用着他黯淡的眼珠向瓷缸里的冰块端详了一回。"天不热，喝的人少，天热了，冰又化得太快！"事情哪一件不有为难的地方，他叹口气再翻眼看看过去的汽车。汽车轧起一阵尘土，笼罩着老人和他的摊子。

寒暑表中的水银从早起上升，一直过了九十五度的黑线上。喜棚底下比较荫凉的一片地面上曾聚过各种各色的人物。丁大夫也是其间一个。

丁大夫是张老太太内侄孙，德国学医刚回来不久，麻利，漂亮，现在社会上已经有了声望，和他同席的都借着他是医生的缘故，拿北平市卫生问题作谈料，什么虎疫、伤寒、预防针、微菌，全在吞咽八宝冬瓜、瓦块鱼、锅贴鸡、炒虾仁中间讨论过。

"贵医院有预防针，是好极了。我们过几天要来麻烦请教了。"说话的以为如果微菌听到他有打预防针的决心也皆气馁了。

"欢迎，欢迎。"

厨房送上一碗凉菜。丁大夫踌躇之后决意放弃吃这碗菜的权利。

小孩们都抢了盘子边上放的小冰块，含到嘴里嚼着玩，其他客喜欢这凉菜的也就不少。天实在热！

张家几位少奶奶装扮得非常得体，头上都戴朵红花，表示对旧礼教习尚仍然相当遵守的。在院子中盘旋着做主人，各人心里都明白自己今天的体面。好几个星期前就顾虑到的今天，她们所理想到的今天各种成功，已然顺序的，在眼前实现。虽然为着这重要的今天，各人都轮流着觉得受过委屈，生过气，用过心思和手腕，将就过许多不如意的细节。

老太太颤巍巍地喘息着，继续维持着她的寿命。杂乱模糊的回忆在脑子里浮沉。兰兰七岁的那年……送阿旭到上海医病的那年真热……生四宝的时候在湖南，于是生育、病痛、兵乱、行旅、婚娶、没秩序、没规则地纷纷在她记忆下掀动。

"我给老太太拜寿，您给回一声吧。"

这又是谁的声音？这样大！老太太睁开打瞌睡的眼，看一个浓妆的妇人对她鞠躬问好。刘太太——谁又是刘太太,真是的!今天客人太多了,好吃劲。老太太扶着赵妈站起来还礼。

"别客气了,外边坐吧。"二少奶伴着客人出去。

谁又是这刘太太……谁?……老太太模模糊糊地又做了一些猜想,望着门槛又堕入各种的回忆里去。

坐在门槛上的小丫头寿儿,看着院里石榴花出神。她巴不得酒席可以快点开完,底下人们可以吃中饭,她肚子里实在饿得慌。一早眼睛所接触的,大部分几乎全是可口的食品,但是她仍然是饿着肚子,坐在老太太门槛上等候呼唤。她极想再到前院去看看热闹,但为想到上次被打的情形,只得竭力忍耐。在饥饿中,有一桩事她仍然没有忘掉她的高兴。因为老太太的整寿,大少奶给她一副银镯。虽然为着捶背而酸乏的手臂懒得转动,她仍不时得意地举起手来,晃摇着她的新镯子。

午后的太阳斜到东廊上,后院子暂时沉睡在静寂中。幼兰在书房里和羽哭着闹脾气:

"你们都欺侮我,上次赛球我就没有去看。为什么要去?反正人家也不欢迎我……慧石不肯说,可是我知道你和阿玲在一起玩得上劲。"抽噎的声音微微地由廊上传来。

"等会客人进来了不好看……别哭……你听我说……绝对没有这么回事的。咱们是亲表谁不知道我们亲热,你是我的兰,永远,永远的是我的最爱最爱的……你信我……"

"你在哄骗我,我……我永远不会再信你的了……"

"你又来伤我,你心狠……"

声音微下去,也和缓了许多,又过了一些时候,才有轻轻的笑语声。小丫头仍然饿得慌,仍然坐在门槛上没有敢动,她听着小外孙小姐和羽孙少爷老是吵嘴,哭哭啼啼的,她不懂。一会儿他们又笑着一块儿由书房里出来。

"我到婆婆的里间洗个脸去。寿儿你给我打盆洗脸水去。"

寿儿得着打水的命令,高兴地站起来。什么事也比坐着等老太太睡醒都好一点。

"别忘了晚饭等我一桌吃。"羽说完大步地跑出去。

后院顿时又堕入闷热的静寂里;柳条的影子画上粉墙,太阳的红比得胭脂。墙外天蓝蓝的没有一片云,像戏台上的布景。隐隐地送来小贩子叫卖的声音——卖西瓜的——卖凉席的,一阵一阵。

挑夫提起力气喊他孩子找他媳妇。天快要黑下来,媳妇还坐在门口纳鞋底子,赶着那一点天亮再做完一只。一个月她当家的要穿两双鞋子,有时还不够的,方才当家的回家来说不舒服,睡倒在炕上,这半天也没有醒。她放下鞋底又走到旁边一家小铺里买点生姜,说几句话儿。

断续着呻吟,挑夫开始感到苦痛,不该喝那冰凉东西,早知道这大暑天,还不如喝口热茶!迷惘中他看到茶碗、茶缸、施茶的人家,碗、碟、果子杂乱地绕着大圆篓,他又像看到张家的厨房。不到一刻他肚子里像纠麻绳一般痛,发狂的呕吐使他沉入严重的症候里和死搏斗。

挑夫媳妇失了主意,喊孩子出去到药铺求点药。那边时常夏天是施暑药的。……

邻居积渐知道挑夫家里出了事,看过报纸的说许是霍乱,要扎针的。张秃子认得大街东头的西医丁家,他披上小褂子,一边扣纽子,一边跑。丁大夫的门牌挂得高高的,新漆大门两扇紧闭着。张秃子找着电铃死命地按,又在门缝里张望了好一会,才有人出来开门。什么事?什么事?门房望着张秃子生气,张秃子看着丁宅的门房说,"劳驾……劳驾您大爷,我们'街坊'李挑子中了暑,托我来行点药。"

"丁大夫和管药房先生'出份子去了'没有在家,这里也没有旁人,这事谁又懂得?!"门房吞吞吐吐地说,"还是到对门益年堂打听吧。"大门已经差不多关上。

张秃子又跑了,跑到益年堂,听说一个孩子拿了暑药已经走了。张秃子是信教的,他相信外国医院的药,他又跑到那边医院里打听,等了半天,说那里不是施医院,并且也不收传染病的,医生晚上也都回家了,助手没有得上边话不能随便走开的。

"最好快报告区里,找卫生局里人。"管事的告诉他,但是卫生局又在哪里……

到张秃子失望地走回自己院子里的时候,天已经黑了下来,他听见李大嫂的哭声知道事情不行了。院里磁罐子里还放出浓馥的药味。他顿一下脚,"咱们这命苦的……"他已在想如何去捐募点钱,收殓他朋友的尸体。叫孝子挨家去磕头吧!

天黑了下来张宅跨院里更热闹,水月灯底下围着许多孩子,看变戏法的由袍子里捧出一大缸金鱼,一盘子"王母蟠桃"献到老太太面前。孩子们都凑上去验看金鱼的真假。老太太高兴地笑。

大爷熟识捧场过的名伶自动地要送戏,正院前边搭着戏台,当差的忙着拦阻外面杂人往里挤,大爷由上海回来,两年中还是第一次——这次碍着母亲整寿的面,不回来太难为情。这几天行市不稳定,工人们听说很活动,本来就不放心走开,并且厂里的老赵靠不住,大爷最记挂……

看到院里戏台上正开场,又看廊上的灯,听听厢房各处传来的牌声、风扇声、开汽水声,大爷知道一切都圆满地进行,明天事完了,他就可以走了。

"伯伯上哪儿去?"游廊对面走出一个清秀的女孩。他怔住了看,慧石——是他兄弟的女儿,已经长得这么大了?大爷伤感着,看他早死兄弟的遗腹女儿:她长得实在像她爸爸……实在像她爸爸……

"慧石,是你。长得这样俊,伯伯快认不得了。"

慧石只是笑,笑。大伯伯还会说笑话,她觉得太料想不到的事,同时她像被电击一样,触到伯伯眼里蕴住的怜爱,一股心酸抓紧了她的嗓子。

她仍只是笑。

"哪一年毕业?"大伯伯问她。

"明年。"

"毕业了到伯伯那里住。"

"好极了。"

"喜欢上海不?"

她摇摇头:"没有北平好。可是可以找事做,倒不错。"

伯伯走了,容易伤感的慧石急忙回到卧室里,想哭一哭,但眼睛湿了几回,也就不哭了,又在镜子前抹点粉笑了笑;她喜欢伯伯对她那和蔼态度。嬷常常不满伯伯和伯母的,常说些不高兴他们的话,但她自己却总觉得喜欢这伯伯的。

也许是骨肉关系有种不可思议的亲热,也许是因为感激知己的心,慧石知道她更喜欢她这伯伯了。

厢房里电话铃响。

"丁宅呀,找丁大夫说话?等一等。"

丁大夫的手气不坏,刚和了一牌三翻,他得意地站起来接电话:

"知道了,知道了,回头就去叫他派车到张宅来接。什么?要暑药的?发痧中暑?叫他到平济医院去吧。"

"天实在热，今天，中暑的一定不少。"五少奶坐在牌桌上抽烟，等丁大夫打电话回来。"下午两点的时候刚刚九十九度啦！"她睁大了眼表示严重。

"往年没有这么热，九十九度的天气在北平真可以的了。"一个客人摇了摇檀香扇，急着想坐庄。

咯突一声，丁大夫将电话挂上。

报馆到这时候积渐热闹，排字工人流着汗在机器房里忙着。编辑坐到公事桌上面批阅新闻。本市新闻由各区里送到；编辑略略将张宅名伶送戏一节细细看了看，想到方才同太太在市场吃冰激凌后，遇到街上的打架，又看看那段厮打的新闻，于是很自然地写着"西四牌楼三条胡同卢宅车夫杨三……"新闻里将杨三王康的争斗形容得非常动听，一直到了"扭区成讼"。

再看一些零碎，他不禁注意到挑夫霍乱数小时毙命一节，感到白天去吃冰激凌是件不聪明的事。

杨三在热臭的拘留所里发愁，想着主人应该得到他出事的消息了，怎么还没有设法来保他出去。王康则在又一间房子里喂臭虫，苟且地睡觉。

"……哪儿呀，我卢宅呀，请王先生说话……"老卢为着洋车被扣已经打了好几个电话了，在晚饭桌他听着太太的埋怨……那杨三真是太没有样子，准是又喝醉了，三天两回闹事。

"……对啦，找王先生有要紧事，出去饭局了么，回头请他给卢宅来个电话！别忘了！"

这大热晚上难道闷在家里听太太埋怨？杨三又没有回来，还得出去雇车，老卢不耐烦地躺在床上看报，一手抓起一把蒲扇赶开蚊子。